我们阅读
WOMENYUEDU
魅丽文化
花火工作室

U0923615

晗星降临

墨泠 著

江苏凤凰文艺出版社
JIANGSU PHOENIX LITERATURE AND ART PUBLISHING

图书在版编目（CIP）数据

繁星降临 / 墨泠著 . -- 南京 : 江苏凤凰文艺出版社 , 2020.8
ISBN 978-7-5594-5052-4

Ⅰ . ①繁… Ⅱ . ①墨… Ⅲ . ①言情小说 - 中国 - 当代
Ⅳ . ① I247.5

中国版本图书馆 CIP 数据核字 (2020) 第 143594 号

繁星降临

墨泠 著

责任编辑 张 倩
特约编辑 朵 爷 肖云梦
封面设计 ABOOK STUDIO 殷含 Design QQ 812784044
出版发行 江苏凤凰文艺出版社
南京市中央路 165 号，邮编：210009
网 址 http://www.jswenyi.com
印 刷 湖南天闻新华印务有限公司
开 本 710mm × 1000mm 1/16
印 张 21
字 数 430 千字
版 次 2020 年 8 月第 1 版
印 次 2020 年 11 月第 2 次印刷
书 号 ISBN 978-7-5594-5052-4
定 价 45.00 元

目录

CONTENTS

目录

CONTENTS

卷三 末日首富

卷四 王爷万福

楔子

——穿越古今，世界之巅，专属定制，开启一段属于你的梦幻之路。

白色巨幕上的海报下方，印着这么一句醒目的话，这是繁星公司最新出品的游戏，名字就叫《繁星》，作为今年主推的全息游戏。

《繁星》是扮演游戏，玩家进入游戏，可以选择副本和角色。在游戏副本里，度过选择的那个角色的一生，不管你想体验什么样的角色，在这里面都可以完成。

在这个游戏里，可以体验到不同的人生，比如帝王、公主、王子、将军……只要是你能想到的角色，在这里都有。

通关方式则是让角色走上人生巅峰。

以往会议大家都是畅所欲言，十分热闹，今天整个办公室陷入死寂中，每张椅子上都坐着人，可没人说话，气氛压抑沉闷。

眼看就要到游戏内测时间，可他们的研发团队却出了问题。

这已经是第二次出这么重大的问题，可比起第一次，这次明显更为严重。第一次出现问题时，至少他们这个项目的总负责人还在场。

可现在……

总负责人因为第二次进入游戏，到现在还没能成功出来，陷入了昏迷中。

“现在怎么办，就这么干坐着？”终于有人打破这诡异的沉默。

大部分的目光落在左侧的一个男人身上，他是研发团队的负责人。

男人面色憔悴，眼睛下一圈青黑，眼底布满血色，胡子也没刮，和技术宅的形象十分贴合。他已经熬了好几天，几乎没怎么睡过觉，现在还活着坐在这里，已经是奇迹。

男人用手捂住脸，用嘶哑的声音道：“游戏启动了紧急封闭模式，现在我们也没办法再登录进去，而唯一作为备用登录的密钥只有星总知道，我也没办法。”

“你不能破解？”

男人沉重地摇了摇头，密钥怎么可能那么容易被破解。密钥只有三次输入机会，输错三次就会进入自我销毁模式，到时候还被困在游戏里的星总会怎么样谁也不知道。

“那总得有个解决办法吧！”

众人面面相觑，没人接话，谁也不知道该怎么办。这个项目他们原本很有信心，相信肯定能成为一个经典，可谁能想到……

终于，坐在首座上的那个男人沉声道：“封锁消息，项目暂停，现在最重要的是想办法唤醒星总。”

大家你看看我，我看看你，最终只能默认。大家沉默无声地离开会议室。

在所有人都离开会议室后，巨幕上的海报暗下去，就在屏幕彻底暗淡的时候，忽地一道幽光闪现，几个字缓缓出现在巨幕上——

“游戏开始。”

和繁星公司间距半个城市的一条古风古色的街道上，此时应该正是热闹的时候，可街道上却没几个人，瞧着有几分萧瑟。

街头有道人影晃悠悠地走来，小背心大裤衩，趿拉着人字拖，头发随意地披散在肩膀上，露出巴掌大小的脸，双手插在兜里。

少女走到一扇门前，用脚踢开，抬脚走了进去。

殿内有些暗，看不清有些什么，少女径直上楼，楼上连接着卧室，她进去直接往床上一躺，双眸轻阖。

少女呼吸逐渐平稳下来，她搁在小腹上的手腕上戴着一个金属手环。

手环上光芒微闪，有一行细小的字浮现在手环之上。

“玩家身份确定，游戏启动——”

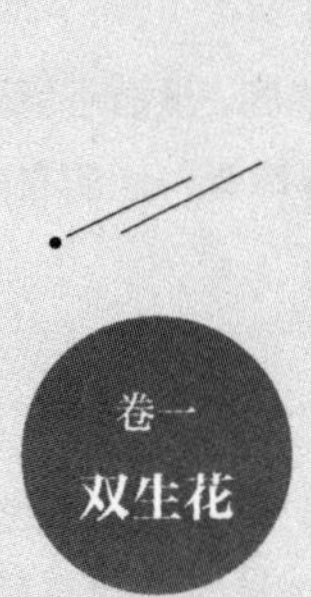

卷一

双生花

第一章 初识“好人卡”

【醒醒。】

【小姐姐你醒了吗？】

女生趴在地上，缓慢地动了动，拿手捂住耳朵，想要隔绝那烦人的声音，可那脆生生的孩童音依然能传来。

——从她脑海深处传来。

好烦。

忙了一晚上，好不容易回来，她只想好好睡一觉。谁这么没公德心，大半夜地吵人。

那声音锲而不舍地念着，调子越来越欢快，最后还唱了起来，宛如一首童谣。

【醒醒，醒醒，快醒醒……】

终于，地上的女生抬起头。

女生放下扒拉着刘海儿的手，视线有些模糊，伴随着一阵眩晕。好一会儿，她才看清四周的景象。

她转着脑袋打量了一下四周。

这什么鬼地方？她为什么会在这里？被绑架了？哪个不要命的敢绑架她？

【没有被绑架哟！只不过你已经不在你原来的地方了。】那声音又冒出一句。

“那我还不是被绑架？”

【当然不是。】那声音又道，【这边建议你先去照镜子。】

镜子……

女生打量四周，这里应该是一间KTV包厢。她起身，走向旁边的卫生间，里面有镜子。

镜子里的人头发五颜六色，宛如杀马特，妆容更是吓人，身上穿着稀奇古怪的衣服。

哪里是她熟悉的容貌。

这是……谁啊！！

女生很快弄清楚她现在的状况——她叫初筝，此时遇见了传说中的系统。先不说这个系统从哪儿来，谁造的，有什么目的。系统只给初筝解释了这是一个游戏，她需要做的就是在不同的世界完成任务。

初筝一脸冷漠。

谁要莫名其妙被困在这里？

【请认清现实哟！】系统的声音欢快中带着点幸灾乐祸。

初筝面无表情。

骗子！

系统只当没听见，继续往下说。

这个系统的任务是让她——消费？想离开这里，就得努力完成任务。

消……是她理解的那个吗？为什么啊？有什么意义？玩游戏也不是这么玩儿的！这是在玩儿我呢？

【我们需要利用任务完成逆袭，成为人生赢家，是不是很简单？】脆生生的孩童音越发欢快，【请准备好接收剧情。】

那欢快的声音落下，初筝脑袋里突然一阵刺痛，无数陌生的记忆闪现。

她现在所选的角色叫纪初筝。

纪初筝母亲去世得早，父亲平日里忙着公司的事，没什么时间管她，只要纪初筝找他，父亲就拿钱搪塞她。渐渐地，纪初筝就变得刁蛮任性起来。

父亲在她十三岁的时候再婚了。继母带了一个女儿，和她差不多大年纪，改名纪瞳瞳。

这对母女来了之后，纪初筝很不待见她们，但继母待她非常好，要什么给什么，好像她才是她女儿一般。不管是亲戚还是用人，都觉得继母不错，而纪初筝太不懂事。

实则不过是继母想将她养废。纪初筝也确实如继母想的那般，抽烟喝酒，打架斗殴，就差犯罪。每次都气得纪父差点犯心脏病。

相比起她来，纪瞳瞳就显得乖巧懂事，甚得纪父欢心。只要纪初筝和纪瞳瞳闹起来，纪父总会觉得是纪初筝的错。

可是没人知道，许多事都是纪瞳瞳设计的。纪初筝想告诉纪父，然而纪父在纪瞳瞳的蒙骗下，根本不会相信她，只会觉得她在无理取闹，欺负纪瞳瞳。而纪瞳瞳永远纯洁美好，是一个被恶毒姐姐欺负，需要保护的柔弱小百合。

因此纪初筝越发叛逆。

在所有人眼中，她是坏孩子，是反面教材。最后，她还被纪瞳瞳设计，失了清白之身。就连自己喜欢的人，都被纪瞳瞳抢走，觉得她是一个坏女人，纪瞳瞳纯洁美好，善良温柔。

最后，纪初筝落得身败名裂，精神失常，被送进精神病院。纪瞳瞳去看她的时候，才告诉她一切。那一切不过都是她们母女算计好的。她们要的就是她变成这样，被赶出纪家，失去纪家的一切。

纪初筝得知真相后，没多久就自杀死了。

而纪瞳瞳和人结婚生子，继承纪家家产，最后幸福一生。

原来现在的自己叫纪初筝，她揉着依然有点疼的太阳穴，消化这些陌生的记忆。这具身体的主人死的时候的那股怨恨，她似乎都能感觉到。

可这不是她。

初筝站在桌子前，桌子上有一把锋利的小刀，不知道是谁落在这里的。

【……你要干什么呀！】童音变得惊恐起来，【我们的任务是帮助你现在的角色逆袭，你冷静点。】

初筝没理会那个声音，拿着刀猛地划向手腕。鲜血流淌而出，滴在地上，开出一朵朵鲜红的花。

初筝再次睁眼，依然是趴在原来的地方。同样的场景，同样的面貌，同样的姿势，毫无变化。

【没用的，除非你完成任务，不然你会一直重复这个场景。】童音语调欢快，丝毫不掩饰它的幸灾乐祸。

“你们系统现在都这样强买强卖？”还有这种操作？哪里可以投诉。

这种黑心系统，必须投诉！

不知道过了多久，初筝再次拿起那把刀，往自己心脏扎去。

“啊！”门被推开，尖叫声突兀地响起，贯穿初筝的耳膜。

无意义的尖叫，吵死了——这是初筝在黑暗袭来前的最后一个念头。

黑暗只持续几秒，她再睁眼，依然是同样的地方……

死亡后复活是什么黑科技？

【放弃吧。只要你努力做任务，就可以回去哟！】系统循循善诱。

也许是方法不对。

接下来，初筝想了各种办法。但是不管怎么做，最后她都会从这个房间醒过来。

初筝摸着手腕，坐在地上，不知道在想什么。那个讨厌的声音，不断在她脑海里响起，让初筝很想做掉它。

最终，初筝不得不接受现在所经历的一切。

她被困在这个莫名其妙的地方，不做任务就回不去。

【小姐姐，你准备好了吗？】

“没有准备好你会让我回去吗？”

【那我们开始做任务吧！】系统直接过滤掉初筝的话。

“……怎么做？把这房子拆了？”

【……】字面理解虽然没错啦，但它不是这么肤浅的系统，它是一个有内涵的系统！咳咳。【小姐姐不要急，任务我会发布，按照指示完成就行。】软萌的声音满是欢快，【以后就请多多指教。】

“指教？”初筝摸出刚才那把刀，往旁边的沙发上一插，透亮的刀面上，倒映着她面无表情的脸，“指教好了，你就能让我回去？”

【……当、当然。】这个小姐姐，怎么有点凶呀！

初筝抽出刀，刀光从她瞳孔里闪过：“别让我抓到你把柄。”

【……】小姐姐果然好凶，小尾巴藏好。

【因为是第一个位面，所以为了让小姐姐适应，这个位面是新手位面哟！】

初筝漫不经心地捏着刀刃来回翻看，没有吭声。

【请小姐姐注意，消费用的金钱和物品价值必须对等（以位面货币为准），你花一块钱买的东西，必须价值一块钱。】也就是说不能赠送、捐出、扔掉……必须用来买买买。

“完成之后我有什么奖励？”

【每次完成之后，会获得相应的金钱，并获得任务款所购得物品。也就是说，宿主消费越多，所拥有的钱就越多哟！】

“我花掉十万，就能拥有十万？”

【是的。】系统欢快得不行，【小姐姐是不是超开心？】

“你们这设定有什么意义？”

【……人傻钱多，给小姐姐送钱，小姐姐就当游戏玩儿啊，多好，又能体验人生，又能享受生活。】

初筝无言以对。

【小姐姐，你还有什么疑问吗？我可以为你解答哟！】稚嫩的童音满满都是兴奋。

“没有。”初筝冷漠地拒绝了它。

系统有点伤心，声音都委屈下来：【那好吧，我会为小姐姐好好服务，争取让小姐姐早日回去。那我们就开始吧！】

初筝将刀子随手插进沙发。仔细看，就会发现插入的位置，和刚才丝毫不差地吻合上了。

她眉目低垂，摸着自己手腕。

现在的时间线是原主和一群狐朋狗友在 KTV 玩，结果被人灌醉，送到这个包厢来了。一会儿会有人进来，原主就是在这里失去清白之身。

初筝这个念头刚落下，包厢门就被推开。一个青年闪身进来。包厢光线有些暗，青年又刚从外面进来，只看见还坐在地上的人影。他搓搓手，笑得不怀好意：“小美人，等急了吧？”

初筝手从沙发上拂过，再抬起，多了一把刀。青年猛地顿住。锋利的刀尖对着他，冷光从他眸子里闪过。

他并没有被吓到，反而得寸进尺地想摸初筝的手：“小美人，你喝醉了，这刀可危险了……”

“啊！”刀子从青年手上划过，青年捂着手大叫一声。

青年勃然大怒：“给脸不要脸……啊……”

初筝无视他，一脚踹向青年某处。青年命根子被踹，身体不稳，脑袋又撞到桌子，直接倒在地上哀号。

初筝从地上站起来，可能是系统给的福利，她此时并没有感觉身体不适。她走到青年旁边，拿脚踢了踢他。

青年还有意识，从牙缝里挤出几个字：“你敢动手打我……”

“打你？”初筝微微弯腰，那吓人的妆容，在此时灯光的映衬下，更显得阴森吓人，她一字一句，冷冰冰地吐出四个字，“我没动手。”

不打你打谁！长这么丑，还敢叫小美人。简直侮辱了“小美人”这三个字。

“你……”

初筝又是一脚踹过去。还能说话，刚才的力道不太对，下次要注意。

青年这次没能撑住，两眼一翻，晕了过去。

系统默默看着，小姐姐真的好凶啊，抱紧自己的小尾巴，不能被小姐姐抓到。

初筝漠然地看着地上的青年。

纪初筝是最后才知道，自己失去清白的事，也是纪瞳瞳设计的。

【主线任务：请在一小时内，花掉十万块。钱已经转到小姐姐身上的卡里，请注意查收。】系统提示音欢快地响起。

【小姐姐，不要忘了，我们的目标是依靠消费完成任务逆袭哟！】

也就是说，要让这些人得到教训是吗？

【小姐姐真聪明，差不多就是这样。】系统喜滋滋地夸她。

初筝问：“我要是一个小时花不掉十万块会怎样？”

【钱会翻倍哟小姐姐。】

不愧是人傻钱多。

初筝看一眼地上的青年，琢磨怎么处置他。

【小姐姐，请你友好一点哟！不要想些奇奇怪怪的东西，和谐友好了解一下！！】

初筝无语。

半个小时后，初筝将青年的衣服扔到公共洗手间垃圾桶中，看一眼手里的手机，放回兜里。她镇定地洗完手，下楼到前台："给我拿十万块的酒，送到 608 包厢。"

十万块？

前台小姐姐看着面前顶着杀马特发型，穿着小皮衣，上面还带着铆钉，妆容吓人的客人，咽了咽口水。

这不是来找碴儿的吧？

前台小姐姐不确定地询问："美女，你确定吗？"

初筝将卡递过去。

前台小姐姐虽然觉得有点奇怪，但人家都给卡了，也不好说什么。

"那要什么酒？我们这里品种很多……"

"随便，喝不死人就行。"

前台小姐姐目瞪口呆，十万块，说不定还真能喝死人。

前台小姐姐立即让人准备酒，刷完卡让初筝输密码。

【恭喜小姐姐完成任务，十万块奖励已到账。】

初筝没什么表情地收回卡，这么简单就完成任务了？

初筝跟着送酒的服务员到 608 包厢。

"这是你们的酒。"

"我们没叫酒啊……这什么酒？"

服务生说了一个名字，引起里面一阵喧哗。

"已经付过账了。"

"付过账了？是不是送错了？"

"是你们这里，不会送错。"

初筝等服务员离开，这才推门进去。围在桌子前的人朝着门口看过去。

"咦，初筝姐，你不是回家了吗？"

旁边的人也跟着吼："初筝姐，你装醉骗我们啊！"

"初筝姐来得正好，不知道是谁给我们送这么多酒过来。"

大部分人都表现得很正常，跟她说这些酒，开着平时常开的玩笑。

只有一个人脸色有些难看。

初筝推开边上的人，走到里面。包厢陡然安静下来。

初筝的视线从人群中扫过。

纪初筝今天跟着这群狐朋狗友到这里玩，不过喝了几杯酒，就突然感觉头晕，肯定是被人下了药。

初筝拿起一瓶酒，递给那个脸色不太正常的人，语气冷淡，没有起伏："请你喝。"

十万块呢！不能浪费！

"初……初筝姐……"那人心虚，视线不敢直视她。

“喝。”

此时的初筝和他们印象中有些不一样，虽然还是那身装束，可给人的感觉完全不一样。最重要的是，她看人的眼神冷冰冰的。周身似乎都透着一股子冷气，让人不寒而栗。

其余人不知道发生了什么，都不敢说话。

场面一时有些僵持。

初筝冰冷的眼神让那人只觉得如芒在背，仿佛他做过的事早已曝光。

那人呼吸略微加重。

“初筝姐，我做错什么了吗？”那人还试图挣扎。

“你清楚。”初筝又将酒瓶往前递了递，“喝。”

众人狐疑到底什么情况。

“兄弟，你怎么得罪初筝姐了？赶紧给初筝姐认个错，让你喝你就喝嘛。”这可是他们的金主，怎么能得罪。

“就是，快喝，道个歉就没事，初筝姐不会计较那么多。”

“我……”那人视线乱扫，仿佛有凉气从脚底蹿上来，整个人都是凉的。

她肯定是知道了……她会放过自己吗？不会！

得跑！

那人脑中闪过这两个字，内心深处升腾起一阵恐惧。他猛地推开旁边的人，径直往包厢外面跑。

“拦住他。”

原主好歹有钱，就算是狐朋狗友，这群人还是比较听她的话。

不过那人速度也快，拉开包厢门就冲了出去。

他们还没来得及将人拉回来，就听一道不怀好意的声音响起：“这不是我们纪大小姐吗？这是在做什么？”

包厢外面，一个光头青年带着一群小弟，正好在外面，那个人直接撞到光头青年身上。

“黄哥。”那人立即叫一声，“黄哥救我，救我……”

光头青年黄哥拉着那人，与初筝这边的人对视一眼。初筝这边的人明显有点尿了，将那人给松开。黄哥有些恨铁不成钢地瞪那人一眼，那人立即溜到黄哥身后。

初筝打量这位黄哥几眼，这人和原主本就不和，因为他喜欢原主，但原主不理他，他因爱生恨，逮着机会就给她添堵。

原主虽然混，但到底不是社会上的，好几次都吃了亏，也花钱教训过黄哥几次，双方算是没完没了，仇越结越大。纪瞳瞳不知从什么地方知道这事，联系了这个黄哥。今天这出大戏，就是这位黄哥策划的，先买通原主身边的人，给原主下药……

这需要教训的都找上门了，可以做掉吗？

“纪大小姐好大的排场呀！”黄哥走进包厢里面，看了看桌子上的酒，“哎哟，还有这么好的酒。”

黄哥直接坐在沙发上，大佬似的展开双手，搭在两边。初筝摸着手腕，指尖在手腕上磨蹭几下。

黄哥乜斜着眼看她："纪大小姐怎么不说……"

"啪！"

酒瓶碎裂，黄哥脑袋上的酒水顺着流淌下来，估计是被这一下砸晕了，他一时间没反应过来，眼睛都直了。初筝镇定地拿了第二瓶，抬手砸下去，速度快得都没人反应过来。

黄哥两眼一翻，直挺挺地倒了下去，众人艰难地咽了咽口水。

初筝的小弟们一愣，我的妈呀，初筝姐什么时候这么彪悍了？说动手就动手，都不给个反应机会？可怕！

初筝看向黄哥带来的那群小弟，在他们动手前，她用破碎的玻璃抵着黄哥脖子："动一下试试。"

少女声音冷漠无比，面无表情的脸上，总让人觉得有几分凶悍。

那群小弟顿时僵住。

不怕遇见厉害的，就怕遇见不讲规矩的。

"纪初筝，你放开我们黄哥！你敢这么对我们黄哥，你不想混了！"黄哥的其中一个小弟紧张地喊话。

"进来，蹲下。"初筝冷冷道。

"什么？"黄哥的小弟们不解。

"进来，蹲下。"初筝平静地重复一遍，"给你们三秒时间。"

黄哥的小弟们看看初筝，又看看被初筝抵着脖子、人事不省的黄哥。也有人不信邪想动手，他刚动，初筝就用力，那人便看见黄哥脖子上见了血，顿时僵住。

他们僵持了一会儿，便举起手，走了进来。

意外的是一个都没跑，连同刚才跑出去的那个叛徒，也一起进来蹲在里面。

"三毛，搜一下他们身上的武器。"初筝吩咐道。

三毛并不是只有三根毛，而是他脑袋上染了三撮不同颜色的毛，从出道到现在，就没变过，加上姓毛，就取了个三毛的外号。

"初筝姐……"三毛讷讷喊道，这可是黄哥，社会人啊！

初筝平静的视线扫过去，三毛莫名哆嗦一下，胳膊上鸡皮疙瘩都起来了，赶紧上去搜一遍。

初筝将酒摆到那群小弟面前，屈指敲了敲桌面："喝。"

众人不解，让他们蹲着，就喝酒？

"这些都是你们的，不够还有。"初筝指着桌子上的全部酒，以及桌子上放不下，堆在地上的那些。

这是要喝死人吧？

"初筝姐……"有人担心道，"这也太多了。"

初筝抬眼看过去，浓厚的眼影下，那双眼睛漆黑如墨，透着一股子的凉意，仿佛能看见人的灵魂一般。说话的人立即捂嘴，不敢再问。

刚才还好好的，这前后不过一会儿，怎么就变得这么可怕了？

蹲在地上的几人，各自对视几眼，突然动手，撞向旁边。别人都动手了，三毛等人下意识还手，包厢顿时一片混乱。

有人往初筝和黄哥那边靠近，准备将黄哥救走。然而一有人靠近初筝，就被她给放倒。接下来，三毛等人眼睁睁地看着初筝一个一个地解决他们。

三毛愣怔住，初筝姐这是偷偷报了武术班吗？

黄哥醒过来的时候，看见的就是自家小弟抱着酒瓶，喝得脸红脖子粗，东倒西歪到处都是。还没弄明白怎么回事，他面前就多了一瓶酒——正是他刚才还夸过的好酒。

黄哥顺着酒瓶看上去。少女涂着黑色指甲油的手指，白皙又纤细。

“纪初筝……”

“按着他。”初筝吩咐三毛。

三毛心一横，反正已经得罪他们了，和人一左一右地将黄哥按住。

“纪初筝，你想干什么？”黄哥怒吼一声。

“请你喝酒。”初筝捏着黄哥下巴，直接往他嘴里灌酒。黄哥“唔唔”地挣扎，还得不断地吞咽酒水。

三毛有些怕，真的不会出事吗？

一瓶见底，黄哥没多少醉意，嘴里大声咒骂：“纪初筝，你有本事放开我，你……”

酒量还挺好，再灌一瓶。

初筝又给黄哥灌了一瓶，这次黄哥明显有点飘了，骂得都没刚才有气势。

初筝放下酒瓶：“谁让你对付我的？”

黄哥已经有点晕，初筝问话，他也顺着骂：“哈哈哈，你得罪的人不少，活该！当初老子看上你，你还不乐意，现在老子看不上你了！”

“谁让你对付我的？”

黄哥骂得凶，初筝耐心有限，又嫌他吵，用他们身上搜来的棍子一连打了他好几下。

黄哥被打得嗷嗷叫，这才全部交代了。他也不知道是谁，只是有一个陌生号码给他发了短信，让他对付纪初筝，钱都是直接放在一个花坛里，让他自己去取的。

因为对方给的钱多，而且承诺办成了，还会有钱，加上他记恨纪初筝，这才动了心。

黄哥嗷嗷地抱着初筝大腿，表示自己再也不敢了。

“喝。”初筝将酒递给他。

“喝，我喝，我喝。”黄哥抱着酒瓶子“咕咚咕咚”地一阵狂灌。

纪瞳瞳办事还挺缜密，一点线索都没留下，不愧是能活到大结局的女人。

初筝离开KTV，外面灯红酒绿，霓虹灯璀璨，夜晚的盛宴正开始。她顺着马路走，视线随意地扫过四周，一边走一边思索。

她到底是怎么到这里来的？那个什么系统，又有什么目的？

就是单纯地让她花钱？那也太奇怪了。

初筝暂时想不明白这个问题……不过关键是得想办法回去！

可是一死就重来，好像根本没有办法能回去……

“站住！”

初筝蓦地听见一声呵斥。她飘忽的思绪回到现实，发现自己不知道何时，走到一条看上去很偏僻的路上。前方有人跑过来，在她十几米远的地方，被人拦截。

“还敢跑？让你跑！老子让你跑！刚才不是挺横的吗？起来啊！”

“还治不了你个小兔崽子！”

几个人对着地上的人拳打脚踢。

初筝就这么看着，好像前方上演的事和她完全没关系一般。

实则，她内心正疯狂吐槽。太可怕了，随便走走就能遇见这样的事，他们会不会找自己麻烦啊？现在她要不要转身走？要是把她当成同伙，讹上她怎么办？或者要灭口什么的也挺可怕的啊！

啊啊啊！这什么破地方！她要回去！

【小姐姐，有隐藏任务哟！】系统欢快的声音，伴随着那边的咒骂声响起。

初筝神色冷漠地问：“什么隐藏任务？”说好的新手位面，居然还有隐藏任务，这个破系统不能信！

【隐藏任务：请小姐姐获得叶沉好人卡一张。叶沉就是前面挨打的那个，千万不要让叶沉黑化哟！】

初筝无语，这什么好人卡？让他觉得自己是个好人吗？

“你不是让我把钱花出去就行？怎么还带临时增加人物的？”

【这个这个……要劳逸结合嘛！】系统强行解释。

这跟劳逸结合有什么关系？当她读书少呢！

初筝思索片刻：“我不做会怎样？”

【小姐姐，隐藏任务不做好，你就不能离开这个位面，你会一直重复一直重复，直到你完成为止，是不是很可怕？】

这是哪个浑蛋设计的！！

初筝面无表情地看着那边还在殴打的几个人。

【小姐姐你不上吗？】这个时候救下他，说不定就可以获得好人卡啊！上啊小姐姐！

“打不赢。”初筝很冷静地说出理由。

【……可是你刚才？】那么厉害啊。

初筝没再回应系统。

叶沉这个名字……好像有点耳熟啊！在哪里听过呢？难道是原主以前欺负过的人？

初筝琢磨的时候，那边已经结束殴打，其中一人揪着少年的衣领：“臭小子，我告诉你，下次再不长眼，有你好看的，听见没有！”

几个人勾肩搭背，嬉笑地离开。

少年双手撑着地面，试图起来，可惜几次都失败了。

初筝就这么看着他试了好几次，在少年第五次摔回去后，她抬脚走过去。

面前突然多出一个人，少年抬头就撞上一张惊天地泣鬼神的脸。这妆容……叶沉心下一沉。两人默默地对视将近一分钟，叶沉不敢动，他不知道她想做什么。

初筝唇瓣微张，清越的声音带着冰凉之意：“我是好人吗？”

叶沉先是一愣，随后露出一个讽刺的神情。

今天算他倒霉，先是遇见那群人，现在又遇见学校出了名的纪初筝……

初筝等着他回答，可少年只是摆着那讽刺的神情，并不吭声，大有一副“自认倒霉，你想怎样就怎样”的表情。

【小姐姐，你这样是不行的，必须他心底认同才行。】

初筝烦躁，这么麻烦？

【……会、会吗？】系统结巴，【还好吧，小姐姐加油哟！】

初筝琢磨“心底认同”是要到什么程度，才能算是从心底认同她是一个好人……

【小姐姐，你先别琢磨了，你先做好人啊！】

初筝面无表情地朝着少年伸出手。

少年猛地往后一缩，眼底划过一缕暗沉的光芒。

初筝收回手，垂眸看着自己的手心。虽然指甲涂得黑漆漆的，但胜在手指骨节好看漂亮，他为什么要躲？

初筝看看他，又看看自己的手。她起身，弯腰拎着少年的衣领。衣领勒着脖子，空气减少，加上初筝手上的力度，叶沉被牵制着起身。身体疼痛，让少年站立不稳，踉跄着往初筝身上倒。

眼看就要砸在初筝身上，后者忽然松手，脚下往后退开。

叶沉直接摔在地上。他手掌撑着地面，火辣辣地疼。他带着愤怒的视线，投向初筝。

初筝无奈，我不知道你这么弱啊！别这么看我啊！我又不是故意的！

初筝微微吸口气，这次拉着少年胳膊，将他扶起来。少年挣扎一下，但刚被人暴打过，浑身都疼，力气实在太小了，初筝几乎没感觉到他的挣扎。

她将叶沉扶到旁边的椅子上坐下。

叶沉眸子里的警惕和愤怒，让他此时看上去更像一个被欺凌的幼兽。初筝看着他那样，忍不住伸出手，揉了两把叶沉的头发。

柔软的触感，让初筝的表情更严肃。

好软！

再摸两下，他应该不会生气吧？

初筝觑少年一眼，对上少年凶怒的眼神，立即收回视线，面无表情地又摸两把。

摸一下是摸，摸两下也是摸……

叶沉被人打骂、嫌弃、厌恶……但还没被人这么摸过头，他神色难堪，又带着一点可疑的红晕，最后变成恼羞成怒。

“你够了！”叶沉怒吼一声，屈辱让少年的脸色看上去阴沉沉的。

初筝收回手，手掌贴着裤缝，蹭了蹭。

“等着。”她的声音冰冷不含情绪。

初筝弯腰，盯着叶沉的眸子，一字一句地道：“跑了打断你的腿。”

叶沉：“……”

他倒是想跑，可他没力气，刚才那些人下手太狠，现在身上到处都疼。

初筝拎着一袋药回来，里面花花绿绿，不知道是些什么药。

叶沉警惕地盯着面前这个非主流。

纪初筝在学校横行霸道，带着一群不学无术的差生欺负人。谁敢和她对着干，就会被整得极惨。他虽然没被她欺负过，但是被她那群小弟欺负过。

少年微微握紧手，她一定在想什么方法整自己，一定是……

这附近说不定有她那群小弟，就等他出丑的时候跳出来。

初筝拉过叶沉的手，他不想她碰自己，往后面缩。初筝怒道：“别动。”

两人拉扯，叶沉微微抽口气，手心蹭出来的伤口似乎又撕裂，开始冒血珠子。叶沉咬牙，她一定是故意的！！

“嘶……”酒精倒在手掌上。叶沉微微瞪大眼，酒精浸透进伤口里，刺痛蔓延开。

这点疼，跟挨打的时候那种疼比起来，根本不算什么。

他没有发出声音，只看着面前的非主流女生给自己清理伤口，贴上创可贴。她手指擦过皮肤，混合着酒精，皮肤开始变得灼热起来。

“你到底想做什么？”叶沉问道。

初筝拉过他另外一只手，语气冷淡地陈述：“让你觉得我是一个好人。”

“呵呵……”少年抬头四顾，漆黑的眸子里闪过讽刺，“你们在玩儿什么游戏吧？是不是等我相信，你们就要看我笑话？”

这样的把戏，以前他遇见过。一个只会欺负人的人，说自己是好人，不觉得可笑吗？

“不是。”

“我不会上当的！”

“哦。”初筝继续贴创可贴。

叶沉观察她的神色，似乎从出现到现在，她表情就没任何变化，冷漠淡然。

叶沉身上穿着校服，校服已经洗得有些发白，初筝卷起他的裤脚，少年微微往后，想要躲避，初筝一把按住他膝盖。

少年这次疼得不轻，倒抽一口气。她是故意来折磨自己的吗？

初筝见此，猛地松手，严肃地抿了抿唇。

她真的不是故意的。

初筝在叶沉发飙之前，迅速将他裤脚卷上去。他膝盖也蹭出了血，还有一些青乌痕迹，斑驳在腿上，有些更像是旧伤，看上去有点吓人。

叶沉心底突然有些恼怒，伸手想挡住腿上的那些痕迹。初筝按住他的手，眉梢眼角都是冷意："别动。"

叶沉僵了下，手慢慢地缩回去。

初筝视线落在卷起来的裤子上，想起来这是原主学校的校服。因为原主从来不穿，她一时间没想起来。

她用手蘸了药水，按着叶沉的腿上药，指腹温热，和她冷冰冰的样子完全不一样。

叶沉身体僵住，不敢动弹，感受她的手指在他皮肤上拂过带起的轻微酥痒感。

初筝忽然出声："你也是宁和的学生？"

叶沉心底微微惊了下，她不认识自己？不过想想她那种人，前簇后拥，不记得自己是谁也正常。

叶沉胡思乱想的时候，初筝已经给他腿上完药，随即转移到他脸上。那个问题，她显然只是随口一问，没有要得到答案的意思。而且他身上的校服，已经是答案。

叶沉脸上青一块紫一块，嘴角还有血迹，那叫一个惨。

脸上的伤口挺好清理，弄完之后，初筝瞄着他身体："身上应该有伤，脱吧。"

"不需要你。"叶沉抱着胳膊，"我自己来。"

初筝面无表情地点头，顺手将药递给他。

"……你转过去！"叶沉道。

初筝扔给他一个冷漠的眼神，谁想看你？

叶沉见初筝转过身，这才自己上药，前面还好，后面就完全够不着，最后索性放弃了。

"好了。"

初筝将药收起来，把那袋药，一股脑地塞给他。

叶沉一愣。

初筝拍拍手，双手往裤兜里一插，准备离开。

【小姐姐！你就走了？】

不然呢？

【送他回家啊！！你看他多么可怜无助？你怎么能扔他一个人在这里！？这是身为一个好人应该做的！！】

初筝眉头轻蹙。为什么这么麻烦？不做好人行不行？

【……小姐姐要努力做好人哟！加油！】

为了回去！她忍！不就是送他回去吗？多大点事！

初筝侧目，清冷的目光落在少年身上，嗓音冷淡地问："你家住哪儿？"

昏暗的路灯打在少年身上，影子投在地面，被无限拉长，少年看上去异常单薄纤细，又透着几分可怜。

叶沉家住在一个老旧的小区。虽然环境不怎么样，但这里交通出行方便，又紧靠学校，房价还不低。

初筝将他送到楼下。叶沉心中窘迫，让她看见自己这么狼狈的样子，但心中更多的是不解，她似乎……真的不是为了整自己。

可是这可能吗？不可能！

“我到了。”少年的声音隐忍着些许情绪，有些别扭地道，“……谢谢。”

初筝收回手，目光落在他发顶，觑了觑少年的脸，见他垂着头，立即伸出手，在少年头上薅了两下。

好软啊！

初筝保持严肃冷漠的神情，就这么摸了好几下。叶沉一开始被摸蒙了，等他反应过来，初筝已经收回手，恍如什么都没发生一般：“再见。”

女生身上的装饰品叮叮当当地响。

叶沉一直看着她离开。路灯有两盏不亮，她的身影在黑暗和光芒中时隐时现。

叶沉抓紧手里的袋子，扭头一瘸一拐地上楼。

叶沉，你谁也不能相信。

“还知道回来呢？死哪儿去了？”

叶沉打开门就听见一声尖锐呵斥声。客厅里，妇女跷着腿坐在沙发上嗑瓜子，长了一张尖酸刻薄的脸。

叶沉关上门，妇女斜着眼瞧他，目光落在他手上的袋子上：“拿的什么？”

叶沉沉默地往自己房间走。妇女噌的一下站起来，一把抢走袋子，打开一看，还伸手在里面翻了翻。

片刻后，她将袋子砸在叶沉身上，里面的药哗啦散落在地上：“你有病啊！买这么多药干什么，想死吗？你哪里来的钱？说，你哪里来这么多钱？是不是偷我的钱了？”

妇人的叫骂声越来越响亮，甚至开始动手。叶沉握紧双手，任由妇人叫骂。

还不行，他要忍，马上就毕业了……

这场叫骂，直到另一个房间的男人出来，才算结束。

客厅安静下来，只剩下少年和那一堆散落在地上的药。他蹲下身子，慢慢地将药捡起来。感冒药、避……少年神色微微难看。

她都买的什么？

第二章

承包小卖部

初筝没有回纪家。她不回去，也没人找她。

第二天，初筝先去将头发染回来，顶着那一头五颜六色的头发，她实在是有点不敢出门。脸上那些乱七八糟的东西也卸了，最后就只剩下衣服。原主这身衣服实在是太有个性，她虽然觉得还不错，但是和她高贵冷艳的形象不符，所以她决定去换掉。

【主线任务：请在两个小时内，花掉二十万。】

初筝："所以需要花钱的时候，任务就会出现？"

【小姐姐，我们能花钱的时候就花钱，不能花钱的时候创造条件也要花钱。】系统声音欢快地提醒。

初筝无语。

两个小时，比上次时间多了一个小时。但是初筝万万没想到——堵车！

千算万算不如天算，她到达可以花二十万买衣服的商城的时候，只剩下半个小时的时间。初筝冷静地看了看指示牌，直奔珠宝店去。

花掉二十万，并没有要她用来买衣服。初筝扫一眼珠宝店，选了玉石的柜台。

"欢迎光临，想看什么……"柜员笑容甜美地迎上来。

对方有些诧异初筝的颜值，以及那身诡异的打扮。

初筝此时将头发拉直，披在肩头，容貌秀丽，没有表情的脸上，让她看上去有几分冷然。身上穿着……就如街头小混混似的，皮衣皮裤，还带铆钉。

虽说这衣服怪了点，但是和女生那冷然的气质搭在一起，竟不觉得违和。

初筝快速地扫过所有标价，目光停留在一个玉貔貅上："就这个。"

柜员下意识地看了一下价格，对面的女生着实不像买得起这么贵东西的人。但他们在这里上班，不管客人条件如何，都不能怠慢。她只能委婉地提醒："小姐，这个标价二十一万，最近店庆活动，所以打折下来二十万。"

二十万这个价格说出来，钱不够的人自然就知道了。

“嗯，就它。”初筝面无表情地点头。

“这个我要了。”旁边突然插进来一根手指，手指的主人指着玉貔貅，声音甜美地对着柜员道，“麻烦帮我包起来，谢谢。”

柜员似乎认识她，有些为难：“杨小姐，这位小姐已经定下了。”

“定下了？”杨茜茜扭头看初筝，视线先从她的穿着扫过，目光立即露出几分不屑，“就她也能买得起……咦，这不是纪初筝吗？”

杨茜茜视线落在初筝脸上，估计是见过原主素颜的人，一下子就认出来了。

“呵呵，我以为是谁呢，今天怎么不画你的烟熏妆了？”杨茜茜语气嘲讽。

杨茜茜，原主纪初筝的同学，和纪曈曈一伙的，可没少出馊主意整原主。

又是一个蛇蝎美人。

长这么好看，声音这么好听，怎么就这么坏呢？

【小姐姐，时间要到了！】系统提醒初筝。

哦！对！她还要花钱。

初筝这才收了内心的吐槽，一脸严肃地看着柜员：“结账。”

“等一下。”杨茜茜拦住柜员，“这东西是我先看上的，必须给我。”

“杨小姐，这……”柜员很为难，之前杨茜茜确实来看过，但是她说再看看，没有买啊。

“先来后到，我之前就来看了，我说一会儿来拿。”杨茜茜一脸的理所当然。

“你交定金了？”初筝平静地问。

杨茜茜噎了下，随后冷哼一声：“没交又怎样？我妈是这里的会员，不需要交定金，是不是？”最后一句问的是柜员。

柜员看看初筝，心想着，她这样子着实不像是能拿出二十万的人。而杨茜茜的母亲确实是他们的钻石 VIP 客户，柜员最后衡量一下：“是。”

得罪杨茜茜，她这工作恐怕就保不住了。

杨茜茜得意地笑起来，手指点在柜台上：“纪叔叔早就不管你了，你哪里还有钱？纪初筝，你可别打肿脸充胖子，把二十万看成两万，平白让人看笑话。”

杨茜茜和纪曈曈一伙，自然对原主的事一清二楚。因为纪初筝闹出的那些事，把纪父气得不轻，之前便停了纪初筝的卡。杨茜茜知道她花钱的速度，觉得她压根拿不出来这么多钱，这才敢如此说。

初筝突然伸手，捏住杨茜茜的手指，往外一掰。

清雅冷然的女生动作极快，在场的人谁都没看清，就听“咔嚓”一声脆响。

“啊……”杨茜茜惨叫一声。

初筝捏着她手指，神色冷淡，字字冰冷：“现在你还买吗？”

“纪初筝！”杨茜茜疼得冷汗直往下掉，却不敢动弹，只能大叫，“你竟然对我动手，你疯了？报警，快报警！！”

柜员有些无措，不知道该怎么办，初筝继续用力往下掰。

“疼疼……”杨茜茜眼泪已经掉下来，带着哭腔，“我不买了我不买了，纪初筝你放开我……”

初筝涂着黑色指甲油的手指，夹着一张卡，递给柜员：“刷卡，结账。”

柜员咽了咽口水，看初筝的眼神，透着一股畏惧。她又不眼瞎，看得出来杨茜茜是在挑衅，可人家全程就说了几句话，最后直接动手。这就跟看打擂台似的，上来一阵瞎吹，结果对方出手一招胜。

大侠风范，帅气逼人啊！

柜员赶紧去开单，这可不关她的事，是这位小姐逼的。

柜员开好单子，拿着 POS 机跑过来：“小姐……请输密码……”

单子打出来的瞬间，系统欢快的提示音响起。

【恭喜小姐姐完成任务，二十万奖励已到账。】

初筝将杨茜茜手指掰回去，她手指在杨茜茜衣服上擦了擦，指着柜员拿过来的玉貔貅：“买吗？三十万。”

杨茜茜捏着手活动，闻言差点一口血喷出来。买什么买！三十万，她也开得了口！

她恶狠狠地瞪着初筝：“纪初筝你给我等着！”说完怕初筝再动手似的，一溜烟地出了店门。

初筝无语，等着做什么？再让我掰一次？现在的人真是奇怪。

柜员看着初筝拿着东西离开，溜到旁边被吓到的同事身边：“刚才那个女生，你觉不觉得很帅？”

同事艰难地道：“那是杨小姐，她得罪……”

“杨小姐应该认识她，而且能花二十万买东西，估计不是什么普通人。”

“那她穿成那个样子？”

“所以啊，经理不是常常告诉我们，不能以貌取人。”

“受教了受教了。”

杨茜茜跑出老远，才微微喘口气：“我跑什么？”

杨茜茜有点莫名其妙地看看后面，揉着被初筝掰过的手指，眼神里露出几分恨意。

今天那个纪初筝……好像有点怪。

她摸出手机给纪瞳瞳打电话：“喂，瞳瞳，纪初筝是受什么刺激了？”

“你看见她了？”纪瞳瞳声音里压着几分兴奋。

昨天晚上的计划成功了吗？

对方没有动静，因为怕暴露自己，她也不敢贸然联系。

“我刚才给我爸买生日礼物，在珠宝店里遇见她了，她那样子跟中邪似的，还跟我抢一个二十万的玉貔貅，我找了好久才找到合适的，她就这么给我抢走了，还跟我动手……”

“你说什么？”珠宝店？她现在不是应该……难道失败了……

“茜茜，你在哪儿？我去找你，见面说。”纪曈曈急道。

【小姐姐，答应我以后我们能花钱解决的事，绝不动手好吗？】系统委屈巴巴地和初筝哭诉。

做掉省麻烦。

天哪！它这是找的什么小姐姐。【做掉了就没人看你英姿飒爽的逆袭了呀！不能做掉！我们要做积极向上的好人！】系统弱弱地道。

为什么小姐姐一言不合就要做掉别人？这个小姐姐好可怕呀！

隔壁系统说他宿主积极向上，亲切又友好。为什么它遇见这么一个……凶的小姐姐。

“麻烦。”

初筝买了衣服，回到纪家，家里只有用人在，那位继母似乎和人出去旅游了，纪曈曈也不在。

初筝的房间由灰色和黑色组成，十分压抑。她转一圈，打开衣柜看一眼，里面全是她身上穿的同款。初筝冷漠地关上衣柜门，转身去洗手间，换上新买的衣服。

镜子里的女生柳眉弯弯，唇红齿白，五官精致漂亮，若是笑起来，定是个美人。就算此时初筝冷着脸，也是一个非常有气质的冰美人。

不知道原主是哪根筋不对，好好的美人不当，要将自己化成那个鬼样子，恶心纪父和纪曈曈吗？要真是这样，那这方法还真是特立独行。

“你叫什么？”

【小姐姐是问我？】

“这里有别人？”

【我是王者号系统。】系统声音欢快。

“就你？”镜子里的女生神色冷淡，“你也就青铜级别还差不多。”

被初筝嫌弃的系统郁闷了。

初筝摸着下巴出去，往床上一躺。她莫名其妙到这个地方，还要完成这些乱七八糟的任务……可是不完成就回不去。

别让她知道是谁在搞她。

初筝手里的枕头渐渐变了形。

初筝是被敲门声吵醒的，她从床上坐起来，自己竟然睡着了……

外面敲门声持续，初筝过去开门。门外站着一个穿白色连衣裙的女生，长相甜美，卷发搭在肩头，衬得白皙的皮肤宛如羊脂白玉，给人第一印象就非常喜欢。

这就是原主那个野生妹妹，长得还挺好看嘛！好好的美人不当，非得搞事情。

纪曈曈也被开门的人吓一跳，好一会儿才反应过来，不可置信地叫了一声：“姐姐？”

纪初筝怎么变成这个样子了？这和她想象中的情形完全不一样。纪初筝不但没有失魂落魄，反而变得这样耀眼……

她一直知道纪初筝很漂亮，所以纪初筝整天化成那个样子，她其实是很乐意看见的。

纪瞳瞳握紧双手。

所以昨天晚上失败了？明明之前她有收到短信，说昨天晚上就会搞定……到底哪里出错了。

“有事？”

声音是她熟悉的声音，不过好像比以往要冷淡许多，周身的气质也变了，冷冷淡淡。

纪瞳瞳脸上带着笑容，关心地问：“姐姐，你怎么没有化妆？”

“有事？”

“没、没事。”被初筝那冷淡的目光盯着，纪瞳瞳只觉得有一种被看穿的错觉，她赶紧道，“我就是听用人说姐姐回来了，所以上来看看你。”

“看我有没有被你叫的人给玷污？”

纪瞳瞳瞪大眼，瞳孔一阵紧缩，心跳如雷，神色却是茫然无辜：“姐姐，你说什么呢？”

初筝摸出手机，点开录音。

“是……是纪瞳瞳……纪瞳瞳拿钱给我，让我来的……有钱还有……所以……你别打我，真的是纪瞳瞳，我只是拿钱办事。”

纪瞳瞳后退一步，面上血色正一点一点地褪去。

“姐姐……你这是什么啊？我怎么有点听不懂？”

纪瞳瞳装傻，脸上强作镇定。可惜年纪太小，破绽百出。

初筝关掉录音：“是什么你心里清楚。”

年纪轻轻就如此歹毒。长得挺好看的，怎么就走上这么一条不归路呢？

唉！可惜可叹。

系统心累，小姐姐内心戏好像有点多。算了，它还是装作听不见吧，免得小姐姐又凶它。

“姐姐你不要跟我开玩笑。”纪瞳瞳笑得越发勉强，“我真的不知道那是什么……我、我还有作业没做完，我先回去了。”

纪瞳瞳几乎是落荒而逃。

没有防备地听见录音，初筝变化又大，这让纪瞳瞳乱了方寸。回到房间她就后悔了，这件事她做得隐蔽，不会有人知道是自己做的。她不承认，根本没有证据。

纪瞳瞳拿出专门联系的那部手机，一连给黄哥发了好几条短信，结果没有任何回应。此时黄哥还在医院躺着，哪里有时间回复她。

纪瞳瞳越想越不对，赶紧将手机里的卡抠出来，从马桶冲进下水道。

做完这些，纪瞳瞳微微松口气。

初筝当然没有证据，那个录音就是她逼着黄哥录的，吓唬一下纪瞳瞳。不然还当她是以前的纪初筝，好欺负。

【小姐姐，接收一下叶沉的资料哟！】

系统欢快的余音还没落下，初筝就毫无防备地被塞了一脑子关于叶沉的资料。

叶沉，幼年父母双亡，之后被伯父伯母以收养为名，占了叶沉家房子和父母的赔偿款。

能干出这种事的亲人，自然不会对叶沉太好。叶沉在这个家忍受着屈辱、打骂，在学校更是被人欺负，渐渐这娃就长歪了……

本来有一次改变的机会，本以为可以离开这里，不曾想，又被伯父伯母一家给破坏了。

之后叶沉彻底黑化，甚至犯下罪行，之后逃离。

很多年后，叶沉再次回到这里，一个一个地找出当年那些欺负他的人，让那些人一一得到惩罚，最后叶沉被判死刑。

初筝揉着眉心："这也是任务？"

【是的，不要让叶沉黑化，所以小姐姐，让他看见世界有多美好！】

初筝翻了个白眼，人傻钱多。

周一。

初筝和纪瞳瞳同级，纪瞳瞳一早就和同学走了，初筝坐司机的车去学校。

对于初筝这样的变化，司机和用人都有些诧异，甚至可以说是错愕。而且初筝也不像以前那样，总是大呼小叫，一句话不对就发脾气。

今天的大小姐，神色平静冷漠，话也变少了……

"停车。"

初筝推开车门下去，书包往身后一甩，关上车门，踩着旁边的花坛，直接跳了过去，姿势帅气潇洒。

司机一愣，大小姐好像有点帅。

"叶沉，上学呢？"几个人从后面将叶沉围住，拉住他的自行车，迫使他停下来。他们穿着校服，不过看上去吊儿郎当，一看就不是什么好人。

叶沉皱眉，下车，不想理这几人，推着车往前走。

"急什么啊！走，哥几个跟你说点事。"

"哈哈哈，来来来，我们去这边说。"

叶沉连同他的自行车，被推着往旁边的公园去。

叶沉被打的时候，看见初筝站在不远处的花坛那里，她反手钩着书包，看着他挨打。他一开始没认出来，但是看见她书包上的吊坠，以及那双冷淡的眼睛，他便认出来了。对上他的视线，她也没有回避，就这么冷漠地看着。叶沉双手抱着头，一声不吭地忍着。

"叶沉，来，叫声爷爷，今天就放了你。"

叶沉不吭声，犹如被激怒的狮子，凶狠地瞪着面前的人。

“瞪你爷爷我干什么？你还瞪……”

男生扬手要打叶沉。肩膀却猛地被人按住，男生往后退开好几步。

“谁啊！”那男生反手打过去。初筝握住他手腕，往下一拧。

“啊……”男生惨叫一声，那边围着叶沉的几个人闻声看过来。

“老大你没事吧！哪里来的黄毛丫头，敢欺负我们老大！赶紧放开我们老大！”

被初筝拧着手的男生，疼得直叫唤：“美女美女，有话好说，有话好说。”

初筝抬脚踹在他臀部，男生朝着地上扑去。

“道歉。”

“我道你大爷的歉。”没了钳制，男生朝着后面的人吼，“看着干什么，给我教训一下这个多管闲事的黄毛丫头。”

初筝将书包往地上一丢，捏了下手腕，在人上来的时候，抬脚就是一个横扫。

这群学生打架也不过是仗着自己有点三脚猫的功夫，初筝对付他们，丝毫不费力。不过片刻，几个人都倒在地上。

初筝弯腰将书包捡起来：“道歉。”

“对不起对不起。”虽然他们也不知道自己哪里做错了。

“他。”初筝指着孤零零站在一边的叶沉，“给他道歉。”

男生捂着手腕，朝着叶沉看过去。叶沉那个小子，上哪儿认识这么厉害的一个美女？

“对不起！”男生咬牙，叶沉这小子，给他等着！

“滚。”初筝冷冷道。

几个男生相互搀扶，快速消失在小公园。

叶沉抬头，漆黑的眸子里还残留着几分狠厉。但接着他脑袋上就落下一只手，像揉大型犬一般，揉了好几下。

软，舒服，多摸两下。

“摸够没有？”她把自己当什么？

初筝一脸严肃地收回手，好像刚才摸他脑袋的不是她。

叶沉无语，这人什么毛病？

叶沉撑着旁边的花坛站起来，腿有些麻，站得不是很稳，身体摇晃，似要摔倒，脸色苍白难看。少年长得极其好看，漂亮的脸，隐忍的神情，组成一幅让人想……继续看他挣扎的画面。

初筝盯着他瞧了一会儿，这才伸手扶住他。后者将手抽出来，语气不善又警惕：“你到底想干什么？”

她之前站在那边看他挨打，那样子，根本就是不打算救他。

虽然他也没奢望过有人能拉自己一把，这么多年他早就习惯了。

总有一天……欺负他的人都会付出代价。

“我是个好人吗？”女孩冷淡却好听的声音，拉回叶沉不断下沉的心神。

叶沉神情复杂，视线环顾四周，想找到一点蛛丝马迹，证明她在耍着自己玩儿。可是这里除了他们，就只剩下植物。

有病。

叶沉弯腰扶起地上的自行车，一瘸一拐地推着往外走。

初筝将书包往他自行车兜里一扔，扔得非常准确。

叶沉吓了一跳，他停下，漂亮得如宝石的眸光里满是愤怒。一张脸更是多了几分生气，不像之前那般死气沉沉，好看得让人想捏……

初筝上前，抢走自行车，往前推了几步，直接跨坐上车。她脚尖点地，回头看他，帅气出声：“上车。”

“你下来！”叶沉上前拉着自行车车把，想把初筝拽下来。

“上车。”初筝纹丝不动，声音冷冷淡淡，毫无起伏。

叶沉的胸口起伏了一下。

好啊！他就要看看她怎么整自己！

反正这些人不就是想看他笑话，以欺负他为乐吗？

他撑着后座，直接坐了上去。他故意用了力量，本以为她会稳不住，谁知道车子一点晃动都没有。下一秒自行车就飞了出去，叶沉下意识地拉住她的外套。少女身上的馨香，在植物的清香气息中扑面而来……

学校越来越近，叶沉手心里渐渐有了汗。

女生骑得很稳，衣摆被风扬起，快速地在人流中穿梭而过，四周学生纷纷侧目。

吱——车子突然停下。

路边蹲着几个流里流气的男生，身上的校服穿得歪歪扭扭，他们蹲在那里，气氛看上去有些古怪。这群人不是别人，正是三毛等人。

初筝停下来，朝着那边喊了一声：“三毛。”

其中一个男生往这边看过来，最先看见的是后座的叶沉，叶沉他倒是认识，只是……这载叶沉的是谁？没见过啊！

等等……刚才那声音怎么有点耳熟？陌生的脸……也不是很陌生，好像有点熟悉。

“初筝姐？”三毛试探性地叫了一声，心中一群神兽狂奔而过。

“我让你们办的事，办好了吗？”

“啊！”三毛大叫一声，引得不少人围观，但碍于他们的形象，不敢靠近，纷纷远离。反倒是初筝以及叶沉，让人指指点点。

“那不是七班的叶沉吗？载他的人是谁啊？”

“没见过啊……长得好漂亮，也是我们学校的？”

因为初筝没有穿校服，又完全变了样，大家一时间也认不出她是谁。

三毛踉跄着上前，跟见到鬼似的：“……初、初筝姐？”这是他的初筝姐吗？

另外几人也是一脸惊疑不定。一天不见而已，为什么变成这个样子了？！

“问你话呢！”

这语气虽然冷了点，但声音不会错，就是他们的初筝姐。

三毛赶紧道：“初筝姐放心，都做好了。”

说完，三毛又有些担心：“初筝姐，他们会不会找麻烦？”

“他们没机会。”

什么意思啊？还有为什么叶沉会坐在他们初筝姐后座上？

“以后谁要是花钱买通你们做什么，记得来我这里报告，我给你们三倍的钱。”

土豪初筝扔下这句话，载着叶沉进了学校。

三毛呆愣在原地。

他看看旁边的兄弟：“刚才我看见的是叶沉吧？”

旁边的兄弟：“刚才我看见的是初筝姐吗？”

很快他们就会发现，他们认识的初筝姐完全不一样了。

黄哥等人没几天就被抓了进去，没个几年放不出来。那个时候三毛他们才知道，初筝说的“他们没机会”是什么意思。她好歹也继承了原主的记忆，利用以后会发生的事，解决一个黄哥轻轻松松。

当然这是后话。

叶沉和初筝不同级，叶沉高三，两人不在一栋教学楼。初筝将人扔在教学楼下，骑着自行车就走了。

叶沉一愣，他的自行车！他的！！

初筝也是之后才反应过来，不过她懒得送回去，准备下次见面再还给他。

【小姐姐，你这样会被当成一个坏人的！】

初筝严肃脸：“我会努力当一个好人！”

它怎么觉得这任务好悬啊！

还没到早自习时间，教室里学生打闹、讲话、吃早餐，好不热闹。

初筝一进教室，整个教室顿时安静了。

片刻后，窃窃私语声响起。

“找谁的？”

“不知道啊，没穿校服……不是我们学校的吧？”

“好漂亮啊！美女你找谁啊？”

初筝面无表情地往教室里面走，走到最后的位置上，将书包塞进去。

教室比刚才她进来时还要安静。

那是……不良学生纪初筝的位置啊！！她为什么会坐在那里？

说起来，她刚才拎的书包好像有点眼熟，身高也和纪初筝一样，就是衣服和发型……

纪瞳瞳和杨茜茜进来的时候，看见的就是满教室的人齐刷刷望着角落女生的画面。杨茜茜认出初筝，直拽纪瞳瞳：“瞳瞳，纪初筝在搞什么？”好好的非主流不当，突然恢复正常。

“……可能……姐姐想换换风格吧！”纪瞳瞳说这话的时候，心中暗恨不已。

“纪初筝啊！真的是纪初筝。”

“天哪，她是受什么刺激了吗？”

“纪初筝这样很漂亮啊，和纪瞳瞳比起来，也不差嘛！”说这话的，可能不喜欢纪瞳瞳，但初筝漂亮他们没办法否认。

纪瞳瞳微微握紧拳头，视线盯着初筝那边。

正巧上课铃响了，纪瞳瞳赶紧拉着杨茜茜回座位。

班主任踩着铃声进教室，手里拿着上周的月考试卷。

“这次考试，纪瞳瞳同学考得非常好，全年级第一名。”班主任和颜悦色地将纪瞳瞳夸一遍。在同学敬佩的视线中，纪瞳瞳心情总算好转一些。

“还有一些同学，整天不好好学习，逃课打架，成绩更是不能看……”这个“有些同学”，自然说的是初筝。

班主任说着说着突然觉得不对劲，盯着初筝那边：“那位同学你谁啊？”

初筝起身：“纪初筝。”

班主任用诡异的视线将她打量一遍。

这是……纪初筝？假的吧！但是声音好像没问题。

班主任估计被搞晕了，都忘了骂，让她坐回去，开始讲卷子。

不时有人回头看初筝，低声讨论，或者传字条。

“瞳瞳，纪初筝是不是中邪了？”杨茜茜趁班主任转身的时候，凑到纪瞳瞳耳边道。

纪瞳瞳的笔在纸上划过一道长痕，笑着道：“你别乱说，姐姐怎么会中邪。”

“你看她那样子，不是中邪了怎么突然这么打扮？”

“这个……”纪瞳瞳一脸的为难，“别说了，听老师讲题。”

“你是不是知道什么？”杨茜茜见纪瞳瞳那样子，立即追问。

纪瞳瞳摇头。

“我们什么关系，你快说，她到底怎么了？”

“没什么啦……”

不过一上午的时间，初筝就听见不少人传她是因为有喜欢的人才会变成这样。而她喜欢的不是别人，正是比他们高一届的孟然——也就是被纪瞳瞳抢走的原主喜欢的人。

这个时间点，纪瞳瞳和孟然已经互有好感，正在朦胧的暧昧时期，学校不少人都知道，因此在同学眼中孟然和纪瞳瞳是金童玉女。

原主看上去乖戾，但在孟然面前，却是那种说一句话就结巴的人。此时突然传出初筝喜欢孟然，她还是纪瞳瞳的姐姐……大家就觉得她是想“横刀夺爱”。

这事越传越像那么回事，好像纪初筝真的是为了孟然改变，想抢自己妹妹的心上人。

这些人脑洞这么大，怎么不去当编剧呢？

下午体育课。

班上的女生都特别激动，等到上课，初筝才知道她们这么激动是为什么。

他们的体育课，和高年级一个班一起上。

一起上没什么，关键就在这个班里有孟然。孟然可是全校的男神，好多女生都喜欢他。

上课的时候，女生窃窃私语，还有不少人拿古怪的眼神看纪初筝。

孟然班级那边在长跑，体育老师不知道抽什么疯，也让他们长跑。两个班级的队伍最初隔着一段距离，但渐渐就混合在一起了。孟然长相出挑，身高也出挑，一眼就能看见，属于那种邻家大哥哥类型，阳光帅气。此时正和纪瞳瞳跑在一块。俗话说，俊男靓女最惹眼。纪瞳瞳往高大帅气的孟然身边一站，那就是娇小可人，惹人怜惜。

“王八，我不是要对付欺负过我的人吗？现在可以用钱砸他们吗？”初筝问系统。

【小姐姐，你叫我什么？】

“王八。”

这什么称呼！它这么帅气英俊的系统，为什么要这么叫它！！它叫王者！王者知道吗！不是什么王八！

【为什么！】王者号鼓起勇气质问！

“姓王排名八，不就是王八？”

姓王……勉强算吧，为什么它排名八？谁跟你说的？

初筝不理它，专注自己的问题：“我问你话，你们系统工作这么不负责？”

【不可以！】王者说完就不吭声了。

“纪初筝，我看你还是死了这个心吧，人家孟然学长不会喜欢你的，就算你为孟然学长改变，可你那些劣迹斑斑的事，改变不了，你就是痴心妄想。”杨茜茜的声音从旁边插进来。

初筝回头就对上杨茜茜讽刺的神情，她茫然地想：死什么心？她要对什么死心？现在的小姑娘讲话真是搞不懂……她明明也还很年轻啊！！一枝花啊！怎么就有点跟不上她们的思维呢？

杨茜茜眼底闪过一缕暗沉，突然伸手，不知道是想推初筝，还是想拽初筝。说时迟那时快，初筝抬脚一扫，踢在杨茜茜屁股上。杨茜茜直接往前扑去，摔了个狗啃泥。

初筝收回脚。

完美！满分！

杨茜茜摔了，跑在她们旁边的同学纷纷停下。

“茜茜你没事吧？”纪瞳瞳冲上前，将杨茜茜扶起来。

杨茜茜捂着屁股，狼狈地站起来：“纪初筝，你踢我！”

"嗯。"初筝冷漠脸，"你太吵了。"

说完，初筝便继续往前跑，留下一脸蒙圈的同学们。

发生了什么？

"纪初筝！！"杨茜茜气急败坏地怒吼。

"孟然哥哥。"

纪瞳瞳的声音，让杨茜茜立即收敛凶狠的表情，委屈地靠着纪瞳瞳。

孟然往初筝那边看一眼，眼底有些古怪。纪初筝变化怎么这么大？

他当然见过她没化妆的样子，只是以前她不化妆，头发依然很夸张，现在突然恢复正常，让人眼前一亮，和纪瞳瞳娇俏可人不同，她是清冷高雅，不由自主就会她吸引。

"没事吧？"孟然很快收回视线，贴心地询问，"先去旁边休息一下吧！"

杨茜茜心中一阵羞涩，可是看见孟然看的是纪瞳瞳，心底又开始泛酸。

"茜茜你怎么被姐姐……"纪瞳瞳小心地问。

"我就说了一句话，谁知道她突然发什么疯。"杨茜茜委屈。

"姐姐可能……心情不好吧，我替姐姐给你道歉。"纪瞳瞳解释，"姐姐在家里就经常发脾气……"

纪瞳瞳适时地收声。她看一眼孟然，后者微微蹙眉，显然是不喜。

"瞳瞳你就是太善良了，她那样的人，你还帮她说话。"

"好歹是我姐姐嘛！"纪瞳瞳无奈。

"什么姐姐，又不是一个妈生，一点教养都没有。"杨茜茜气愤不已。

"好了，别说了。"纪瞳瞳扶着杨茜茜，"我带你去休息。"

因为这事，体育老师直接让大家自由活动。

初筝在操场边看见三毛冲自己挥手。初筝走过去，还没说话，王者就开始发布任务。

【主线任务：请在十分钟内，消费四万块。】

初筝脚步一顿，她在学校！上哪儿去花掉四万块？还十分钟！开什么玩笑！

用撒的吗？

初筝猛地想到一个地方，对着三毛他们道："跟我来。"

"去哪儿啊初筝姐？等等我们……"三毛等人立即屁颠屁颠跟上。

小卖部此时有不少人，孟然请两个班的人喝饮料，纪瞳瞳站在孟然身边，宛如白马王子与公主。

"孟然学长真好。"

"你以为孟然学长是为你啊？孟然学长还不是为了瞳瞳。"

"就是，孟然学长对瞳瞳的好啊，我们可羡慕不来，这都是沾了瞳瞳的光。"

"没有没有，你们别乱说。"纪瞳瞳羞红了脸否认，无疑就是此地无银三百两。

孟然也没反驳，甚至温柔地看着纪瞳瞳。

杨茜茜坐在旁边的凳子上，看着两人被人羡慕，心中犹如打翻醋瓶子，不是滋味。

就在众人说得热闹的时候，初筝带着她的跟班突然出现，气氛顿时有些诡异。

“姐姐……”纪瞳瞳连忙拿了水，递给她，“孟然哥哥请大家喝水，你……”

初筝看都没看她一眼，带着人直接绕过他们，进了小卖部。她时间不多，完不成就要翻倍！人傻钱多，她也无可奈何。

“可以刷卡吗？”

小卖部老板点头：“可以啊，还能使用支付宝、微信哟！”

初筝将卡递过去，语气冷淡：“刷四万。”

三毛：“？？？”

“同学，刷四万做什么？”老板有点蒙，这是要将他小卖部搬空吗？“同学你买这么多……”

“买零食，有生意不做？”

老板一脸蒙，这小姑娘看着怎么有点凶啊！

不是说她表现得有多凶，就是她的气势，给人的感觉……就是凶巴巴的。

“做做做。”老板麻溜地刷卡。

【恭喜宿主完成任务，四万奖励已到账。】

初筝发现系统的称呼变了。之前都是小姐姐过去，小姐姐过来，现在变成了宿主，而且声音也没之前软萌。

这是生气了？因为之前称呼的事？

——那就这么决定了，就叫它王八！

“那这些东西……”老板刷完卡，问自己的大金主，四万块差不多能将他现在的库存给搬空。

初筝看一眼三毛，十分潇洒豪气：“去每个班发吧。”

三毛嘴巴张成O字形。他们学校将近两千人，分给每一个人，也就二十块钱零食，这么一看又不多了。

而外面的人已经被初筝的操作给震惊到了。

这是……做什么啊？难道是看自己喜欢的人为纪瞳瞳请客，所以一气之下……

“她真喜欢孟然学长啊？喜欢有什么用，孟然学长才不会喜欢她呢，以为自己变个形象，就能将以前的黑历史洗白？”

“我觉得纪初筝其实也挺漂亮……”

“孟然学长那么帅，她喜欢有什么稀奇的，不过她肯定是癞蛤蟆想吃天鹅肉，孟然学长那必须和有教养的人在一起才般配。”

孟然眉头微蹙，不太喜欢这些人将自己和纪初筝绑在一块说。

“出来了出来了。”

孟然也跟着大家看过去。初筝和那几个跟班一起出来，她双手插在兜里，乌黑的头发垂落在身前，风拂过刘海，露出冷淡疏离的眉眼。

同学A：“怎么忽然觉得她有点帅啊？”

同学B：“我……我也有这感觉。”

同学C：“换个发型换身衣服，跟变个人似的……”

同学D：“装模作样，就算这样，孟然学长也不会喜欢她的。”

同学C：“但是真的有点帅啊……”

纪瞳瞳微微咬唇，脸上露出笑容后迎过去，细声细气地问：“姐姐，你心情不好吗？为什么花这么多钱？”

“我花钱需要向你请示？”

纪瞳瞳噎了下，急急地解释：“我不是那个意思，我只是担心姐姐，要不你给爸爸认个错，这样爸爸就不会停你的卡了。”

这意思就是告诉大家，她的钱也不过是纪父给的，而且可能很快就没钱了。

“你不怕我告诉爸爸，你找人……”初筝冷冷道。

“姐姐，我是为你好！”纪瞳瞳声音突然增大，“爸爸也不是故意和你生气，你之前……太过分了！”

初筝在心底给纪瞳瞳鼓掌，此处应有掌声。

“纪初筝，你是不是太过分了？”孟然走上前，替纪瞳瞳说话，“瞳瞳好言好语和你说，你怎么能这么说话？”

初筝语气淡然：“我刚才说的话犯法？”

孟然眉头拧得更厉害，以前纪初筝见到自己什么反应，他自然清楚。他也知道她喜欢自己，可是和瞳瞳比起来，纪初筝劣迹斑斑，做事出格，让人反感，还欺负瞳瞳，屡教不改。她的喜欢，对自己来说，似乎成为一份让他厌恶的存在。

然而现在的纪初筝，眼中只有冷漠和疏离，看不见任何的爱慕。那样的眼神，让他心中有些不舒服，可他又说不出来不舒服的缘由。

“既然不犯法，我为何不能这么说？”初筝越过他们，淡然的声音传遍全场，“我不喜欢纪瞳瞳，所以没必要给她好脸色，她自己要撞上来，我当然能说。”

现场诡异地安静，看着她走远。三毛等人愣了将近半分钟，这才跑着追上去。

初筝姐越来越霸气了！

同学A：“真的好帅啊！我想粉她了！”

同学B：“是啊是啊，大家都知道她不喜欢纪瞳瞳，可纪瞳瞳每次都自己撞上去，最后搞得跟纪初筝欺负她似的，也不知道安的什么心。”

同学C：“这么一说，好像还真是……”

同学们的窃窃私语，隐隐约约地传到纪瞳瞳耳中。她咬了下唇，刚想和孟然诉苦，却发现孟然盯着初筝的背影看得出神。

她心头猛地一跳。

“孟然哥哥，我是不是惹姐姐生气了？”纪瞳瞳带着哽咽的声音，让孟然回过神。

“别管她，阴阳怪气的。”孟然嘴上这么说，心底却有点不适。

“可是……”

“没事。”孟然安慰她，“你别乱想。”

纪瞳瞳虽然有孟然安慰，但是因为初筝那句话，一些人已经开始揣测她，特别是那些同样喜欢孟然的女同学。而初筝花四万块承包小卖部请全校吃东西这件事，还没下课已经在各班级的群里传遍。虽然不太明白初筝这操作，但是东西分到自己手里，大部分学生还是欣然接受，对这位承包小卖部的大佬好感度顿生。

学生时期，好感度来得就是这么莫名其妙，也许一瓶水一包纸，就能收获一个挚友。

操场边。

叶沉坐在树底下，阳光从树冠中倾泻而下，斑驳在他身上，远远看着，像是有光环绕。

叶沉其实长得挺好看的。不过可能偏向阴柔，总让人想欺负他。

空气中有物体划过的声音。叶沉伸手接住，定睛一瞧，是一瓶水。面前光线一暗，冷冷淡淡的声音响起：“请你喝。”

叶沉看初筝一眼，起身，直接将水塞她手里：“不需要。”

叶沉迅速离开操场。

初筝无奈，这让她怎么做一个好人？看看人家完全不领情嘛！！

离开的叶沉突然又倒回来，黑沉的眸子里氤氲着些许郁气：“我的自行车还给我。”

初筝面无表情地转着手里的水，问：“我还给你，你会不会觉得我是个好人？”

抢他自行车，还想让自己说她是好人？她脑子是被自行车撞了吧！叶沉无语。

初筝将水再次塞给他，抬手摸摸他发顶，顺带揉一下：“放学教学楼下等我。”

初筝面无表情地离开。冷漠的面具下，早就开始抓狂。好麻烦啊！为什么会有这么一个任务！他黑化了跟我有什么关系！我为什么要阻止他黑化！黑化不是挺好的吗？做人不体验一下黑化，怎么能说自己完整地当过一次人呢？

【小姐姐，还想回去吗？】王者觉得自己再不出声，它家小姐姐，可能就要帮助叶沉黑化了，这是绝对不行的！必须做个好人！

“你不生气了？”

还知道它生气啊！竟然给它堂堂的王者，取那么一个小名！

“王八。”

啊！好生气！

隔壁系统的小姐姐温柔大方，为什么它家这个这么可恶！不理她了！

叶沉放学就在教学楼下等着。

放学后，学生从楼上下来，拥挤热闹，肆意的青春，透着鲜活。然而当初筝下来的时候，叶沉发现她四周都是空荡荡的，似乎有人在她四周撑起了一个保护圈，不许人靠近。四周的同学不时打量她，却无人敢和她讲话。

清雅冷淡的女生走到他面前，叶沉感觉不少人已经在打量自己。

他忍了忍："我的车。"

初筝抬脚往停车的地方走，叶沉赶紧跟上。

学校设有共享单车，旁边也有停放自行车的地方。

初筝指了指那边，叶沉看她一眼，过去找自己的车。但是当他看见自己的车倒在地上，被破坏得不成样的时候，眼底的阴郁如乌云一般累积。

这就是她的目的？呵……

他沉默地将单车扶起来，初筝也看见那车的样子，手柄都歪了，车胎也没气了，车身更是痕迹斑斑，明显是被人反复摔砸、踩踏导致。

少年带着凶狠的视线，扫了过来。

初筝被看得心底咯噔一下：不是，这跟我没关系！那么看着我干什么！

少年收回视线，推着车子离开。

初筝抬脚跟上去，少年转头，声音冰冷："你还跟着我干什么？你想做的不都做了？"

"不是我。"

"你将我车子推走，不是你是谁？"叶沉质问一句。

"……"我怎么知道是谁，我就随便停在那里，谁知道会有人对它下手，连一辆车都不放过。

"纪初筝，你想整我不用耍那么多花样。"叶沉握紧车把，"现在你满意开心了吗？"

叶沉说完推着车快速离开。

叶沉正在气头上，初筝站在原地没有追上去，她摸出手机给三毛发短信。

三毛火速赶过来，问道："初筝姐，怎么了？"

"这里有监控吗？"

"这里？"三毛打量一下，"应该有吧，这不是共享单车吗？学校怕有人搞破坏，肯定有监控。"

三毛带初筝去保安的监控室查监控，车子是早上放在那里，到现在放学的，一整天的时间，想迅速看完可不行。初筝翻出原主书包的一个U盘，将今天的视频拷贝出来。

叶沉推着车回去，到家的时候，晚饭时间都过了。他将车子停在楼下，沉默地站在车子前。许久，他才上楼，在骂声中回到自己房间。

叶沉将书包往狭小的床上一扔，整个人都倒了下去，他慢慢地将身体蜷缩起来。

叶沉……你不能认输！欺负你的人，一个一个地记住，总有一天，你会让他们得到教训。马上就毕业了，你就可以离开这个地方。

叶沉保持这个姿势很久，直到房门外安静下来。他缓慢起身，坐到桌子前，拿出作业开始写。翻书包的时候，他摸到那瓶水。他表情难看地打开窗户，直接扔了出去。

叶沉将自己沉浸在题海中，什么都不想，只做题。

“咚——”有东西打在玻璃上，叶沉写字的手一顿。他望向黑沉沉的窗外，那双眸子宛如黑夜般幽暗。他垂下头继续写……刚写一个字，又是咚的一声，透着让人心寒的光泽。

叶沉起身推开窗户，清冷的月光洒在楼下，勾勒出好几道人影。其中最瞩目的便是初筝，即便是站在夜色里，也掩不住她的光华。

叶沉抓着窗户的手缩紧。

大晚上的还要找他麻烦……

叶沉不想出去，指不定出去又会发生什么事，可外面的人不断拿石头丢他窗户，那声音在夜里很清晰。

叶沉放下笔，打开门听了一会儿，确定外面客厅没人，这才下了楼。

他刚走出楼道，就见站在初筝旁边的人，一个个泪流满面地开始向他道歉。

“叶哥对不起，都是我们的错……”

叶沉僵在原地。这几个人……是今天早上那几个。

“叶哥，是我们有眼不识泰山。你原谅我们，我们真的不是故意弄坏你的车。”

这几个人就差给叶沉磕几个响头，再拜一拜。他们今天中午放学的时候，正巧看见叶沉的车，几个人一合计，就将车给弄坏了，下午逃课没去学校。直到初筝带着三毛找上门，他们才知道，今天早上救叶沉的人是纪初筝。

大家都在一个学校，纪初筝的大名自然听过。纪初筝有钱，真要找人弄他们，他们压根就不是对手。

“叶哥你原谅我们，我们再也不敢了，以前都是我们不对，我们给你道歉。”

叶沉看向初筝，初筝此时漫不经心地看着正道歉的几人。

“闭嘴。”叶沉低呵一声。

几个人顿时噤声。

但叶沉最后也只憋出一个字：“滚。”

这群人怕的不是他，是纪初筝，如果今天他动手了，往后纪初筝不在，他会受到更多的报复和欺凌。

“多谢叶哥……初筝姐。”他们齐刷刷地看向初筝，可以走了吗？

“东西。”

其中一人起身，跑到后面推出一辆自行车：“叶哥，这是我们赔给你的。”

他们将自行车往叶沉面前一停，飞快地跑进夜色中，好似后面有鬼追一般。

叶沉皱眉看着面前的自行车。

“以后我罩着你。”初筝在书包里摸出一张纸，慢吞吞地写下电话号码，“我的电话号码，存一下。”

她将纸递给叶沉。叶沉不接，单手放在身前，神色间皆是警惕。

初筝将纸放在自行车上。直到初筝离开，叶沉才将那张纸拿起来。

“纪初筝……你到底想干什么？”

叶沉呢喃一声，又看看面前的自行车，对方赔给他，他似乎可以接受……可是总觉得有点不对劲。良久，叶沉有些难受地揉了揉肚子，将车子停到一旁，准备上楼。

“叶哥。”黑暗中突然蹿出一人，将带着热气的东西递给他，“初筝姐请你吃的。”

叶沉：“……不要。”

“叶哥！别啊，你不要，回去我交不了差啊！”那人哀号一声，“你拿着，只要交到你手上，你是吃了还是扔了……哎呀，不管你怎么处置都成。”

叶沉等那人走了，走到旁边的垃圾桶，想将东西扔掉。他手都伸出去了，最后却又收了回来。他看看自己窗户的位置，往某个方向走去，找了半天才找到他扔出来的那瓶水。

拿着东西小心地上楼，房门关上，叶沉微微松口气。今天回来没有吃晚饭，他其实很饿了。食物的香气，更让他觉得饿。

他伸手扶住额头：“纪初筝……”

纪父一直在出差，纪瞳瞳可能是被初筝突然的变化加上录音的事吓到了，在家里只会避开她。叶沉似乎也有意避着她。初筝也不会没事赶着上前，好人难当。

学校里的人对初筝的印象，渐渐从非主流少女，转变成高冷女神。那气质，普通人模仿不来。

纪瞳瞳清纯可人的路线，在初筝面前，便有些黯然失色。

不过初筝虽然改头换面，但还是经常和三毛那些人出现，大部分学生依然有点怕她。

小卖部那件事，倒有不少人议论，让纪瞳瞳有时候有些尴尬。也有人说她之前都是故意的，人家纪初筝压根不想理她，她还非得凑上去。

纪瞳瞳更加低调起来，估计是想让人暂时忘记那件事。

好几天没碰见叶沉的初筝，上学的时候在校外碰见了他。他站在一家早餐店前，不知道想什么，许久都没动。

初筝走近才看见叶沉在数钱，最后他将钱往兜里一揣，转身……

叶沉毫无征兆地对上初筝冷淡平静的眸子，他脚往后退了一步。

她什么时候站在自己旁边的？

女生换上了校服，蓝白相间的校服，拉链只拉了一半，和其他女生穿出来的效果完全不一样，冷淡中透着点痞气。

初筝示意他进去：“陪我吃早餐。”

叶沉皱眉拒绝：“我跟你不熟。”

初筝退回来，盯着他眼睛：“你不陪我吃，我就找人天天堵你。”

【小姐姐，你这样会被当成坏人的！我们要做一个好人，来跟我念，我是一个好人！

好人好人好人，我是一个好人！】

初筝翻了个白眼，你一个系统话那么多，吵死了。

系统无奈，怪我咯，我闭嘴还不行吗？

早餐店的人很多，已经没有位置。叶沉就看着初筝走到两个同学跟前，她刚站定，那两人就狗腿地站了起来。

“初筝姐，吃早餐啊，来来来，我们专门给您占的位。”

初筝看向一边的叶沉问道：“吃什么？”

叶沉不搭理她。

初筝让老板将早餐店有的都上一份。

“吃不了那么多。”叶沉皱眉。

“吃什么？”初筝再问一遍。

叶沉忍耐下去，让老板上了一碗面。

等面的时候，初筝问：“为什么不骑那辆车？”

叶沉嘴角一抽，她还好意思提：“明天我把车还给你。”

“他们赔给你的，为什么要还？”

“我查过，那车至少五万，他们有这么多钱赔？”那天晚上太黑，他没太看清。

第二天早上，他查了那个标志，才知道那个牌子叫闪电。五万的价格在那个牌子中不算高，可普通自行车一两百就能买一辆，车子绝对不是那几个人赔给他的。

能随随便便拿出五万块，除了这位纪大小姐，还能有谁。

初筝沉思几秒，道：“下次注意。”

……下次注意什么？

叶沉发现自己完全搞不懂这位大小姐。

叶沉当真要将车还给初筝，第二天就将车子推了来，还特意在她必经之路上等着她。

初筝每天都是坐私家车来，有时候会直接到学校门口，有时候会在距离学校不远处的一个十字路口下车。叶沉也不太清楚她今天会在哪里下车，索性就在十字路口附近等。他等了一会儿，果然看见初筝的车停下了。

穿着校服的女孩下车，帅气地将书包往后一甩，关上车门。

叶沉推着车往她那边走，却发现女孩拐到旁边去了。叶沉有些迟疑，最后还是跟了上去。然后叶沉就看见女孩抱着一只雪白的猫咪，坐在一家宠物店的台阶上。猫咪“喵喵”地叫了两声，粉色的舌头舔着女孩雪白的手腕。女孩神情肃穆，好像她抱的不是猫，而是什么价值千万的宝贝。初升的朝阳打在女孩身上，给她镀上一层朦胧的光晕，温馨美好，让人移不开眼。

丁零……风铃声起，有人推开店门。男人似乎有点无奈：“我说姑娘，你要喜欢买一个回去啊？也不用天天跑我这儿撸猫……”

初筝一脸严肃地将猫还给店主，吐出两个字："麻烦。"

初筝往旁边设的爱心捐款箱里扔了好几张红票子，抬手拍拍猫咪的脑袋，然后转身离开。

店主抱着猫，一脸的古怪。

这姑娘是面瘫吗？

初筝往前走几步，便看见推着自行车的叶沉，她扫一眼自行车，不紧不慢地走过去："送给你的，不要扔掉便是。"

系统说过，花出去的钱，泼出去的水，绝对不能收回来。想要合格地完成任务，必须——视金钱如粪土，花钱如流水。

人傻钱多就是不一样。

初筝越过叶沉，往学校的方向走。

叶沉皱眉，纪初筝……到底是个什么样的人？

叶沉跟着初筝进学校，两人教学楼不同，分开的时候，初筝突然转过身："你成绩好吗？"

叶沉："……还不错。"她看不见每次发成绩，自己的名字都在榜首吗？

初筝从书包里摸出一本练习册，哗啦啦地翻到某页："帮我做。"

叶沉一愣。

纪初筝的成绩……叶沉想了想成绩榜，好像完全看不到她的名字，以她在学校的作风，估计吊车尾。

"自己做。"学校不是没人叫他帮忙做作业，可他不愿意，每次要么被整，要么就是被打，反正他都习惯了。所以拒绝起来，叶沉也算是轻车熟路，并且做好了准备。

"前天帮你查监控，来不及写。"初筝的表情非常严肃，"我写字慢。"

叶沉无语，你写字慢关我什么事！而且前天查监控，跟今天有什么关系？

叶沉阴沉沉地瞪了初筝一眼，一把抢走练习册："什么时候交？"

"一会儿。"

叶沉和初筝在学校附近找了一家店，趁着还有时间，给她写作业。写完作业，叶沉立即收拾东西走人。

"自行车的事……"叶沉似乎在做心理建设，"是我冤枉了你，对不起。"

少年大步离开，仿佛怕初筝追上去一般。

接下来几天，叶沉每天都能收到来自初筝的作业。

叶沉一开始有点暴躁，后面竟然心平气和，甚至放学的时候遇见她，会直接问她有没有作业，他晚上一起写了。初筝也不客气，作业全部交给叶沉。

叶沉不断告诉自己，他只是想看看她要做什么。而学校的同学也都知道，叶沉和纪初筝走得近，传出一些风言风语，初筝和孟然的谣言，就这么散了。

没看见人家压根不理孟然吗？

那些欺负叶沉的人，不知何时也已经消失。就算有人暗地里还是整他，明面上却不敢了。叶沉知道这一切都是因为她，可是他不明白是为什么。

她想从自己身上得到什么？他什么都没有……

而且被一个女生这么罩着，叶沉总觉得不太舒服，好像自己懦弱无能一般。

所以叶沉有点暴躁，好几天都没给初筝好脸色看。

“小沉，6 号桌的，送一下。”

叶沉此时穿着工作服，在一家奶茶店帮忙。这是他最近找的兼职，正好是在放学时间，店里还包一顿晚餐，不用回家去看他伯母一家的脸色。

叶沉端着奶茶送到 6 号桌。还没走近，熟悉的身影闯进他视线里。

叶沉心头一跳，她怎么来了？

初筝低头看着手里的手机，似乎没注意到他。叶沉看一眼号牌，神情顿时阴沉一下。

阴魂不散。

叶沉一声不吭地将奶茶放下。初筝也没抬头，似乎并不在意给她送奶茶的是谁。

叶沉站了两秒，见初筝都没抬头的意思，唇瓣抿了下，转身继续去忙。

奶茶店生意很好，叶沉忙碌中，不时看看那边的人，她一直垂头看着手机，小脸绷得严肃。

她不会笑吗？以前……叶沉的记忆中，似乎只有她和那群男生路过时耀武扬威的场面，并没注意过她什么模样。

“小沉，8 号桌。”

叶沉赶紧回神去送奶茶。路过初筝的时候，他瞄了一眼她手机屏幕，还没看清是什么，突然撞到人，手里的托盘往旁边倾斜。

叶沉抢救不及时，奶茶倒在旁边那桌的人身上。

“干什么？会不会做事，没长眼睛啊！”

叶沉皱眉，刚才前面没人，这个人突然起身，明显是故意撞上来的。他抬眸看一眼那人，有些面熟，好一会儿才想起来，是他遇见纪初筝的那个晚上，打他的那几个人。

那天也是这几个人找碴儿在先，问他要钱，今天又故技重施吗？

被倒奶茶的那人拎着自己的衣服：“小子，说吧，今天这事怎么算？看把我这一身弄的。把老板叫出来！”

这几个人嗓门极大，一看就是不良青年，四周的客人都有些害怕。

店长也匆匆地跑了过来：“怎么回事？”

“他们撞我。”叶沉道，“故意的。”

“嘿，你怎么说话的？我故意撞你？你什么意思啊？”撞人的那个人嚷嚷起来。

这严重影响到生意，店长让叶沉给他们道歉，叶沉不愿意。几个人说不拢，直接按着叶沉打。叶沉被推搡间，往初筝那边看去，那个位置已经空了。

那瞬间，他也说不出是什么感觉。

背上落下的拳头，殴打者肆意的笑声，围观人群的低呼……

“啊！”

落在叶沉身上的拳头突然没了，四周全是混乱的脚步声，他捂着鼻子坐起来。一群陌生人在他四周，按着那几个人打。初筝站在门口，将赔偿的钱转给店长。

“这事弄的……”店长摇头，“那几个人就是地痞流氓，可做咱们这行的，哪儿能不低个头？是吧姑娘。”

“嗯。”初筝严肃地点头。

等那群人灰溜溜地跑了，后面进来的那群人也迅速离开。奶茶店里安静下来，初筝才进去。

叶沉坐在一地狼藉中，指缝间有血滴落。他看着初筝走过来，将他扶起来，让他坐在她刚才坐的位置上。

叶沉坐下去才发现，她的书包还在原位。

“大家收拾一下，今天不营业了。”店长吩咐那些吓坏的店员，又走到叶沉这边来，“小沉，你没事吧？”

“店长，今天的事……”

“没事没事。”有金主给付了钱，店长哪儿敢找碴儿，“今天这事我相信你，不是你的错，你先休息会儿。”

叶沉皱眉：“店长……”

“休息吧休息吧。”店长匆匆走了。

初筝递给他纸巾：“血，擦擦。”这也太脆弱了，这么打一下就见血。男孩子这么脆弱怎么行！

叶沉看着递过来的纸巾，伸出手，迟疑地接下。他拿纸堵着鼻子，好一会儿才止血。

叶沉捏着纸巾，问：“刚才那些人是不是你找的？”

“嗯。”毫无意外的答案。

“你……对我这么好做什么。”一开始总觉得她有目的，可是这么长时间，她并没对自己做什么。

“让你觉得我是一个好人。”为了当一个好人，我很努力了！

“为什么要让我觉得你是一个好人？”他不是第一次听见这句话，却是第一次问这个问题。

“……嗯。”对面的女生陷入沉思。我该怎么回答他？说我在做任务？为了回去？

【不行的，小姐姐！！】王者激动地大叫，【当然不能说你在做任务。】

那怎么说？

【怎么说都行，就是不能说做任务……等等，我给你想，你别乱讲话！】王者怕小姐姐一开口就是“做掉”这种话。

遇见小姐姐的时候，以为她是一个青铜，没想到她才是王者。

【你就说……你喜欢他。】

还是做掉吧。

【……别啊！！】王者吓得颤抖。

“坏人当久了，想试试看，能不能当一个好人。”初筝念完台词，觉得不太对。

我在你那里的定位，是一个坏人？

是不是坏人你心里没点数吗？【当然不是，这是原主，原主啦，小姐姐人美声甜，怎么会是坏人。】

叶沉眼神有些古怪地看着她，正巧这个时候店长送来两杯奶茶，打断他打量的目光。

“这个用来干什么？”初筝捏着一沓便笺问叶沉。

叶沉不明白她是真不知道还是假不知道，但还是指了指旁边的墙：“有什么话写在纸上，贴在那里，许愿什么的，也就是一个娱乐……”没什么用。

叶沉将后面几个字咽回去，转口问：“你要不要写一个？”

“哦。”初筝反应冷淡。

叶沉以为她不会写，谁知道她拿了笔，开始写字。

叶沉发现初筝写字是真的慢，但是她的字非常好看，像电脑印出来的一般，每一个都十分标准。

不过她写的什么玩意？

做掉 ×× ？ ×× 是谁？做掉是他理解的那个做掉吗？

接下来初筝一连写了好几张，都是做掉 ××，显然她想做掉的不止一个。

说好是许愿！她这怎么写得跟诅咒似的！！

初筝将叶沉送回去，叶沉一如既往地沉默。他想说点什么，却不知道怎么打破这样的沉默。

“我到了。”叶沉看看前方的楼房。

“嗯。”初筝将他的东西给他，“晚安。”

“……晚安。”叶沉深呼吸一口气，转身上楼。等他再回头的时候，那边已经没有那个女孩子的身影，路灯孤零零地立在路边，远处的黑暗，似能吞噬他。

他习惯这样的环境。黑暗……冷清……

“叶沉！你死哪儿去了？”楼梯上一声呵斥，叶沉手猛地拽紧背包。楼梯上的妇女快速冲下来，手里也不知道是什么东西，直往叶沉身上抽打，呼呼声在楼道中传开。

“现在翅膀硬了是不是？这么晚才回来，你做什么去了？我还管不了你……”

妇女的叫骂声也随之传开，完全不怕扰民。如果有人出来，也会被妇女一阵怒骂，最后大家习以为常地关上门，等着这次的事件停歇。

初筝回来给叶沉送作业，结果正好看见这么一幕。

【小姐姐上啊！！】王者立即怂恿初筝。

麻烦！此时初筝脸上写满这两个字。

不做任务就要不断重复，不断重复……不断重复！谁要不断重复啊！她不要！

【小姐姐，不要愣着了，快上，英雄……不是，美人救英雄的时候到了！】

就没见过这么聒噪的系统，有没有办法屏蔽掉。

初筝刚这么想完，王者的声音就消失了。

嗯？真的可以屏蔽？

初筝一连叫了好几声，都没有得到回应。

解除屏蔽。

【小姐姐啊啊啊……】糟了！小姐姐好像领悟到新技能！要完！！

屏蔽！

脑中安静下来，初筝心情都好了几分，系统太吵了。

初筝等着妇女叫骂停歇，将叶沉一个人留在楼道里，并扬言不许他进家门。

叶沉坐在楼梯角落，像是要融入黑暗中。

初筝又站了一会儿，缓慢地走过去。叶沉听见脚步声，抬头看过来。那瞬间，初筝感觉自己被一头凶狠的狼崽子盯着，露出锋利的獠牙，却不敢挠人，透着几分可怜。

“作业忘记给你了。”初筝面无表情地坐到他旁边，并十分没有同情心地将作业递过去。叶沉低着头接过，胡乱地塞进书包里，他抓着书包，黑暗中似乎有什么东西在延伸，紧紧缠绕着叶沉，让他透不过气。

良久，他打破沉默：“你刚才都看见了？”

“嗯。”

“你是不是觉得我很没用？”每次都是这么狼狈。

初筝神色平淡，语气更显得淡然：“在自己没有实力前，忍是最好的办法。”

叶沉转头看她，可惜他只能看清一个轮廓。他应该在她面前自惭形秽，她像天上皎洁清冷的明月，而他是地上最肮脏黑暗的沟渠。

他们不是一个世界的人，他更不想让她看见自己这么狼狈的样子。

可偏偏，她都看见了。

初筝问他：“你有地方去吗？”

叶沉想了一会儿，摇头，想起初筝可能看不见，出声：“没有。”

“跟我走吧。”

初筝起身，拍了拍身上的灰尘。叶沉抬眸看她，并没起身。

“明天还要交作业。”

只是为了作业啊。

原主在外面有一套房子，平时原主在家里过得不顺心，或者和纪父吵架，就会到这里来，偶尔也会收留一下那些狐朋狗友。

叶沉跟着初筝进门，房间空荡荡的，很是冷清的感觉。

“这是书房，你在这里做作业吧。”初筝推开一扇门。

叶沉点点头，拎着书包进去。

书桌上堆着一些乱七八糟的东西，他回头看看紧闭的房门，小心地翻了下那些东西。其中有几张卷子，被揉得不成样子。叶沉展开，皱巴巴的卷子，全是不及格，而在卷子上还有一些奇怪的痕迹，像是哭过之后，妆容花了抹在上面。

她还会哭吗？叶沉撑着下巴思索，那张冷淡的脸，哭起来会是什么样子呢？

叶沉胡思乱想的时候，房门被人推开，初筝拿着两件衣服进来：“换洗的衣服。”

叶沉打量衣服两眼：“这是谁的衣服？”她一个女孩子，怎么会有男生的衣服？

“买的。”

什么时候买的？她刚才出去了吗？

叶沉瞄到衣服上的标签还没拆，这衣服没人穿过。叶沉看看身上的衣服，沾了奶茶和血污，有些脏，穿在身上也不舒服。

他迟疑地接下，干巴巴地挤出两个字：“……谢谢。”

叶沉去浴室洗好澡，换了衣服出来。路过卧室的时候，他看见初筝坐在里面的飘窗上。

他犹豫下，敲门进去。

窗外的城市灯光璀璨，叶沉第一次站在这么高的地方俯瞰城市夜景，黑暗似乎并没有那么可怕。他微微握紧拳头，道：“你成绩不好，我可以帮你补习。”

补习？给她？她成绩很差吗？她只是懒得写作业而已……

在初筝拒绝之前，操碎了心的王者阻止她。

【小姐姐，答应呀！让他看见你的变化，知道你是一个天天向上、好好学习的好人！】

初筝手指在手腕上捏了好几下，冷淡地应一声：“好。”

叶沉不知为何松口气，他捻了捻手心，发现全是汗水。

要补课，初筝和叶沉自然就走得更近。放学的时候一起走，上学有时候也一起来。

叶沉没有骑初筝给的那辆自行车，不然估计还会传出流言。同学间的风言风语传得像模像样，好像两人真的有什么似的。

“瞳瞳，你说纪初筝真的在和那个叶沉交往啊？”杨茜茜拉着纪瞳瞳，语气里满是疑惑，她不是喜欢孟然吗？

“不知道。”纪瞳瞳笑着摇头，“姐姐也许就是玩玩吧！姐姐玩心大嘛！”纪瞳瞳轻言细语，“她总是这样，三分钟热度，姐姐应该更喜欢孟然哥哥的。”

“她跟你抢学长，你还笑得出来，你长点心吧。”杨茜茜似恨铁不成钢地戳她两下。

“孟然哥哥喜欢谁……也不是我能控制的。”纪瞳瞳弱弱地辩解，“老师刚才叫我，我先过去了。”

杨茜茜看着纪瞳瞳离开，嘴角顿时一撇，眼中满是酸楚，谁不知道孟然喜欢她。

纪瞳瞳故意和杨茜茜说那番话，她知道杨茜茜一定会说出去。果然不过两节课的时间，这话就传到叶沉耳中。

“纪初筝不打扮得奇奇怪怪，其实长得也挺好看的！感觉比纪瞳瞳还漂亮呢！”

“叶沉那小子可艳福不浅，不知道怎么和纪初筝勾搭上了，他不会是看她有钱吧？”

“哈，你没听说吗？纪初筝喜欢的是孟然，和叶沉……估计就逗他玩儿的吧！人家再怎么说也是千金大小姐一个，怎么可能看得上叶沉这样一无是处的人？”

哐当一声，隔间的门被人大力推开，在外面议论的几个学生同时噤声。叶沉阴沉着脸出来，走到旁边洗手，哗啦啦的水声，让几个学生稍稍往后退开一些。

叶沉扫他们一眼，随后一声不吭地出了厕所。那几个男生有些莫名地搓了搓胳膊。本就阴冷的厕所，此时似乎更冷了。

叶沉下午上课有些不在状态，心情烦躁，耳边不断回响着他听见的那几句话。

她对自己这么好，果然还是要着自己玩儿，花这么多心思……

经历过那么多的事，有谁会真心对你？他们只会看你的笑话，叶沉啊……你清醒一点吧！

叶沉握紧笔，眼底阴暗交织，他垂下眼睫，挡住里面的情绪，摸出练习册，冷静地写了两道题。

放学后，叶沉收拾好东西，出教室的时候，一个人撞上来，看清是他，小声地道：“纪初筝在实验楼天台等你。”

那人说完就跑。

叶沉往实验楼的方向看去，微微皱了下眉，抬脚往校门口走。

第三章
妹妹闯祸了

“初筝回来了？”

初筝进门就见一美妇人笑吟吟地迎过来。她过来这么多天，还是第一次见到这位继母。继母瞧她大变样，也微微有些诧异，不过很快就恢复，并自然地接了话：“我们初筝这样子也挺好看的，偶尔换换形象，换个心情。”

“马上就吃饭了，快去洗洗吧！”继母笑容柔和，眼角眉梢似乎都带着慈爱。

初筝心想，不得了不得了，豪门里多戏精。能做掉吗？

不能、不能、不能、不能！！系统忙阻止。

纪瞳瞳是被孟然送回来的，不知怎么膝盖受了伤。就那点伤，初筝觉得创可贴都不用贴，但两人愣是在初筝面前秀着恩爱的戏码。初筝面无表情地上了楼，将舞台交给他们。

等孟然离开，纪瞳瞳立即拉着她母亲说话。

“妈妈，你瞧见没，她跟变了个人似的。”以前要是看见孟然和自己一起回来，她早就闹起来了。

“嗯。”继母点头，“要不是你给我发过照片，她今天进门，我差点没认出来。”

“也不知道她怎么突然变了……以前她那么蠢，随便激两句就会上钩……妈，不会是她知道什么了吧？”纪瞳瞳语气里多了几分担忧。

继母眉头微微皱起：“你爸最近出差，得过段时间才能回来，咱们先观察观察。”

母女俩在房间嘀咕好一阵，纪瞳瞳离开的时候，继母又拉着她问：“你和孟然怎么样？”

纪瞳瞳脸上露出几分得意：“放心，孟然现在对我言听计从。”

纪瞳瞳一边接电话一边回自己房间。和初筝在走廊里撞上，纪瞳瞳惊了下，迅速垂下头，捏着手机跑回房间。

走廊安静，纪瞳瞳过去的时候，初筝正好听见“叶沉”两个字。

今天下午放学的时候，她在校门口等了将近半个小时，叶沉都没出现。他也没手机，初筝让三毛进学校去找，值日的同学说，他早就走了。

学校有后门，初筝以为他有事从后门离开了，所以就直接回家。

不过……初筝收回放在门把上的手，朝着纪瞳瞳的房间看去。

雨水从天空倾泻而下，狂风吹得天台上的东西稀里哗啦作响。叶沉靠墙坐着，雨水将他全身浇透，浑身都透着凉意。

——你以为初筝姐会喜欢你？

——初筝姐也就耍着你玩儿而已，你还真以为自己算根葱了。

——真是搞笑，也不看看自己什么样子，哈哈哈哈哈，就你这样？

就他这样……

叶沉冰凉的手指抵着额头，雨幕中，黑暗侵袭而来，将他吞没。这才是他眼中的世界。黑暗、冰冷。

“砰——”天台门被踹开，叶沉就坐在那扇门旁边，进来的人一眼便能瞧见他。

“叶沉。”熟悉的声音响起，女生没有撑伞，就这么走进来，雨水瞬间将她打湿。

她脱下校服罩在他头顶，叶沉一把将衣服拂开，衣服的一角打在初筝脸上。

叶沉撑着墙站起来，嗓音嘶哑又狠厉：“纪初筝，你现在装什么好心？你还想要我多久？看见我这个样子你开心吗？”

“纪瞳瞳干的。”初筝冷淡的声音穿透雨声，清晰地落在叶沉耳边，“我没做过。”

纪瞳瞳又背着她搞事情，还搞他，搞他干什么？这是想让她一直重复？歹毒！

叶沉后背抵着墙，定定地瞧着她。

她没做过……这四个字不断地在他脑海中回响。

初筝弯腰将衣服捡起来，重新撑在叶沉头顶。少女离他非常近，近得他能感觉到她身上的温度，叶沉有些不自然地将衣服拽下来，先往里面走。

他坐到里面的楼梯上，初筝拉着他胳膊：“起来。”

叶沉不动，初筝弯腰，温热的气息喷洒在叶沉脸颊上，她凶巴巴地威胁他：“你不起来，那就继续去天台待着。”

叶沉忍了忍，半晌憋出三个字：“没力气。”

他刚才能站起来已经用尽全力，不想在她面前太狼狈，让她看低自己。可她那四个字，忽然就将他全身的力气抽走，他现在连一根手指头都不想动。

初筝无奈，一个男孩子怎么可以弱成这样？

初筝将叶沉弄下去，送到医院。

叶沉挨了打，又淋了雨，精神还受到伤害，送到医院就睡了过去。

第二天，叶沉九点多才醒过来。

“醒了。”

叶沉脑袋还有点昏沉，视线看见一个模糊的轮廓：“纪初筝？”

初筝坐在旁边，嗓音清淡如水：“你身上的伤已经处理过了。”

叶沉撑着床想起来，但身体软绵得厉害，试了好几次都没起来，他看一眼旁边稳坐如山的初筝。

初筝不解，看我做什么？有什么好看的？还看！

叶沉被迫出声：“……能扶我一下吗？”

初筝默默地放下手机，将叶沉扶着坐起来，塞两个枕头在他后面，让他靠着：“我是个好人吗？”

叶沉无语，要不是她，自己能变成这样？她还好意思问自己，她是不是个好人？

初筝见他不回答，准备退回去。叶沉突然拉着她手腕：“纪初筝。”

“放手。”

叶沉非但没有放开，反而握紧几分，不过他此时那点力气，初筝轻易便挣开，叶沉想拉住她，身子微微前倾，最后整个人都扑进初筝怀中。叶沉估计也没想到，慌慌张张地松开她，躺回病床上，脸上表情极其不自然，耳尖似乎还红了。

初筝神色淡然地看他一眼，目光又瞄到他脑袋上，头发乱糟糟的，看上去却格外软，想摸，想摸，好想摸……

她小心地抬手……

叶沉似有察觉，“唰”的一下看过来。初筝顺手摸了下刘海，旋身坐到旁边，拿着手机玩儿。

叶沉坐了一会儿，别扭地出声：“误会你，是我不对。”有人告诉他，她在天台等他，可他去的时候，却是那群人等在那里。

“嗯。”初筝点头，表示自己知道了。

叶沉无语，对牛弹琴！

之后，叶沉再也没和初筝说过话。

医生查房的时候，初筝被叫出去：“你同学的情况不是很好。”

“会死吗？”初筝面无表情地问。

医生汗颜：“那倒不至于，不过他身体状况不好，营养不良，身体负荷过度，如果不好好调养，以后就难说了。”

“要不你联系一下他的家人？”医生说半天，见初筝毫无反应，也觉得这事，和她没多大关系。

“不用。”

初筝让医生按照最好的标准来治，不怕花钱，就怕不花钱。

医生都给整蒙了，这是同学？这么能花钱。

初筝给叶沉请了假，他被迫留在医院里接受医生全方位的服务。最后，叶沉实在是受不了，强烈要求出院，初筝问过医生后才同意他的请求。

护士送账单来的时候，初筝出去了，叶沉正好看见，那一打账单吓得他手哆嗦了一下。

“走吧！”初筝从外面进来，随意地将账单塞进书包。

叶沉请了好几天的假，回学校上课后，之前那些奇怪的流言已经没了。

放学，叶沉在楼下等初筝。

“补课？”初筝问道。

叶沉摇头，递给初筝一张字条。

是一张欠条。

“我以后会还给你的。”叶沉道。

“不用。”

叶沉皱眉：“我没理由用你的钱，今天不补课，我先走了。”

似乎怕初筝将欠条还给他，叶沉走得很快。

初筝看着欠条，将它塞进书包。

“初筝姐！”三毛几人噌噌地跑出来，“初筝姐，明天有雷阵雨，你让我们盯着这个做什么啊？”

“明天想办法把纪瞳瞳带到天台上去。”初筝言简意赅。

“纪瞳瞳？”三毛有点尿，“初筝姐，那是你妹妹啊，我们要是得罪她，纪家……”不会放过他们的。

你不怕我们怕啊！！

“动脑子。”

三毛：“……初筝姐，我们要是能动脑子，那考试能考成现在这样吗？”

竟然无法反驳，初筝揉了揉太阳穴：“以孟然的名义约。”

三毛等人恍然大悟：“了解！”

初筝提醒一句：“注意孟然的动向。”不要人没约到，还把自己搭进去。

纪瞳瞳被关在天台一整夜，第二天直接送进了医院，纪父都赶回来了，好在只是高烧，不算严重，高烧退了就能回家休养。

不过几天时间，纪瞳瞳整个人都瘦了一圈，看上去格外可怜。

“瞳瞳，快坐下。”继母将纪瞳瞳带到沙发那边。

纪父最后进门，将手里的东西往沙发上一扔，转头问用人：“纪初筝呢？”

用人被纪父脸上的怒火吓到，赶紧指了指楼上：“小姐刚回来。”

“纪初筝，你给我下来！”

“哎，老纪，你这么大火做什么，吓着孩子了。”继母好言好语地劝了一声。

“我今天不好好教训她，她明天不知道要做出什么事情来！”

纪瞳瞳还苍白着小脸，一副受了委屈的样子。

初筝听见声音从楼上下来，她穿着一套休闲服，双手插在衣服兜里，踩着楼梯，不紧不慢地走下来。

纪父差点没认出来这是他女儿。

那个爆炸头、烟熏妆、打扮奇奇怪怪的女儿竟然恢复正常了？

继母瞧纪父神情有缓和的迹象，赶紧出声："老纪，孩子还小，你别发那么大的火，瞳瞳和初筝只是姐妹俩间的小矛盾，瞳瞳已经没事了，你别太大惊小怪。"

果然，这话立即将纪父的怒火给烧了起来。

"小矛盾，她将瞳瞳关在天台上一夜，万一有什么意外，那就是一条人命。"纪父怒道，"纪初筝，你为什么要将瞳瞳关在天台？"

"有证据吗？"初筝面无表情地反问。

初筝的反应，和纪父想象中的又不一样。冷静淡然，目光平静疏离。

纪父并不是不疼纪初筝，只是因为纪瞳瞳和继母不动声色地挑拨，加上纪初筝自己一点就炸的脾气，两人压根不能心平气和地好好说，这才让纪父对她越来越失望。

"瞳瞳……"纪父看一眼纪瞳瞳，"瞳瞳说看见把她锁在天台里的那个人，是经常和你在一起玩儿，那个叫三毛的。"

果然是一群蠢蛋，办这点事都办不好，还被看见了！蠢死了！怎么这么蠢！！

"她说是就是？"初筝站在楼梯上，居高临下地看着下方，"有照片还是有监控？"

纪瞳瞳当然没有证据。

"没有证据就是污蔑，爸，你是做生意的，道理不用我来教。"

纪父竟无言以对。

纪瞳瞳确实没说是她做的，只是提起三毛。三毛又经常和她混迹在一块，以前的种种劣迹，让他自然而然地觉得就是她做的。

继母瞅着初筝那冷静的样子，心底已经开始有些不好的预感。这死丫头……情况不对啊，继母赶紧打圆场："老纪，都让你别生气了，这事还没弄清楚，你怎么就发火，冤枉了孩子怎么办？"

"爸爸，可能……是我看错了吧！"纪瞳瞳也跟着道，"姐姐不会做这种事。"

"嗯，对，我不会。"初筝就着纪瞳瞳的话说，那叫一个坦荡自如。

纪瞳瞳差点把舌头咬了，她有些慌张地看向自己母亲。

继母也被初筝给整蒙了，形象变了，怎么性格也变这么多。

继母此时还不能反口，不然那就和自己的形象不符合，只能拉着纪父："当时瞳瞳吓坏了，许是看错了，应该只是误会，老纪你别冤枉初筝。瞳瞳这刚出院，身体还很弱，先让瞳瞳休息吧。"

纪瞳瞳适时地露出难受的神情。

"瞳瞳先回房间吧！"纪父果然松口。

继母赶紧扶着纪瞳瞳上楼回房间。

纪父沉着脸："跟我到书房来。"

初筝安静地跟在纪父后面，纪父心中诧异，她竟如此听话。

书房的门关上，纪父揉了揉眉心，语气放得平和不少："初筝，你老实告诉爸爸，是不是你找人做的？"

"不是。"初筝神情严肃，否认得迅速又镇定。

纪父审视她几分钟："不是最好，瞳瞳是你妹妹，爸不求你照顾她，但你也别整天和她作对。"

初筝上前一步，将手机放在书桌上，细白的手指点开播放键。

"是……是纪瞳瞳拿钱给我，让我来强奸你……所以……你别打我，真的是纪瞳瞳，我只是拿钱办事。"

随着录音播完，纪父表情从不解到错愕，最后转变为愤怒："纪初筝你这是……"

"爸。"初筝收回手机，平静地叫他一声，"纪瞳瞳和她母亲之前一直在联合养废……我，为的是纪家的家产。"养废自己这话怎么那么别扭？她才不废呢！

纪父皱眉，还隐约带着点怒火："你胡说八道什么？"

"一个好的母亲，会如何将孩子往正途上教导？她做的是些什么？除了给钱，在你教育我的时候，拦着不让，还做过什么？"

纪父拧着眉，没有出声。

"爸，你听见录音第一反应，不是自己的女儿如何，而是生气，觉得我诬陷她们。"

被初筝说中，纪父脸色微微难看，转而惊醒："初筝，你没事吧？"

初筝摇头，将手机收回来："爸，晚安。"

纪父一愣，说完了？

纪父眼睁睁地看着初筝离开房间，他眼底闪过些许茫然，跌坐在椅子上。初筝冷冷清清的声音，不断在他脑中回放。

当年忙着生意，确实忽略了这个女儿，他娶现在的妻子，也是想找个人照顾好她。

可是何时变成这个样子了呢？

纪瞳瞳房间。

"妈，纪初筝到底怎么回事？"纪瞳瞳拉着自己母亲的手，满脸的怀疑，"她就跟变了个人似的。"

"最近她和谁走得近吗？"

"我们学校一个叫叶沉的。"纪瞳瞳道，"家里没什么背景，在学校经常被欺负，不知道纪初筝怎么和他搅和在一块了。"

"学生？"继母皱眉，"除了这个学生外呢？"

纪瞳瞳努力回想："没有。"

"她不可能自己突然醒悟，肯定是有人给她说了什么。"继母反握住纪瞳瞳的手，"这件事妈妈会查清楚，你先别招惹她。”

纪瞳瞳不甘心：“那她叫人把我关在天台……”

“瞳瞳，小不忍则乱大谋。”

“……我知道了，妈妈。”

纪父在书房坐到晚上十点多，让人去查最近初筝发生的事，特别是关于录音的事。

消息一时半会儿拿不到，纪父回到房间，继母还没睡，正等着他。

“老纪，”继母叹口气，“初筝是不是又惹你生气了？”

纪父张了张嘴，刚想反驳，就听继母继续说了起来：“初筝还小，你也别整天和她吵，你这么凶，这不是吓着她吗？有什么事，咱们好好说，初筝也不是不讲理的孩子。这次的事啊，许是瞳瞳吓坏看岔了，初筝是有些皮，但也不至于做出这种不知轻重的事。”

纪父皱眉看向继母。此时初筝说过的话，无端地浮在脑海中。每次他和女儿闹起来，事后她总是这么劝自己，孩子还小，别吓着孩子，一次两次，永远是这样……

——纪瞳瞳和她母亲之前一直在联合养废我，为的是纪家的家产。

“老纪，老纪？你想什么呢？”

纪父回神：“嗯？没什么，公司事多，累了一天，睡觉吧！”

继母有些狐疑，但瞧纪父已经上床，只得作罢。

而初筝回到房间就被王者一阵恨铁不成钢的训斥。

【小姐姐，你要记住，没有什么事是不能用钱解决的，如果有，一定是你花的钱不够。所以小姐姐你只需要——花钱！花钱！花钱！就可以了！！】

初筝心烦，做掉更快。

求你不要再有如此危险的思想了可以吗？做个好人，从你开始。系统无奈极了。

翌日。

“周末我生日宴会，你们要来哟！”初筝一进教室，就听见纪瞳瞳邀请同学参加她的生日宴会。

初筝想了想，好像纪瞳瞳生日确实要到了。而且……生日上还会出一件不太好的事。

初筝沉默地走回自己的位置，纪瞳瞳似乎扫了她一眼，不过很快就收回视线。

有同学问：“在你家举行吗？”

纪瞳瞳点头：“嗯，本来说不办的，但是爸爸说要办，还请了不少人呢！”

因为她住院的事，纪父就答应她，将生日宴会办得隆重一些。

纪瞳瞳的话，惹得不少人艳羡：“我们都可以去吗？”

“当然，大家想来都可以哟！”

在纪瞳瞳邀请大家去参加宴会的期间，初筝接了一个百万级的任务，还是有指定性的，要买一辆三百万的车。

初筝有些无语，之前系统完全没说过还有指定性花钱任务。

【小姐姐以后你会得到更多的惊喜哟！】王者非常嘚瑟。

惊喜？一个青铜能有什么惊喜，惊吓还差不多。

初筝想了想："就算我买了也不能开，有什么用？"原主未满十八岁，没有驾照。

【你买回去有司机开。】王者说得非常轻松，【有钱人是不需要自己开车的。】

初筝扶额。

所以初筝喜提三百万豪车一辆。

周末便是纪瞳瞳的生日，纪父一早被纪瞳瞳缠着说生日派对的事，初筝在家，他也没能和她说上话。直到纪瞳瞳去找她母亲，纪父才和初筝在走廊里撞上。

"筝筝……"纪父颇为犹豫地叫了一声。

这些天，初筝偶尔回来得晚一些，但也不会太晚，和以前半夜喝得醉醺醺地回来大吵大闹完全不一样。她像是在他不知道的时候，便长大了。

"爸？"

纪父神色一缓："你……钱还够吗？"他本想问她最近的事，但最后却也只说出这么一句话。

他哪里不疼这个女儿。

是她以前太不省心，总是和他对着干，还没说到一句话就吵了起来。

"够。"初筝面无表情地点头。有这个系统在，她可能是不会缺钱花。

她想了下，转身回了房间。还在想着说什么的纪父傻眼了……就走了？

然而初筝很快出来，手里还拿着一个盒子。

"之前买的。"初筝将盒子递给纪父。

盒子并不重，此时纪父拿着，却有些沉重。他深深地看初筝一眼，眼眶竟然微微有些发红，常年和女儿争吵，此时却语塞，不知道该说什么。

初筝自然也说不出什么让人感动的话。

"好……好……"纪父像抱宝贝似的抱着盒子，他还是在她很小的时候，收到过她的礼物。

初筝："……那我先回房间了。"

纪父也不知道说什么，只能点头。

"爸，我可以进来吗？"

纪父正将初筝买的东西放在书桌上，听见纪瞳瞳敲门，让她进来。纪瞳瞳一眼就看见那个玉貔貅，这应该就是杨茜茜说的那个。没想到，纪初筝竟然是买来送给纪父的……

"瞳瞳有事啊？"

纪瞳瞳立即扬起温婉的笑意："马上就两点了，一会儿我同学就来了，爸爸你还没换衣服呢。”

“是哦！”因为初筝的行为，纪父把这事忘了，“瞧我这记性，我这就去换。”

“不用了爸爸，我给你挑好了。”纪瞳瞳从后面拿出一套西装。

纪父呵呵地笑了两声：“瞳瞳就是贴心。”

纪瞳瞳将衣服给纪父，又露出迟疑的模样。

“瞳瞳怎么了？”纪父问一声。

纪瞳瞳似很为难：“爸……我……我觉得姐姐好像不太对。”

纪父问：“哪里不对？”

“爸爸，我……”

“没事，你说。”

纪瞳瞳满脸纠结，最后露出担忧的神情：“您之前不是停了姐姐的卡吗？可是姐姐花钱依然大手大脚，她之前花二十万买了一个玉貔貅……啊，对，就是这个。”

纪瞳瞳指着纪父桌子上的玉貔貅：“我有点担心姐姐，以前姐姐都没有存款的，隔三岔五问您要钱，可这次姐姐被停了卡，还有这么多钱……我也不敢问她。”

纪瞳瞳满脸的担忧，将自己表现得完全是出于关心，才将这件事说出来的好妹妹。

纪瞳瞳小心地觑着纪父，见纪父眉头微蹙，继续道：“每次放学，我都看见姐姐和一些人……在一块玩儿，我怕姐姐出什么事。”

纪瞳瞳以为纪父会盛怒，可纪父只是皱着眉：“这事等你的生日过了再说。”

纪瞳瞳有些失望，没想到纪父没有立即发作，但还是露出一个笑容，乖巧地道：“嗯，那爸爸换衣服，我先下去了。”

“去吧！”

等纪瞳瞳出了房间，纪父凝视着桌子上的玉貔貅，眼前又浮现出初筝那双平静淡漠的眼睛。

纪瞳瞳邀请的同学陆陆续续抵达，而纪父也为她邀请了不少的圈内人士。纪瞳瞳自然开心，这是证明她在纪父心中的地位——在纪家的地位。

“瞳瞳你今天可真漂亮。”

“谢谢，你也很可爱。”

纪瞳瞳被人围着赞美。初筝站在楼上，面无表情地看着下方热闹的场面。

今天确实很热闹。原主在这场生日宴会上，又被纪瞳瞳坑了一把。

野生妹妹的战斗力如此强悍，好怕啊！

【小姐姐别怕，我们有钱。】

那你能让我用钱砸他们吗？砸死的那种。

好凶啊小姐姐！【这个……糟蹋货币是犯法的。】

那你说什么废话？

“孟然学长来了啊！”下方人群一阵骚动。

“瞳瞳和孟然学长真的在交往吗？”

“他们就是金童玉女……”

人群中的那些赞美和羡慕让纪瞳瞳很受用，不过她面上没有表现出来，而是露出几分羞涩和不好意思的表情。

男生从外面走进来，比起穿校服来，此时的孟然更帅，更让人移不开眼。

孟然笑容温润：“瞳瞳生日快乐。”

纪瞳瞳一脸的娇羞，声音温柔：“谢谢孟然哥哥。”

孟然将礼物递给她，旁人立即起哄，让纪瞳瞳打开看看。

纪瞳瞳不好意思地征询孟然的意见。孟然大方地拆开礼物，拿出里面的东西。

“哇……好漂亮啊！”是一条项链，钻石在阳光下闪闪发光，一看就价值不菲。

孟然亲自给纪瞳瞳戴上，两人相视一笑，画面美好得让所有人艳羡。

“爸爸，好看吗？”纪瞳瞳立即跑到纪父那边，挽着他胳膊撒娇。

“好看。”纪父点头。

“爸爸，你的礼物呢？”

纪父沉默了一会儿，还是笑着道：“知道你要问我，所以爸爸早就给你准备好了。”

纪父带着纪瞳瞳到外面，众人见此，也纷纷跟过去，好奇会是什么礼物。

只见一辆车拉着盖了布的东西进来。纪瞳瞳期待地看着，其余人也被吸引。车上的人下来，将红布拉下，红布下的东西瞬间曝光。

“哇！好漂亮的车！纪叔叔竟然送瞳瞳车，好幸福啊！”

“颜色真漂亮啊！和瞳瞳简直就是绝配！”

红得有些亮眼的颜色，通体流畅的设计，让人一眼就喜欢，而且非常适合女孩子。

纪瞳瞳此时也捂着嘴，满脸的惊喜，她刚回头看纪父一眼，还没来得及说话，便被人簇拥着走到车子旁。虽然她还没成年，但是能有这样一辆车，那可是很长脸的。而且还是在她生日的时候，纪父当着这么多人的面送给她，以后开到学校，也特别拉风。

“瞳瞳，以后我可要坐你的车。”

“可以。”纪瞳瞳笑着答应。

“瞳瞳你太好了！我也要坐。”

“我也要。”

掀下红布的人将车子卸下来，已经有同学迫不及待地打开车门坐进去，纪瞳瞳微微皱眉，但也不好说什么，只能保持笑容。

“瞳瞳你快上驾驶座试试。”

纪瞳瞳被推上驾驶座。

送车的那人有点莫名其妙，想阻拦却又拦不住这么多人，而且这一切发生得太快了。

纪父这个时候才上前。

“瞳瞳！”

“爸爸我太爱你了！”纪瞳瞳从驾驶座出来，给纪父一个大大的拥抱。

继母在旁边娇笑：“还是你爸疼你，以后你可得好好孝敬你爸爸。”

“嗯，爸爸最好了。”

“瞳瞳，你先等一下。”纪父推开她，拉着送车的那人走到旁边，压低声音问，“你们是不是送错车了？”他确实是要送车，可不是送这辆。

他之前也看到过这辆车，但是要三百万，送给一个学生，还是一个未成年的学生，明显过于贵重，因此他只选了一辆一百万的。

纪瞳瞳有点不明所以，心底不知怎么不安起来，场面也稍微安静下来。

“没有啊。”那人翻出配送单，指着单子上的地址，“就是这里，收件人，纪初筝小姐。”

纪父虽然压低声音，但对方没有，加上现在场面安静下来，所有人都听见了。

纪初筝，纪家的那个……大小姐？

“怎么回事啊？”继母皱眉走到纪父旁边，语气依然温言细语，“是不是你工作太忙，写错名字了？”

“不是。”纪父摇头，沉声道，“我不是买的这辆。”

纪瞳瞳也听见了，脸色有些苍白，“难堪”两个字瞬间写在脸上。

孟然赶紧上前，搭着纪瞳瞳的肩膀安慰。而刚才起哄的同学，也是一脸的尴尬。还在车里的赶紧下来，离那辆车远远的。

竟然是纪初筝的……其余人的表情则有些复杂。

配送人员不知道发生了什么，他只得问一声：“请问哪位是纪初筝小姐，麻烦签收一下。”

场面更是尴尬起来。刚才那些恭维纪瞳瞳的，此时恨不得找个地缝钻进去。

就在众人疑惑的时候，一个女生从别墅里面出来，径直过来接过单子签字。

“这是纪初筝？不是吧，我眼花了吗？纪初筝怎么变成这个样子了？她的爆炸头呢？烟熏妆呢？”

“我也觉得自己眼花了，纪初筝长这个样子吗？”

女生穿着简单休闲装，头发扎了起来，露出白皙修长的脖颈，耳朵上戴着一枚黑色的耳钉，面无表情签单的样子，莫名帅气。

配送员离开后，另外一辆车开了进来，显然这才是纪父送给纪瞳瞳的那辆车。初筝总算明白，为什么要今天送车过来，原来是在这儿等着野生妹妹。

【小姐姐，我们花钱的同时，不要忘记逆袭哟！】王者在初筝脑海中欢快地提醒。

人傻钱多的系统，她不懂。

那边纪瞳瞳隐隐还是有些期待，也许……纪父送的车，比她这辆要贵呢？

可惜当红布落下的时候，是一辆不怎么起眼的白色轿车，和初筝那一辆比起来，这辆就显得不够看。

纪瞳瞳心底尴尬懊恼，却还不得不笑着谢谢纪父，但态度明显有些敷衍。纪初筝为什么会有一辆车？也是爸爸给她买的吗？为什么要这个时候送来，故意让她难堪？

初筝签完单子就走了，压根没给人说话的机会，那叫一个潇洒帅气。

“瞳瞳。”继母在旁边拉着她提醒，“别乱想，孟然等着你呢，快过去。”

纪瞳瞳一听孟然等着自己，赶紧收拾下心情，朝着孟然走过去。

纪父和人寒暄，目光巡视一圈，见纪瞳瞳挨着孟然说话，举止亲密。

“老纪，你看这两个孩子，郎才女貌，之前我提议的事，不知你考虑得如何？”孟父笑呵呵道。

纪父此时心底乱糟糟的，本想推托，站在他旁边的继母却道：“瞳瞳和孟然要是互相喜欢，我们当父母的也没有意见。”

纪父皱眉：“他们还小……”

孟父道：“没事，孟然这马上就毕业了，等毕业可以让他们先订婚。”

孟父似乎对纪瞳瞳很满意。就连孟母都没什么意见，跟着附和了一句。三个人你一言我一语，纪父反对的话，竟然就这么被忽略了。

“你们说纪初筝这是什么意思？在纪瞳瞳生日宴会上，闹这么一出？”

“还能有什么意思，纪瞳瞳怎么说，也只是一个继女，人家纪初筝才是正儿八经的纪家继承人，这不是摆明告诉纪瞳瞳，她才是纪家的继承人。”

“有道理，纪瞳瞳再怎么努力，以后这纪家不还是纪初筝的。”

“纪初筝变化好大啊，我刚才差点没认出来。”

纪瞳瞳站在这群人看不见的地方，正好将他们的话听了个干净。她微微握紧拳头，继女……不管再怎么努力，她只是一个继女。

“瞳瞳，你站在这里做什么？”杨茜茜跑过来。

“没事。”纪瞳瞳垂下头，再抬头又是一脸的温柔，“透透气。”

“你跟我来。”杨茜茜拉着纪瞳瞳上楼，将房门关上，“瞳瞳，你想不想让纪初筝出丑？”

纪瞳瞳故作不解：“茜茜，她是我姐姐，你说什么呢？”

“什么姐姐，她压根就没把你当妹妹，你就别替她说话了。”杨茜茜冷哼，“这次我一定要让她好看。”

纪瞳瞳的生日宴重点在晚上，纪瞳瞳换了一身更隆重的礼服，和孟然站在一块，宛如一对璧人。杨茜茜站在旁边，心中直冒酸水，面上却还得赔着笑。

宴会进行得顺利，纪瞳瞳本想找杨茜茜，却半天没找到人，她不是要好好整治纪初筝吗？这个时候怎么不见了？

纪瞳瞳问了旁边的人，有人告诉她杨茜茜上楼了。

纪瞳瞳上楼去找，在路过一个房间的时候，房门突然打开，有人将她拽了进去。

房间里一片黑暗，她什么都看不清。纪瞳瞳下巴被人捏住，猛灌了几口水，冰凉带着酒精的液体滑入胃部。

“咳咳咳咳……”纪瞳瞳呛得不轻，黑暗带来的恐惧，使她颤抖着声音质问，“什么……什么人，你想干什么？”

抓着她的人将她往后面一推，纪瞳瞳眩晕了一下，扑倒在床边，她听见开门的声音。

接着房间陷入黑暗中。

初筝站在门外，转了转手里的玻璃杯，回了自己房间。

约莫半个小时后，初筝听见吵闹声，走廊挤满了人。

初筝插着手过去，许是她身上的冷意太强烈，围观的人群，自动给她让出一条路。

“劲爆啊……没想到，这两个人竟然是这种关系，不过在客房里做这种事……”

“可惜我来得晚，没看见香艳的场面。”

“太恶心了吧？以前怎么没看出来她们是这种关系？”

“她们不是一直同进同出，之前就觉得她们关系太好了……”

纪父等人闻讯赶来，继母差点吓晕过去，还是纪父赶紧让人将客人送走，控制局面。

今天来的有商界人士，也有纪瞳瞳的同学。人多眼杂，纪父有心封口，也做不到。

孟父和孟母也在，见此场景，脸色颇为复杂。两人对视一眼，纪瞳瞳和杨茜茜竟然……

“那个……老纪啊，我们就先走了。”孟母拉上孟然，此时纪父和继母哪里有时间理他们。

“妈……”孟然不太想走。

“走。”孟母低斥一声，和孟父一起将孟然强行拉走。

初筝站在门外，神情冷漠地看着。孟然出来的时候，正巧对上她的视线，孟然后脊莫名地一寒。

“快走。”孟母拉着孟然快速离开。

“妈……”纪瞳瞳哭得嘶哑。

“瞳瞳，瞳瞳……这怎么回事啊？”

纪瞳瞳哪里知道怎么回事，她被灌了一杯酒之后，然后……

杨茜茜也说不清楚是怎么回事，只是一个劲地哭。

纪父沉声：“你们两个，真的……”

纪瞳瞳气得崩溃：“爸爸，我和茜茜只是朋友，我真的不知道怎么回事，一定有人害我和茜茜……”

纪瞳瞳将自己之前的遭遇说一遍，特别是有人将她拽进房间的事，她哭着哭着，突然抬起头，指着初筝：“姐姐……是姐姐……是姐姐将我拽进房间的。”

继母不可置信：“瞳瞳你说什么？”

纪父也看向门口的女儿。面对纪瞳瞳的指认，初筝依然冷静淡然。

纪父皱眉：“初筝……怎么回事啊？”好端端的一个生日宴会，怎么变成现在这个样子？继女还指认自己的亲生女儿，说她害自己？

“不知道。”初筝的回答更是冷漠。

纪瞳瞳说自己虽然没看见，但是和初筝生活这么久，她不会感觉错，就是初筝。

初筝则一脸冷漠地否认。不是她，她没做过。要拿证据，没有证据就是污蔑。

“姐姐，你为什么要这么害我……”

“不是我。”初筝否认得理直气壮。

纪瞳瞳红着眼：“是你……爸，就是姐姐，是她害我……我以后怎么见人？爸，你要给我做主！”杨茜茜是她朋友，平时可以手拉手，一起逛街，甚至睡一张床。可是……想到之前发生的事，纪瞳瞳心中就是一阵恶心，哭得更起劲，情绪也有些失控。

“老纪，这事你必须查清楚！”继母搂着纪瞳瞳，今天这事，那么多人都看见了，还有孟家……联姻的事都说好了，怎么就碰巧出这么一件事？

想到这里，继母心底就是一阵怨恨。这事要是纪初筝做的，她绝对不会放过她！

纪父看向站在门外，冷漠到极致的女儿，竟不知该说什么。

纪父最后让继母先带纪瞳瞳回房间。

至于杨茜茜……杨茜茜本是想害初筝，东西是她准备的，她不知道初筝是怎么知道的。她只知道自己是被初筝拖到这个房间，强行灌下半杯酒。

这话她当然不能说，不然最后也只会是她没理。

杨茜茜只能咬紧牙，说自己不知道，纪父让杨家先将杨茜茜接回去。不过发生这样的事，杨家岂能善罢甘休。

等纪父将杨家人送走，头疼地看着一片狼藉。

嗡嗡嗡……手机的振动声在空寂的环境下，格外突兀。

“纪总，查到了……”随着电话里的声音，纪父本就难看的脸色，此时更加阴沉。

继母闹着要让纪父查这件事的真相，自己女儿受如此大的委屈，以后怎么在圈子里见人？现在整个圈子估计都知道，她女儿在生日宴会上，做出那等事……

杨家那边也不依不饶。

反倒是初筝，雷打不动地上下学，完全不受影响。

药是杨茜茜弄来的，她一个学生，做事即便小心，也会留下痕迹。纪父查到这里，直接将证据甩给杨家人看，杨家顿时哑口无言。

至于杨茜茜为何自己会中招，那就得问她自己，他们纪家不负责。

“老纪，瞳瞳受这么大的委屈，你就不管吗？瞳瞳说是初筝做的，我知道初筝是你女儿，我这些年也一直将她当成亲生女儿，没有亏待过她，她为什么要这么害我的瞳瞳？”

纪父被继母拦着质问。

纪父揉了揉眉心：“这件事你好好问问瞳瞳，不要污蔑初筝。”

“老纪你什么意思？瞳瞳受了委屈，怎么现在你还要质问她？”继母不干了。

纪父不想怀疑纪瞳瞳，可是想到他之前让人查的那件事，结果……竟然和纪瞳瞳有关系。纪瞳瞳没有亲自出面，可放钱是她亲自去的。普通人查不到，他还查不到吗？

纪瞳瞳让人去对他女儿施暴，这是他印象中的那个纪瞳瞳做得出来的吗？

纪父这几天都是压着怒火，一直想是不是有什么误会。让人再去查一遍，可不管查几遍，都是同样的结果——那件事和纪瞳瞳脱不了关系。

生日宴会的事，药是杨茜茜拿来的，这种药，杨茜茜总不是拿来给自己用。既然不是给自己用，那是给谁？

不管是给谁，杨茜茜都是自食恶果。

至于纪瞳瞳……

“老纪，你说话啊？你必须给瞳瞳主持公道，不然她以后还怎么见人，你知道现在外面怎么说瞳瞳吗？”

“够了！”纪父呵斥一声。他想说什么，最后又忍住，推开继母，快速离开。

“老纪！老纪你站住！你什么意思！”继母在后面大叫，然而纪父头也没回地走了。

继母气得直喘气，一转头就对上初筝冷冰冰的视线。

“是你……”继母指着初筝，眼底愤怒涌现，“是你害了我的瞳瞳。”

初筝拎着书包下楼：“你有证据吗？”

“瞳瞳看见你了！”她相信瞳瞳不会乱说，肯定是初筝做的。她也问过瞳瞳，杨茜茜是想整纪初筝，怎么最后中招的是瞳瞳和杨茜茜？

“纪初筝你竟然这么害瞳瞳，我就知道你不是个好东西！”继母越说越气，几步冲上去，扬手就要打初筝。初筝撑着扶手，一跃而过，从后面推了继母一下。继母本就用力，被初筝一推，直接扑在台阶上。

“纪初筝！”

“你真吵。”要是能做掉就好了，多省麻烦，可惜可惜。

初筝漠然地拎着书包离开。

继母爬起来，初筝已经不见踪影。

第四章
拯救“好人卡”

纪父在查继母，好几天都没见到人影，继母和纪瞳瞳明显不安，但又打听不到纪父的消息。初筝嫌继母和纪瞳瞳吵，也没回来。

这天，初筝需要拿点东西，放学后便回了家里，正碰上继母和纪父吵架，两人前面不知道吵了什么，她回去的时候，正好说到离婚上。

继母反应激烈，坚决不同意离婚。纪父甩了一沓照片过去，继母的表情瞬间苍白下来。

初筝无视他们，径直上楼。

半个小时后，纪父敲开她的房门。

纪父神色憔悴，满脸的歉意：“初筝，以前是爸爸忽略你，本以为找个人来照顾你，没想到会让你受更大的委屈。”

都是那个女人和纪瞳瞳平时表现得太好。纪初筝又叛逆，在家里，她们更像是被欺负的一方。他也从来没去深究过，总是看表面。他这几天，将这么多年来发生的事，都一一细想了一遍，发现曾经自己被表面蒙骗得多么彻底。

初筝跟他说，她们母女图的是他的家产。他心底并不信，因为这个女人从不过问自己公司的事。可是……细查下来，才发现，这个女人暗中竟然做了不少事。

“你原谅爸爸，爸爸知道错了，以后爸爸一定好好补偿你。”

“都过去了。”初筝模棱两可地应了一声。

纪父眼眶有些红：“爸爸会处理好这件事，你放心。”

初筝点头，纪父到嘴边的话，转一圈又咽了回去，最终叹了口气，嘱咐她两句，离开房间。

【小姐姐，你以后能不能不要用这样的手段解决问题？我们是正经系统！友好和谐了解一下？】

初筝：“……”麻烦。

花钱哪里麻烦了！！这是多少人梦寐以求的事！不识货！气死它了！

纪父要和继母办理离婚手续，继母一开始还好言好语地求纪父。但纪父不为所动后，这个向来温婉贤良的女人，在此刻露出让人恶心的面目，要跟纪父瓜分财产。

纪父看在她跟过自己这么多年的分上，没有做得太绝。但继母并不乐意，开出的条件让纪父完全接受不了，纪父想到自己女儿，直接不给，要她们净身出户。

继母经营多年，好在纪父发现及时，并没有让她捞到多少好处，最后也只得了两套房子。那栋别墅，纪父直接给了她们母女，带着初筝搬了家。

等一切尘埃落定，纪父才有时间询问初筝，她哪里来那么多钱的事。

这个要让她怎么解释？天上掉的？中彩票中的？

泰山崩于前而色不变，面对纪父的疑问，初筝冷静地道："存的。"平时纪父给原主的不少，原主还经常以各种理由问着要钱。这些钱存起来，确实是个不小的数目。

"苦了你了。"纪父不知想到什么，突然感慨起来。

初筝心累。

纪父可能是出于愧疚和弥补的心情，对初筝格外地好，简直是要什么给什么。

学校关于纪瞳瞳和杨茜茜的事，也早就传遍了，就连不同级的学生都知道，朋友圈里各种转发。杨茜茜休息得差不多，回学校上课，结果一上午都没坚持，就灰溜溜地离开学校。她和纪瞳瞳的事……被人说得不堪入耳。纪瞳瞳没来学校，一开始是请假，后来传开她母亲和纪父离婚的事，纪瞳瞳就直接休学了。

"逆袭任务算完成了？"初筝问王者。

现在纪瞳瞳和纪母都被赶出纪家，纪父对她满是愧疚之心，估计以后不会再娶。

王者无语，就您这完成姿势，不及格……不是，完全负分好吗？

"问你话。"

【……只要以后她们过得没你好，就算完成。】

这么麻烦。赶出去还不行……果然要做掉才行。

【……】为什么小姐姐会有这种想法！它哪句话表达了这个意思？

"初筝姐。"三毛气喘吁吁地跑过来，"叶沉好几天没来上学了，听说他家人给他请了假。"

这几天因为纪瞳瞳的事，初筝没怎么注意叶沉。发现叶沉好几天没给自己补课，她才想起来找人："请假？"

"嗯。"三毛挠头，"听说是生病了。"

初筝想到之前接收到的资料，就是在一场考试前夕，叶沉出了事，导致他没参加考试。这场考试对很多人来说都是改变命运的机会，对叶沉来说也是。

初筝将书包往身后一甩，往叶沉家的方向赶去。

叶沉房间的窗户紧闭，窗帘都拉上了，看不见任何东西。初筝的目光在两边环视一圈，踩着楼梯上去，径直往一户人家走去。

不用她敲门，门户大开，有人正在往外搬东西。

“干什么的？”妇女见有人挡在外面，语气不好地吼一嗓子，“没事别挡着，让开让开，快让开。”

“叶沉在哪儿？”

五个字成功将妇女定在原地，几秒钟后，她凶神恶煞地吼道：“这里没有叫叶沉的，你找错地方了，赶紧走，别挡路！”

初筝向她逼近，妇女眼底有些慌：“你干什么？”

面前的小姑娘，面色冷淡，冷冰冰的眼神，让人很不舒服。

妇女朝着里面大叫起来：“老叶！老叶！！”

初筝将妇女往里面一推，妇女圆润肥胖的身体，直接跌进里面，正好被闻声赶来的男人接住：“怎么回事？”

初筝进门，顺手关上大门。

黑暗的房间里，叶沉躺在冰冷潮湿的地上，脸色苍白，然而那双眸子，却宛如毒蛇一般，透着让人心寒的光芒。

吱呀——

房门被人推开，一个男人走进来，他先打量一眼叶沉，随后道：“小子，别死撑了，你大伯欠那么多钱，要不是我们老大看上你了，你以为你们一家子还能好好的？”

叶沉唇瓣上全是干裂的死皮，他张了张唇，嘶哑的声音里满是恨意：“他们跟我没关系。”

“哎哟！”男人笑起来，“这话说得，你大伯可是拿你来抵债的。”

叶沉双手微微攥紧。他们根本就不是他的亲人，是一群禽兽。

“咱们老大给你最后一晚上的时间，你要还是想不通，那等着你的，可就不是现在这样的待遇。”

哐当——

房门被关上，叶沉额头抵着冰冷的地面，身体里的血液，似乎都开始凝结。

他以为自己马上就能摆脱他们。

还有两个月……还有两个月就高考了，他就能离开这里。可是他没想到，他那个大伯会做出这样的事，赌博欠下巨款，无力偿还，却拿他来抵债。

他也没想到，在现在这个社会，还会有这样的人，完全不将人当人。

叶沉指甲陷入肉里，血丝从手心沁出，染红了地面。

他不能就这么倒在这里，不能……

不知道过了多久，叶沉听见外面有打斗的声音，有人撞在门上，发出沉闷的声音。

接着房门就被踹开，光线从外面倾斜进来。

叶沉的眼睛不太适应这样的强光，好一会儿才看清站在门口的人，黑西装大墨镜，手里还拿着类似狼牙棒的武器，见有人冲上去，就挥动狼牙棒，直接将人打飞。

外面似乎有人进来，他们微微退开一些。

光线中，女生缓慢出现，双手插在校服外套口袋里，姿态一如既往地冷淡疏离。

叶沉呼吸微滞，仿若能看见她身上带着光芒，驱散四周的黑暗。她随着光走进房间，每走一步，都宛如踩在他心尖上。

叶沉突然往后缩去，将自己藏在阴暗中，仿佛这样，就能将狼狈的自己藏起来。

初筝上前，叶沉就往后退，直到最后退无可退，靠着墙角。初筝拉住他手腕，温热的手指，贴着他手腕的皮肤，炽热一直延伸到四肢，似乎要将他整个人都烧起来。

“走了。”

叶沉被拽起来，踉跄地晃了几下，撑着旁边的墙，勉强站稳。他不敢看初筝，强忍着身体的难受，被她带出房间。

外面是一条走廊，光是旁人拿着强光手电筒照出来的，此时外面光线昏暗。走廊上躺着几个人，正捂着身体哀号。他之前见过的那个老大，正被人护着，与他们遥遥相望。

叶沉被后面的保镖带走，保镖压根就不给他反对和说话的机会。他回头看去，少女漫不经心地站在走廊中间，面对这群人，也没有丝毫的畏惧之意。

叶沉被送上车，他目不转睛地盯着出口。半个小时后，初筝才从里面出来，手里拎着校服，袖子微挽，露出漂亮的手腕，后面跟着身材魁梧的保镖。

保镖替她打开车门，清冷的气息侵袭过来。

等车子平稳地离开这个地方，叶沉紧绷的身体才慢慢松懈下来。

“你……怎么知道我在这里？”

“问人。”简洁又明了的回答。

“你……是特意来找我的？”

“嗯。”

沉寂多年的心湖，此时漾开涟漪，慢慢地发展成狂风巨浪，怎么也停歇不下来。

叶沉攥紧双手，借着车里的光瞧她。女生眉眼低垂，手指搭在手腕上，有一下没一下地敲着。

车子不知道开到什么地方，颠簸得厉害，叶沉身子往她那边倒过去。他本想起来，最后却试探性地靠着她，后者只是微微往旁边挪了一下。

【小姐姐我们要当个好人！？你要给他温柔似水的关心和照顾，记住，要当一个好人哟！】王者的声音，及时制止她的行为。

车子行驶半个小时，停在一个小区外。

“纪小姐，到了。”

这……是他上次来的那个小区。

初筝从书包摸出一个袋子递给对方。对方检查了一下，凶神恶煞的脸上立即露出笑容：“感谢纪小姐使用无敌公司保镖服务，有需要随叫随到，记得好评哟！”

叶沉满脸疑问，这是从某宝找来的吗？

几辆车子依次离开，初筝顺手拉着叶沉往小区里面走，叶沉禁不住出声：“嘶……”

初筝回头，叶沉忍着疼：“没事。”

弱死了！

初筝倒回来，改为扶着他，将他带上楼。

叶沉坐在沙发上。初筝翻箱倒柜半晌，最后站在客厅，望着空荡荡的房间出神。

“谢谢你今天来救我。”他本来已经做好和那群人死拼的下场，但是没想到，会有人来救他。这个人……更是他以前想都不敢想的人。

“不客气。”初筝严肃地撑着下巴，像是随口回了他一句。

“有什么问题吗？”叶沉见她那样子，忍不住担心，“那些人会不会找你麻烦……”

初筝转身，一脸严肃地打断他：“你能去买药吗？”大半夜的还要出去，好麻烦啊！

她现在身上乃至背景板，都不断地冒着“麻烦”这两个字。

王者抓狂不已，叶沉也有点蒙。他现在走路都成问题，怎么去买药？所以刚才她思考那么久，就是在思考这个？

“我自己去吧！”本来就给她添了不少麻烦，现在还要麻烦她……

叶沉一边说，一边起身，还没站稳，又跌了回去，膝盖一阵一阵地疼。他皱着眉，深呼吸一口气，憋着劲站起来。但刚走两步，他就直接倒了下去，要不是初筝眼疾手快地接住他，他现在已经撞到沙发一角。

叶沉此时离初筝很近，他再次感觉到不同于平常的心跳。

怦怦……

怦怦怦……

心脏仿佛要跳出来。

他盯着初筝的眼睛，手攀在她肩膀上，贴上初筝的唇。

初筝似乎有些呆愣地看着他，并没有做出什么反应。

“你干什么？”她的语气很平静，没有愤怒，也没有正常女孩子的羞恼，就像是问天气为什么这么冷一般。

叶沉心底是慌的。

她说过，救自己，只是想让自己觉得她是一个好人。刚才他也不知道，自己怎么就……

叶沉突然出声：“从我爸妈去世后，不管出什么事，我都只能一个人挨过去，忍受病痛，忍受寒冷，忍受一切我不能接受的……好几次我以为我会死，可我都没有死。”

他已经很久……很久没有感受到，被人照顾、被人拯救是什么感觉。理智告诉他，这一切也许都是骗局。可理智之外，他总是忍不住想她，一开始是想她的动机、目的，后来……只是单纯地想她。

叶沉猛地反应过来，自己在说什么？

“我……我先走了。”叶沉夺门而出，刚出门就摔了一下，膝盖的痛感蔓延到四肢，连同心脏都在疼。

他这样的人，有什么资格给她说这些。

她是高高在上的纪家大小姐。前簇后拥，风光无限，他们本来就不是一路人。

叶沉爬起来，感觉不到疼似的，走向电梯。

电梯门刚打开，一只手横插过来，将他往旁边一带，叶沉后背抵着冰冷的墙。

初筝单手撑着墙：“你去哪儿？”

叶沉偏开头，不敢直视她：“给你添麻烦……”

“回去。”初筝往门那边扬了一下下巴。

“我……”

“最后一遍，回去。”

“纪初筝……”

“不回去我就打断你的腿。”初筝凶巴巴地威胁他。

叶沉再次被扔回沙发上，初筝没看他，绷着一张脸出了门，房门“咔嚓”一声关上，接着是反锁的声音。

叶沉倒在沙发上，抱着膝盖，目光无神地盯着虚空。

纪初筝……

我好像……喜欢你。

叶沉第二天是从床上醒过来的。

昨天晚上太累了，他不知怎么睡着了。身上的伤口都处理好了，就连身上的衣服都换过……等等，衣服？

衣服！

叶沉拉着衣服里外看一遍，本就苍白的脸色，更显得苍白几分。

咔嚓——房门被推开，女生端着一杯牛奶进来，直接怼到他面前：“喝掉。”

“我的衣服，是谁换的？”叶沉艰难地问。

“我。”初筝回答得理所当然。

这里又没有别人，除了她还能有谁？昨天晚上她少睡好几个小时，都怪他！

“你……”叶沉先是一惊，随后整张脸都爬上红晕，“你给我换的？”

初筝非常理直气壮：“有什么问题？”

难不成我大半夜还要给你请个保姆？想什么呢！脑袋被人给打坏了吧！

叶沉耳根子都红了，心跳如雷，每个毛孔似乎都在战栗。他闭了闭眼，更加艰难地吐字：“你连……都给我换了。”

“有血。”不换留着当纪念吗？

叶沉更加羞愧难当，恨不得找个地方钻进去：“你……你……”她怎么可以这样！他身体岂不是全被她看完了？

叶沉憋出几个字：“男女有别。”

“你受伤了。”

叶沉愣住。因为自己受伤，她才给他换衣服……叶沉心底没来由有些发堵。

人家一个姑娘都没说什么，他在这里矫情什么。

叶沉心底这么想着，但耳根子依然滚烫，也不敢看初筝。

“喝。”初筝将举了半天的牛奶递过去。懂不懂礼貌！举半天不累的吗？

叶沉伸手接下，指尖碰到初筝指尖，他像是被烫了一般，迅速抱着牛奶缩回去。

等初筝离开，叶沉紧绷的身体渐渐松懈下来，望着房门的方向出神。

叶沉养伤好几天，每天初筝去上学都会锁门，叶沉觉得自己像是被囚禁在这里一般。每天好吃好喝，还有钟点工上门收拾。

初筝放学回来，还要拿作业给叶沉写。初筝可能把自己关在这里，就是给她写作业的。叶沉心想。

而关于那天的事，初筝只字不提，仿佛从没发生过。他提问，她也只是淡淡地回一句，她会解决，然后就没了后文。叶沉也试着提出离开这里，不想给她添麻烦，但结果无一例外，被她凶巴巴地威胁一顿，继续关着。

“你伤好了没？”这天初筝回来就问他这么一句。

少年一边写作业，一边点头：“差不多好了，你还要关着我？”

说到后面，少年微微皱眉，但他不得不承认，自己并不是很生气。

“那跟我去个地方。”初筝拉着他就走。

“去哪儿……作业……”

叶沉被塞上一辆车，这车里的人他有点眼熟，是之前来救他的那些西装保镖——无敌公司保镖业务员？

车上一片死寂，车子启动，往他不熟悉的方向行驶，最后停在一个陌生的小区前。保镖替他开了车门，叶沉有些茫然地下车。初筝顺势拉着他进小区，叶沉垂眸看着她扣着自己手腕的手，眸色微深，唇瓣轻抿一下。

“找谁啊？”

熟悉的声音拉回叶沉的思绪，视线焦距对上对面的人，表情有三秒钟的空白。

“是你！”开门的人是叶沉的大伯母，看清门外的人，她市侩的脸上露出一丝恐惧。

余光扫到叶沉，大伯母更是一慌，手心里渗出冷汗，双腿有些发软。她怎么会知道这里的！他们明明没有告诉任何人，他们搬家到这里了！

初筝眸光冷淡地扫过她：“进去谈，还是在这里谈？”

初筝后面跟着身材魁梧的保镖，大伯母后背倏地升腾起冷汗，拉开门让初筝、叶沉进去。平日里母老虎一般的妇人，此时却像夹着尾巴的狗。

大伯从房间出来，看见初筝和叶沉，和大伯母的反应差不多。

“老公。”大伯母赶紧走到大伯那边，拉着他的胳膊，“怎么办啊？她怎么知道我们住在这里……”还带着叶沉这个扫把星。

上次这个女生来逼问他们叶沉的下落，现在还带着叶沉找上门，这能是好事？

叶沉机械地坐下，房间的一切他都很陌生，他被她救出来后，没有联系任何人，他甚至不知道，自己的大伯和大伯母已经搬家。

“叶沉……”这死小子，不知道在哪里认识这么一个人。大伯心中满是厌恶，但脸上却带着笑，“这是你朋友吗？”

叶沉闻声，微微抬头，大伯脸上的神情，让他觉得恶心。他以为他们以前已经很过分了。直到这次，他才知道，他们有多么冷血、残酷。

叶沉垂在身侧的手微微握紧，他扭开头，不看大伯，也不应声。

初筝朝着外面伸出手，保镖后面的律师拿着一个文件夹进来，恭敬地递到初筝手里。

大伯和大伯母见这架势，心中更是慌乱起来，冷汗直掉。

初筝从文件夹里拿出几份文件，一一摊开在茶几上。

“叶先生，叶太太。”律师笑着打一声招呼，“二位是叶沉的监护人，没错吧？”

大伯和大伯母对视一眼，不知道这是要干什么。初筝双手插在兜里，站到旁边，叶沉就坐在她旁边的沙发上，这场面怎么看都觉得十分怪异。

“是……是……”大伯点头。

律师继续道：“叶沉的父母意外去世，赔偿款一共五十万，房产一处，现价值一百五十万……”

律师的声音在房间中流转，将他们的财产说得清清楚楚。大伯和大伯母两人面色难看，站立不安。听到后面，两人大概听明白，律师是来清叶沉父母留下来的遗产的。

“你说这些做什么，我们作为叶沉的监护人，这些财产我们是替他保管！”大伯母梗着脖子出声。

律师笑了下：“但是据我当事人叶沉先生所说，这些财产都已经被两位挥霍光了。”

叶沉一愣，他就没见过这人！刚才上车的时候都没见过！他什么时候说过？

而且房子……他早就将房产证藏起来了……

“谁……谁说的，没有！”大伯母赶紧否认，“他年纪那么小，我们只是为他理财，等他成年就会给他。”

“这份合同两位应该眼熟吧？”律师出示的是一份房屋买卖合同。

合同一出，大伯和大伯母两人露出慌张的神色。

律师道：“你们以叶沉先生监护人的身份，以一百三十万的价格，卖掉了叶沉先生父母留下的房子。”

叶沉起身，一把抢过律师手里的合同。他迅速翻看一遍，看见最后的签字和盖章，手指微微一颤，合同掉落到地上，发出一声脆响。他猛地抬头看向大伯夫妇，眼神里的凶狠，亦如初筝第一次见他的时候。

“你们……卖掉了我父母的房子？”他一字一句地问，阴郁冷冽的眼神让大伯无意识地后退一步。随后才反应过来，自己竟然被一个小兔崽子的眼神给吓到了。

大伯母突然骂起来：“我们照顾你这么多年，你现在竟然伙同外人一起来找麻烦，你个白眼狼……你父母走后，要不是我们养着你、照顾你，你早就饿死了，能有今天？”

“我们这么多年，都白养你了！养条狗还有感情呢！你怎么干出这种事……”

大伯和大伯母一人一句，唱双簧似的热闹。叶沉气得直笑，眼底深处有渐渐郁积起来的阴暗……他们也说得出口，这些年，他受的罪是因为谁？

叶沉心中的恨意和杀意肆掠，让他整个人都笼上一层阴郁。

“哗啦——”玻璃在地面碎裂开，初筝漫不经心地收回手，叶沉心中的那些压抑情绪，也似乎被那声音惊散。

房间瞬间安静下来，初筝抬脚踩在玻璃碎片上，咔嚓几声轻响。

律师微微汗颜。

“废话那么多。”初筝踢了踢碎片，“签字，走人。”

律师赶紧找出两份文件：“叶先生，叶太太，签下这两份文件，从此以后叶沉就和你们没关系了。”

“什么？”两人错愕地看着律师。

这份合同他们不签也得签，初筝带这么多保镖过来，可不是为了好看。

等初筝带着叶沉办完所有手续，拿到单独属于自己的户口本时，他站在阳光下，是前所未有的轻松。压在他身上怎么都移不开的大山，对于她来说……如此轻松平常。

叶沉回头看向身侧的女生，她目光淡然地落在远处的车流中，再炽热的阳光，都融化不了她眼底的冰冷。

“纪初筝。”

女生回头，静静地看着他。

“我会还给你的。”你为我做的一切，我都会回报给你。

初筝在衣服兜里摸了摸，将一把钥匙递给他。

这是他家的钥匙……不是被卖了吗？叶沉震惊不已。

初筝：“一百五十万。”系统发任务让她买回来，她能怎么办，只能买回来了。

叶沉仍愣愣地看着她。

叶沉接下钥匙，微微握紧。

他一定会成长到和她并肩的。

那个时候，他才有资格跟她表白。

叶大伯夫妇卖掉房子就是为了还债，可房子的钱压根不够，正巧债主看上叶沉，所以才用叶沉抵债。叶大伯夫妇也没想到，那群人还会找上他们。因为叶沉跑了，那群人想找初筝麻烦，不仅没找回场子，反倒被初筝威胁了。俗话说惹不起躲得起，他们也不敢去找有初筝护着的叶沉，只能找叶大伯，本来就是他欠下的，他来还很正常。

叶大伯哪里还有钱，被要债的人打断一条腿，要债的人还隔三岔五上门。没过多长时间，大伯母就卷着最后的一点钱跑了。

叶大伯没人照顾，双腿都废了，最后流落街头，后半生凄惨。

而叶沉那边即将面临高考。

许是解决了这么大的麻烦，叶沉心境不错，考试发挥得极好。

他不能考砸，他只有更努力，才能……

叶沉如愿考上重点大学，不过他没有选择外地大学，而是选了本地的大学。这个学校也不错，离初筝学校还近。

或许是没了烦人的大伯和大伯母，在新环境中，叶沉渐渐变得不一样起来，不再是那个任人欺负的小可怜。

初筝按照王者号的吩咐，努力做任务，买回来的东西全往叶沉那里扔。

叶沉不要，初筝就以各种手段威胁……

纪瞳瞳休学后再也没出现，初筝也没见过她。孟然也上了叶沉那所大学，但初筝并没和他碰过面，偶尔参加活动碰上，孟然都是眼神复杂地看她一眼，然后转身离开。

“初筝。”叶沉穿着白色的休闲服，站在校门外等她，和一年前相比，此时的叶沉完全像变了个人。阳光帅气，惹人注目。

初筝走过去：“有事？”

“周末你有空吗？”

“没空。”

“你有事？”

“……花钱。”

叶沉沉默。

“我……陪你？”叶沉试探性地问，他改变不了她的决定，那就跟着她的决定。

“嗯。”

叶沉无奈。

和她聊天真的是很费神，她从不废话，能用一个字表达清楚的事，绝对不会用两个字。

叶沉跟在她身边，小心地问：“你马上也要考试了，想好上哪所学校了吗？”相处时间长了，他才知道，她成绩并不差。她不写作业，完全是嫌麻烦，关键是写字还慢。

初筝有几秒的沉默，冷冰冰地吐出一个字：“没。”

叶沉心下一喜：“那你可以……考我这个学校吗？”他是为了她才留在这里，如果她不考自己这所学校，那他……不管如何，必须让她考自己这所学校。

初筝侧目，叶沉连忙将心底那点心思收敛下去。

“可以。”有他在，花钱买的东西有人接手，是很棒的移动储物器，还有那什么任务，她也不可能离他太远。

当个好人好难啊！

叶沉长睫轻颤，她……答应了？叶沉心底涌出一阵激动，血液似乎都在沸腾。

她答应了！！

“初筝姐，这里！”高考完后，三毛等人都没考好，落了榜，今天叫初筝过来聚聚，以后大家估计就各奔东西了。

初筝没想到离开的时候，会再次遇见纪瞳瞳。

纪瞳瞳也有些错愕，她出声叫住初筝。

“纪初筝！”

纪瞳瞳走上前，初筝发现她好像胖了，特别是腰……这不会是怀孕了吧？杨茜茜的？

初筝脑中各种乱七八糟的念头闪过。

“那件事，是你做的吧？”纪瞳瞳盯着初筝。

“哪件事？”初筝面无表情地问。做的事太多，她也不记得了。

“……杨茜茜。”纪瞳瞳咬牙切齿说出这个让她有阴影的名字。

“没有证据，你不要乱讲。”初筝一脸的严肃。

纪瞳瞳神情扭曲一下，那件事她后来想来想去，只能是纪初筝……还有她母亲和纪父突然离婚，肯定也是纪初筝搞的鬼。

她只是想不明白，明明纪父之前那么喜欢她。可那么短的时间，以前的那些喜欢，怎么就成了镜花水月？

她付出那么多讨好纪父，这么多年，难道是一个笑话吗？

“我知道是你。”纪瞳瞳笃定，“你现在很开心吧？”

纪瞳瞳突然笑起来：“可是就算这样，孟然哥哥还是和我在一起了。”没有纪家，她还有孟家，以后她就是孟家的少夫人。

初筝视线落在纪瞳瞳身上。

纪瞳瞳警惕地后退一步：“你这么看着我干什么？”

初筝：“那你可得看好你的孟然哥哥。”

纪瞳瞳皱眉：“你什么意思？”

初筝：“没什么意思。”她就随口一说。

初筝懒得和她废话，绕开她离开。纪瞳瞳伸手要拦她，初筝目光冷冰冰地盯着她，那眼神看得纪瞳瞳四肢发寒，心底冒出一点畏惧。

纪瞳瞳下意识收回手，恼怒地瞪着初筝离开，可恶！

纪瞳瞳回到住处，发泄一般将手提包扔到地上。

“瞳瞳，怎么了？”

“妈。”纪瞳瞳叫一声，“我刚才遇见纪初筝了，她……”

纪瞳瞳将刚才的事说了一遍，发泄心中的郁闷。

“妈，你为什么要离婚？”纪瞳瞳不满，如果不是她妈离婚了，她现在用得着这样？和杨茜茜那件事，也有办法解决，为什么要离婚？

被自己女儿埋怨，纪母也有些怒火，但她忍了下来：“瞳瞳，等你嫁进孟家，再慢慢收拾纪初筝，你现在好好和孟然相处，抓住孟然才是关键。”

“你如果不离婚，我用得着这样？”不离婚她现在还是纪家的小姐。

“你还好意思跟我发脾气！”纪母也恼了，“你自己干的好事，找人对纪初筝用强，这件事你没和我商量就去干了，你以为自己很能干吗？”

纪父和她离婚最大的原因就是这个。

纪瞳瞳在他心中，一直是乖巧懂事的继女。可是突然发现，她并不是那样，还找人那么对付自己的亲生女儿……

“我……”纪瞳瞳脸色白了白，之前想不通的事，此时也想通了。

她想到纪初筝那个录音。

纪母也生气，直接起身离开。

纪瞳瞳反应过来，赶紧去道歉，她现在已经不是纪家的继女，曾经那些围着她转的人，现在也完全没了踪影。

纪瞳瞳和孟然在一起，倒也是开心过一段时间。不过孟母对纪瞳瞳的意见有些大。

孟母以前对纪瞳瞳满意，是因为她是纪家的人。虽然是继女，但是受宠啊！

纪初筝那个时候那样子，她可受不了。

但是后来发生那件事，两个女人……孟母心底那是一个心塞。

偏偏孟然十分偏袒纪瞳瞳，孟母又只有这么一个儿子。

开始两年相处得还算好，纪瞳瞳会尽量不和孟母起冲突，处处顺着孟母。受了委屈，孟然会私底下补偿她，安慰她，让她别和孟母一般计较，毕竟是长辈。

然而时间长了，孟母一直那个态度，纪瞳瞳难免就会因为一些事和孟母闹起来。

孟然夹在中间就更惨，里外不是人，要哄纪瞳瞳，又要哄孟母，整天被这两个女人搞得身心疲惫。

等孟然进了公司后，就特别不想回去面对纪瞳瞳和孟母，大部分时间都在公司里。

时间一长，纪瞳瞳难免就会怀疑孟然是不是在外面有人了。

孟然一开始还解释，但是纪瞳瞳越发敏感，整天追问他的行程，对他身边的人来回调查，这让孟然心生反感。

这几年，孟然本来就被消磨得差不多的耐心越发少了。

后面纪瞳瞳因为一直没怀孩子，孟母整天对她冷嘲热讽，纪瞳瞳和孟母之间的关系越发紧张起来。

纪瞳瞳也想怀个孩子，可是她怀不上，她能有什么办法？什么偏方都试了，就是没用。

孟母成天在孟然耳边念，孟然心底渐渐也有了一点怨气，两人的夫妻关系越发僵硬。

孟母一直是针对纪瞳瞳，反倒没怎么关心孟父，但是她没想到，自己有一天会撞见孟父和纪母在一块，说说笑笑的，瞧着很是亲密。

纪母一直会打扮又会保养，加上年岁比孟母小，和纪瞳瞳站在一块跟姐妹似的。

孟母整日和纪瞳瞳闹得不愉快，孟父帮一下，就会被孟母骂。长期下来，孟父自然就和孟母离心。

孟母将这事跟孟然说，孟然也有点蒙，不知道到底怎么了。

纪母本以为孟母会闹起来，但孟母冷静了一晚上，丝毫没有闹的意思，只是要将纪瞳瞳赶出去。

出这么大的事，孟然本身也和纪瞳瞳的感情不好了，他此时当然得站在孟母这边。

孟父当缩头乌龟，不愿出头，估计也不敢出头。孟母的娘家和孟家的生意密不可分，如果真的和孟母闹，孟父也没好处。

纪母平日里瞧着孟母对孟父百依百顺，没想到会是这么一个结果。

孟母岂会让纪母好过。

孟母以强硬手段，让孟然和纪瞳瞳离婚，纪瞳瞳不肯。孟母也是狠，直接放话，孟然要是不肯离婚，他也不用继承孟家了。

在纪瞳瞳和家产之间，孟然选择了家产，和纪瞳瞳离婚，纪瞳瞳怎么闹都没用。

离婚后孟然直接出国，去国外的分公司任职。

失去孟家的庇佑，纪瞳瞳和纪母过得艰难。她们不缺钱，但是有时候钱用不出去，最后逼得两人远走他乡。

后来初筝听说，这两人的下场不是很好，纪瞳瞳嫁了个富商，结果富商没多久就死了，本以为能继承遗产，没想到富商的遗嘱里，连她一个字都没提，凄惨收场。

转眼，叶沉即将毕业。

叶沉在大二的时候就开始创业，如今两年过去，已小有成就。初筝不时扔给他东西，就只是扔，她根本就不是送。自从发现这一点后，叶沉对于她给自己东西这一点，就释然多了。而且在他需要钱的时候，她也只是冷眼旁观，压根没有帮忙的意思，最后都是靠他自己解决的。

虽然之后他才知道，还是她在背后联系，自己才能找到投资人。

不过这不算什么，他想要的……

“叶沉学长……”长相漂亮的女生叫住叶沉，女生红着脸蛋，含羞带怯地走上前，“叶沉学长，我……我……我喜欢你，你能做我男朋友吗？”

“我不喜欢你。”叶沉说完就走。

女生先是一愣，随后迅速拦下叶沉：“叶沉学长，你就不能给我一次机会吗？我真的很喜欢你。”

叶沉上大学后，受欢迎程度渐渐上涨。女生是出了名的系花，她自认自己出马，叶沉怎么也得乖乖臣服，没承想，会得到这么一个答案。

“我有喜欢的人。”叶沉绕开女生，往外面走。

女生皱眉，不服气地再次将他拦下：“我听说叶沉学长最近需要资金？我可以给你投资……”

“叭——”刺耳的声音响起，一辆蓝色的车停在前面。叶沉抬眸看去，脸上露出轻微的笑意，眸光似乎都柔和下来。

女生顿时看呆了。

叶沉在学校这么久，可从没人见他笑过。

叶沉压根不理会女生，径直走向那辆车。

女生看着叶沉上车离开，跺了跺脚，不甘心地捏着自己的衣摆。

“怎么样，成功了吗？露西？你脸色怎么这么不好？”几个姐妹从暗处过来，嘘寒问暖地询问。

露西指着还能看见的蓝色车子：“那车是谁的？”

“那车子得六百万吧？”识货的小姐妹语气惊讶。

“六百万？”有人倒抽一口气，一个学生开这么好的车子吗？露西也有钱，可她的车也不过一百多万而已，毕竟大家现在都还花着家里的钱。

“那好像是那个叫纪初筝的，就是开学时给她们系一人送一部手机的那个，听说不久前，又一人送了一台电脑……可惜我不是她们系的。”

“她这么有钱啊？”

纪初筝一开学就搞出这么大的事，可谓是让人印象深刻。人家钱多，出手大方，长得好看，在学校可是女神级别的人物。

“叶沉学长……怎么认识她啊？”

有人见露西脸色不好，顿时不敢再说。

车上。

“刚才拦着你的女生是谁？”初筝第一句话让叶沉有些意外。

他心中窃喜，摇头：“不认识。”

初筝点头没再问，叶沉等着她问后续，结果半天没声。

“那个……”叶沉看着初筝，眸光微闪，“她说喜欢我。”

“嗯。”

叶沉一愣，虽然已经预料到初筝的反应，但她如此平淡，叶沉还是有些不爽。

“长得挺漂亮的。”初筝补充一句，更让叶沉郁闷了。

谁问你她长得好看不好看，重点是她给我表白了！！

叶沉看看开车的女生，和几年前相比，她容貌更出众，眸色一如既往的冷淡疏离，举手投足间皆是矜贵之气，让人不敢轻易靠近。

叶沉心中叹口气，想让她心里有自己，很难啊。她什么都不在乎，还特别有钱……

初筝答应今天和叶沉吃饭，但地点得她来选。

叶沉看着高大上的招牌，走一步都要钱的感觉，内心有些浮动，他现在事业刚起步，说实话，其实资金很紧张。平日里，他是能省一顿就省一顿。

不过……她要喜欢，自己还是能抠一点出来。

吃完饭结账，叶沉被告知已经结过了。他看向初筝，后者自然地往外走。

“初筝，今天说好我请客，你怎么先结账了？”叶沉追上她。

“你请客，我付钱，不矛盾。”初筝点点头，觉得自己说得甚有道理。

什么不矛盾，这是你一个女孩子该做的吗？这让他一个大男人怎么立足？

叶沉上车唰唰地写了一张欠条给她。给钱她不要，还威胁要打自己，只有欠条她会收。

将叶沉送到宿舍底下，初筝等他下车，叶沉磨磨蹭蹭，好一会儿才下去。

“叶沉。”

叶沉欣喜地转身，初筝冲他招手。叶沉走回来，初筝按着他脑袋就是一顿乱揉，表情十分严肃，这么软，真舒服，再摸两下……

初筝觑着叶沉渐渐沉下来的脸，讪讪收回手：“晚安。”

叶沉无语，大下午的晚什么安！！

叶沉一进寝室，就被人一左一右地按在门上。

“叶哥，刚才送你回来的是不是咱们女神？”

叶沉睨他们一眼，按着他的两人有点㞞。

“怕什么，咱们三个人，他还能打赢我们三个人不成，按好了，今天不老实交代，别想我们放开你。”站在前面的男生道，另外两个男生立即附和。

叶沉抬腿就扫向旁边的人，身子一拧，将另外一个人反压在门上。这几年他也没闲着，身手虽然练得一般，但打他们绰绰有余。

“哎呀！叶哥别打了。我们错了，我们错了。”

寝室里一阵鸡飞狗跳，叶沉扔开他们，坐回自己位置，打开电脑。

三位室友又凑上前：“叶哥，你还没回答我的问题呢！”

叶沉看他一眼：“嗯。”

三位室友挤眉弄眼：“我就说是她嘛，学校开豪车的人不少，但是一个月换一辆的就只有她。”

“叶哥，你和女神进展到哪一步了？”

叶沉敲了两下键盘，没回答这个问题。

“哎呀，叶哥，你不着急我们都替你着急，把你嫁进豪门，可是我们毕生的心愿。”

叶沉抬起那双黑沉深邃的眸子：“嫁进豪门？嗯？”

三位室友顿时一惊，慌忙给他捏肩捶腿：“咱们叶哥就是未来的豪门，哈哈哈，刚才我们乱说的，乱说的。”

叶沉推开电脑：“你们的事情做完了？过两天会议需要的文件和东西都准备好了？”

“那必须的，叶哥，我们办事你放心。”其中一男生拍胸脯保证。

说到正事上，几个人认真不少。讨论完，其中一男生又将话题绕了回来：“叶哥，女神这样的人追求的人可不少，之前我还看见有人给女神送花。”

叶沉看向他，那人赶紧道：“放心，女神没收。”

“叶哥啊，不是我们说你，你和她认识那么长时间，近水楼台先得月啊！你再不出手，女神可就真是别人的了。你不着急，我们看着都着急啊！”

叶沉揉了揉眉心，道：“她好像对我没那个意思。”他试探过很多次。

三位室友立即坐到叶沉对面，三堂会审一般地盯着他：“你表白了吗？”

叶沉摇头。但他暗示过……

“没表白你怎么知道女神不喜欢你？你要主动，主动知道吗？”

“叶哥，女孩子就是要追的，你什么都不做，难不成还真等着人家女神来追你啊？”

“我们给你制定个计划啊，保管你表白成功。”

“初筝，有人找你。”纪父拿着本书敲开初筝的房门，“好像是你学校的学长。”

“这么晚，不见。”初筝直接道。

纪父：“……”他这个当爸的都没说什么，她怎么还不见了？

“咳咳，人家都到家里来找你了，下去看看吧，也许有急事呢？”以前担心她在外面胡作非为，现在她整天上学回家，两点一线，宴会都嫌麻烦各种不去，活成大门不出二门不迈的大家闺秀，他也有点急。

纪父说个不停，初筝嫌烦，起身下楼。

在客厅等着的人她见过两次，是叶沉的室友。

“学妹。”叶沉的室友笑嘻嘻地给她打招呼。

“叶沉出事了？”

“不是，咳咳是啊……叶沉那个感冒了，说要见你，所以我来找你，想让你过去看看。”这么关心叶沉，还不是喜欢叶沉？先把人骗过去再说。

初筝打量了他两眼：“你骗我。”

“……那个，其实是叶沉有点事想和你说。”男生道，“我怕你不去，所以这么说。”

“他可以打电话给我。”省时省力轻松便捷。

男生一愣，这事是能在电话里面说的吗？

“哎哟，你就和我去一趟嘛！”男生双手合十地求她，“拜托了。”

初筝并不太愿意，但事关拥有好人卡的叶沉，她只能跟着去看看。

男生将她带到一个偏僻的街道上，四周空无一人。

路边有一条蜡烛通道，似乎在指引她往前面走。前方，烛光摇曳，面容俊美的男生捧着鲜花站在蜡烛围成的桃心里，深邃的眸子里跳跃着一簇簇火花。

叶沉有些紧张。

等初筝走近，他深呼吸一口气，缓缓出声："你还记得这里吗？"

初筝不答。她记得什么！整天忙得昏天暗地，哪有时间去记这些玩意。

"那天，我就是在这里遇见你。"叶沉道。

叶沉凝视初筝的眸子："最开始我以为你是在耍我玩儿，你这样的人，怎么可能会突然好心救我，我对你有防备、警惕，可是后来证明是我想多了。

"但是至今，我都不知道，当初你为什么要对我伸出援手。

"也不知道后来你为什么要对我这么好，如果没有你……我现在不知道在做什么。"

叶沉顿了顿，在心底给自己打气，将手里的鲜花递过去。

"纪初筝，我喜欢你，你愿意做我女朋友吗？"

终于说出来了。

叶沉心跳加快，屏息等着对面女生的答案。

女生目不转睛地盯着他，"不愿意"三个字已经到嘴边。

【小姐姐，你要是拒绝了，我觉得他可能会分分钟黑化给你看。】王者号给初筝预警，【别看他现在挺正常，他心底可是住着魔鬼的。】

初筝："……"所以我不能拒绝？

【小姐姐想想你的好人卡，没有好人卡，你就不能离开这个位面，还得不断重复经历这个位面。】

初筝烦躁，这到底是哪个设计的游戏环节！强买强卖呢！

【……】小姐姐真凶。

初筝伸手接过那束鲜花，四周突然蹦出几个人，欢呼着对他们撒花瓣。叶沉似乎有些不可置信，好半天才反应过来，将初筝搂进怀中。

她答应做自己女朋友了，那离她嫁给自己还远吗？

"亲一个，亲一个！"

叶沉松开初筝，小心地觑她一眼，后者将花挡在他们中间，拒绝意思明显。

叶沉微微失望，但也没计较，他有的是时间，慢慢来。

"叶哥，叶哥，快看楼下！"

寝室的门被敲得哐当响，还在想昨晚自己表白成功的叶沉吓了一跳。

寝室门很快被人打开，三个室友拉着他去窗户那边。楼下红艳艳的一片，被人用玫瑰花摆成了一个心形，中间写着他的名字。

叶沉皱眉："谁？"

"女神啊！"室友激动，"哎哟，这狗粮吃得我怎么那么兴奋呢！"

女神？叶沉心跳微微加速："初筝？"

“废话，除了她还有谁能被我们叫女神。”

叶沉视线扫过下方围观学生，并没有看见熟悉的人影：“她人呢？”

几个室友也往下面张望：“奇怪，刚才还在的，走了吗？”

初筝确实不在，叶沉下去也没看见人，给她打电话，初筝说自己有事先走了。

“你送我花……”叶沉支吾一声，身为一个男孩子，收到这么多花，完全开心不起来……虽然他心底喜滋滋的。

“嗯，有什么问题？”电话那端的声音冷冷淡淡。

“你都答应做我女朋友了，为什么还要送我花？”而且还那么多。

“有什么冲突吗？”因为这些花很值钱，可以帮我完成任务，当然不能放过。

叶沉语塞，好像没有冲突。

接下来叶沉每天都能在楼下看到花，叶沉拉住送花的人，对方说初筝定了两个月的，一天一换。两个月……正好他毕业了。

叶沉让初筝别送了，然而初筝说已经给过钱，花出去的钱，泼出去的水。

于是男生寝室下，每天都能看见大型秀恩爱现场，惹得不少人羡慕嫉妒。

当然也有一些不好的传闻。

“叶沉怕不是被纪初筝给包养了吧？”

“他不是自己在创业吗？”

“创业？那谁知道启动资金是怎么来的。”

“纪初筝长得好看，又有钱，娶了她直接就是人生赢家，少奋斗半辈子，多好。”

“你就做梦吧。”

“万一哪天实现了呢？”

叶沉一个男人，听见这样的流言蜚语，自然不太舒服。但是只要看见初筝，他就觉得算了吧，别人怎么说，跟自己没有关系。

叶沉和初筝的关系公开，学校那些觊觎叶沉的女孩子，伤心欲绝。

偏偏初筝没事就给叶沉送东西，惹得一干男生也开始伤心。

叶沉毕业后，公司越做越大，已然成为新一代的代表人物。

在公司成立五周年的时候，叶沉向初筝求婚。

纪父整天怕她嫁不出去，念叨了不知多少次。初筝也不讨厌叶沉，加上王者号不断灌输——叶沉要是黑化了，她就得重来的理念……因此答应了他的求婚。

结婚之日，盛大隆重，轰动全国。

某次采访，有记者提问：“听说叶总和叶太太的感情十分好，不知有什么秘诀吗？”

叶沉道：“没什么秘诀，她说什么，我听着就是。”

记者好奇：“叶总这是怕叶太太？”

叶沉笑了：“她嫁给我，已经是我的荣幸，所以后半辈子，我都愿意宠着她。”

“叶总可真爱叶太太啊！那请问叶总，你们准备何时要孩子？叶太太现在什么都没做，是打算备孕吗？”

叶沉也很无奈，她现在只喜欢乱买东西，也不知道他岳父到底给了她多少钱。

他还得努力赚钱，不然怎么够她用啊！

等结束采访回到家，叶沉就被桌子上那黄金打造的物件给震惊到。

“这……是什么？”他看向坐在沙发上的初筝。

“黄金。”

“你弄这个来做什么？”

“值钱。”

又出去花钱了！

叶沉走到初筝身边坐下，搂着她肩膀，委婉地表示：“可是你不觉得它的造型有些奇怪吗？”

初筝严肃地点头：“我也觉得。”

所以为什么还要买！

初筝扭头：“值钱啊！”

叶沉无语。

初筝将黄金塞给他：“送你了。”

叶沉差点被压得没喘过气，黄金好重，她怎么跟拿泡沫似的：“不是，初筝……”

叶沉事后将东西送给了岳父大人：“初筝送给您的。”

纪父嫌弃的眼神立即变得热烈起来：“我女儿送的啊，不错不错，真好看。”

岳父大人也是睁着眼说瞎话啊！这玩意除了值钱，到底哪里好看了？

“岳父啊。”叶沉道，“您到底给了初筝多少钱？”

纪父茫然：“我很久没给她钱了。”

叶沉下意识道：“那她哪里来这么多钱买东西？”

“不是你给的吗？”

“我没有啊。”他给的是自己的副卡，可卡里的钱从没动过。

两个大老爷们瞪眼，那她哪里来的钱？

初筝回家就被两人一左一右地盯着。

“爸爸……叶沉，你们干什么？”这么看着我做什么？

纪父：“筝筝，你的钱哪里来的？”

叶沉也目不转睛地盯着她。

初筝愣了片刻，我说捡来的他们会相信吗？这两人看着也不像傻子，估计不会信。

我怎么说？初筝把问题抛给王者号。

【……这个这个，小姐姐随便忽悠他们一下吧！】

这是你的工作疏漏吧！钱的来历都没弄清楚！凭什么要我帮你圆？

它这不是第一次做，没想到吗？下次它不会了。

“我……”初筝一脸的严肃，“中彩票了。”

叶沉和纪父面面相觑。

初筝一口咬定是自己中了彩票。叶沉整天跟着她，也知道她没和谁来往，更没做什么。这个说法虽然有点奇怪，但最后只能选择相信。

初筝心累，这破任务好麻烦，果然做掉方便多了，有简单的方法不用，偏偏要用这么麻烦的方法，青铜就是青铜。

王者号哭晕在厕所。它能怎么办！

小姐姐为什么要有这么危险的想法！这样要不得！得改！

初筝在这个世界待了很长时间，即便任务完成，叶沉已经在心底认定她是一个好人，她也不能离开，需要等到自然死亡。

叶沉待她极好，从不触碰她的底线，两人也算相敬如宾地白头偕老，羡煞旁人。

卷二

全民偶像

第五章 收购大公司

初筝在一张床上醒过来，狭小的房间里，有股难闻的味道。

她为什么在这里？

对了……她遇见了一个叫什么王者号的系统，说要做任务才能回去，然后……

初筝微微蹙眉，她的记忆好像不太对。

【小姐姐。】轻快的声音响起，【为了你的身体健康，上一个位面的记忆已经封存了哟。当然，我是一个人性化的系统，你想知道的话，随时可以查看。】

她记得自己做了任务，但是不记得具体细节。

“不用了。”初筝面无表情地拒绝，对她来说，她只是想回去，任务中的细节，不重要。她被封存的记忆只是细节，大概流程她还是知晓，没有影响。

这就像游戏存档嘛，她懂。

“你们不提供什么数据？”上一个位面结束，她就直接到这里了，连喘口气的机会都没有。这还叫人性化？哪门子的人性化？

一个不知道是什么玩意的系统，也好意思说自己人性化，要不要脸。

【……小姐姐那些都是虚的，我们不搞那一套。】

【小姐姐请接收这个位面的剧情哟！】

初筝脑中顿时涌进无数的记忆。

她此时的这个角色叫顾初筝，因为喜欢演戏，自己跑到青藤市来，在影视城接一些龙套角色。

原主长得好看，可不是科班出身，性子也倔，绝不接受潜规则，因此一直没接到什么好角色。机缘巧合下，她试镜成功一部戏，还是女三号。

然而这个角色还没焐热，原主突然被告知，她不用去了。原主不解，跑去找人问，还没找到人询问，便看见与自己合租的室友柳漫漫跟副导演上了同一辆车。

好歹也在圈子里混了那么久，怎会不明白是怎么回事。

柳漫漫回来后，原主质问她。但柳漫漫理直气壮，说自己不过是凭自己的本事。

原主自然撕不过柳漫漫，柳漫漫凭借那部戏，一炮而红，签下大公司，成为人家力捧的当家花旦。

柳漫漫不断走红，原主依然跑着龙套，直到一位导演发现她，觉得她的气质和面容，都十分适合演自己新戏女主。原主本以为自己能凭本事证明自己。然而还没等她高兴几天，柳漫漫就带资进组，抢了她的角色，导演觉得不太好，还是给她留了一个角色。

柳漫漫带资进组，完全可以将原主踢出去，可是她没有，她留着原主，拍戏的时候，想方设法地折腾原主。但在外人看来，是原主演技不行，耽误剧组进度。

后来柳漫漫和一个男明星被爆出绯闻，柳漫漫怕她的金主生气，将原主推了出来做挡箭牌。原主和柳漫漫身形很相似，柳漫漫后面又有团队运作，原主孤家寡人，这个锅原主是背定了。而男明星为了洗白，又将这个锅推到原主身上，说是她为了红，特意勾引自己，想上位。原主这下更是说不清，网络上的流言蜚语，几乎断送了她的演艺路。

原主面对流言蜚语，一开始还能反击，但越来越多的人给她泼脏水，不管她说什么，都没人相信。最后承受不住，自杀了。

一个压根不出名的演员，没人关注她的自杀，转眼就被别的消息覆盖，仿佛这个人从来不存在一般。

现在的时间线是柳漫漫刚抢她女三号角色的时候，原主被柳漫漫讽刺，过于伤心，受了风寒，感冒了。不过初筝并没有觉得不适，应该是她过来，身体自动好转。

【小姐姐，鉴于你上次的出色表现，这里我做一下规则调整。】“出色”两个字着重音。

初筝眸子里冷芒浮现，略凶：“规则你想变就变？”

小姐姐不要那么凶嘛！【我……我也是为了小姐姐好。】

要不是你老想做掉别人，不想做任务，它用得着这么费劲吗？！

为了让小姐姐好好做任务，它也很苦啊！她就不能学学隔壁的小姐姐吗？

【小姐姐只要将钱花出去就行，不需要货币与实物对等，但是依然不能扔掉、捐出、赠送、毁坏等。】调整的规则只是将两块钱必须买两块钱的水，调整成花一百块买瓶两块钱的矿泉水也是可以的。

【主线任务：请在两个小时内，花掉一千万。钱已到账，请注意查收。】

“你再说一遍。”她刚才好像没听清。

【主线任务：请在两个小时内，花掉一千万。钱已到账，请注意查收。】王者号一字不差地重复一遍。

初筝一愣。

上一个任务不是循环渐进的吗？为什么这次上来就是一千万！？你膨胀了啊！！

【小姐姐，位面不同，金额自然不同。】王者号解释，【而且上个位面是新手位面，目的是为了让小姐姐适应。】

它很贴心的！不像某些黑心系统，上来就给人家地狱级的任务。

初筝捂着额头，撑着床坐起来。

两个小时，她怎么花掉一千万？买栋别墅吗？那她也得知道去哪里买啊！

就原主这点知识储备，压根就不能在两个小时内完成。

她翻出原主的手机，手机压着一个剧本，初筝将剧本拽出来。

《凰妃倾城》——正是原主试镜成功，却被柳漫漫抢走的那部剧。这部剧不算什么大制作，但拍出来后却火了。不仅柳漫漫，这部剧的不少人都火了。

初筝打开手机，界面第一条信息就是一千万的到账通知。

初筝翻出导演的联系方式。

电话拨出去，好一会儿才被人接通，对方不等初筝开口，有些恼火地道：“顾小姐啊，我跟你说了多少次了，你不太适合这个角色，下次有机会，我们再合作好吗？”

显然原主打过很多次电话，导演都被她烦得不行了。

“我投一千万。”

“顾小姐，我很忙，你要是没什么事……”导演声音一顿，“你刚才说什么？”

“我投一千万。”初筝道。

导演似乎被呛到，那边乱了一阵：“顾小姐，你不是在消遣我吧？”

“我很忙，没空消遣你。”她只有两个小时！确实很忙！

导演语塞，刚才自己说的话被人甩回来。

之前这姑娘来试镜，虽然底子不怎么样，但是长得好……不过她真有这么多钱？

导演有些狐疑，但是他们这部剧确实缺投资。

“顾小姐在什么地方，我们见面谈？”

“影视城见。”她这里离影视城不远，导演那边应该稍微远一些，但是在影视城见是最快的方法。

导演四十多岁，国字脸，长得挺有安全感。

导演有些狐疑地打量着初筝，这小姑娘的气质……怎么和上次见面不太一样？

碰面已经花掉不少时间，初筝也不和导演废话，直接切入正题。双方最后达成口头合约，初筝甩烫手山芋似的，在最后几分钟将一千万转给导演。

但是让初筝万万没想到的是——原主的卡转不出这么多钱。

人算不如天算。

王者欢快的声音响起：【恭喜小姐姐达成翻倍成就，一千万已到账。请小姐姐在一个小时内，花掉两千万哟！】

初筝心塞，不但翻倍，时间还减少了！

她瞄一眼对面的导演，表情更严肃："导演。"

"顾小姐？"不会是后悔了吧？他们这部剧前期投资够了，但后期，他还正愁哪里去找投资商……一千万对他们这部剧来说，可是很大一笔钱了。

"我能再追加一千万吗？"竟然还翻倍，过分！

导演面部表情僵住，片刻后笑开花："当然可以，当然可以。"

今天这是走什么运，两千万啊！巨款！财神爷啊！！

初筝和导演去附近的银行，搞定转账，钱到账，导演笑得那叫一个开心。

【恭喜小姐姐完成任务，一千万奖励已到账。】

初筝疑惑，不翻倍？

【是的，小姐姐，翻倍属于惩罚，不能翻倍给您哟！所以小姐姐，最好在规定的时间内完成，当时间无法再减的时候，小姐姐就需要倒带重来。】

初筝叹气，最初的一千万，就算最后翻到一亿，花出去后，还是只到账一千万，时间没了还得倒带……做任务好累。

初筝回到住的地方，刚想关门，一双手撑住门。

"你没事了？"打扮精致的女人扫她两眼，推开门拎着东西进门。

这便是原主的室友——柳漫漫。

柳漫漫将手里那些东西扔到沙发上："顾初筝，你也别怪我，我是凭本事拿到的角色，这个社会就是这样。"

初筝关上门，向柳漫漫看去。原主要逆袭的对象……应该就是她了。

柳漫漫一边翻袋子，一边用施舍的语气道："对了，我可以和导演说一下，让你演我的丫鬟，有台词的。"

"不用。"

"故作清高。"柳漫漫嗤笑一声，扭着水蛇腰进了自己房间。她没有为不择手段抢走原主的角色而感到任何一点愧疚。

原主和柳漫漫是在跑龙套的时候认识的，柳漫漫也不是什么名校毕业，两人没什么背景，就一起接点龙套角色。两人还合租了这个房子，一开始关系还挺融洽，但渐渐地柳漫漫对原主开始颐指气使。

柳漫漫长得漂亮，又会说话，渐渐地能接到有台词的角色。她拍戏的时候，更是将原主当助理使唤，还害得原主好几次没赶上自己的戏，得罪导演，没了戏拍。

不过以前还留着层窗户纸，没有撕破脸。但自从柳漫漫抢走原主的角色，找她质问后，柳漫漫就再也不掩饰自己对她的恶意。

即便原主到死都不知道，为什么柳漫漫这么恨她。

柳漫漫接下来一直早出晚归，和初筝碰面的机会不多，直到剧组那边通知进组。

柳漫漫一大早就被一辆车接走，她一到剧组，就找到副导演。

“副导，我听说咱们剧组增加了投资是不是？”

副导演点头：“是啊，怎么了？”

“那投资商是谁呀？”柳漫漫好奇地打听。听见这话，旁边几人也纷纷竖起耳朵。

剧组增加投资的事，他们都听说了，但是至今不知道这个投资人是谁。

副导演目光在柳漫漫身上转一圈，最后落在她胸前的饱满上，笑着道:“这我不知道，是导演亲自谈的，我问他也没给我说，可能是想保持神秘吧！”

“这样啊……”这部剧请的演员要么是不出名的，要么就是已经过气的。

开机仪式开始，柳漫漫听见有人讨论。

“奇怪，女二怎么没来？好像真没看见耶！”

“女二不是以前火过一段时间吗？都不火了，还耍大牌呢，人家女一和男一都来了。”

这个女二直到剧组正式开拍，都没有出现。

柳漫漫在剧组里混得风生水起，哄得副导演团团转，工作人员也都很喜欢她。

这天，柳漫漫刚拍完一场戏，出来透透气，结果撞上初筝。

柳漫漫惊讶：“你怎么在这里？”

初筝习惯性地双手插兜，冷淡的眸光扫过她，唇瓣轻启：“关你什么事。”

“呵。”柳漫漫双手环胸，讽刺道，“之前我说给你一个角色，你不要，现在剧组都开拍了，你来有什么用？”

“好狗不挡道。”初筝冷淡道。

柳漫漫表情一僵，转而怒道：“你骂我！”

初筝严肃地否认：“没有。”

自己要代号入座，还怪我了？别以为你长得好看就能随便怪人！

柳漫漫拧眉，她分明就是在指桑骂槐骂自己……不过这女人好像有点不对劲。

以前顾初筝虽倔强、清高，但她并不像现在这样，给人的感觉冷冰冰，不太舒服。

“你赶紧离开这里。”柳漫漫突然烦躁，推着她往外走，“里面在拍戏，你别打扰我们，赶紧走。”

初筝一把按住她手腕，往外一拧，顺势拽动。柳漫漫瞪大眸子，身体不受控制，往外扑去。柳漫漫直接摔在地上，整个人都蒙了。

“漫漫。”一个男人跑过来，将柳漫漫扶起来。

“怎么了，这是？”副导演扶着柳漫漫，心疼不已。

柳漫漫手掌在地面擦出血，疼得直抽气：“副导，这人莫名其妙，还对我动手。”

初筝已经将手收回去，插在兜里，眸色冷淡地看着他们。副导乍一对上初筝的视线，心头狂跳两下，像是被什么东西给盯上了似的，浑身的鸡皮疙瘩都起来了。

“你不是……”副导演仔细打量两眼，认出她是谁，“顾……顾初筝吗？”

柳漫漫的角色之前就是顾初筝的，只是被自己给换掉了。

副导演顿时反应过来，指着顾初筝，义愤填膺地指责：“角色是剧组里面定的，你不适合这个角色，你怎么来找漫漫麻烦？赶紧给漫漫道歉！”

“不可能。”做梦呢！

初筝那面无表情的样子，无端地给副导增加了心理压力。

副导演心情更恶劣，一个黄毛丫头罢了，竟然会让自己产生这样的压力。

“顾小姐，你不要闹得大家难看，现在给漫漫道歉，不然我就叫人了。”副导冷哼道。

初筝言简意赅：“你叫。”

副导演恶狠狠地瞪着她，这死丫头还真当自己不敢叫人是不是！

“你们堵在这里做什么？”导演走了过来。

副导演一抬头就见导演从里面出来，手里拿着手机，急匆匆的样子。

“导演，没事没事。”副导赶紧道，“这儿有个闹事的，我这就让她走。”

导演一眼就瞧见初筝，脸上顿时露出笑容：“顾小姐，你到了，不是说好我去接你的吗？还让你自己过来，真是抱歉啊！”

这可是他们的财神爷啊！必须伺候好了！

“谁闹事赶紧打发走，别在这里碍眼。”导演抽空吩咐副导，冲撞了这位财神爷怎么办。

副导演一副受惊的模样，他刚才怎么像是出现幻觉，看见导演一脸讨好地和顾初筝说话呢？

柳漫漫也好不到哪里去。

导演的态度……

“他说的我。”初筝替副导演回答。

“什么？”导演先是一蒙，随后反应过来。他看一眼副导演和柳漫漫，柳漫漫怎么进来的他管不着，他们这剧组也不是大制作，又只是一个女三，只要能演就行。

但是……导演突然想到之前的事，这位女三，可是抢了财神爷的角色。

导演顿时冒冷汗，初筝也没特别提，之前太开心，他把这茬儿都给忘了。

“你怎么回事！”导演反手就是一巴掌打在副导脑袋上，“这是顾小姐，睁大眼瞧清楚，顾小姐是闹事的吗？给顾小姐道歉！”

导演呵斥一声，副导都蒙了。

道歉？给她？

“导演……”副导想问为什么，可还没问出口，就被导演给呵斥了。

“对不起顾小姐。”副导演干巴巴地道歉，完全不知道错在哪里，导演是疯了吗？

柳漫漫站在一旁，手指甲都快掐进肉里。

“顾小姐，不好意思啊，您别和他们一般见识，来，里面请。”导演赶紧岔开话题。

等初筝和导演进去，柳漫漫抓着副导演的胳膊：“副导演，顾初筝怎么回事？”

副导演也憋屈，语气不太好：“不知道。”

转而，他看着柳漫漫：“她不是你室友吗？她出现在这里，你不知道为什么？”

柳漫漫摇头，她真的不知道啊。这几天她早出晚归，和顾初筝碰面时间很少，压根就不知道顾初筝在做什么。那个时候，她也不觉得顾初筝还能翻出什么花来。

“欸，副导演……你等等我。”柳漫漫还要仰仗副导，不敢得罪他。

那边导演带着初筝进来，将所有人都叫来，介绍初筝便是他们的女二。

“女二换人了啊？”

“她看上去冷冰冰的，好像不太好相处，不过长得还挺好看。”

“没见过她欸，新人吧，难道也是走后门进来的？”

导演见这些人越讨论越离谱，扬声道：“顾小姐不仅仅是女二，还是我们最大的投资商，大家注意着点啊！”

场面顿时安静下来，刚进来的柳漫漫和副导直接石化在原地。

投资商？还是最大的？

柳漫漫觉得是自己幻听了，她狠狠地掐了自己一把，那边导演还在训话，明显自己没有幻听。可顾初筝一个连戏都接不到的小演员，怎么突然就变成投资商了？不可能啊！

“你害死我了。”副导懊恼道。

柳漫漫急忙解释：“副导，我没有，她……”

副导演瞪柳漫漫一眼，赶紧过去道歉。柳漫漫看着被人围着的女生，满脸都是不可置信。

导演给初筝安排了单独的化妆间，笑话，这可是财神爷，单独一个化妆间那必须安排。

柳漫漫气冲冲进了化妆间，里面就初筝一个人，她顺手将门关上，张口就质问：“顾初筝，你哪里来的钱？”

初筝靠着化妆台，神色淡淡地道：“你是我什么人，需要向你报备？”

柳漫漫一噎：“你什么来历我不清楚吗？”她怎么可能会有钱来投资，绝对不可能。

“我什么来历？”初筝反问。搞得比她还了解自己，好厉害啊！

“你学历又不高，家境也一般，你能有这么多钱？”柳漫漫眸子一转，似乎想明白什么，“你整天装模作样，故作清高，不会是拿着男人的钱，跑到这里来耍威风吧？”整天还看不起自己，她又好到哪里去。

“我说你就信？”初筝捏了下手腕，“天真。”

"你要是有钱，能住那种地方，顾初筝，你就别装了，你就是被男人包养了吧？你……"

"砰——"

吵死了。

初筝放下手里不知道谁放在里面的道具——锤子，将晕过去的柳漫漫扔出去。

门外的众人一惊。

初筝："……"完了，忘了外面有人！

她镇定地扶着门："她晕了。"

众人一愣，他们看出来了，可问题是柳漫漫怎么晕的？

初筝严肃脸："你们捡回去吧！"

初筝将门关上，手掌在胸口轻拍两下。

女二兼最大投资商，一来就把女三给搞晕了，这事瞬间传遍整个剧组，甚至是隔壁剧组都知道了。柳漫漫醒过来后，差点又要闹到初筝这里，不过被副导演给拦住了。导演可说了，得罪谁也不许得罪财神爷。副导再怎么厉害，也不能和钱过不去。

柳漫漫憋屈不已，顾初筝凭什么啊！明明之前还是一个什么都没有的路人，怎么转头就成众人羡慕的对象，力压她一头。

"漫漫，不管你们有什么恩怨，现在都必须给我忍着。"副导扔下这么一句话。

柳漫漫不甘心，开始给剧组的人传谣言，说顾初筝是被老男人给包养了，她以前就是一个跑龙套的，住的地方都是租的，有时候穷得只能吃泡面。

如果不是被包养，怎么可能会有这么多钱。

初筝看着年纪不大，确实不像什么有钱人。谣言这种东西，传的人多了，可信度也就高了。

《凰妃倾城》女二的角色很适合初筝，那角色就是一个冷美人，她只需要穿上戏服，化上妆，往那儿一站就可以了。

女二是一个骁勇善战的女将军，但是在得胜归来之后，却被赐婚给男主。

男主当然不乐意，人家喜欢的是女主。

正巧女二也不喜欢男主，就想上战场杀敌，在各种阴谋中，女二直爽的性子很吃亏。之后女二被人诬陷，女主救下她，改头换面去了边关，多年后，女主有难，女二带兵相助。

这个角色前期和后期戏份都不少，可偏偏她不喜欢男主，也不知道编剧是怎么想的。

初筝不太适应这样的拍戏环境，起头 NG 好几次，导演耐着性子指导。

等初筝适应，便顺利多了。主要是她那身气势，几乎不用做什么，就能让人觉得她就是那个在战场上骁勇善战的女将军，潇洒帅气，放意肆志。

柳漫漫站在场外看着，眸底流动着阴沉沉的光。

初筝拍完一场，下一场不是她的，她坐到一边休息，正巧听见工作人员议论她，什么被老男人包养云云。

被老男人包养……首先她得有一个老男人，这个有点难找，花钱雇一个？

【主线任务：请在三十分钟内，花掉两万块。】

初筝无语，真让我去雇个老男人啊？这么皮呢！？

【小姐姐，加油哟，时间不等人哒。】

三十分钟！！花不掉就得翻倍，时间还会减少一半，也就是说她现在要是花不掉两万，一会儿等待她的就是十五分钟花掉四万。

可怕！

初筝噌的一下起身。旁边议论的工作人员被吓一跳，纷纷闭嘴，小心地看着她。然后，他们就看见被议论的当事人，冷着脸离开剧组。

他们此时在影视基地，里面几乎没办法买到东西，初筝迅速回忆来的路上，赶紧往外面走，最后只能拎着戏服跑了。好在这里基本都是拍戏的，她穿着戏服也没什么不对。

“欢迎光临……”

初筝撑着柜台：“最贵的，来两万块的。”

店员一脸蒙。

【小姐姐还剩两分钟。】

初筝摸出卡，催促店员：“刷卡，两万。”

店员咽了咽口水，弱弱地出声：“小姐……”

初筝瞄到旁边有二维码，赶紧摸出手机，扫码转账。店员听见旁边的提示音响起，整个人还处于呆滞状态，我是谁，我在哪儿？发生了什么？

【恭喜小姐姐完成任务，两万块奖励已到账。小姐姐真棒，再接再厉，你一定会成为最厉害的小姐姐！！】王者号鼓励她。

然而初筝一点也不想要这个鼓励。

初筝撑着柜台暗自松口气，花钱都得争分夺秒，这都什么事啊！

初筝察觉到店员的视线，立即平复下心情，冷淡地看向店员：“东西送到《凰妃倾城》剧组。”

初筝推开门出去，直到门关上，店员才恍惚回过神来。

当店员这么久，还没见过这么买东西的。

外面太阳正烈，初筝还穿着厚重的戏服，刚才又跑那么快，热得不行，她将外袍脱了，挂在臂弯上。影视城外围都是游客，有人看见她，想拉着她拍照。初筝淡漠地拒绝，顺着阴凉处往回走。

“好帅啊！她是在拍戏吧？拍什么戏，我要追！”

“没见过她耶，应该是新人吧？”

“背影都这么好看，我的妈呀，就看背影，我以为是个小哥哥！”

初筝不知道，自己的背影照被发到网上，烈阳下，英姿飒爽的女子，臂弯挂着一件外袍，发丝随着走动飘扬在身后，渐行渐远。

这张图被修过，将四周的环境虚化，突出人物，被一个人气博主转发后，立即有了热度。

当然此时初筝并不知道，她正站在一条阴凉的巷子口，那边偏僻处停着一辆车。

【隐藏任务：请小姐姐获得苏酒好人卡一张，阻止苏酒黑化。】

初筝就是听见这声音停下来的，顺着王者号的指引，她看见站在车子旁的少年。

隐藏任务……什么鬼？好人卡这玩意……

【小姐姐，你需要做的就是让苏酒觉得你是一个好人。】王者号立即道一声。

初筝脸一黑，我有病还是你有病？为什么要设置这么个环节？

车子旁的白衣少年垂着头，他旁边还有一个西装革履的男人，正和车子里的人说什么，一脸的谄媚讨好。从车子里伸出来的手看，应当是个女人。

初筝离得有些远，不知道那边说了什么，不过那辆车很快离开了。而西装革履的男人仍在和少年说话，少年只是不断摇头，柔软的发丝在风中轻晃，有几缕被吹得扬起。

初筝靠着墙，手指捏着外袍捻了捻，目光冷淡地看着那边。

“啪——”

少年被那一巴掌打得趔趄，靠着后面的墙，脑袋压得更低。

男人气急败坏地走了。等男人没了踪影，少年放下手，整理了下衣服，抬头就对上初筝的视线。

少年愣了下，瓷白的脸上已经浮肿，浮现一个巴掌印，却一点也没破坏少年的精致好看。他扯着嘴角，冲初筝笑了下，乖巧又温顺的笑容，随后掉头走了，雪白的衣角消失在转角处。

【小姐姐为什么不上去？】王者号提问，【这么好的机会，你都能放过，你是禽兽吗？】

你说什么？

【我、我说什么了吗？没有，小姐姐，我什么都没说，那个我先给你苏酒的资料哈！】

苏酒——因为长了一张好看的脸，一部青春剧就火了。

但他也只火了一部剧，某个有权有势的千金小姐看上他了，提出如果跟了她，资源随他挑，捧他做影帝，要什么有什么。

对于一个正值青春的少年来说，这个女人的出现，掐灭了他对未来的一切憧憬。

他不同意，女人就封杀雪藏他。一段时间没有曝光度，少年瞬间就成为过去式。

后来少年被自己经纪人下药，送上女人的床，少年沉默地忍受下来，开始计划报复女人。先是和女人有关的人出意外，最后牵连上女人，而少年全身而退。

他已经回不去，所以他自暴自弃，开始对圈子里那些对他有非分之想的女人下手。

最后被警察查到，没等警察找上门，少年自杀了。

【小姐姐，半个月后有一场酒宴，就是那场酒宴，你可一定要去救他！！】

王者号提醒初筝。她这漠不关心的样子，王者号很操心。

初筝回到剧组，一进去就看见柳漫漫正忙前忙后，给休息的剧组工作人员派冰水。现在天气炎热，大家热得不行，不管这水值多少钱，都让人对柳漫漫的好感上升。

初筝坐回自己的椅子上，许是谣言所致，加上初筝那拒人千里的态度，没人和她说话。

导演不知从哪儿冒出来：“财……顾小姐。”

导演差点叫错，赶紧改口：“一会儿还有你的一场戏，这场戏可能要辛苦一下。”

“嗯。”初筝将剧本往脸上一盖，挥手，让导演赶紧走。

吵死了。

导演默默走开，财神爷不能得罪！况且她只是不太愿意和人说话，也没惹什么麻烦，可比某些走后门进来，却还要作妖的艺人好伺候多了。

导演这么一想，瞬间就好受多了。

“导演！导演！”外面有人大叫，“外面哈根达斯店的店员来送东西，说是有人让送到我们这里的！好几箱呢！！”

“啥？”导演方言都飙出来了。

好几箱……导演在脑中和钱划了个等号，赶紧往外走，衣摆突然被人拽住，那个拿剧本盖着脸的财神爷的声音响起：“分了吧！”

导演一愣，财神爷买的啊！突然就淡定了是怎么回事？一个随随便便就能追加一千万的财神爷，请大家吃冰激凌算啥啊！

导演赶紧出去，让店员将东西搬进来。

“这谁买的？得上万吧？”

“这么多啊，之前一直想吃，想想那么多钱一直没舍得……”

导演拍拍手，将大家的注意力集中在自己身上：“那什么，顾小姐请大家吃冰激凌，大家自己分一下。”

场面有瞬间的安静，随后有人带动，立即热闹起来，各种夸赞的话从大家口中流淌出来，仿佛之前讨论她被老男人包养的不是他们一般。

柳漫漫站在外围，手里还捏着一瓶水，神情阴沉难看，目光死死地盯着初筝所在的方向。这些冰激凌对于一个大明星或许不算什么，但是对于柳漫漫来说，还是属于不能承受的价格。

“柳老师，来，我给你拿了。”旁边一人给柳漫漫递上一盒冰激凌。

冰凉的盒子将手心里的温度驱散，柳漫漫表情僵硬地笑了下：“谢谢啊，我那个来了……不能吃。”

她将冰激凌还给那人，转身离开。那人挠挠头，戳了戳旁边的人：“刚才柳老师不是还挺高兴的吗？怎么忽然就不高兴了。”

“你傻啊，之前顾老师将她扔出来，这是顾老师买的，她能开心？”

导演给初筝拿了一盒，初筝嫌麻烦——拒绝了。

导演无奈，吃东西都嫌麻烦，修仙吗？

自从初筝请大家吃过冰激凌后，议论她的就少了，毕竟拿人手短，吃人嘴软。

高强度的拍摄下，戏份最多的女主和男主都有些受不住，他们还有助理伺候着，有时候还会迟到。但初筝每天踩着点来，不早也不晚，刚刚好。虽然她常年冷着脸，但从不对人发脾气，也没有他们以前见过的那种仗着自己投资人的身份欺负人。

柳漫漫整天跟着她，可能是想找点初筝的把柄。然而初筝独来独往，身边就连一个男性生物都没有。柳漫漫就奇了怪了，不是被人包养，那她哪里来这么多钱？

柳漫漫和副导诉苦，副导自从知道初筝是投资商后，话都不敢说一句。

要是把这财神爷得罪，导演还不得跟他拼命？

柳漫漫不信邪，趁初筝拍戏的空当溜进化妆间，她小心地翻找，找到初筝的手机。手机没上锁，但里面都是空的。联系人除了剧组的人，其余都是很正常的备注，没有可疑的电话。

“叮——”屏幕界面弹出一个消息，她下意识地点开，却要输入密码。柳漫漫尝试一会儿，没能打开，她放弃手机，将目光转向旁边的戏服，眉头一皱，计上心来。

柳漫漫在初筝回来之前离开化妆间。她迅速回到自己的位置准备下一场戏，心情格外地好。

下一场戏，是女二和男主赐婚的那场宫宴，基本上前期出镜的人，都会在。

“顾老师，你先休息一下，然后换下一场的戏服，好吧？”

初筝点头，回到化妆间休息。手机放在桌子上，初筝伸手想拿手机，伸出去又顿住。

谁进来碰过她东西？

她记得离开的时候，手机屏幕向上，现在手机屏幕却是向下。她化妆间又没什么助理，自然不存在有人帮她收拾，不小心动了的可能。

初筝只稍微地迟疑片刻，便拿起手机，点开屏幕，右上角有标红信息，她点开输入密码。容貌清隽的男生霸占整个屏幕，嘴角微微上扬，整个人都像是浑身散发光芒的天使，能轻易勾起人的保护欲。

初筝神色不变地往下滑。

下面是苏酒的基本资料，作品一栏孤零零地挂着《青春不散场》这一部作品。这是她请导演帮自己弄来的，除了网上的一些资料，还有一些没有公开的。

初筝看完之后就删了，她环顾一圈房间，脑海里似乎能浮现她离开之时房间的情形，迅速和现在的环境做交叉对比。

最终，她目光落在一会儿要用的戏服上。

花纹方向不对……

“顾老师，可以化妆了吗？”外面有人敲门。

“可以。”

初筝拿起戏服检查一下，没看出有什么不对，她将衣服给化妆师，让化妆师也看一遍。

有时候人会选择性看不见，化妆师对这些艺人间的争斗也知道一些，老实检查戏服。

“顾老师，这个带子……”

初筝顺着化妆师指的看过去，带子的线被挑开了一些，如果用力绷紧，肯定会断。她现在的衣服是抹胸的，用带子固定，而现在天气炎热，里面除了贴身衣服，就没别的了。

这是要她当众脱衣服……这么歹毒！

初筝换好衣服出去，柳漫漫已经在场上准备，见她过来，眼角露出一丝幸灾乐祸，不过很快就敛了下去。

“各部门准备。”

场上的工作人员立即下去，既然是宫宴，自然都是坐着的，初筝坐在靠前，身为女三的柳漫漫，就坐在她旁边。

场上丝竹声渐起，舞娘们翩翩起舞。

初筝作为一个将军，虽穿了女装，但姿势却豪迈，皇帝打趣她，初筝也只淡淡地回应。

“听闻姜家千金舞姿惊人，不知今天有没有一饱眼福的机会？”朝臣中有人出声。

这姜家千金，就是柳漫漫饰演的女三。她想嫁给男主，此时自然不会拒绝，带有几分羞赧地起身，表示愿意。

就在她出去的时候，过长的后摆突然紧绷，接着她整个人不受控制地摔了下去。

柳漫漫脑袋撞在地上，磕破了皮，手掌和膝盖都火辣辣地疼。她还没来得及叫，就听初筝的声音响起：“走路都走不好，跳什么舞，带下去好生上药，别破相。”

导演蒙了下，这……剧本不是这么写的啊？

不但导演蒙，就连其他人都有点蒙，不过场上并没有乱。初筝说的台词，也很符合她的人设，戏里她的家族和姜家本就不合，宫宴之前还闹了点不愉快。皇帝也不可能因此责罚她，毕竟姜家千金确实受了伤，见了血，她这还算是关心。

合情合理，除了“下线”有点快，完全没毛病。

导演赶紧让旁边的侍卫进去将人带出来。

柳漫漫整个人都是蒙的，直到离开镜头，她才反应过来：“导演！剧本不是这样的，刚才有人踩我裙摆，我才会摔倒！”

是了，就是有人踩她裙摆。离她最近的就是那个女人，肯定是顾初筝。

“那个，先去上点药吧！”导演显然没有为她申冤的意思，让工作人员将她带下去。

“导演，真的是有人故意踩我裙摆。”

导演挥挥手，示意她别吵了。

柳漫漫不太服气，想为自己辩解，副导看在之前的情分上将她拉走。她一个女三，闹起来只有她倒霉，说不定还得连累自己。

“你拉着我做什么？”柳漫漫气红了脸。

“导演明显不想管，闹起来只有你吃亏。”副导道。

“……那我的戏怎么办？”导演她得罪不起，柳漫漫委屈地看着副导。这场戏可以说是她在这部剧里面，比较重要的一场戏。结果那个女人一句话，自己就被赶出来了？

副导趁没人关注这边，在柳漫漫丰满的臀部上拍了下：“放心，我想办法给你再争取一下。”

“真的？”

“当然，只要……”副导给她一个你懂的眼神。

柳漫漫心中恶心，面上却还得娇嗔：“知道了。”

柳漫漫看向镜头那边，眼底闪过怨毒的光芒。

可恶！一会儿有她好看的！

柳漫漫这么想着，心情稍微好一点，然而直到拍完，那边都没出什么意外。

怎么没事？不可能啊……

当时她不敢弄太多，怕被发现，但顾初筝运气这么好吗？场上那么几个大动作，都没断？

等初筝拍完出来，柳漫漫直接过去质问：“你刚才故意的是不是？”

初筝脱掉厚重的外袍，随手扔在椅子上，挽起袖子，露出白皙的手臂。

“刚才何事？”在炎热的环境下，她的声音仿佛林间清泉，带着丝丝凉意。

“你故意让我拍不成这场戏。”柳漫漫道，“是你害我摔倒的！！”

初筝眸光扫她一眼，淡漠地否认：“没有。”弄的就是你！当我好欺负呢！

“不是你是谁？”柳漫漫不信，“你现在做了都不敢承认吗？”

“不是我。”就不承认，你能把我怎么样！咬我啊！

初筝往导演那边走，柳漫漫跟上去。

“再跟着我，打你。”初筝转身威胁。

许是想到之前，自己在化妆间被初筝给打晕的事，柳漫漫神情微微一僵，愣在原地。

可恶！啊啊啊！顾初筝！

接下来几天，柳漫漫不断折腾，但每次都被初筝当场给报复回去。这就算了，她还一点证据都没有，好像初筝真的没做过一般。

更过分的是，初筝还不动声色地砍她的戏份！每次找导演，导演都是一脸“我觉得挺合理”来打发她。

柳漫漫有苦难言，被折腾惨了，这才老实下去。

“苏洒，这个宴会你不去也得去！”

经纪人将邀请帖摔在少年身上，少年垂着头，一动不动。

经纪人叉着腰：“我真是倒了八辈子的霉，带了你。你说你有什么好犟的，现在这圈子，哪个不是这样？就算你有才华又如何？你想红，你就得有背景有后台，没有这些，你屁都不是！”

“这宴会圈子里不少人都会去，我告诉你，你必须去！”经纪人扔下这句话，也不管少年的反应，摔门而出。

等房子里安静下来，少年才捡起那张邀请帖。

没有背景，没有后台……就只能被人踩吗？呵……

宴会当天，即便苏酒不情愿，还是被经纪人带到现场。这里的人光鲜亮丽，实则都是烂到骨子里，他们的灵魂散发着恶臭，让人反胃。

“苏酒，跟我过来。”经纪人拉着他往一个女人那边走。

苏酒视线扫过人群的时候，看见一个熟悉的女生，她站在一侧，与人保持距离，神色冷淡地看着……他？

她在看自己。

苏酒知道自己这张脸很吸引人，不然也不会招来现在的事。

又是一个被他这张脸吸引的人吗？

苏酒垂下视线，如玩偶一般，面对这些人，他不做出任何回应。

经纪人有些怒，掐了苏酒好几下：“苏酒，你别不识好歹！高小姐和你说话呢！”

“哎，没事。”对面的红裙女子笑着道，“他这样我才喜欢呢！”

经纪人赔笑：“那……你们聊，我先失陪一下。”

高雪云点头。经纪人离开的时候，在苏酒耳边放狠话：“苏酒，你别再得罪高小姐，否则你就真的没有翻身之日了！！”

苏酒垂在身侧的手，微微握紧。

“你就这么不待见我？”高雪云看着面前如小白兔般的少年，他那性子，可一点也不像小白兔。

“强扭的瓜不甜。”少年道，“高小姐不懂这个道理吗？”

“哈哈哈。”高雪云反而开心起来，“我就喜欢你这样的，那种招之即来的有什么乐趣。”

高雪云瞧着面前的少年，突然拿了一杯酒递给他：“这样，你把这杯酒喝完，今天就算了，你随时可以离开。”

苏酒皱眉：“只要我喝完，就可以离开？”

“我说话算话。”高雪云又将酒杯递过去。

苏酒环视一圈，接过酒杯：“我喝完就放我走？”

高雪云耸耸肩，似乎并不在意。

苏酒几口将酒杯里的酒喝掉，喝得有些急，呛得他整张脸微红。他将酒杯放下，转身就走。

高雪云勾着红唇笑起来，看着少年离开，直到看不见他的踪迹，才拿出手机拨通一个号码，道：“出去了，把人截住，不要让人看见。”

那边的人应了一声，高雪云心情颇好，与旁人交谈，然而这样的心情并没有持续多久。

“不见了？怎么会不见了？我看着他出去的，你们没看见人？给我找！”高雪云挂断电话，妆容精致的脸上面色铁青，到嘴边的鸭子都飞了！

“高小姐……”

“滚！”高雪云呵斥开那人，踩着高跟鞋离开。

“拽什么，要不是高家，你算个什么东西。”那人等高雪云走了才敢低骂一声。

苏酒脑袋晕乎乎的，身体很难受，他刚才走出宴会场所，就被一个人拉着从安全通道下去，然后就被塞进一辆车子里。但此时他明显不是在车子里，而是在……意识到这一点，苏酒心中警惕起来，然而身体太难受，不断冲刷着他的意识。

“热……”

初筝站在床前，思索现在该怎么办。她刚才应该送他去医院的，现在还要弄出去……好麻烦啊！放点水给他泡泡吧！

初筝严肃着脸，右手握拳，在左手手心上敲了一下，就这么决定了。

初筝进浴室去放冷水。然而等她出来的时候，看见的却是雪白的床单上，大片的红色。

少年用东西刺破胳膊，疼痛让他保持了清醒，也看清出来的人：“是……你……”

他还以为是那个高雪云，却没想到，是这个见过两次的女生。

初筝冷着脸，明天酒店会不会报警，说她杀人藏尸？她就去放个水而已，怎么就变成凶杀案现场了？烦，做掉算了。

【小姐姐，再不给他止血，你就真的要进局子了！不但如此，你还得倒带重来哟！】王者号欢快地提醒她。

做掉就倒带！不能做掉……

少年脸色通红，咬着唇瓣，将身体蜷缩起来，不断流失的血液，和身体里药效的冲击，让他更难受。初筝上前两步。少年猛地往后，警惕地盯着她。初筝可不管他什么眼神，上手就将人拉下来，半拖半拽地弄进浴室，直接给推进水里。血液滴落在水里，晕开，瞬间就红了一片。

好人卡难啊，太凶残了，看不下去了。王者号捂脸。

初筝这才握住他手腕，想了下，拉着他的手，让他自己按着。

苏酒被这么折腾，已经没什么力气，整个人都软在浴缸里，浴缸里的水越来越红。

他目光无神地盯着天花板，要死了？

“死不了，你没扎到要害。”冷漠的声音突然响起。视线模糊中，苏酒看见那个人离开浴室。她的声音从外面响起，模模糊糊中，苏酒也不知道她在说什么。

好一阵，他听见脚步声，有些凉的手指拨开他的手，将他受伤的手拿到浴缸外。

苏酒刚才稍微好一点的身体，又开始发热起来，他无意识地发出轻微的声音。

然而初筝只是冷淡地看他一眼，毫不留情地将酒精倒在他伤口上。

酒精刺痛，少年顿时清醒不少，他喘口气，看向浴缸外的女生。女生动作熟练地给他清洗伤口、上药、包扎，从始至终目光清淡冷漠。

他见惯了那些人看自己的眼神。突然看见一个不太一样的，少年微微有些出神。

初筝将他的手放在浴缸上，突然起身。阴影笼罩而下，少年回神，猛地对上一双清冷幽寂的眸子。

少年愣怔地看着她，还是……一样的吗？他看着女生伸手，有些认命地闭上眼。

细微的风擦过耳畔，并没有碰到他。少年微微睁开眼，那只手越过他脑袋，在后面按了一下，浴缸里水开始减少。

初筝视线低垂，和少年的视线正好撞上。初筝突然伸手按住他脑袋，轻轻地揉了两下。

嗯……这个很软啊……

舒服！多摸两下！

初筝严肃着脸，在苏酒愣怔的神情下，摸了好一会儿。

"你……"

初筝镇定地收回手，站直身体，若无其事地将刚才用过的东西，一股脑地扔进医疗箱。

初筝拿着淋浴喷头，冲物件似的，将他上上下下冲一遍，然后继续放冷水。苏酒低呼一声，被水浇了一脸，此时身体本就敏感，突然被冷水这么一浇……他身体哆嗦了下。

水放满，初筝见旁边放了花瓣，还煞有其事地撒了下去。

苏酒忍住恶寒，她到底想干什么？

不过苏酒并没时间去思考这个问题，奇怪的感觉再次席卷而来，他不敢出声，怕刺激到这个莫名其妙的人。

苏酒：她一定是魔鬼！

翌日。

苏酒躺在换过被子床单的床上，手腕缠着干净的绷带。昨晚的记忆过于模糊，好些他已经想不起来，此时都感觉晕沉沉的。

但是他知道自己此时和谁待在一块。

苏酒撑着床坐起来，掀开被子看一眼，很好，只剩一条裤衩。裤衩有些湿润，应该是将他就这么捞起来扔在床上。那就是说……她没对自己做过什么。

苏酒微微松口气。他环顾一圈，在旁边找到自己叠好的衣服，上面还贴着便笺，被送去干洗过了？

苏酒迅速拿起来穿好，没找到鞋，只能赤着脚出去。外面是会客厅，此时女生坐在沙发上，正侧目看着他。她眸色平静，犹如林中幽泉，冷而清，泛着缕缕冰冷。

少年站在门口，还有些苍白的脸上隐约透着警惕："你是谁？"

"初筝。"初筝顿了一下，补充，"顾初筝。"

顾初筝……没听过这个名字。

苏酒又问："你昨天晚上，为什么将我带到这里来？"

初筝收回视线，嗓音清淡，声线却极其好听："不然你此刻就是在别人怀里醒过来。"

苏酒无言以对，他记得自己离开的时候就有些不对劲，应该是高雪云那杯酒有问题。

想想也是，那个女人怎么可能就这么轻易放过自己。

只是之前她虽然封杀雪藏自己，想尽办法缠着自己，却一直没有对自己用过如此下三烂的手段，没想到……

苏酒看了女生一眼，警惕的眸子里露出几分疑惑："你不怕得罪高雪云？"

高雪云是高家千金，即便高雪云并没有什么本事，也没有人愿意得罪她。

"高雪云？"初筝反问，"谁？"

苏酒漂亮的眸子划过一缕疑惑，她是真的不认识高雪云？还是装作不认识？或者说——她并不怕高雪云？

苏酒的疑惑只是一瞬间，他表情渐渐温顺下来，双手放在身后，走到初筝身边："谢谢你啊！"

少年嗓音好听，落在人心尖上，就如羽毛拂过，轻软酥痒。

初筝"嗯"了一声，房间静了几秒，她问："你住哪儿？"

苏酒背在身后的手微微握紧，神色却像无辜的小白兔一样，扑闪着大眼，软声问："你要送我回去吗？"

初筝颔首。

苏酒嫣红的唇微扬，语气更软："不麻烦你了，我可以自己回去。你帮了我一次，我会记住的，以后有机会再报答你。"

不管怎么说，多亏了她，自己逃过一劫。不管她有什么目的，这个情得还。

"收拾一下，走吧！"初筝起身，拿上自己的东西往外面走。

苏酒："……"这压根就不听他说啊！

苏酒最后还是和初筝坐上了车，她压根就不给他任何说话以及逃跑的机会，强行将他塞进车里。司机开了好一段距离，苏酒才报出一个地址。

嗡嗡嗡……安静的车厢里，手机振动声突兀地响起。初筝摸了好几下，摸到手机。苏酒见她接通电话，小心地瞄她。

"有点事，下午回。"

"嗯，可以。"

初筝侧目对上苏酒偷瞄她的视线，苏酒如被抓包的猫儿，慌忙移开视线，看向车外。

"手机。"

苏酒看着伸在自己面前的纤细漂亮的手，下意识地在身上摸出手机，手机已经关机。

他看向初筝，无辜地道："没电了……"

初筝伸手将他手机拿过去，苏酒想抢回来，结果被初筝身上的冷意吓退。

初筝按下开机键，手机提醒电量不足，但还能支持一会儿。接着就响起短信提示音，响了好一会儿才消停。她将自己的手机号输入进去，随后将手机扔给他，苏酒手忙脚乱地接住手机，界面停留在联系人——初筝。

字母C开头，排在他联系人第一个，下一秒手机振动一下，关机了。

冷冷淡淡的声音从旁边响起："有事可以打我电话。"

苏酒抿下唇，低低地问："你想对我做什么？"

"让你觉得我是一个好人。"这破设定，别让她抓到把柄，不然弄死它！

王者号瑟瑟发抖，抱紧小尾巴。

苏酒一脸疑惑，好人？昨晚模糊的记忆涌上来，她虽然没对自己做过什么，但是她那行为，怎么都不像一个好人。

可他不敢问太多。

苏酒住的地方不算好，连个小区都算不上。

"谢谢你送我回来。"苏酒声音乖巧，表情更是温顺，和之前见过的完全不一样。

初筝："……不客气。"这就是精分吗？

"苏酒！"女人的娇呵声响起，一个红裙女人踩着高跟鞋，气势汹汹地过来。

来人不是别人，正是一夜没睡的高雪云。

高雪云脸色不好，指着初筝："昨天晚上你和她在一起？"

苏酒看一眼初筝，又看看高雪云，点头："嗯。"

他迅速低下头，柔软的头发在空气里划过优美的弧度，眼底的暗光顺势被挡住。

高雪云本就难看的脸色，顿时乌云密布，锐利的视线直戳初筝。

那药什么作用她再清楚不过，这两人昨晚在一起，那会是什么结果？她肖想了那么久的人，却为别人做了嫁衣，这让高雪云哪里忍得过去。

"苏酒，你过来！"高雪云压着怒火，命令苏酒。

"上去吧！"初筝示意苏酒上楼。

苏酒心中微滞，他是故意那么说……她没看出来吗？还是看出来了，她并不在意？

苏酒微微咬紧牙齿，反正也不知道她有什么目的，那就让她们去斗好了。

苏酒这么一想，抬脚就往楼上走。高雪云美眸一瞪，追上去拦住苏酒。

"啊！"

苏酒回身，只见高雪云被初筝握住手腕，呈一个扭曲的弧度，他微微愣住。

"上去。"初筝再次道。

苏酒抿了一下唇，快速上楼。

进了房间，苏酒迟疑地站在窗户前，往下面看去。正好看见初筝松开高雪云，高雪云想打她，却被她一脚踹开的画面。女生走到高雪云跟前，弯腰和她说了什么，高雪云愤怒怨毒的眸子死死地盯着她。后者却并不在意，退开一步，淡漠地看着高雪云。

高雪云狼狈地爬起来，指着她说了两句，然后迅速上车，车子直接朝着她开过去。

高雪云大概只是想吓唬她一下，谁知道女生站着不动。见此，高雪云加大油门，那架势像是要撞死女生似的。

然而，女生在车子即将撞到自己的时候，往旁边一闪，车子擦着她身体过去，衣角发丝扬起。高雪云的车刹不住，直接撞在前面的电线杆上。电线杆砸下来，车子顶部凹了下去。

高雪云住院了，虽然伤得不重，但一时半会儿也出不了院。初筝作为当事人，被叫去录口供，然而她什么都没做，就算之前对高雪云动手，也不过是正当防卫。车子是高雪云自己开的，撞在电线杆上也是她自己。电线杆倒下来，那就只能算是意外事故。

高雪云压根没有理由让人抓初筝，只能憋屈地自己认栽。

“可恶！” 高雪云在病房里发泄，旁边的生活助理大气都不敢喘。

“去给我查，那个人是谁！！”高雪云对着生活助理吼了一声。生活助理唯唯诺诺地应了一声，趁机离开病房。

因为警方那边已经录过口供，留下了资料，生活助理很快就查到初筝的资料。

高雪云翻着资料，冷笑连连。

“一个十八线开外跑龙套的，竟然也敢跟我作对。”还有苏酒，那个人儿，竟然被这个女人碰过。

高雪云咬牙切齿，她绝对不会放过这个女人！顾初筝是吗？给她等着！

“哎哟……好痛，把医生给我叫过来，叫医生！！”

生活助理冷汗淋淋地往外跑，把医生叫过来分担高雪云的怒火。

另一边。

“你好，请问是苏酒苏先生吗？”

苏酒看着面前西装革履，戴着金丝眼镜的男人，有些莫名其妙，但还是乖乖地点头：“嗯。”

“你好，我是裴宇，从今天开始，我就是你的经纪人。”

苏酒先是一愣，面带犹豫和疑惑：“经纪人？公司给我换经纪人了吗？”

裴宇这名字有点耳熟……苏酒想了一下，却没能想起来。

裴宇推了推眼镜：“我不是星耀娱乐的经纪人。”

苏酒更蒙，片刻后皱眉，警惕地问：“那你是？”

裴宇礼貌地笑了一下：“苏先生不打算请我进去谈？”

苏酒迟疑，须臾让开身子：“请进。”

裴宇观察一下房间，心中微讪，他就没带过这么落魄的艺人。

“我看过苏先生的作品，很有灵气，演技也不错，如果不是星耀将你雪藏，你早就红遍大江南北。”裴宇挑了个地方坐下。

苏酒给他倒了水，闻言，有些无奈地笑：“我这样无权无势的人，能有什么办法。”

裴宇不否认，这是大环境："我有一个问题，想问苏先生。"

苏酒点头。

"你为什么想进娱乐圈？"

苏酒睫毛轻颤，他对上裴宇的视线，缓缓道："我喜欢演戏。"

这是他的梦想。

可惜……梦想抵不过现实。

少年眸子里有光，是对梦想的执着和信仰。

裴宇似乎对这个答案挺满意，伸出手："那么合作愉快。"

苏酒没有动："裴先生，我是星耀的艺人。"他的合同还有好几年，等合同结束，早就没有机会翻身了。

"我已经让律师去星耀谈解约的事了。"裴宇不在意地收回手，"这些事不用你操心，会有专业的团队为你服务。"

"……为什么？"怎么会突然有这么好的事，落在他身上？

"你值这个价。"裴宇道，"你现在只需要做出一个选择，跟着我，我让你红遍大江南北，拒绝我，那就当我今天没有来过。"

苏酒放在身前的手微微攥紧："你都派律师去星耀了，是笃定我不会拒绝吗？"

裴宇淡笑不语，像一只胜券在握的老狐狸。苏酒深呼吸一口气，这样的机会，他拒绝不了。

裴宇适时将一份合同推过去："这是合同，上面的条约不满意可以改。"

苏酒快速扫一眼合同，每一个条约都是倾向于他，这样的合同，在这个圈子，根本不会出现。他心中震惊，面上却不显："裴先生，我能问一下，是谁……让你来的吗？"

"苏先生，这个问题，你见到我的老板，自然会知道。"

苏酒心下一沉："我签下这份合同，你的老板会让我做什么我不愿意的事吗？"

裴宇保证："不会，苏先生放心。"

苏酒捏紧合同，心中纠结，这个摆在他面前的机会……

他决定赌一把，如果赌输了，不过是从星耀跳到另外一个坑罢了，如果赌赢了……

苏酒如玉般的手指拿起笔，在合同上签下自己的名字。龙飞凤舞的"苏酒"两字，透着锐利的锋芒，和看上去乖巧的苏酒有些违和。

裴宇目光在签名上顿了几秒，再次伸出手："合作愉快。"

少年语气轻软："以后麻烦裴先生。"

"叫我宇哥就行了，这是你接下来的行程安排，你先看看。新公寓过两天就可以入住，你收拾一下你需要用的东西，到时候我会让人过来搬。"

苏酒愣怔片刻。

这绝对是预谋已久的！

初筝这边不紧不慢地拍着戏，因为初筝的投资，剧组增加了不少东西，要求也高了不少。

这两天柳漫漫安静得不行，拍完戏就不见人影。她不打扰初筝，初筝也懒得找她麻烦。

【主线任务：请在十天内，收购一家公司。】

初筝一愣，砸钱收购吗？

【是的，砸钱，越多越好，我们不差钱！小姐姐加油！】

收购一家公司哪儿那么容易，初筝决定先找一个团队给自己服务——这样比较省麻烦。等初筝找好有能力的团队，已经是三天后。而这个时候裴宇给初筝打了电话。

“顾小姐，星耀那边开出天价违约金，手里还有一份合同，我怀疑他们伪造了合同，不过我没有证据。”

“多少钱？”

“八千万。”

八千万的违约金……在娱乐圈还有更高的，但是对于一个被雪藏、十八线开外、无热度的艺人来说，绝对算得上天价违约金。

初筝冷冰冰地问了一句：“星耀是吗？”

“是……”这语气怎么有点不对劲呢？

初筝挂了电话，转头就对刚找到的团队道：“收购星耀娱乐。”

团队负责人一脸蒙，不是，老板，我们刚才说的不是星耀啊？而且星耀娱乐公司，发展得不错，怎么收购？

【小姐姐，其实我们可以砸钱的，我们有钱。】王者号弱弱地道。

“麻烦。”一步到位更好。

王者号不敢吭声了，怕它家小姐姐再来一句，能做掉就更好了。

“能做掉就更好了。”

它就知道！它就知道！它就知道！花钱有什么不好的！有钱真的可以为所欲为啊，小姐姐！

好想和隔壁系统换一个小姐姐，听说隔壁那个小姐姐温柔善良，还很会花钱。

它也想有这么一个小姐姐。

第六章
出击真人秀

收购星耀不是很顺利，毕竟人家是盈利状态，初筝翻了好几番的钱砸下去，对方才同意。

而负责收购的团队全身心都透着震惊。

这是哪个大家族出来的败家子啊！这么多钱，多久才能赚回来？是不是疯了？！

不过这是他们的雇主，他们不敢在明面上说，只能暗中吐槽。

而裴宇也略震惊，之前他还信誓旦旦地说自己不是星耀的经纪人，结果转头他就进了星耀……人生啊！你永远不知道下一秒会发生什么。

《凰妃倾城》后期都拍外景，初筝跟着团队离开，这一走就是将近两个月。

剧组杀青，初筝才回来。

“放开！”

初筝甩了甩手，侧目往旁边的男洗手间看去。今天杀青宴，她作为投资商以及女二，肯定要出席。初筝擦了擦手，兜里的手机突然振动了起来，来电——苏酒。

初筝接通电话，电话那端先是奇怪的杂音，接着就是男人不怀好意的声音。

初筝往男洗手间看去，确定手机里传出来的声音，和这里面传出来的一致。

说不定是巧合呢！

【小姐姐你再不进去就完了！你在思考什么！！快啊！！】王者号急得不行。

这个也要我去救？关我什么事啊！这是男厕所啊！！

【废话！当然是你！你不救哪里来的好人卡！】为了好人卡冲呀！！

怎么这么烦，个个都这么弱！

黑化之前的小哥哥肯定弱啊！要是有能力，那还用黑化吗？！没见识！王者号无力吐槽。

没见识的初筝将手机揣回兜里，气势汹汹地往男洗手间走去。

洗手间里没人，里面的一个隔间有踹门的声音，她走到那个隔间，拉了一下没拉开。

初筝退后一步。深呼吸，抬腿踢！

砰！隔间的门被踹开，撞到里面的人，男人恼怒地瞪过来，谁敢坏他的好事？

看见外面站了一个小姑娘，男人愣了一下。就是这一下，初筝上前又是一脚，将他踢开，顺手将苏酒拽出来。苏酒手里拿着不知哪里来的尖锐刀子，差点刺到初筝。他吓得手一哆嗦，刀子掉在地上。

少年神色惊慌，眼角微红，唇瓣被他咬出了血。鲜红的血，苍白的唇，交织出艳丽的色彩。

“你谁啊！”男人爬起来，“少多管闲事。”

初筝弯腰将刀子捡起来，往男人那边走过去，男人吓得往后一退。

“你想干什么？”

男人跌坐在马桶上，面无表情的女生扬起刀子，往他腿间扎下去，男人吓得分开腿。

刀子正好扎在马桶盖上。

初筝抬眸对上男人惊恐的视线：“管不好你的第三条腿，下次我帮你管。”

男人大气都不敢喘，这个女人身上散发出来的气场，太吓人了……

“脱。”

不知道是不是被吓到，男人没动。

初筝抽出刀，再次扎下去，语气比刚才更冷：“脱。”

“脱脱脱，我脱……”

初筝带着苏酒离开洗手间，将男人的衣服连同手机，全部扔进垃圾桶。她洗了洗手，转头看苏酒。苏酒脸色苍白，紧拽着衣服站在旁边，指尖都泛起了青白。

“裴宇呢？”

苏酒听见声音，如迷路小鹿一般的眸子望向初筝。少年犹如失去灵魂的娃娃，精致却没有生气，静静地看着她。

初筝拨通裴宇的电话，裴宇匆匆赶过来。

“顾总？出什么事了？”裴宇看向苏酒，“苏酒？”

不是上个洗手间吗？怎么就遇见他老板了？这情况怎么还有点不对呢？

“带他来这里做什么？”初筝问。

“参加一个酒局。”

“他不用参加这些。”初筝道，“送他回去，里面那个人处理一下。”

裴宇往洗手间看去，似乎明白了什么。

“顾总，是我失职。”他以为只是上个洗手间不会出什么大问题，没想到这都会出事。

这两个月，他带着苏酒，不得不承认，苏酒很聪明，也非常适合演戏，可就是那张脸，太招人眼，不管是女人还是男人……如果苏酒没有一个强大的背景，在这个圈子绝对混不下去，最惨的下场就是沦为别人的禁脔。

"没有下次。"每次都要她来救，烦死了。

"没有下次，没有下次。"老板都发话了，以后这种活动，他也不敢再带他参加。

直到初筝离开，裴宇才微微松口气，这个小老板，也不知道是哪个大家族出来的……

"苏酒，你没事吧？"裴宇看向苏酒。

苏酒恍惚地摇头，半晌拉着裴宇的胳膊，声音有些哑："你背后的人，是她？"

"是啊！"裴宇一边翻联系人列表一边道，"苏酒你可不要得罪她，你要知道，在这个圈子里，现在只有她能给你撑腰。"

裴宇查了一下里面洗手间是谁，确定不是什么大问题，很快就处理好。

"走吧，先送你回去。"

苏酒被裴宇送回公寓。裴宇给他说了些什么，苏酒已经不记得了，公寓渐渐安静下来。

——现在只有她能给你撑腰。

苏酒脑中不断重复浮现这句话。

她和之前的那些人不一样，她看自己的眼神像看一个物件，不含丝毫的欲念，冷冰冰的。可是对自己没有欲念，她又何必……

苏酒低头看着手机，屏幕亮了又暗，暗了又亮。良久，他翻开通话记录，最近一个拨出的电话……

当时那个男人突然进来，手机在兜里他也拿不出来，他只是试着按了手机，没想到真的拨出去了。

所以她是特意来救自己的？

不对，她怎么会那么巧在那里？

不是苏酒阴谋论，是他经历得多，不敢随便相信人。

苏酒给裴宇打电话："宇哥，我能问一下，今天顾……总为什么会出现在那里吗？"

"哦，顾总的剧杀青了，正好杀青宴在那里，怎么了？"

"没、没事。"巧合而已吗？

"那行，你好好休息，明天我就给你安排保镖，不会再发生这样的事。"

裴宇叮嘱他两句，挂断电话。

苏酒倒在床上，水晶灯的碎光倒映在他眸底，如盛开的水晶花，晶莹剔透，却无灵魂。

他举着手机又放下，放下又举起。修长的手指在屏幕上点开初筝的短信界面，缓慢地打出几个字，随后又迅速删掉。

反复好几次后，苏酒最后只发了两个字过去。

叮——

【苏酒】：谢谢。

初筝看见那两个字，面无表情地回了个"不客气"过去。

王者号叹息，不知道苏酒收到这三个字是什么心情，反正它觉得不太好。这个时候应该安慰安慰人家，然后多聊几句，不就熟了吗？好人卡不就很快有了吗？

她来一句“不客气”？就算人家想和你说话，也完全不知道说什么了，好吗？

认真的吗？！小姐姐怎么可以做出这样的事！！

这个小姐姐简直非人类，太可怕了！

系统好累啊，想换小姐姐，它要找隔壁系统好好聊聊，为什么会有这种小姐姐。

它需要隔壁治愈系的小姐姐！

初筝在家宅了一段时间，剧组那边进入后期剪辑特效阶段，到宣传的时候，邀请初筝出席，初筝毫不留情地拒绝了。宣传那么麻烦的事，她才不去。

剧组拿她没办法，好在只是女二，不是女主。

为了效果，剧组只能将和女二有关的都先不放出来，作为最后的悬念。

【主线任务：请小姐姐三天内，进入明星大挑战真人秀节目。】

很好，又要砸钱了。

《明星大挑战》是很火的一个真人秀节目，主要考验明星的适应能力。比如什么荒山野岭啦，恶劣环境啦……被网友们称为明星折磨秀。这个节目基本不会作假，但也正因为真实，收视率非常高。即便一些明星不想参加，面对这样的收视率，都得咬着牙上。

所以这个节目，还不是你想上就能上。

初筝联系节目组，节目组表示他们不缺钱。

初筝摊手，这可就不怪我了！人家不缺钱，不缺钱，王八你失策了吧！

【小姐姐你砸的钱不够，你说你赞助接下来两季。】王者号给初筝出主意。

初筝这么告诉节目组那边，节目组只迟疑了一会儿，很快就答应了。

初筝翻了个白眼，一点也不矜持！这么一点钱就被收买了！有没有出息！

【小姐姐，我就告诉过你，跟着我有肉吃的！】王者号很嘚瑟。

王者教你做人！哈哈哈！

初筝把王者号屏蔽了。

吵死了，有钱也干不过能打的啊！她没错！

《明星大挑战》这档真人秀节目每期都会邀请八个艺人，分组情况，视那一期的环境而定。

初筝到的时候，已经有两三个艺人先到了。

“又来一个。”

“谁啊？是谁啊？”有人好奇地抻长脖子，开拍之前，他们都不知道会有谁参加。

明星出场也是节目要录制的，初筝的车停下，摄影师就扛着机器围了过去。车门推开，身着浅色休闲服的女生从车上下来，潇洒利索地甩上车门，那动作仿佛自带特效，帅气逼人。

“你认识吗？”

“不认识……”在场的三个艺人都表示不认识，“新人吗？长得还挺好看的啊！”

节目组有时候也会请新人，毕竟都是熟悉的面孔，大家会出现审美疲劳，偶尔出现一个新人，不管是引起争议还是其他的，都会刺激观众。

初筝跟着引导，走到桌子前拿了属于自己的文件袋。摄影师离开后，才有人上前介绍。然而即便介绍了，他们也不认识。

到场的三个艺人都有些名气，初筝没见过，但听过名字。大家简单地打了招呼。三人发现初筝并没有套交情的意思，也就不再和她说话，走到另一边去聊天。

“这谁啊？架子这么大？”其中一个艺人有些不满。

他们好歹是前辈，新人看见前辈，不说套近乎，该有的尊重得有吧？

“我刚才问过导演，听那意思是赞助塞进来的。”

“真的假的？”

“导演没明说，大概是那么个意思吧。”那艺人道，“这节目内容虽然公平，但这人选上……”

三个人交换一下眼神，表示懂了。节目组的钱也不是天上掉下来的。

后面陆续又来几个艺人，这些艺人见面后很快就闹成一团。不过看得出来，有明显的抱团行为。初筝坐在单独的遮阳棚下，支着下巴，神色冷漠地看那群人闹腾。

远处有车进来，初筝抬眸看去，没想到会看见熟悉的柳漫漫。柳漫漫大概也没想到初筝会在这里，表情略显难堪，但极快地调整过来。

不就是一个顾初筝吗？有什么好怕的！

“怎么又是一个不认识的？这期新人是不是有点多？”有艺人抱怨，他们可是好不容易才进来，这期新人却一个接一个。

柳漫漫直接略过初筝，嘴甜地将其他艺人给哄得开开心心，说她的人顿时就少了。

最后两个艺人同时到达。

前方的车门打开，西装革履的男人从车上下来，阳光洒在他身上，宛如从古堡走出来的王子殿下，气质优雅矜贵。

“哇！是影帝谢舟！！”女艺人直接惊呼起来。而初筝顿时懂了为何柳漫漫会出现在这里。

谢舟——柳漫漫的金主。谢舟帅气多金，演技了得，参演的每一部作品都是经典。不过女朋友有点多，换女朋友跟换衣服似的，但即便这样，依然是无数人眼中的梦中情人。

而谢舟不但是艺人，背后更有一个庞大的家族，柳漫漫现在的娱乐公司，应该就是谢舟旗下的凰飞娱乐。

柳漫漫看谢舟的眼神，柔情似水中带着一点隐秘的骄傲。

不过谢舟并没有在大庭广众之下理她。

“没想到这次竟然能和谢影帝一起参加节目，好开心。”

“喂，喂，我说你们，好歹我们也是帅气逼人，你们眼中怎么能只有谢影帝？”男艺人们开着玩笑抱怨。

谢舟站得太高，自然不可能和这群人打成一片，只是淡淡地打了招呼。然而他这样的态度，却得到一圈人的好感。

初筝有点不服气。凭什么她冷淡就是不知好歹，没有礼貌？就凭他长得帅吗？

肤浅！幼稚！

接下来就剩下最后一辆车，所有人都好奇最后一个是谁。

车子缓慢地进来，停稳后司机下车打开车门。修长笔直的腿，缓慢地从车里伸出，雪白的休闲鞋踩着地面。

在场的人瞬间安静下来。

白衣少年像是坠入凡间的天使，四周有莹莹的光环绕，让人移不开眼。

如果说谢舟是禁欲系男神，那这个白衣少年就是让所有人都会喜欢，能轻易勾起人的保护欲。他漂亮得如精致玩偶，每一个细节都是上帝巧夺天工的杰作。

少年嘴角露出温软的笑意，那瞬间，仿佛能听见春暖花开的声音。

苏酒那边有摄影师在拍摄，等他拍摄完，苏酒朝着人群那边看一眼，一眼便瞧见坐在人群之外的女生。清冷、雅致、尊贵，却也拒人千里……少年眨巴了一下眼睛，她也来了。

对了，她也是艺人。

“你们觉不觉得他有点眼熟？”

“我也觉得有点眼熟，但记不起来在什么地方见过。”

“长得真漂亮！好想抱抱他。”

“漂亮”这个词语对于一个男性来说，并不是什么好词，但是他们找不到更好的词来形容这个美好得如天使一般的少年。

“他就是之前那部火遍大江南北的青春剧的男主耶！”有人已经打听到他的名字，搜了出来。

“苏酒？”大家凑在一起看。

“他就是苏酒啊……”

“好像比之前更好看了，欸，我不是听说他被雪藏了吗？”自从那部青春剧火过之后，就再也没有消息，这妥妥地是被雪藏了啊！

细碎的讨论声落在苏酒耳中，他扫过人群，神情格外地温顺乖巧，频频惹人怜惜，更让人不敢随便打扰他。

导演将大家叫过来，说了几句开场话之后进入正题。

“大家都到齐了，这一期我们两两分组，大家可以自由组队。”

在场一共八个艺人，四男四女。女生除了初筝和柳漫漫，还有一个长相甜美，说话娇声娇气的冯娇，另外一个是走御姐风的魏君。男生组苏酒和谢舟，带着点书生气的柳禹行，最后是有点大大咧咧的阳光男孩杜明。

冯娇第一个看向苏酒，眸子放光，期待地发出邀请：“苏酒，你可以和我一组吗？”

苏酒似茫然地看了她一眼，余光又扫向初筝那边，后者漫不经心地看着他。

两人视线就这么撞上，苏酒心底“咯噔”一下，有些慌张地移开视线。

“我没参加过这种节目，会不会给你拖后腿？”苏酒一脸的为难，语气极软，让人不由自主地放轻声音。

“没事，我带你。”冯娇双手合十，“这节目我一直有看的，我一定会好好带你。”

苏酒有点为难，他不想和她一组。

初筝走到导演那边，直接拿了分组的牌子，递给苏酒，一系列动作迅速又霸气。

苏酒一怔。

冯娇皱眉看着初筝，不满地嘟嘴：“喂，你干吗？没看见我和苏酒要组队吗？”

“他答应你了？”

“……我这不是还在和他说吗？你这是什么意思？”

初筝不理她，将牌子往苏酒那边又递了递。

苏酒冲冯娇抱歉地笑笑：“那个……我和她一起吧！”

人家当事人都这么说了，而且完全拒绝不了少年的笑容，冯娇能怎么办？

冯娇瞪了初筝一眼，气哼哼地走了，和柳禹行组了队。

柳漫漫自然和谢舟一起。

最后就只剩下杜明和魏君。

组好队，各队上了自己的车，前往目的地。但并不是直接去就行，还有任务。

导演拿着四张卡片：“你们有四条路线可以选，最先抵达的队伍，将获得明天的任务提示一次。路线都是差不多的，不过路况如何我们不确定，就看大家运气了。”

导演示意大家来抽卡片。

苏酒看一眼初筝，初筝示意他去抽。苏酒上去抽好卡片，3 号路线。

节目组将3号路线的线路图给他们，他们需要自己开车，抵达目的地。至于谁开车……初筝已经上了副驾驶，苏酒只能自己开。

全程都有拍摄，苏酒不敢和初筝说太多，因此两人几乎全程没有交流。

节目组的人有点着急，就他们这闷葫芦队伍，能有收视率吗？

摄影师忍不住提醒初筝和苏酒，让他们互动一下。

初筝看了摄影师一眼，翻个身，对着窗外，闭上了眼睛。

苏酒温软地冲镜头笑了下，认真地按照路线开车。可能是他运气好，一路畅通无阻。

车子开了将近半个小时，突然停了下来。

“怎么了？”初筝睁开眼。

“没油了。”苏酒道。

这应该是节目组设置好的，不可能就那么轻轻松松让你抵达。

初筝就觉得王八是在搞她。

“现在怎么办？”苏酒问初筝，他眸光格外纯净，透着无害，像软绵绵的小白兔。

初筝给他贴了四字标签——装模作样。

初筝下车，苏酒和摄影师也赶紧跟着下去，这附近都是高楼大厦，根本没有加油的地方。后面跟着节目组的车，肯定不会给他们用。

【主线任务：请在半个小时内，花掉一千万。】

人傻钱多的王八来送钱了。

这个节目组对金钱并没有什么特别规定。

初筝环顾一下四周，找到某个特别大的招牌，往那边走去。摄影团队立即跟上，这么大一群人，自然引人注目，路人频频回头观望。

初筝坦然地走进 4S 店，里面的销售员见这么大的阵势，差点没敢上前。

“一千万的车，一辆，现在能开走。”初筝言简意赅地表达了自己的需求。

“啊？”销售员的目光还停留在后面的节目组团队身上。这是来干什么的呀？

“买车。”初筝不冷不淡地又说了一句。

不只销售员吓到了，后面的节目组也给吓到了。车子没油是他们设置好的剧本，本意是让艺人通过其他方式抵达目的地。另外三组都会有同样的情况，这样有看点也有难度——谁知道这位直接杀到 4S 店买车。这操作，他们做了这么多期，还真没见过。

苏酒拉了拉初筝的袖子：“我们不用买车，可以用其他的交通工具过去。”

初筝面无表情：“麻烦。”这钱不得不花！我愿意！

摄影组一脸蒙，这是哪家小公主出来玩票的！！

初筝抵达目的地的时候，柳漫漫一组已经到了。然而当柳漫漫看见初筝那辆车，整个人都不好了。

那车子一看就价值不菲，之后谢舟也证明她的猜测，这车子没有千万拿不下来。

节目组肯定没这么大方……

他们都是开节目组准备好的车过来的，怎么顾初筝就能用别的车？

不过柳漫漫也不蠢，知道自己现在没资格说话，所以她等着后面到的人。

果然，后一步到的冯娇立即就不满了。

“凭什么她的车和我们的不一样？”冯娇这声可不小，在场的人都听见了。

导演赶紧让所有摄影师关掉摄影机。

初筝冷冰冰地吐出三个字：“我有钱。”

冯娇一愣。

“你还想管我花自己的钱？”

冯娇娇俏的脸蛋顿时委屈下来，直接看向导演：“导演，这节目哪有这么做的？”

到时候节目播出，他们过来的方式，和她的方式一比，仿佛一下就分出高低贵贱。

导演也有点头疼，得知这位所作所为的时候，他差点没承受住，随随便便就花一千万买车，考虑过他们这些人的感受吗？但规则上，确实没有不许这一条。导演不仅头疼，心也塞了，决定下期一定多加一条规则。

“那个，我们规则上没有这一点，所以顾老师的做法没问题。”导演汗颜。

冯娇瞪圆眸子：“她、她这是作弊！”

初筝环着胳膊：“花我自己的钱，算什么作弊？”

“谁知道你的钱哪里来的！”冯娇冷哼一声。

“反正不是你给的。”初筝面无表情地道，“你养不起我。”

“噗——”旁边看戏的杜明没忍住，直接笑出声。随随便便就花掉一千万，确实不是普通人能养得起的。

冯娇差点气得吐血。导演赶紧拦下她，好一阵安抚。这都什么事啊！

“大家都是按规矩来，她凭什么就破坏规矩。”冯娇跟魏君吐槽，看初筝更不顺眼。

“规矩里确实没有这一条。”别人愿意花自己的钱买车，她们也管不着啊。

“你哪边的！”冯娇瞪着魏君，“年纪轻轻能有这么多钱？指不定是被谁给包养了。”

站在旁边的柳禹行温声提醒：“别这么说吧！”

“十八线开外都没听过的艺人能被塞到这里来，能是什么好东西？”冯娇并不在意。

魏君耸耸肩，不予评论，柳禹行也不说话了，冯娇见此气哼哼地走到旁边去了。

他们此时在一个村子外，天色已晚，节目组要大家自己前往村子寻找住所。

没错，自己找，如果村民同意让你住，那你就可以住。如果你找不到，那么抱歉，睡野外吧！

嗯……节目组会贴心地给你提供帐篷，当然你还得会搭帐篷。

初筝没打算找村民，她打算在外面住一晚，但苏酒屁颠屁颠地跑过来：“我找好住处了，那个……就在那边。”

苏酒仗着自己那张颇具欺骗性的脸，找到一家拥有小洋房的村民。村民热情地请他们进去，看苏酒就跟看自家儿子似的。

初筝：“……”这就是个骗子，一群肤浅的人。

这个苏酒……她也说不上来什么感觉，反正就觉得他这个样子是装的。

村民给他们安排好房间，拍完这里，摄影组就收工了，明天一早才会来。

初筝对于睡什么地方没有要求，随便收拾一下上床睡觉。非常有“既来之则安之”的大侠风范。

半夜，房门突然被敲响，那声音很细微，若是初筝睡得死，估计都听不见。

她拿被子捂着耳朵，不打算理会。但外面的人一直敲，敲得她心烦。

烦死了！出去做掉！

初筝下床，拉开门。少年抱着枕头站在外面，月光落在他身上，将他的影子拖得细长，无端的有几分可怜。

“干吗？”初筝声音像是结了冰，透着寒意。

“我……我有些害怕。”苏酒小声道。

“哦。”你害怕关我什么事！初筝面无表情地关门，凶巴巴地警告，“别再敲我门。”

苏酒被关在门外，他眨了眨眼，再次敲门。

“咚——”有东西砸在门上，发出一声沉闷的声响。接着女孩子冰冷的声音穿过门板，伴随着夜风落在他耳畔：“再敲门，弄死你。”

苏酒又在门外站了一会儿，里面一点声音都没有。

苏酒抱着枕头回到自己房间，他将灯关掉，蜷缩到床上，抱着枕头望着虚空。

她难道真的不是为了自己？那为什么要捧自己？

苏酒收紧抱着枕头的胳膊，他今天有些冲动了，如果她今天让自己进去了，自己面临的是什么？

翌日。

苏酒起来的时候外面还是朦胧的天色，他站在阳台上往下面看，朦胧的雾气中，有人坐在院子里。旁边有一个节目组的工作人员，和她说着什么。

苏酒趴在阳台上胡思乱想，她到底是个什么样的人呢？

等那个工作人员走了，底下的女生突然抬头往阳台上看来，苏酒“唰”的一下蹲下去。蹲完才反应过来，他躲什么？

苏酒小心地起身，往下面看去，院子里已经没人。

太阳出来后，摄影师们便来了，顺便带来今天的任务。他们需要在这个村子里寻找到足够的物资，作为两天后在山上生存的装备。而这些物资，都在村子里，可以通过帮村民干活，或者玩游戏获得。

谢舟和柳漫漫他们是第一组到的，拿到了一个线索，最先获得一件装备。

其余队伍也陆续获得装备，只有初筝还坐在院子里，压根没动弹的意思。

“我们不行动吗？”苏酒站在旁边，小声地问她。

“麻烦。”没有装备她也能过一夜，有什么好大惊小怪的。

“可是没有装备，后面的录制我们怎么办？我听说山上很凉，会生病的。”

初筝看了他一眼，苏酒立即露出乖巧的笑容，一双漂亮的瞳孔里似乎都透着“我很乖”三个字。

“那你去找。”初筝冷冰冰吐出四个字。

摄影师擦了一把汗，这一组怎么会这么可怕，看看人家谢影帝那一组，完美的CP感！处处都是看点，这一组……他也不知道该怎么形容，心情复杂。

苏酒当真自己去找，村子这么大，节目组当然不会让你漫无目的地找，不然这节目都没可观性了。一般有装备的地方，都会做记号，发现有记号就可以进去问。

苏酒找到一家村民，然而村民要他帮忙晾晒粮食。苏酒平时虽然过得不怎么样，但也没做过什么重活，大热天的还要晾晒粮食，皮肤被晒得火辣辣地疼。

“呼呼呼……”苏酒停下喘口气，他松开拿耙子的手，手心被磨出不少红痕，摄影师这里给了一个特写。

少年白皙的脸上，红彤彤的，汗水顺着脸颊滑落，怎么看都可怜，惹人心疼。

就连摄影师都有些不忍，提醒一句：“你要不要休息一下？我不录了。”

反正到时候也会剪辑，开头和结尾弄好就行。

少年露出轻微的笑意：“没事，我能坚持。”

少年手里的耙子突然被人抢走，摄影师愣了下，快速地将镜头移过去。女生戴着不知道从哪个村民那里弄来的草帽，神色冷淡地看着少年。

在少年出声之前，她将手里的水扔给他，取下帽子扣到他脑袋上，一把将他拽开，继续少年刚才的工作。这一系列动作行云流水，一气呵成，仿佛演练过一般。

摄影师都看呆了。刚才这姑娘还懒得动弹，怎么这会儿又过来了？

初筝的速度比少年快了不少，很快就完成任务，拿到装备，没有别的队伍那种苦尽甘来的喜悦，她就很平淡地扫一眼，扔给苏酒。

苏酒抱着装备，摸了摸脑袋上的帽子，关心地问：“你热吗？”

“下一个。”

接下来初筝以最快的速度拿到全套装备，摄影师都惊呆了。

不管是帮忙干活，还是玩游戏，都十分消耗体力，更别说还要配合拍摄，可这姑娘完全没问题。这姑娘是不鸣则已一鸣惊人啊！

所以第二天大家还在努力找装备的时候，初筝在村民家里宅了一天。

到第三天，大家集合。

“漫漫，谢影帝好厉害啊！几乎都找齐了。”冯娇凑在柳漫漫身边，对着谢影帝一阵花痴。

“谢影帝当然厉害喽！”杜明吹个口哨，“咱们可不能和谢影帝比啊！”

柳漫漫似不好意思地笑笑。

“欸，你们看见苏酒了吗？”冯娇想起来那个少年，转着脑袋问大家。

“没有。”

这村子说大也不大，大家这两天都互相遇见过，但就是没有遇见过苏酒和初筝。

“他们难道没参加？”

“不可能吧，接下来可是在山上，要是没有装备，怎么过？”

“就是啊。唉，这两天可累死我了，军训的时候都没这么累过。”

“那个顾初筝……肯定是被人给包养了，我听说她之前就是个跑龙套的，而且还是租的房子住。”冯娇拉着魏君和杜明说八卦，“这次她要是还能有装备，那就是节目组偏袒她！”

冯娇正给几人科普初筝走后门的身份，忽见远处一群人往这边过来，冯娇停下往那边看去。初筝拎着半人高的背包，那么重的东西，在她手里，就跟拎棉花似的，显得格外轻松。苏酒就抱着一个小包，乖巧地跟在她身边。

这画面莫名有爱。

柳漫漫眸子微眯，他们果然有装备……柳漫漫看向冯娇，见冯娇脸色不好，嘴角又露出一点笑意。这两天她和冯娇遇见过两次，休息的时候和她好好聊过。

“好，大家都到齐了！”导演拍拍手，“接下来我们要去山上。”

“导演！”冯娇站出来，指着初筝质疑，“她的装备是哪里来的？”

“装备都是通过村民完成任务或者游戏获得。”导演道。

“那我们怎么在村子里没遇见过她？”冯娇不信。

“顾老师第一天就已经将装备集齐了。”导演道，“还有什么问题吗？”

众人：“……”

“怎么可能？！”他们累死累活两天才找到这么些装备，而且有些东西还没找到。她怎么能在一天内找齐装备？就算是谢舟也是两天才集齐装备。

“节目组公平公正，不会偏袒任何人。”导演明显有些不高兴，冯娇那话不就是质疑他们节目组暗箱操作吗？

“可是……”

“冯娇别说了。”魏君拉住她，压低声音，“现在得罪导演不好，到时候节目播出，如果她真的被节目组偏袒，有的是人骂她。”

“凭什么呀！”冯娇有些不甘心地瞪了初筝一眼。

上山的路也需要大家自己动手将装备带上去，初筝和苏酒落在后面，不过从队伍的情况看来，其余人都显得有些累。

等上了山，大家基本都瘫成一团。

“大家最好在天黑前搭好帐篷。”导演在那边提醒，“最先搭建好帐篷的队伍，将获得丰盛晚餐一份。”

队伍一阵哀号，但为了晚上不露宿野外和饿肚子，众人还是得搭帐篷。

苏酒找了处空地，将东西拿出来，动手开始搭帐篷。这些艺人平时娇生惯养，没几个会搭帐篷，场面一度混乱。

初筝坐在一边看苏酒折腾，苏酒弄了半天没弄好，求救地看向初筝。

【小姐姐，好人好人，做一个好人，冷静，别冲动。】王者号立即提醒她。

初筝深呼吸，起身将他拽开，三下五除二将帐篷搭起来，引起另外几组的惊呼声。

“哼，有什么了不起的！”冯娇冷嗤一声，继续折腾她的帐篷。

其余人看了几眼也都散了。

第二组搭建好的是谢舟，柳漫漫有了经验，立即给其他人帮忙。

最终大家的帐篷都搭好了，初筝这一组得到丰盛的晚餐，其余人只能自己想办法填饱肚子。

节目组拍摄完今天的素材就收工了。初筝坐在帐篷前，手里拿着一根树枝，有一下没一下地敲着地面。

苏酒盘腿坐到她身边："你怎么好像什么都会？"

树枝在地面顿了一秒，她淡淡地应了一声："嗯。"

繁星点点，夜风拂过草地，有沙沙的轻响。

苏酒反复捏着手指："顾总，我有一个问题。"

"问。"

"你为什么要捧我？"

"让你觉得我是一个好人。"初筝手腕一转，树枝指向他，"我是好人吗？"

苏酒一怔，哪有这么直接问别人自己是不是好人的？

聊天聊不下去，苏酒摸了摸脖子："我先进去休息了。"

初筝看着他进了帐篷，收回视线，撑着下巴看着远处的篝火。

初筝坐了一会儿，起身走到旁边，透透气。

"顾初筝！"柳漫漫站在初筝不远处，声音不轻不重地叫了她一声。

"有事？"

"我想和你聊聊。"柳漫漫道，"我们去那边。"

"不去。"初筝拒绝，那么远，不想动。

初筝往回走，柳漫漫脸色顿时难看起来，她沉默几秒，突然上前，拉着初筝的胳膊。初筝还没来得及做什么，柳漫漫突然叫一声，然后往后面摔去。

远处的人听见叫声，立即跑了过来。

"怎么了？出什么事了？"

"漫漫？怎么回事啊？快起来。"

冯娇和魏君将柳漫漫扶起来。柳漫漫一脸的难受，控诉初筝："就算你不借东西，也不用发这么大的脾气吧？"

初筝无语，说演就演的吗？都不给个反应机会！拍戏的时候怎么没见你这么入戏呢？

"怎么回事？"谢舟也过来了，见柳漫漫被人扶着，声音沉了几分，冷冽的目光扫过众人。

"谢影帝，好像是她推了漫漫。"冯娇立即告状。

"我想和她借一下驱蚊水，她不借，还……"柳漫漫欲言又止。

驱蚊水其余队伍都没有，只有第一个拿到全部装备的初筝有，这是作为奖励给她的，大家都知道。柳漫漫说来借驱蚊水，完全没问题。但柳漫漫最初的打算明显不是来借驱蚊水，是因为初筝拒绝跟她聊天，她才临时想这么一出。

而柳漫漫能在那么短的时间内，想到这一点……不得了不得了。这小美人不去演个宫斗戏，都对不起她的智慧，一定是宫斗冠军，颁奖！必须颁奖！立马安排上！

别脑补了小姐姐！人家都欺负到头上了！王者号看着都着急。

“顾初筝，你怎么能推人呢？”冯娇出头。

“我没有。”

“这里就你们两个人，不是你是谁？”

“她自己。”

“哈？”冯娇气笑了，“你说是漫漫自己推自己？她为什么要这么做？”

初筝认真脸：“可能傻吧！”

“算了……”柳漫漫弱弱地出声，“可能是顾小姐心情不好，我不怪她。”

“漫漫，她不但推你，还骂你，你就这么原谅她？不行，必须道歉。”冯娇不但不同意，还拉谢舟下水，“谢影帝，你不能这么看着她欺负人吧？”

“顾小姐，道个歉吧！”谢舟看向初筝，他这些天并不怎么关注她，只是觉得这女生有些清高孤僻。

初筝沉默一会儿，不知道在想什么。

“做错事就道歉！”有谢舟撑腰，冯娇挺直腰板。

“顾小姐，就算你不借驱蚊水，也不用动手，大家都是姑娘，相互照应一下也是应该的。”魏君也道，“不是什么大事，道个歉算了吧！”

谢影帝都出声了，大家肯定附和，最重要的是，这几天，经过柳漫漫有意无意地传播，可能都觉得初筝是被人包养塞进来的。

初筝摸了下手腕，在众人的注视下，以迅雷不及掩耳盗铃之势拉着柳漫漫。

“啊……”柳漫漫再次摔在地上。

你说我推了，那就推呗！推你又咋的，还能打我呀！

初筝收回手，在还没反应过来的众人的视线下，严肃道：“自己走路不长眼，怪我没给你铺红毯，真是对不起。”

初筝转身就走，压根不给他们发难的机会。

“顾初筝你简直不可理喻！”冯娇的声音远远地传来。

她刚才那句话哪里是道歉？分明就是讽刺，而且还将柳漫漫推了一下，当着谢舟的面……她是疯了吗？

“漫漫，你没事吧？”

“没事……”柳漫漫要哭不哭，站起来的时候，故意装出很疼的样子。

谢舟皱眉，将柳漫漫抱起来，回到帐篷那边。

帐篷一个组只有一个，不过男女有别，所以女生和女生住，男生和男生住。

初筝不乐意和别人住，所以在其他人过来的时候，直接拒绝了。

冯娇意见最大：“你凭什么自己住？”

初筝：“帐篷是我弄的。”

冯娇：“……”

他们组里，能拿到帐篷基本都是靠男方，所以她们还真没这么硬气……

“算了，我们将就一下，反正帐篷挺大的。”魏君大概不想浪费时间，直接提议她们三个人睡。

最后初筝一个人霸占一个帐篷。

她去外面溜达一圈，回来的时候，已经没人坐在外面。

初筝回自己帐篷睡觉。

睡到后半夜，突然听见窸窸窣窣的声音，初筝被惊醒，噌的一下坐起来，黑暗里，她瞧见有个人影正坐在她对面。

初筝差点就动手了，手伸出去发现是苏酒。

“苏酒？”

苏酒垂着脑袋，像是困极了，一边往初筝旁边钻，想要继续睡。

梦游？

夜深人静，营地里一片死寂，苏酒感觉身边的热源，脑子迷迷糊糊的，下一秒猛地反应过来，瞪圆了眼。

他……好像抱着一个人？？

这帐篷里就两个人。

苏酒脑中炸开，猛地推开人。

初筝睁开眼：“干什么？”

听见这个声音，苏酒表情空白一瞬。

“你……你怎么在这里？”苏酒一脸的惊恐。

“这是我的帐篷，我不在这里在哪里？。”

苏酒：“……”

“我……我怎么……你……”苏酒手指在他们之间来回指，“我怎么会在这里？”

“你自己来的。”初筝不太耐烦，“你有梦游症吗？”

苏酒：“……”他没有。

苏酒想不太起来自己为什么会在这里，可能是他起夜的时候走错了……他的帐篷和初筝的帐篷挨着的，帐篷又是一样的。

苏酒咬着牙：“你怎么不叫我？”

初筝：“我也要能叫醒你啊。”

“……”苏酒沉默下，“那你抱着我干了什么？”

初筝坐起来，平静地陈述事实：“是你自己滚过来，非抱着我不撒手。”

“不可能！”苏酒反驳。他怎么可能会自己滚过去抱着她不撒手？

初筝在旁边摸了摸，摸到手机后点开某个功能递给他。

“自己看。”初筝有些不耐烦，困死了，想睡觉。

苏酒迟疑地接过手机，上面是视频待播放状态，他点开播放。

苏酒脸色渐渐变红，最后只觉得手机发烫，不敢再看，迅速关掉手机，耳朵尖都滚烫滚烫的。他一直是一个人睡，从来不知道自己睡着了，会有这个习惯……

“对……对不起。”苏酒慌慌张张地说一声，“我这就出去。”

初筝一把将人拉回来，用被子盖住：“睡吧，别折腾了。”

苏酒脸色腾的一下烧起来，初筝胳膊压着他，他不太敢动。

“我还是……”

“你再说话，我就让人来拍了。”

苏酒：“……”让人拍到这一幕，那还怎么解释得清？

苏酒不敢说话，连呼吸都小心翼翼的，帐篷里安静下来。苏酒等了片刻，掀开被子看过去，初筝已经睡下去了，呼吸平稳，似乎又睡着了。

苏酒：“……”

苏酒伸手摸了摸滚烫的脸颊，心底疑惑和奇异的情绪交织在一起，让他脑子里乱糟糟的。他抬手摸着自己心脏的位置，这里好像跳得很快。

刚才睡醒的时候，自己脸颊贴着她的皮肤，那种细腻又炽热的温度……

苏酒你在想什么！

苏酒晃晃脑袋，强迫自己冷静下来。

苏酒哪里还睡得着，就这么躺到天亮，等天色微亮，立即起身出去，趁大家醒来之前，回到自己的帐篷里。

接下来的拍摄，苏酒都不敢看初筝，初筝却跟什么事都没发生似的，该干吗干吗。

柳漫漫脚崴了，谢舟本想先送柳漫漫去医院，但柳漫漫不肯，执意要拍完。

如此敬业，大家对柳漫漫的好感度又上升不少。

初筝欺负人的事也在节目组中传开，反正大家看她的眼神都不太好，不过鉴于她之前的表现，没人敢上去找她麻烦。

山上的拍摄就是完成一些任务，比如找食物做一顿饭什么的……还有一些游戏。

后面两天拍摄结束，各自的经纪人都在山下等着接人。

裴宇亲自来接苏酒。

“那是裴宇啊？”杜明惊讶，“他是苏酒的经纪人？”

“苏酒什么来头啊？”

“裴宇好久不带新人了吧？”

“谢影帝不就是……”说话的杜明噤声，谢舟就是裴宇带出来的。不过那个时候谢舟的身份没有曝光，前期谢舟也没有依靠家族，全是靠自己的本事，其中裴宇的功劳不小。

裴宇一手将他捧红，从裴宇手中出来的艺人，已经无人可以超越谢舟。

“好久不见。”谢舟主动和裴宇打招呼。

“谢先生，好久不见。”裴宇礼貌地点头。

“你不是说不带新人了？”谢舟看一眼苏酒。

“谢先生记错了，我说的是，不带凰飞娱乐的新人。”

谢舟眸色微沉：“裴宇，你来凰飞，我可以给你更好的资源。”

“谢先生，我不需要。”裴宇视线偏了下，“顾总。”

初筝一个人走过来，谢舟眉头皱得更厉害，顾总？他怎么不知道圈子里有这么一号人物？

初筝目不斜视地从谢舟身边过去，直接上了后面的车，裴宇颔首：“谢先生，失陪。”

裴宇拉着苏酒上车，迅速离开。

谢舟皱眉，吩咐身边的助理：“去查一下那个顾初筝。”

助理应一声，转身离开。

谢舟又叫住他：“等一下，那个苏酒也查一下。”

“星耀娱乐新任总裁——顾初筝？”谢舟看着资料上的照片，眉头越皱越深。

谢舟翻看完所有资料：“她家境一般，怎么会成为星耀娱乐的新任总裁？”

“我查到她前段时间，似乎继承了某个大家族的遗产，不过暂时查不到是哪家，这种家族消息严密，想查到具体消息，有些困难。”

大家族……顾初筝？

第七章
又上热搜了

谢舟拿到初筝资料的时候，《凰妃倾城》正式开播，这部剧一开始大家其实都不怎么看好，但是没想到开播后，收视率突然暴增，几乎随处可见这部剧的影子。

初筝原本没什么粉丝的微博，也突然涌进一大拨粉丝。

万丈红泉落：找到女神微博，哈哈哈，第一个！

落尽梧桐：小姐姐饰演的将军好帅啊！小姐姐缺不缺女朋友，会唱歌会暖床的那种。

蝴蝶上阶飞：完全演出我心目中的女将军形象，太帅了！

《凰妃倾城》大火，虽然是网剧，却成为同期最火的一部剧。剧中的人物，除了初筝，其余人也都火了，包括柳漫漫。一部剧捧红这么多人，可是很少见的。初筝的粉丝从寥寥无几，飞涨到几百万，最后又迅速突破千万。她的角色本来就没有争议，和男主没有感情瓜葛，即便剧情需要他们绑定，最后也没有擦出火花，最后保家卫国，还救下女主，是很讨喜的角色。她之前在影视城被拍到的那张背影又上了热搜，很容易就被大家认出是同一个人。加上初筝的本色出演，更是将这个角色演活了，能火很正常。

就在这部剧大火的时候，微博出现了一个新话题：凰妃倾城女将军疑似被包养。

有观众早就在投资方标注那里发现这一点。以前的投资可都是写公司，唯独这部剧，奇葩地标注了一个名字，而这个名字还是女二的饰演者。

文章写了初筝的出身，表明她根本就没有能力投资这么多钱，之前也一直在跑龙套，如果不是被包养，之前用得着跑龙套？

连星出：假的吧？小姐姐看着不像那种人。

何事东君：现在这世道还让不让人好好地追个剧了？真是火什么就扒什么，烦死了。

冬之夜：明明是现在的女明星不洁身自好，作为公众人物难道不应该做好榜样，她这样上位，那就是坏风气。

百岁之后：没有实锤我不信，那文章谁知道是不是杜撰的，现在的记者就知道胡编乱造。

网上吵得厉害，初筝登上微博，发了一条消息。

@顾初筝：我也想看看是谁这么有钱能包养我，要是你们扒不出来，我可以花钱给你们雇一个。

当事人出面，而且还是这么一句话，这可让广大网友有点蒙。

苍云秋水迢迢：霸气啊！小姐姐我相信你，你肯定不是那种人！

檐夜雨铃：一点证据都没有的事，这些人传得有鼻子有眼的，真是恶心。

风千万枝：要是她没做过，怎么会有人说，苍蝇不叮无缝的蛋。

初筝的回应，让喜欢她的粉丝纷纷有了底气。

你们说我们家小姐姐被包养了是吧？行啊！你把包养小姐姐的人找出来啊！

“顾总，这事肯定有水军搅和，要不要我这边让人公关一下？”裴宇虽然不是自家老板的经纪人，但是自家老板没有经纪人，他还是得关心一下。

“不用。”她就没被人包养，这群闲得发慌的人能扒出什么来。

还真想花钱给她雇个包养人啊？

然而让初筝没想到的是，还真就有人“花钱”给她“雇”了一个包养者。

长相忆：这不就是你们要的实锤？看看，照片都有，还是这么老的一个男人，啧啧……

仗剑行千里：糟老头子啊，这也太重口味了，要是个帅哥，我还能接受。

忽闻岸上踏歌声：哈哈哈，就顾初筝那出身，不是爬人家床，能有戏拍？别笑死人了。

底下各种不堪入目的评论。

毕竟初筝那些粉丝还没什么凝聚力，这么一冲击，评论区几乎都是骂的人。大家也就是跟风，实则他们可能连事情始末都不清楚。

初筝翻了翻评论，喝着牛奶非常认真地欣赏了一遍照片。

这也太丑了！

【小姐姐，气不气，做任务吗？任务使人心平气和哟！】

初筝摸到桌子上的刀：“我要去做掉这个人！”

能做任务解决的事，为什么要这么暴力呢？咱们和平友好，积极向上不行吗？

王者号苦口婆心地劝住初筝，给她发了任务，让她冷静一下——没时间去做掉别人。

高雪云气色红润，笑得十分灿烂，旁边都是她的小姐妹——俗称跟班。

“你们喜欢什么自己挑吧！算我的。”高雪云今天开心，出手也大方。

“雪云姐今天什么事这么开心？”有人好奇。

高雪云把玩着手里的口红，笑得高深莫测：“有的人，不能走运一辈子。”

几个小姐妹对视几眼，不太懂这是什么意思。

高雪云余光突然扫到外面，她柳眉微蹙，立即起身出去。

“雪云姐姐，你去哪儿啊？”身后小姐们的呼声，都没让高雪云回头。

高雪云见前面的人进了一家店，她站在外面看了一会儿，这才挺直腰板进去。

“高小姐里面请。”

这是一家高端服装店，高雪云是这里的常客，她环着胸，踩着高跟鞋气势凌人地走进去，阴阳怪气道：“你们怎么什么肮脏的人都往里面请，你们可小心点。”

导购乍一听没太听明白，顺着高雪云的视线看过去，立即明白她说的是那个女生。

初筝正拎着一件衣服，递给导购。高雪云直接过去，抢走那件衣服：“包起来，我要了。”

初筝平静地看她一眼，转而拿另外一件。

高雪云再次抢下，扔给导购：“包好。”

初筝拿一件，她就抢一件。初筝捏了下手腕，转身，将架子上的衣服，一气呵成地取下，全部砸在高雪云身上。

“啊……”高雪云突然被砸，衣服罩住视线，慌乱下，脚下一歪，直接摔了下去。

初筝又掀了一堆在她身上，弯腰按着她，不让她起来。

王八指定她到这里来，就知道没什么好事。

那边的导购都被初筝的行为吓蒙了。这什么操作啊？

高雪云眸光喷火，怒吼：“顾初筝你敢这么对我？！放开我，你敢动我一下，我保证你走不出这里。”

“还要吗？”初筝问她。

“顾初筝你放开我。”

“还要不要？”初筝捏着她胳膊。

高雪云感觉自己胳膊都快断了，疼得面容狰狞。

“疼……好疼，放开我……放开我……快拉开这个疯子！！”后面一句话是冲导购吼的。然而初筝浑身都透着“凶悍”两个字，导购哪里敢上前。

“我问你还要不要？”

高雪云疼得不行，又没人帮她，她哪里还敢犟嘴，在一堆衣服中，狼狈地摇头：“不……不要了。”

初筝松开她，蹲下身子，一脸的严肃：“你找人包养我，人怎么没给我送来？”做戏做全套知道不知道？一点也不敬业！

高雪云捂着自己动不了的胳膊，被初筝这句话又吓得一个哆嗦。她……她怎么知道的？这件事能闹到这么大，和高雪云脱不了关系。顾初筝敢抢自己看上的人，得罪自己还这么招摇，这是她活该。

高雪云似乎被吓坏了：“听不懂你在说什么。”

高雪云找了水军，还找顶尖大神做了图，这件事能闹这么大，都是她在背后指使。

她也想找真材实料，可她压根没查到关于这方面的。

网络上的事，不管真的假的，反正说的人多了，就是真的。她只要买好水军，将这件事坐实，那么顾初筝就是被包养的那一个，再用点别的计策，还弄不死顾初筝？

高雪云计划想得好。可她万万没想到，这位计划中的主角，没有按照剧本来，而且还被对方知道了。

谁出卖了自己？

初筝起身，将挂出来的衣服，一气呵成地全部扔到高雪云身上，挥手："结账。"

高雪云看着初筝离开，然后几个黑衣保镖进来，将她和那些衣服一起扔出购物中心。

高雪云狼狈地趴在一堆高档衣服中，接受购物中心人来人往的打量。

她长这么大，大概没这么狼狈过。

顾初筝……抢她的人，现在还这么羞辱她！

高雪云还没想好怎么对付初筝，微博上突然又涌现出一批新话题。

"高家千金夜会情人，疑似有妇之夫"。

"高家千金当小三"。

这些话题将初筝的话题迅速压了下来，登上榜首。

高家是什么家族？有头有脸的大家族，出现这样的丑闻，怎么不丢脸？

高雪云也有点蒙，特别是看见照片的那一刻，她只觉得自己像是看见了鬼。

她记得这个男人……她众多男朋友中的一个，可是他没有老婆，她怎么就当小三了？他在撒谎！

高雪云试图解释，然而人家当事人现身说法，是高雪云利用自己有钱，逼迫他、威胁他，高雪云顿时成为众多网友谩骂对象。

这要是男方自愿，还能说他攀附高雪云，可人家不愿意，高雪云却用钱权压迫。

接着不断有人出来爆料，将高雪云腐败糜烂的生活，曝得精光。包括初筝那件事，也被人爆料，是她在背后操作，初筝立即收获一拨同情粉，成功洗白。

"爸，爸，你快让人把这些东西压下去！那个人说谎，他根本没有老婆。"

高父将一叠资料砸过去，恨铁不成钢地呵斥："人家结婚五年了！孩子都两岁了！"

高雪云看着照片上的孩子，震惊得说不出话，半晌才喃喃一声："怎么可能……"

"爸，你听我说，我不知道，我真的不知道，他骗了我，找他出来，让他澄清！"

高父快要被这个女儿给气死了，那个人接受完采访就被一辆车接走了，之后就没了踪迹，上哪儿去找人？何况现在爆出来的不仅仅是这一件事。

"你还做过些什么？"高父问。

高雪云摇头："没有，爸，我没有。爸，你把这些压下来啊！你一定有办法的。"

说到这件事高父更气，他第一时间让人压住热搜，然而话题的热度还是不断上涨。他花钱压热搜，就有人花钱买热搜。对方压根不在乎钱，这热搜完全压不住。

高父听着高雪云刺耳的吼叫，头疼不已，让人将她关进房间，没他允许不准出来。

凰飞娱乐。

谢舟神色不明地看着最新的热搜。

“高家得罪谁了？”他问。

助理道：“应该是顾初筝，之前有人拍到高雪云被人扔在购物中心外面，我查到一些事，这有照片……”助理将照片给谢舟看，照片中，高雪云被初筝压着打，毫无反抗之力。

“我还查到，之前网上关于顾初筝的负面新闻，应该是高雪云在背后指使。顾初筝这是以牙还牙……”这女人报复得可真是又狠又快，“谢总，这顾初筝来头不小啊！”高家都敢这么得罪，他们还查不到具体的消息。而且她的消息来源也太快了。就算她查到高雪云在背后搞她，她也需要去查高雪云的事吧？然而这才几天，她就弄这么一出，让人心惊。

谢舟关掉页面：“这事静观其变。”

“那顾初筝那边？”

“继续查。”

“是。”助理准备出去，走到一半又折回来，“谢总，漫漫小姐说要准备去试镜《水月镜花》的女二，让我跟您说一声，近期她可能不会过来。”

谢舟皱眉：“把剧本给她。”

助理知道这是什么意思，内定她的角色了。

另一边，初筝躺在太妃椅上，王者号在她脑海里喋喋不休。

【小姐姐你看，你以后好好做任务，不要再想着做掉谁谁，这么暴力，不是一个女孩子该有的样子。】

“我要是能做掉他们，现在哪里有这些麻烦？”初筝表示不听。

心好累，下线了、下线了。王者号默默闭嘴。

初筝晃着椅子，高雪云解决了，那苏酒的事也就解决了，没有高雪云，他总不能还黑化吧？ 接下来就剩下好人卡……

“叮——”

【裴宇】：顾总，苏酒住院了。

初筝接到这条短信，盯着看了将近三十秒，慢吞吞地打字回复。

【顾初筝】：医药费我报。

裴宇那边估计被这几个字给震到了，苏酒有这么好的待遇，难道不是这位来历成谜的顾总看上他了？怎么住院了，反而一点都不担心？

【小姐姐啊。】王者号叹口气，【此刻你应该立即前往医院，进行体贴入微的关心照顾，你怎么能做出拒绝这种事呢？】

想不想要好人卡了？想不想回去了？

初筝心好累。

苏酒拍戏的时候，脚被架子给砸了，此时红肿一片，已经不能走路了。

苏酒坐在床上看剧本，但他一个字都没看进去。漂亮的脸蛋，因为疼痛，此时显得有些苍白。那小模样，更加惹人怜惜。

“顾总，您来了？”

苏酒往门口看去，外面似乎站着人，他立即躺下去闭上眼。

两个人的脚步声从外面传来，裴宇道：“医生说得休养一阵，剧组那边我已经处理好了。他好像睡着了，要我叫醒他吗？”

初筝拿下口罩，团成一团塞进口袋里：“不用了，你去忙吧！”

裴宇点头：“那我先走了。”

初筝拉开椅子坐下，伸手将苏酒手边的剧本抽走，一抬头就对上苏酒湿漉漉的眸子。

苏酒乖顺地笑了下：“我以为你不来。”

他亲自看着裴宇给她发的短信，看见她的回复，苏酒不想承认自己很失望。

他想她来看自己。

苏酒最初被这个念头吓了一跳，他怎么会有这样的想法。可是他不断说服自己，如果她真的对自己另有所图，有的是机会，可她没有对自己做什么不是吗？

也许她和那些人不一样呢？

这是他们在真人秀拍摄后，第一次见面。

初筝将剧本放下：“拍戏注意点。”

“你关心我吗？”苏酒歪了下头，长睫轻颤，在眼睑下，刷出小片的扇形阴影。

初筝双手交叠，放在腿上：“你出事，我会很麻烦。”好人卡不能出事。

苏酒不太理解这句话。

他可以从别人看自己的眼神，分辨出他们对自己的各种念头，但是这个人不行。

她眼神太平静了。

平静得像冻结的死湖，不起波澜，谁也不能成为她眼中的焦点……谁也不能。

苏酒抿了下有些干的唇瓣：“我想喝水。”

初筝伸手拿了旁边的杯子，里面已经没有水，她起身出去，接了水给他。

苏酒喝一口，温热的水刚刚好。他忽然想起来，在拍摄真人秀的时候，她其实很会照顾人，虽然面色冰冷，可总是能将每一个细节都做好。

苏酒喝了几口，将水递给她。

“还要？”

苏酒：“……”放一下啊！这不是常识吗？

苏酒讪讪地收回手，自己有些困难地将杯子放在旁边。

苏酒试探性地又提了几个要求，她看自己的眼神有点冷，但转身就去办了。他更看不懂她到底是个什么意思了，自己对她好像还有点……

初筝等裴宇来了才离开，刚走出病房没多远，身后就是一声娇呵：“顾初筝！”

高雪云从后面冲上来，一把拽住她，将她拦住。即便初筝戴着口罩，高雪云也能一眼认出来。

高雪云穿着病服，脸色看上去挺正常，也不知道哪里生病了。不过此时看她的眼神快要喷火。

“顾初筝，网上的事，是不是你做的？”高雪云恨得牙痒痒，恨不得将面前这个人碎尸万段。

初筝镇定脸：“什么事？”

“什么事你清楚，你跟我装什么？网上那些事，不是你爆出来的？”

“你有证据证明是我做的？”没证据不要乱讲话，我不认的！

网上的爆料可都是“知情人”，跟她有什么关系。

高雪云气得直抖：“你敢做不敢认？”

初筝严肃脸：“不是我。”

“你……”

高雪云气急，直接扬手要打她。初筝身子一侧，高雪云巴掌落空。初筝往后一挪，抬脚踹在她屁股上，高雪云啪叽一下，扑在墙上。高雪云扭过头，恶狠狠地瞪着她。

初筝准备再补一脚，结果高雪云双眼一翻，直接晕了过去。

初筝一愣，大庭广众，碰瓷啊！

初筝迅速离开医院，她是后来才从裴宇那里听说，高雪云精神受创，受不得刺激。网上闹得沸沸扬扬，高家压不下这热度，没过几天，高雪云就被高家送走，出国避风头。

半个月后，《凰妃倾城》大结局，明星大挑战开播，还带着热度的初筝，也瞬间成为焦点。

夕阳斜：这不就是那个被人包养的顾某某？

凝露不暇晞：去你的包养，女神都发话了，让你们这些造谣的，拿出证据来。

月影徘徊：不都有照片了？怎么还不是证据？你们这些脑残粉真是搞笑！

尺素书：那件事是高雪云做的，跟我们女神有什么关系，你们别在这里瞎说！

高雪云的事还没过去，大家都是吃瓜群众，大多数人都知道。而那些不知道的，也迅速被知情地安利了这个瓜。高雪云花钱做图，买水军，往死里黑初筝。

清浅白云微：我女神出来了！

凝露不暇晞：好帅啊！我女神果然是个高冷女神啊！

无计花间住：咦，那个小哥哥好可爱！好像是之前某部青春剧的男主吧？

解落三秋叶：我之前有个同学很喜欢他，但他好像就拍了那一部戏。

尽水茫茫：小哥哥和我女神一组，高冷和软萌，这对CP好萌啊！节目组良心了啊！

空谷无人：哈哈哈他们都不互动的吗？不过画面莫名和谐耶，一点也不尴尬。

白水黄沙：噗，千万豪车……女神是真有钱啊！哈哈哈摄影师都吓得抖了。

山枕斜欹：女神是富二代吧？之前还被造谣，哪个被包养的能随随便便花掉千万？

修竹萧萧晚：只有我觉得这是广告植入吗？

绿杨风急：不可能，节目组的广告植入非常直白，这绝对不是广告植入，你看摄影师拍摄的时候，画面都抖了，明显是被吓的，销售员被吓到的表情也很真实。

节目在播放到初筝买车的时候，立即被刷屏。有人提出广告植入，立即被各种大佬科普一番。从每个人的反应到画面，有理有据地证明——这不是广告。

后面进村找住处，苏酒一个人找到住处，跑回来邀功，瞬间戳中不少观众的少女心。

望乡：不行，我少女心要炸了！女神抢走苏酒东西的动作超帅！

不逢人：苏酒小可怜，看着好心疼，不过有我女神照顾，超宠啊！

星落画檐：霸道顾总你好！请问缺小可爱吗？不要钱的那种。

初筝小姐姐的小甜甜：满屏都是狗粮，呜呜呜，女神怎么可以这么苏。

初筝帮苏酒干活，获取装备。这里就连苏酒自己看，都觉得她很帅。

这一期大火，就连节目组都没想到。不过火的是初筝和苏酒，另外几组，除了自带粉丝流量的谢舟，其余人几乎都没什么存在感。

渔阳归：其实谢影帝也很宠柳漫漫，不过比起顾总和苏酒这一对，感觉少了一点什么。

华春梦：我也这么觉得，看谢舟和柳漫漫互动，总觉得没有看顾总和苏可爱有感觉。

苏酒被“苏可爱”那个称呼给吓到了，直接合上电脑。

从画面里跳到画面外看，才发现自己和她互动其实不少，而且此时再看，似乎每一件事都能撩动他的心弦。

苏酒平复下心中的波澜，再次打开电脑，继续看下去。画面里的女生和真人几乎没有区别，面容冷淡，给人的感觉也很冷淡，靠近她似乎都能感觉到凉意。

“苏酒……”

“啪——”

裴宇站在门口，古怪地看着苏酒的行为：“你做什么呢？”

苏酒笑了一下：“宇哥，没事呀！”

裴宇狐疑地走进来：“网上的新闻你看了吧？”

苏酒脸色红了一下，点头：“嗯。”

“我想问一下你，是愿意拍戏，还是先接几个综艺节目，保持热度？”

苏酒愣了下，他现在火了，但这个热度如果不保持，很快就会消失。

就像当初他那部剧……

“我……拍戏。”苏酒说完更坚定。他是为了这个理想进的娱乐圈，而不是为了红。

“好，那我给你安排。”裴宇毫不迟疑地点了下头，尊重苏酒的选择。

“宇哥。”

“还有什么事？”

“我……那个……”苏酒纠结，“网上炒得那么厉害，会不会给顾总带去麻烦？”

他们两个人现在几乎被认定为荧屏情侣，这种事利弊都有。

不过他更担心的是初筝那边。

裴宇想了一下才回答：“顾总没交代什么，应该不会有什么麻烦。”

苏酒垂下头。

她什么都没表示吗？

苏酒出院后开始了新的拍摄，他现在虽然没有新作品，但热度一直没有降低。

“苏酒，喝水吗？”年轻貌美的女演员，笑着将饮料递给他。

苏酒一脸乖巧地接下：“谢谢。”

女演员立即露出更灿烂的笑容：“没事，不用谢。”

“宇哥叫我，我先过去了。”苏酒找个借口离开。

“欸，苏酒……”

苏酒快速离开女演员的视线范围，在所有人都看不见的时候，将那瓶饮料扔了。

“苏酒，在这儿干什么？”裴宇过来找人，“顾总在外面等你呢，你出去吧。”

“顾总？”苏酒愣了一下，“我一会儿还有戏……”

“没事，我给剧组里说，你去吧！”

苏酒换下身上的衣服，出了剧组。他站在门口张望，外面停着不少车，他记忆中的那辆车没有……

苏酒正想问裴宇是哪辆车，一辆车开了过来，停在他身边。车窗落下，露出女生冷淡的眉眼：“上车。”

苏酒坐上车，乖巧地问：“顾总，找我有事吗？”

初筝目光在他柔软的发梢停留几秒，想摸……想摸、想摸、想摸、想摸！！

“顾总？”苏酒疑惑地歪了歪头。

初筝镇定地移开视线，摸出一张请柬给他。苏酒打开看了看，是拍卖会的请柬……要他去？

显然初筝并不是来征询他的意见，因为时间就是今天，距离开始不到两个小时。

“喝水。”带着些许热度的奶茶贴着他手背，此时天气转凉，温热的奶茶正合适。

苏酒下意识地接下，双手捧着奶茶杯子。

车子启动，在马路上穿梭，他看着外面疾驰的车辆，靠着座椅，慢慢地放松了身体。

苏酒余光瞄向身边的人，她其实长得很好看，就是有点冷，不过网络上已经从叫她女神改为顾总……

初筝侧目，两人视线撞上，苏酒慌张地低头，下意识地喝了一口奶茶。奶茶的浓香在口腔里散开，苏酒想吐出来已经来不及，他顿了几秒，将奶茶咽了下去。

“不喜欢可以不喝。”初筝看出苏酒的勉强。

苏酒身体微僵，扯出一个笑容：“没有……不喜欢。”

自从那件事后，他不敢随便喝别人给的东西。

初筝沉默不语，认真地开着车。苏酒咬着吸管，一杯奶茶慢慢地见了底。

初筝将车停在一家店前，苏酒往外面看了看，没敢吭声。

“下车。”初筝将口罩给他。

苏酒戴上口罩，推开车门下去，他绕过车子走到初筝那边，上台阶的时候不知怎么脚下一滑。初筝正好站在他旁边，苏酒直接撞到她身上，初筝扶住他：“小心点。”

苏酒脸色微红地退开：“对不起。”

初筝带苏酒进了店，就在他们进去后，一个人从转角处出来。

等初筝和苏酒离开店，网上的新闻已经漫天飞。

“顾初筝和苏酒疑似交往”。

配图正好就是初筝扶着苏酒那张，从照片的角度上看，两人的姿势更显得亲密一些。

十年间：顾总裁真的和苏可爱在一起了？

水流无限：我觉得他们 CP 感很强啊，高冷总裁和软萌小可爱，好萌啊！

苏可爱最棒：别瞎说！我们苏可爱怎么会谈恋爱？绝对不可能！这绝对是炒作！

落松花：支持顾总和苏可爱在一起！

筝姐威武：我不同意，筝姐是我们大家的！

苏酒接到剧组一个人发来的消息，翻着消息，脸色微微泛着红晕。这些评论有好有坏，好的恨不得他们立即领证结婚，坏的恨不得给他们泼几盆脏水。

“顾总……”苏酒叫一声，“刚才我们被偷拍了……”

“嗯。”被拍不是很正常吗？有什么好大惊小怪的。

正巧裴宇的电话过来，苏酒立即接通电话。裴宇在电话里问他怎么回事，苏酒只能老实回答，裴宇挂了电话，转头又给初筝打。

“顾总，这事您看怎么处理？需要我马上澄清一下吗？”之前那些谣言就是谣言，现在这都拍到两个人了……

苏酒听不见裴宇说什么，只能听到初筝说话。

他不想和她扯上关系，可这是不可能的，他现在的一切都是她给的。

可她要是澄清……苏酒抬手摸了摸胸口，又觉得有些难受。

苏酒此时很矛盾，不知道自己怎么了。仿佛陷入一个奇怪的怪圈，怎么也走不出来。

“苏酒？”

苏酒回过神，对上初筝淡漠的眸子，他视线一扫四周，发现车子已经停下了。刚才她和裴宇说了什么？苏酒发现自己竟然走神没听到……

拍卖的地方已经到了，初筝带着苏酒进去。

“谢总，好久不见，最近怎么样啊？”

初筝回头看去，谢舟带着柳漫漫，和他说话的是一个带着女伴的中年男人。

谢舟比柳漫漫还先看见初筝，他抬脚往初筝这边走过来。

随着谢舟的动作，柳漫漫这才看见初筝，柳眉顿时一皱，眼底露出些许恨意。

她怎么也在这里？

“谢总，您看我上次和你说的事，您考虑得怎么样？我们公司前景还是不错，您看……”男人一副讨好的模样，见初筝和苏酒站在门口，没有让开的意思，赶紧快走两步，想用手推开苏酒，腾出通道。

男人手还没碰到苏酒，突然被人扼住，男人顿时倒抽一口气。

“你做什么？”男人低呵一声，“松开！”

“你做什么？”初筝反问。

男人往谢舟的方向看一眼，赶紧道：“没看见谢总来了吗？你还站在这里挡着做什么？”谢舟可不仅仅是在娱乐圈有地位，整个商界都有地位，给他让路很正常。

“没看见。”初筝理直气壮。

男人气得胃疼，他转念一想，这女人是不是故意的？想引起谢总的注意？现在这些女人，为了上位，什么事都干得出来。

不过她好像有点面熟……

初筝和男人的交流也不过瞬息间的事，谢舟出声：“顾总，一起进去？”

男人错愕，什么顾总？

“不熟，不要。”初筝拉着苏酒离开。

谢舟目光深幽地看着初筝的背影。男人则是满脸疑惑，那女人什么来头？谢舟竟然叫她顾总？哪个顾总？他怎么不认识？

柳漫漫神色不明，她垂下头，用刘海挡住自己的表情。唯有垂在身侧紧握的手，出卖了她内心的不平静。

谢舟带着她进场，男人忐忑地跟上去，满脑子都是谢舟那一声“顾总”。进去之后，男人一眼就在最前方看见刚才那个女生。坐在第一排的位置，这……

“星耀娱乐怎么换总裁了？”

“啊，我一点风声都没听见，那个女生不就是最近很火的那个叫、叫顾初筝的吗？”

“我知道她，还说是被人包养了……”

“不是吧，我怎么听说这事是高家那个诬陷她的？也不知道高雪云跟她什么仇。”

“星耀总裁能被人包养？开什么玩笑，这得多大的手笔。”

四周细细碎碎的讨论声，落在男人和柳漫漫耳中，格外刺耳。

总裁……星耀娱乐的总裁……

男人抹了一把冷汗，刚才谢舟叫她顾总，那就是早就知道……

“谢总，她真的是星耀的总裁吗？”柳漫漫抱着谢舟胳膊，露出好奇的神色。

“嗯。”

得到肯定的答案，柳漫漫脸色难看。她怎么会是星耀的总裁呢？难道以前自己对她的了解，都是她骗自己的吗？

窃窃私语声并不影响初筝，仿佛四周发生的事，都和她没关系。

拍卖会开始，这些声音才小下去。

这场拍卖会听说有不少好东西，初筝翻着进场拿到的册子，上面是即将拍卖的拍卖品。但最后三件，都被打了问号。今天这么多人聚集在这里，估计都是为了这三件东西。初筝对这些不感兴趣，要不是王八发任务，她才不来。

“一会儿喜欢什么，自己拍。”初筝将牌子丢给苏酒。

苏酒：“……”这场景，跟电视剧里的偶像剧似的。可问题是……他是个男的！

为什么她说出这种话，一点也不觉得违和？

苏酒哪里敢举牌子，再则这些东西，对于他来说都是身外之物，他进娱乐圈从来就不是为赚钱。苏酒低着头，无聊地反复转着牌子。

“举。”苏酒突然听见初筝的声音，他愣住没有动，下一秒手腕被人握住，牌子举了起来。苏酒往台上看去，是一副价值三百万的画……她喜欢这个？

初筝这边举牌，柳漫漫也跟着举了。一开始还有人跟，但渐渐就没人跟了，只剩下初筝和柳漫漫，价格一路飙升。

柳漫漫是跟谢舟来的，她敢这么做，肯定是谢舟示意。谢舟身边女人其实不少，为女人一掷千金，也不是什么新鲜事。只是这星耀娱乐新上任的总裁……也这么财大气粗？

“九百万！”柳漫漫的声音突然响起。

初筝往柳漫漫那边看去，柳漫漫挑衅地勾了下嘴角。

“顾总，九百万有些不划算……”苏酒提醒她。这幅画底价就三百万而已。

初筝握着他的手，再次举牌：“一千万。”

场中哗然，这是到目前为止，最高的价格了。

众人看向柳漫漫，然而柳漫漫并没有再举牌的意思。一时间大家都有些同情初筝，这是被坑了？

苏酒拉着初筝的手，双手握住：“顾总，柳漫漫故意激你……”

“我知道。”我要不要给她发个锦旗，感谢她这么乐于助人。

“你知道怎么还……”

“有钱。”

坐在初筝四周的人纷纷汗颜。

有钱了不起啊！这是哪家的千金小姐！

苏酒目光落在他握着初筝的手上，刚才没注意，此时反应过来，手指似乎都僵住了。手指下细腻温暖的触感，让苏酒竟然有些舍不得松开。他咽了咽口水，瞄初筝一眼，初筝突然抬起另外一只手，在他脑袋上揉了两下。

苏酒耳根子忽地红了，幸好光线暗淡看不见。

这么一弄，苏酒也忘了松开初筝的手。

接下来初筝只要举牌，柳漫漫必定会跟上，将价格抬高后，最后放弃。初筝照单全收，并非常感谢柳漫漫帮自己完成任务。

坐得远的都以为初筝是个容易被激的人，然而坐得近的人都知道，人家压根什么都明白，钱多而已。

【恭喜小姐姐任务完成，五千万奖励已到账。】王者号欢快的声音响起，【小姐姐好棒！】

初筝回给王者号一声冷笑。

都夸她了，怎么还不高兴呀！小姐姐怎么这么难伺候，抱紧自己瑟瑟发抖。

最后三件神秘拍卖品，不少人都打起精神。谢舟明显也是为了最后这三件拍卖品来的，柳漫漫每次举牌都要看他，谢舟点头之后她才动作。

最后一件拍卖品价格一路飙升，已经突破两千万。而且好几个人没有放弃，个个都势在必得的样子。也有不少人关注初筝，不知道这位钱多的星耀新任总裁，会不会也加入。

“两千五百万一次。”

“三千万。”苏酒举牌，清澈的声音传遍整个会场。

“三千两百万！”柳漫漫跟上。

“四千万。”苏酒声音都有些颤抖，这叫得也太离谱了。

别人都是按照最低价加，她这上来就直接按千万加……柳漫漫咬牙，心中愤怒和怨恨交织，自作主张：“四千两百万。”

苏酒迟疑地看初筝，初筝示意他继续：“五千万！”

谢舟拉了下柳漫漫，想让她别再跟了，但柳漫漫快他一步喊出来：“六千万。”

她叫完就不打算跟了，因为之前的事，她觉得初筝一定会继续。

然而她等了半天，初筝那边再也没有动静。

柳漫漫这才慌了神。

“六千万一次。”

“六千万两次。”

“六千万成交！”

柳漫漫眸子微微瞪大，脸上血色尽失，她怎么不跟了？之前她不每次都跟的吗？

“谢总……我……”

最后一件已经拍完，主持人说了几句后便散场。谢舟沉着脸，起身离开。

“谢总。”柳漫漫焦急地追上去，“你听我解释。”

初筝在后台撞上谢舟。柳漫漫面色焦急地跟在谢舟身边，想说话又不敢。柳漫漫瞥见初筝过来，眸底顿时涌出一阵恨意，都是这个女人！

“顾初筝，你故意的！”柳漫漫瞬间哭得梨花带雨，并质问初筝。

刚才不是还好好的吗？怎么突然就哭上了！生活都需要演技无缝衔接了吗？

初筝平静回答：“价高者得，你有钱。”

“你有钱”三个字像针扎在柳漫漫的心底，她哪里有钱，钱都是谢舟的。

六千万啊……不是六十万！也不是六百万！

“你就是故意跟我抬价，你为什么要这么害我？”这件事不能她自己来背，她好不容易找到谢舟这么一个男人，怎么能被这个女人破坏掉。

初筝一脸的认真严肃：“我有吗？”

柳漫漫气得脸色通红：“你不是故意跟我抬价，为什么喊那么高？”

“我有钱没处花不行？”

柳漫漫噎了下，就连那边沉默的谢舟都多看了初筝一眼。

有钱没处花……这个理由真的是让人无法反驳。

柳漫漫捏着拳头，若不是谢舟还在这里，她心底的怒火几乎要压不住。

初筝绕过她，柳漫漫欲拦，初筝抬手，柳漫漫不知想到什么，唰地收回手，后退好几步，脸色苍白地看着她。初筝手指落在额前的碎发上，帅气地拨了两下。

柳漫漫手心里全是冷汗，刚才那瞬间，她感觉到刺骨的冷意。

“谢……”谢舟没有等柳漫漫，柳漫漫顾不上想刚才那感觉是怎么回事，跌跌撞撞地追着谢舟离开。

初筝办好手续，交完钱，拿着东西回到车上。

“送你。”初筝将所有东西，一股脑地给了苏酒。

抱着价值几千万东西的苏酒：“……”

“这些东西太贵重。”苏酒还给初筝，“我不能要。”

这些东西价值那么高，他收下之后，她会怎么对自己？绝对不能收！

“扔了吧！”那么多，她拿回去得多麻烦。

初筝不似开玩笑，苏酒哪里敢扔，抱着那堆东西一动不动，生怕不小心给弄坏了。

直到初筝将他送到公寓，苏酒才动了下有些僵硬的脖子，他转头：“顾总。”

初筝握着方向盘：“嗯？”

“你想从我身上得到什么？”苏酒目光直勾勾地看着她。

初筝侧目：“想让你觉得我是一个好人。”

苏酒眉头微蹙：“为什么呢？”

初筝：“为了不倒带重来。”

“什么？”苏酒只看见初筝嘴唇动了，但是并没有听见声音。

【警告：小姐姐不能说出关于你和本系统的事，下次会有惩罚的哟，小姐姐。】王者号那语气，似乎十分期待她犯错。

初筝握紧方向盘，心底对着王者号就是一阵亲切问候，面上却不显：“没什么，上去吧！”

苏酒往窗外看看，突然倾身过去，手掌抚上初筝的脸颊，带着些凉意的吻落在她的唇瓣上。

苏酒身上的东西稀里哗啦地掉落，他一只手握着初筝的手腕，几乎是将她半压在座椅里。初筝眸子平静无波地看着他，在苏酒舌尖探出，扫过她唇瓣的瞬间，苏酒身体猛地往后，白皙的脖子上，被一双手掐住。微乱炽热的呼吸，打在初筝手背上。

两人僵持着没动。

半晌，苏酒仰着头，脸上露出乖巧的笑意："顾总，你弄疼我了。"

初筝盯着他几秒，慢慢松开手。苏酒脖子上被压出红痕，他摸了摸脖子，推开车门下去："顾总晚安。"

"站住。"

苏酒僵了下，眼底掠过一缕暗芒，转身的瞬间露出笑容，乖巧又温顺："顾总？"

"东西，拿走。"

苏酒看看散落在副驾驶上的东西，沉默地将东西拿走。他快速回到公寓，开门的时候，手都在哆嗦，直到进了门，关上房门，心底微微一松。

苏酒背抵着门喘气，手里的东西掉在地上，发出轻微的声响。他缓慢地滑坐到地上，双臂抱着膝盖，脸埋在臂弯里，只露出一双黑沉沉的眸子。

客厅里窗纱飞舞，月色清冷寂静。挂在墙上的钟嘀嗒嘀嗒地走着。他此时能听见自己不规律的心跳声，怦怦怦……每一声都那么清晰。

苏酒不知道坐了多久。许久后，他才摸出手机，通讯录上，第一眼便是那个人。

他顿了一会儿，手指下滑，找到裴宇。

【苏酒】：宇哥，我能要一下顾总最近的行程吗？

【裴宇】：你要这个做什么？

【苏酒】：之前顾总帮了我很多，我想谢谢她。

【裴宇】：顾总的行程公司这边都不负责，顾总也没有助理……不过我可以帮你问一下。

【苏酒】：谢谢宇哥。

苏酒关掉手机，起身将地上的东西捡起来，全部拿进卧室，一件一件的放好。

"顾初筝……"苏酒呢喃一声，在黑暗冷清的环境下，有些瘆人。

【主线任务：请在三天内，成为《水月镜花》投资方。】

这个剧组就是柳漫漫带资进组，再次抢走原主角色的那个剧组。不久前这部剧的导演还联系过初筝，希望她出演女主。

和原主记忆中虽然有些差别，但大致走向差不多。这部剧是年度大制作，本就不缺投资，加上柳漫漫带资进组，就更不缺钱。

就算砸钱也没什么用呀！破系统又在搞自己！

三天时间，她成为投资方？一个不缺钱的剧组，怎么成为投资方？靠打吗？

【小、小姐姐……】

初筝不想和王者号交流，选择漠视它。

花钱怎么就那么难呢！

初筝想了下，找到《水月镜花》这部剧的投资人，果然去做掉他是最佳选择！

最后还是要靠武力！

【小姐姐我们是正经系统，不干这种事的好吗？我们只需要安安静静地做个任务就行了！！】为什么要这么暴力啊！王者号抓狂！

“一会儿我过去，你们准备好文件。”初筝从电梯出来，面前被人挡住，她往旁边走，那人也跟着挪到旁边。

初筝抬眸。

“顾总。”苏酒轻软地叫一声。

初筝往他身后看去，只有他一个人：“你在这里做什么？”

苏酒双手放在身后，身体微微倾斜向初筝那边，嘴角上扬：“等顾总。”

初筝十分冷漠：“等我干吗？”

苏酒歪了头，柔软的碎发随着他的动作垂落到一边：“之前顾总救过我，我想谢谢顾总，请顾总吃饭可以吗？”

“没空。”初筝拒绝得非常迅速。

“可是顾总不是想让我觉得你是一个好人吗？你都不肯和我吃饭，我怎么会觉得顾总是一个好人呢？”

初筝对上苏酒的视线，苏酒笑容更灿烂，眸子清澈，十分无害的模样。

不知道是不是她的错觉……总觉得好像有点不一样了，又精分了？

【小姐姐机不可失！好人卡在向你招手！】王者号非常迅速地怂恿。

“顾总，可以吗？”苏酒又问一声。

初筝点头：“我现在有事。”

“我今天没事，如果不妨碍你的话，可以和顾总一起。”苏酒立即接话，“我可以等你忙完。”

初筝想了下，同意了他的建议。

坐上车，苏酒不时偷瞄初筝，那天发生的事她好像一点也不在意。就像她并不在意，这四周发生了什么……

初筝去办事的时候，苏酒就在车上等着。初筝有一阵没回来，苏酒想下车，结果发现车被锁了。

苏酒：“……”

苏酒又等了一会儿，摸出手机给初筝发短信。

【苏酒】：你什么时候回来？

【初筝】：？

【苏酒】：你把车门锁了，我……想上厕所。

苏酒微微抿着唇，脸颊有些烫。初筝没再回复他，苏酒盯着手机，就在他以为自己会憋死的时候，车门“咔”的一声解锁。

初筝拉开车门，站在车外看着他。

“顾总，我快憋不住了。”苏酒脸蛋微红，表情格外无辜。

事儿多，想做掉！

初筝深呼吸，让开。苏酒戴上口罩，下车找到公共洗手间，等他回来，看见初筝靠着车，站在原地。有不少人围在她四周，似乎认出她了，隐约能听见兴奋的尖叫声。不过没有人上前，仿佛畏惧她身上的气场一般。

苏酒回来，立即有人发现。

“那是苏酒吗？”

“应该是……所以他们真的在交往啊？”

苏酒小跑到初筝跟前，初筝拉开车门，他立即钻进车里，初筝将车子换了个地方停。

初筝准备离开，苏酒拉住她：“能别锁车门吗？”

“嗯。”

初筝下车，苏酒就听见车门锁住的声音，他嘴角抽搐一下，透过车窗，看着初筝离开的背影。

这次初筝倒是回来得快，苏酒将手机给她看：“顾总，我们又上热搜了。”

刚才他们被人拍到，这么一会儿，又挂上了热搜。

初筝冷淡地扫了一眼，一言不发地启动车子。

苏酒小心观察一会儿：“顾总，你要是不想他们乱说，可以澄清。”

“你很吵。”

苏酒抿唇闭嘴，所以她不打算澄清了？

“去哪儿吃？”车子开了一段距离，初筝才问苏酒。

苏酒报上一个地址。这是一家私密性很高的店，苏酒已经订了位置，从地下车库，可以直接到订好的楼层。

苏酒进了包厢就取下口罩，想替初筝拉开椅子，反而被初筝抢了先，她自己拉开椅子，坐了下去。苏酒收回手，坐到她旁边，还特意将椅子挪得近一些：“顾总，你一直这样吗？”

“怎样？”

就这么不解风情，这话苏酒没敢说出来，他笑着摇头：“没什么，顾总这样很好。”如果她变得和其他女人一样……苏酒觉得自己此时可能不会这么和她坐在一起吃饭。

苏酒点菜的时候，旁边的服务员一直瞄初筝，眸子里仿佛透着光。

苏酒嘴角的笑容敛了几分，当着服务员的面贴近初筝：“你想吃什么？”

“都可以。”

“你点一个嘛。”苏酒将菜单推过去，期待地看着她。

初筝随手点了一个，苏酒似乎很开心，将菜单递给服务员，服务员依依不舍地退出房间。

出了门，服务员抱着菜单蹦了起来。她竟然看见了女神！好开心！！

“你们知道我刚才看见谁了吗？”服务员一路狂奔回去，拉着同事分享。

那同事很淡定：“哪个明星？”他们这里因为私密性高，菜品也好，来这里的明星、高官、富豪不在少数，看见谁都不奇怪。

“初筝女神！好开心！”

“她一个人啊？”

“不是……”服务员摇头，“和苏酒一起，苏酒好可爱，他们真的在交往！”

“你怎么知道？”

“我看见的呀！”那么有爱的画面，一定是在交往！

菜上完之后，苏酒开了红酒，他倒好递给初筝：“顾总，我敬你一杯，谢谢你上次救我。”

初筝认真脸：“不客气。”

苏酒微张着唇，看着初筝喝完酒，他笑了下，仰头喝完那杯酒。他继续倒酒：“这一杯谢谢顾总最近对我的照顾。”

“嗯。”

苏酒连敬三杯酒，初筝面不改色，跟喝水似的，苏酒内心复杂，默默地放下了酒杯。他咬着筷子，看着初筝吃东西。

“你看我能看饱？”

苏酒唔一声，乖巧地回答：“顾总秀色可餐。”

初筝侧目，他想干什么？难不成想对她这个小可爱下手了？之前他虽然表现得温顺乖巧，可骨子里十分警惕，然而今天很不一样。

初筝：“你想做什么？”

苏酒歪头，嗓音清澈：“顾总，我只是想谢谢你，不想做什么。”

初筝目光落在他发顶，淡淡地开口：“最好是。”

苏酒：“顾总以为我想做什么？”

初筝：“我什么都没想。”就算我想了，会告诉你？

苏酒算是明白了，不但和她交流有些困难，套她的话也很困难。

吃完饭，初筝送苏酒回去，到苏酒公寓底下的时候，发现公寓外面全是记者。绕到另一边，结果也是记者。这个公寓里面住了不少明星，这些人不知道来堵谁，这么大的阵势。

不过苏酒要是出去了，那肯定跑不掉。最近他和初筝的事闹得沸沸扬扬，记者看见他，还不跟狗看见肉一样。

初筝要下车，被苏酒拽住：“顾总，你就这么下去？”

“不然？换身衣服？”初筝看看自己身上的衣服，没什么问题。

苏酒无奈，换身衣服就更完了。

“顾总，外面都是记者，这些记者不好打发的。”苏酒睫毛颤了颤，“我们还是等等吧。”

初筝往外面看去，这点人分分钟就能做掉，等什么等！

苏酒拉着初筝不放，神情间有些祈求。初筝收回放在车门上的手，将自己胳膊抽回来，双手交叉放在身前，神色淡淡地看着记者那边。

苏酒撑着下巴，脸上带着乖巧温顺的笑容，目不转睛地盯着初筝。

三个小时后，记者还蹲在公寓外面。

苏酒小声道：“顾总，今天肯定进不去了，不如顾总收留我一下？”

“凭什么？”初筝睨他一眼。

苏酒有些愣，几秒后慢吞吞地回答：“顾总不是我老板吗？”

我是你老板又不是你妈！凭什么收留你！

苏酒眨巴下眼，黑沉如墨的眸子，仿佛有星光洒在里面，碎光粼粼：“顾总要是收留我，说不定我会觉得顾总是一个好人呢！”

初筝沉默一分钟，启动车子离开公寓。

苏酒嘴角上扬，低头删掉了一条手机短信，垂落的碎发挡住他眸底蕴着的那丝狡黠。

初筝换了住处，此时住的是别墅区，房子大得有点离谱，不过里面很空，像是刚装修好的，透着冷清和死寂。

像她这个人一样。

“顾总一个人住？”

“嗯。”

“这么大，顾总不觉得冷清吗？”苏酒好奇。

“还好。”

初筝让苏酒自己挑房间，想睡哪间就睡哪间，苏酒指着一扇和别的门不太一样的房间。那是主卧，初筝只点点头，进了旁边的房间。

苏酒呆住，就这么把他扔下了？

苏酒推开主卧的门进去，里面的东西稍微多一点，一看就是有人住过的。

苏酒将房间打量一遍，桌面上放着剧本，他手指在剧本上滑过，又缓慢地抬起手，放在自己胸前，指尖轻压下去。

初筝回房和她的收购团队讨论了一下今天的事，随后洗漱上床睡觉。

“轰隆——”

雷鸣阵阵，闪电划破黑夜，将房间照亮。初筝翻个身，模糊间看见房间立着个人影，她噌地坐起来，妈呀，这是什么鬼！

就在她坐起来的瞬间，那边的人影突然扑过来。初筝下意识地掐住对方脖子，反压在床上。

“顾……总？”熟悉的声音传来。

借着闪电的光，初筝看清被她掐着脖子的人，苍白着一张脸，眸子里似有雾气弥漫。

“你干什么？”大半夜不睡觉，跑我房间来做什么？想吓死我吗？好心收留你，竟然这么回报我！

苏酒指了指自己的脖子，初筝力道松了松，最后收回手，顺手开了灯。

苏酒却一把抱住初筝，身体似乎都在发颤：“顾总，我害怕。”

“哦，我不怕。”打个雷而已，有什么好怕的。

初筝拽他胳膊，但苏酒抱得格外紧，怎么都拽不开。外面雷声越发大起来，苏酒颤抖得更厉害，初筝瞧他侧脸，苍白得吓人，不像是装的。

苏酒闷闷的声音响起：“顾总，我能和你一起睡吗？”

“不能。”

“……可是我害怕。”

初筝忍了忍：“睡地上。”

苏酒没敢再得寸进尺，点了点头，初筝让他放开自己，给他在地上铺好被子，将他塞进去。

苏酒缩成一团，见初筝打算关灯，他立即出声：“顾总，能不关灯吗？”

初筝烦躁，事怎么那么多。

滋滋滋——房间的光突然暗下去。初筝往窗外看去，远处一片漆黑，一点光都看不见，停电了？打这么大的雷，停电也正常。这可不是她关的。

初筝正想睡觉，地上的人爬了起来，直接钻进她被子里，死死地抱着她。

初筝：“……”能做掉他吗？

【如果小姐姐想倒带重来一次，我没有意见哟！】

谁想倒带重来。

初筝闭上眼在心底默数三声，然后躺下去，任由苏酒八爪鱼似的抱着自己。

初筝手指摸到苏酒柔软的发梢，心情稍微好一点。嗯……送上门不摸白不摸。她小心地捻了捻，苏酒没什么反应，初筝大胆地薅了好几下。

苏酒一愣，她把自己当什么了？他都投怀送抱了，她一点反应都没有，还按着他脑袋摸，什么意思啊？

苏酒感觉放在自己脑袋上的手渐渐失去力道，他小心地抬头。

微弱的光线下，只能看见女生的轮廓。苏酒屏息等了片刻，伸出手，小心地碰了碰她脸颊，比他想象中的更软更滑，像绸缎一般。

苏酒手指小心地挪动，然而下一秒就被人捏住，耳边响起一声呢喃：“别闹。”

苏酒心跳瞬间加速，女生只是揉了揉他脑袋，然后就没了动静。

她把自己当猫了吗！

苏酒鼓了鼓腮帮子，倒没敢再动，怕把她吵醒了。耳边是她沉稳平缓的心跳声，苏酒第一次感觉四肢都是暖洋洋的。

他一直一个人生活，从小到大……后来进入娱乐圈，不管做什么，他也是一个人。

因为他不想和人交朋友。

所以他受到了排挤、刁难，这些没什么，只要他能演戏，做他喜欢的。

可是有一天，连他最喜欢的事，都被人剥夺。

可他没有能力反抗，他只是一个普通人，无权无势，他挣扎过、反抗过，可是没用。

在他觉得这个世界上的人都是如此的时候，她出现了。

他一度怀疑她对自己另有目的，可不管他怎么试探，她对自己好像都没有任何想法。

苏酒手指小心地从初筝指缝间挤进去，十指相扣。

顾初筝，是你先出现在我面前的。

第八章

我们交往吧

阳光从窗外倾斜进来，天边似有彩虹。初筝侧着头看了一会儿，撑着床坐起来。

她往旁边看一眼，有睡过的痕迹，但没有人。

“顾总，你醒了。”苏酒在门外探进来半个身子，笑容十分乖巧，“我做了早餐，你收拾好下来吃吧！”

说完，苏酒就退了出去。

初筝换好衣服下楼，餐厅的桌子上摆着精致的早餐，还多了一束鲜花。

“你做的？”

“嗯。”苏酒点头，眸子亮晶晶的，“不知道顾总吃不吃得习惯，要是不喜欢，顾总告诉我喜欢吃什么，我去学。”

“没什么特别喜欢的。”初筝道，“对我来说……”

她顿住，似乎察觉自己说得太多，沉默地开始吃早餐。

苏酒眨巴下眼，没有追问：“顾总，昨晚给你添麻烦了。”

“嗯，知道就好。”

苏酒差点一口气没上来。

“所以你现在觉得我是一个好人了吗？”初筝问。

苏酒嘴角抽搐了一下：“顾总，好人不会这么问别人。”

初筝若有所思，继续吃早餐。

中途裴宇给苏酒打了电话，提醒他今天的行程安排，最后问他在哪里，他过来接他。苏酒回答的时候看了看初筝，见初筝没反对，报了初筝这里的地址。

他们吃好早餐，裴宇正好到了，打电话让苏酒出去。

“顾总，那我先走了。”

初筝摆摆手，麻烦精赶紧走吧！

苏酒走了两步，又倒回来，在初筝平静的视线下，在她脸上亲了一下：“我会想你的，顾总。”

初筝眉头微不可察地轻蹙。苏酒一溜烟地出了别墅，坐进裴宇的车。

裴宇瞅他两眼，欲言又止，最后还是出声：“苏酒，你和顾总……”

“宇哥，我知道分寸的。”苏酒乖巧地回答。

“那就好。”裴宇转而笑道，“不过顾总要是喜欢你，你们真的交往也没什么。”

他在这个圈子看过不少人，说实话，像他老板这样的，还真没见过。给一个男艺人如此好的待遇，对这位男艺人似乎又没有任何想法。

“她不喜欢我。”苏酒从后视镜看着越来越远的别墅，低声道，“至少现在不喜欢。”

一个月后。

“漫漫，我有件事想和你说。”经纪人在电话里吞吞吐吐。

“什么事啊？”柳漫漫疑惑。

“你听完别急啊！”经纪人道，“剧组那边突然打电话来说，要换掉你。”

“什么？”柳漫漫噌地从沙发上站起来，“为什么要换掉我？我们合同都签了！”

“对方说愿意赔违约金。”

“不对啊！”柳漫漫知道这个角色是怎么来的，谢舟虽然没告诉她，但是谢舟身边的人给她说过。

“什么不对……”经纪人的话还没说完，就被柳漫漫给挂了。她给谢舟打电话，结果谢舟那边提示不在服务区。

柳漫漫立即换衣服出门，直奔谢舟公司。现在她和谢舟的关系不是什么秘密，网上也传出一些，只是被谢舟压了下来，因此她到公司找谢舟，也没人拦她。

谢舟在开会，柳漫漫在办公室等他，等的时候，无意间翻到谢舟桌子上的文件。

里面是关于初筝的资料，柳漫漫脑中空白了一瞬，谢舟在查顾初筝？最近他也总是推脱自己有事……上次顾初筝那么坑她，她好不容易才将谢舟给哄回来……

门口有声音，柳漫漫慌张地合上资料。

谢舟推开门进来，见她站在办公桌前，眉头蹙了一下。

“谢总。”柳漫漫扬起笑容，“给你打电话你不接，所以我就自己过来了。”

“嗯，有事？”

柳漫漫过去抱住他胳膊，委屈地开始诉苦：“之前我不是说有部戏拍吗？我准备了好久，为了这个角色，剧本都看了很多遍，但是今天经纪人告诉我，对方把我换掉了。”

谢舟皱眉：“怎么回事？”

柳漫漫摇头：“不知道，经纪人就突然告诉我，对方要换掉我，还说愿意赔违约金，我准备那么久，说换就换……”

在谢舟心里，她并不知道自己的角色是怎么来的，所以柳漫漫此时只能这么说。

后面的，她相信谢舟一定会查。

谢舟安慰柳漫漫一会儿，让她先回去，他下班再去找她。

“怎么回事？”柳漫漫一走，谢舟便沉下了脸。

柳漫漫好歹是他的女人，他已经打过招呼，还这么被换掉，这不是打他的脸吗？

助理这边已经接到剧组那边的消息，还没来得及报告，柳漫漫就先来了。

“谢总，是剧组最大投资方那边要求的，他们还加了投资。”助理缓慢地道出一个名字，“顾初筝。”

谢舟眸色一沉：“又是她？我记得那部剧是晟睿公司的，怎么又和她扯上了关系。”

“她现在是晟睿公司的最大股东。”

谢舟指尖在桌面上点了点，沉吟一声：“给我约她。”

谢舟约初筝见面，初筝第一次拒绝了，谢舟不死心，接二连三地让助理约她。

初筝可能是被烦的，最后同意和他见面。

见面当天，谢舟比初筝还先到。

“顾小姐。”谢舟颔首打招呼。

初筝坐到他对面，寒暄的话都懒得说，直接问：“找我什么事？”

谢舟夹着烟，锐利的视线扫向初筝，面前的女生容貌精致，举手投足似乎都透着贵气，神色淡然……更准确地来说，是冷漠。

“看来顾小姐比我还忙。”他什么时候见一个人，需要这样接二连三地约。

“嗯。”忙着花钱，能不忙吗？“所以长话短说。”

谢舟将烟蒂按灭在烟灰缸里，他往后靠着沙发，摆出谈判的架势：“顾小姐，换掉柳漫漫的角色，是你的主意？”

“不是。”

谢舟微微皱眉：“顾小姐，现在否认有意思吗？”

初筝手指搭在膝盖上：“你凭什么说是我的主意？”

“你现在是晟睿公司的股东。”

“不许我成为晟睿的股东？”

“……晟睿是《水月镜花》的最大投资方。”话都说到这份上，大家心知肚明怎么回事。

“嗯，那又如何？这样就能证明是我做的？”初筝面无表情地问，“你有证据？空口无凭，谢先生不要污蔑我。”

气氛有些僵硬，良久，谢舟打破沉默：“你不怕得罪我？”

初筝正儿八经地请教：“得罪你会怎样？”还能弄死我不成？

就算你长得有点帅，也不能把我帅死啊！

得罪他的下场大家都知道不会好过，这事用得着说吗？谢舟自认自己在商场上混了这么久，脸皮有那么一点厚，但是突然被人这么问……他还真说不出口。

“顾小姐，我能问一句，你为什么要换掉柳漫漫吗？”

“谢先生，我说过，不是我。”

她不承认，他还真没什么办法。正如她所说，投资方虽是晟睿，她是股东，可这两者间，如果没有证据表明，确实不能说就是她做的。

谢舟深呼吸：“那我换一个问题，顾小姐是哪家的人？”

初筝不懂他为什么突然这么问，心中各种疑惑，王者号又给她加了什么戏？不过面上没有任何表示。王者号赶紧给她科普了一下她的新身份，这是为了方便她在这个世界花钱，不会惹来麻烦。

初筝翻了个白眼，现在不是麻烦？

【……】它又做错了？

“无可奉告。”初筝端着高贵冷艳的姿态，“如果谢先生没事，先走一步。”

谢舟忌惮初筝后面查不到的家族，平常的手段都不敢用。

初筝起身离开，离开卡座的时候，她顿了一下，摸出一个U盘放在桌面上，指尖压着U盘，推到对面，轻点两下：“小礼物。”

苏酒站在角落看着初筝离开，他往谢舟的方向看过去，他们两个人为什么会在这里？

苏酒低头给初筝发短信，问她在做什么。

【初筝】：有事？

苏酒抿了下唇，她不会告诉自己她在做什么，每次发出的短信，只有正事能得到回复，其余的她一律不回。他不知道她是对自己这样，还是对别人也这样。

苏酒继续打字，固执地又问了一遍。

【苏酒】：你在做什么？

这次初筝直接不回复了。

苏酒眸色微暗，他盯着手机屏幕，久久没有动作。不知道过了多久，苏酒抬起头，往谢舟的方向看过去，那里已经没有人。他指尖在屏幕上滑动。

【苏酒】：我不太舒服。

【初筝】：看医生。

【苏酒】：我想见你。

将近一分钟，苏酒才收到初筝的回复。

【初筝】：在哪儿？

苏酒报了一个地址，然后戴上口罩过去等着。

初筝离开的方向，和苏酒报的方向相反，她让司机掉头，过去的时候还有些堵车，初筝有点烦躁。这种烦躁表现在，她看外面车流的眼神越来越冰冷，仿佛随时要出去做掉这群堵车的一样。

司机将车停在指定地点，初筝刚想给苏酒打电话，一个人就钻了进来。

苏酒取下口罩，露出那张白皙精致的脸蛋。

初筝问：“哪里不舒服？”

苏酒偏头，伸手握住初筝的手，引着她的手放在胸前：“这里。”

前面的司机很识趣地将挡板放了下来，启动车子。

“心脏？”初筝平静地问，“我带你去医院。”

“顾总。”苏酒叫她，“它是因为你才不舒服的。”

初筝视线在他身上转悠一圈，镇定地回答：“我带你去医院。”

苏酒倾身过去，搂住她的脖子：“我不想去医院，我就想和你待一会儿。”

初筝：“……”我现在要是打了他，他还会不会觉得我是一个好人？

【相信我，小姐姐，绝对不会的。】王者号提醒，【所以千万不要拒绝他，抱抱而已，多大点事，你们都躺过一张床，小场面。】

车子平稳地往前开着，苏酒抱着初筝，几乎将整个人的重量都压了过来。他小心地捉住初筝的手，慢慢握住：“顾总，你刚才和谢舟在做什么？”

“没做什么。”初筝应一声，倏地低头，“你怎么知道我和他见过面？”

“我看见了。”苏酒老实回答。

他稍稍抬眸，视线撞进初筝的瞳孔里，娇嫩的唇就在他的面前，他喉结滚动一下，小心地凑过去。唇瓣还没碰到，初筝就微微往后，拉开两人的距离。

苏酒略显失望，他低下头，抱着初筝的脖子。

“谢舟约我说事，没做什么。”初筝揉了他的脑袋两下，“裴宇怎么没和你一起？”

苏酒目光微亮，她在给自己解释吗？

“宇哥忙别的事，我出来透透气，我之前给你发短信，你没回我……”他本来想约她的，可发出去的短信就跟石沉大海一般。

初筝想到自己短信里面堆积的那些信息：“以后别跟我发那么多没用的信息。”

苏酒只觉得心脏中了一箭，在她眼里，那些信息都是没用的信息？

他现在几乎能确定，她对自己是真的没有任何想法。

如果是以前他或许会很高兴，可现在他一点也高兴不起来。

“饿吗？”

苏酒心不在焉地点了点头，等他回过神，自己已经坐在包厢里，服务生正拿着菜单等他点菜。苏酒看了一眼对面的人，随便点了几个菜。

“这里的菜很好吃，顾总怎么发现这里的？”苏酒餍足地摸了摸自己的肚子。

“喜欢？”

“嗯，没有吃过这么好吃的菜。”苏酒乖巧地应了一声，眸子亮晶晶的，似乎透着欢喜，“顾总怎么发现这里的？以后还能带我来吗？”

“别人告诉我的。”主要是这里的菜贵。

别人？苏酒有点在意这个别人是男是女。

“顾总……”苏酒迟疑，“你以后会捧别人吗？”

“不会。”

苏酒没想到她会回答得这么快：“真的？”

“嗯。”这任务是那破系统给的，不然她哪有时间闲着没事去捧人。

好人卡应该只有一张，所以她不会再捧别人。

“苏先生，您好。”

苏酒走出包厢，被外面站着的人吓一跳，旋即露出礼貌的微笑：“你好……有什么事吗？”

“你好，我是这家店的经理。”

苏酒点头，然后呢？

经理拿出几份文件：“这家店以后就是苏先生的了，请问苏先生有什么需要改动，或者吩咐的地方吗？”

他下意识地往包厢看去，初筝正好挂了电话，从里面出来。

“你不是说喜欢？”

他说喜欢，她就把店买了？而且这才过去多久？她怎么做到这么快就搞定的？

“顾总为苏可爱一掷千金”这个热搜也瞬间蹿了出来，初筝花钱给苏酒买下一家店，仅仅是因为苏酒随口的一句“喜欢”。

青山明月不曾空：女神是真有钱，别再黑我们女神了，谁能包养得起我们女神。

空万般思忆：我就想知道，我家女神是谁家的小公主，还缺不缺挂件。

风霜起：一言不合就给苏可爱买店，顾总威武霸气啊！

但仍旧有眼红的人觉得初筝的钱不是自己的，于是评论里意见不合的人直接吵了起来，他们现在不觉得初筝被人养着，而是觉得苏酒被初筝养着。而且还越演越烈，主要原因还是出在初筝是个女生。仿佛这个世界只能让男生宠女生，女生永远是弱势的那一方。女生就算自己闯出一片天地，最后也会被人说是靠着男人上位。

梦醒西楼：这要是换成男人如此送女人东西，绝对会被人羡慕，好像女孩子有钱，就不能送自己喜欢的人东西一样，谁规定就只有男人能送女人东西？醒醒吧你们！

妈妈他抢我糖吃：这不就是传说中的凤凰男？苏酒就是靠着初筝才起来的吧？

苏酒的小甜心：你们这些人怎么这么恶毒，苏可爱就不能和顾总谈个恋爱？

网络上恶毒的人多了去，初筝一般不理会。苏酒那边有裴宇处理，也不用担心。

因此这件事，就算在网络上吵开了锅，对两个当事人都没什么影响。

苏酒的新剧也正式开播，随着这部剧播出，那些攻击苏酒没有作品、靠脸吃饭、花瓶的头衔便渐渐销声匿迹。而苏酒凭借这部剧圈粉无数，以前是靠着粉他和初筝的CP粉，现在苏酒拥有自己的粉丝。而且还有许多是以前的老粉，表示欢迎他的回归。后援会一夜间就重新建立起来，仿佛他从来没离开过这个圈子。以前苏酒需要靠裴宇拿着公司的资源接戏，但随着这部剧播出，苏酒已经不需要公司的资源也能接到很好的戏。

另一边，柳漫漫已经一周没见到谢舟。打电话没人接，去公司找人，说谢舟去外地拍戏，暂时不会回来——可她明明看见谢舟的车出入公司。

柳漫漫若此时还不知道谢舟在躲着自己，那她也不用活了。可她想不明白为什么，之前那件事谢舟说过翻篇不追究，之后还给她资源……怎么忽然变成这样？

一定发生了什么事……

柳漫漫想到最近的事，她找谢舟说自己被换掉的事，之后他就再也没见过自己。

是因为这件事吗？

然而即便柳漫漫想到这一点，她也不知道为什么，只能每天想办法找谢舟。

这天柳漫漫好不容易打听到谢舟会在一家店吃饭，她立即赶到地方。这是私人会所，没有人带她，她进不去，只能在外面等着。

“谢总。”柳漫漫见谢舟出来，立即跑了过去，小脸上露出委屈之色，“谢总，为什么你不肯接我的电话？”

谢舟被堵个正着，也不见有丝毫的尴尬：“柳小姐，我们之间已经结束了。”

“结束？”柳漫漫脸色唰的一下失去了血色，见谢舟要走，赶紧拦住他，“谢总，为什么？我做错了什么吗？”

“柳小姐，自重。”谢舟眉头轻蹙。

“谢舟，走吧！”谢舟身后小跑出一个娇俏的小姑娘，一把抱住谢舟的胳膊，声音甜美，她说完才看见柳漫漫，“唔，你有事啊？”

谢舟抽出胳膊，改为搂着小姑娘的腰：“没事，走吧！”

柳漫漫不可置信地看着这一幕，他身边有别的女人了？

“谢总，我做错了什么？你为什么要这么对我？你告诉我，谢总……”

谢舟的保镖不知从哪儿冒出来，将她拦住。

“谢总，你给我一个解释的机会。”柳漫漫心急如焚，可保镖就是不让她过去。

谢舟怀中的女孩子回头看她，神情有些不忍：“谢舟，她好像有急事找你，真的不理她吗？”

然而谢舟头也没回地上了车，不理后面大喊大叫的柳漫漫。直到他们的车子离开，保镖才松开柳漫漫，柳漫漫看向旁边的助理：“谢总为什么要和我分手？为什么？”

“柳小姐，谢总从来没和你在一起过。”助理强调。

柳漫漫突然愣住。是啊，谢舟从来没说过自己是他的女朋友。谢舟身边的人换了一个又一个，可从来没听过哪个女人以女朋友的身份自居。

从一开始，谢舟就说得很明白，他需要的只是一个漂亮听话的女人，而不是女朋友。

可是为什么会这样，她做错了什么？谢舟为什么要换掉她？她相信只要自己能在他身边，一定能成为他的女朋友。

助理上前，递给她一张纸巾，随后将一个U盘放在她手里：“谢总说，你跟过他一场，好聚好散，不要再找谢总，否则后果自负。”

助理带着保镖离开，柳漫漫看着手里的U盘。她不知道这是什么，但是她知道，这一定和谢舟为什么这么对待自己有关系。

柳漫漫火急火燎地在附近找了一台电脑，插上U盘，里面有好些视频。

她紧张地握着鼠标，深呼吸一口气点下去。

“叭……”刺耳的鸣笛声响起，司机从车里探出头大骂：“找死啊！想死别往我车上撞啊！”

柳漫漫惊醒，慌忙从马路上退回人行道。她脑中全是刚才的视频。那是她在《凰妃倾城》剧组的时候，有人偷拍了她和副导演，甚至还有不少亲密照。

是谁拍的？

那个时候，她要是知道自己能攀上谢舟这么一尊大佛，她怎么可能会和副导演有瓜葛。可现在说什么都晚了，谢舟这样的男人，怎么能容忍自己的女人被别的男人碰过。

是谁……到底是谁在背后害她。

“据悉顾初筝将出演易方导演的《无间》女主一角，这部电影预计在明年暑期上映。易方导演很少启用新人，最近顾初筝风头正盛，不知是什么原因让易方导演选择这位新晋小花旦，让我们来采访一下易导。”

柳漫漫看着屏幕上的采访画面，忽地想明白了什么，眼底渐渐涌出一股恨意。

是顾初筝！

初筝进组拍电影，因为这个剧组和电视剧不一样，拍摄进度和要求都非常高，她几乎没什么时间和外界沟通。直到快过年的时候，初筝给剧组投了一笔钱，要求放个假。

初筝拿钱给他们烧着玩儿，导演就算是个工作狂，也不能推却初筝的好意。

毕竟剧组这么多人，谁不想回家过个年？

于是剧组在腊月二十九放了假。

全剧组都十分感谢初筝，他们希望每年都能遇见这样的土豪，剧组每天都在烧钱。

“完了，买不到票，本来还以为能回家过年，现在看来又泡汤了……”

“没事，放假休息也挺好的啊！”

工作人员凑在一堆抢票。

“大家都收拾好了没有？”导演不知道从哪儿冒出来，“最近辛苦大家了，我请大家吃一顿饭。”导演挥手，“大家先回酒店拿行李，吃完饭我们就直接去机场。”

“导演，去机场干什么？”有工作人员问。

导演神秘地笑了下：“初筝给大家包了专机。”

土豪！有钱人的世界他们果然无法想象！

其余人还在抢票抢到哭的时候，他们已经坐上飞机回家。

“最壕女主，包机送剧组员工回家。”

有工作人员发了微博，这条热搜没多久就被人顶了起来。

初筝小姐姐的小甜甜：前排，女神依然这么好看！

顾总的苏可爱：啊啊啊，最近顾总和苏可爱都在拍戏，都没有同框，我已经把明星大挑战循环播放了几十遍，求喂狗粮啊！！

某某剧组灯光师：爆料！其实我们能放假，也多亏顾老师砸钱，不然导演那个工作狂肯定不会放我们走的！@易方

某某剧组道具师：顾老师是这世界上最可爱的人。

某某剧组大家不用猜也知道是哪个剧组。易方导演被艾特好几次，也回应了，但最后却转发了他的新电影宣传，蹭上这一波热度。

导演还是你导演，这免费广告打得不得不服！

网友们很想扒一下初筝到底是哪家的千金小姐。但他们发现现在网上关于她的信息，除了公开信息，其余一点都查不到了。

【小姐姐放心，只要你努力做任务，我会为你护航的！】王者号给初筝保证。

初筝：谁要你一个青铜护航。

初筝回到市里，已经是大年三十的晚上十一点多，马上就要跨年了。

初筝刚到别墅，便见别墅外面站着一个人。

“你回来了？”苏酒戴着帽子和围巾，只露出一双湿漉漉的眼睛，看见她眸子都跟着亮了起来。

“你怎么来了？”她好像没给他打电话让他过来吧？

“陪你过年啊！”苏酒拉下围巾，露出脸蛋，呼出一口气，“好冷，能进去说吗？”

初筝定定地瞧他几秒，开门进去。苏酒熟练地换了鞋，打开屋里的暖气：“你吃饭了吗？”

“没有。”

“我给你做？”苏酒脱下外套，挽起里面针织毛衣的袖子，径直往厨房走，“你想吃什么？”

他打开冰箱，脸色微微一僵，冰箱里是空的。苏酒打开下面，在里面找到一点食材。

苏酒煎了牛排，因为食材有限，他也做不出什么花样来。牛排煎好之后，他端着牛排直接去了客厅，放在初筝面前：“顾总，有酒吗？”

“喝酒不好。”初筝声音淡淡的。

“今天跨年，喝一点没关系。”苏酒乖巧地道，“就喝一点点。”

初筝冷漠地吐出两个字：“没酒。”

苏酒想想她那空荡荡的冰箱以及厨房，没酒似乎很正常，早知道他就自己带了。

“那……不喝了吧！”苏酒嗫嚅一声，直接盘腿坐到铺了绒毯的地上给初筝切牛排，切好之后才递给她，“你尝尝，好吃吗？”

“嗯。”

苏酒露出灿烂的笑容，像是得到夸奖的孩子：“食材不够，不然会更好吃，下次我再给你做好不好？”

初筝没答，别有深意地看了他一眼。苏酒歪了歪头，用单纯无辜的眼神，等着她的回答。初筝低头吃牛排，苏酒抿了下唇，眸色幽深几分，捏着刀子的手，微微用力。片刻后，他垂下眼睫，挡住眼底的情绪。

吃完牛排，苏酒将盘子收进厨房洗了，出来的时候，正好是跨年倒计时。

他缩到初筝身边，抱住她胳膊，初筝抽了一下，苏酒便抱得更紧。

3、2、1……新年好！

苏酒的唇落在初筝脸颊上，如蜻蜓点水一般地碰一下便离开。他的声音随之响起：“这是我们一起过的第一个新年，我想以后每一个新年，我都能陪你过。”

苏酒小心地观察初筝的神情，但是让他失望了，初筝依然没什么波澜，仿佛他刚才说的话，对她来说，就和问她吃什么一样平淡。

“随便。”

苏酒：“……”随便的意思是答应了吗？还是敷衍他？

“楼上有房间，自己挑。”初筝起身，“晚安。”

苏酒连忙跟着站起来：“我害怕，我和你睡，我很乖，不会乱动的。”

“你不乱动？”他怕是忘了自己干过什么，谁给他的勇气这么说！

苏酒想起来之前拍明星大挑战的时候，他都不记得自己怎么滚到她那边去了。

苏酒缠着初筝，初筝被吵得头疼，上楼的时候，顺手给他关进一个房间，顺便锁上。

苏酒拍门叫她。

听不见，我听不见。初筝默念着迅速回房。

接着就是不断打进来的电话，初筝都给他掐了，应该把他手机给收了！下次要注意！

【苏酒】：房间里没有被子。

电话不接，苏酒就发短信。

【初筝】：不可能。

想骗她，没门！

【苏酒】：真的没有，你看。

苏酒发了图，房间里的床铺上，确实没有被子。初筝想了一下，去了苏酒那个房间。她打开房门，苏酒拿着手机，一脸茫然又有些无助地站在门口。

初筝一把抢走手机，迅速关上门：“自己调暖气，冷不死。”

苏酒呆滞地站在房间里，他这是被关起来了？！他看看房门，又看看自己空了的手——明显是的。

他脑袋抵着房门，一脸的挫败。不行！他还没想关她，自己怎么反而被关起来了？

苏酒扭头看窗户，这一层的窗户下面有一层平台，是作为别墅整体设计的装饰，但是这个平台和旁边的房间是连接在一起的。

苏酒往下面看一眼，底下雪地里孤零零地躺着被他扔下去的被子。

寒风从窗外吹进来，刺骨一般的冷。

初筝洗完澡出来，正准备睡觉，旁边窗户发出轻微的敲击声。

那声音在安静的环境，格外清晰。

初筝系好睡衣的带子，过去拉开窗帘，窗户外，苏酒正趴在外面。

初筝："……"服气！看来还得锁窗！

她开锁打开窗户，冷风一下就灌了进来。苏酒脸色冻得难看，可怜兮兮地看着她。柔软的头发被风吹得乱七八糟，像是被人蹂躏过一般。

初筝抬手按住他脑袋："你想死可以告诉我。"做掉你我很乐意效劳。

"我想你。"

初筝一脸严肃地按着他脑袋，有些凉，没有之前摸着舒服。

"我要掉下去了。"苏酒的手微微发抖，快要站不稳，她还按着自己。

初筝若无其事地将手从他脑袋上移开，伸到他面前，苏酒立即露出一个笑容，将冰凉的手放进她手心。初筝用力将他拽进来，如冰块一般的苏酒就这么跌进她怀中，初筝单手抱着他，将窗户关好。

苏酒整个人都是凉的，他身子微微颤抖，初筝将他带进浴室，放水给他泡澡。

"你不赶我出去了？"苏酒站在浴缸前，小心地问她。

"我不想明天警察上门找我喝茶。"初筝说完便出了浴室，浴室的门关上，苏酒靠着浴缸笑起来，他脱掉衣服进去，驱散那一身寒意。

初筝站在窗前，往下面看了看，丝毫不意外地看见雪地里的被子，上面落了新雪，估计明天早上就看不见了。她沉默地站了将近一分钟，拉上窗帘，回到床边侧卧着看手机里其他人发来的新年祝福。就在她看得出神的时候，温热的身体从后面抱住她，少年清浅的声音响起："顾总，新年快乐。"

初筝翻身拨开他的手，少年却顺势钻进她怀里："晚安，顾总。"

初筝握着手机，顿了将近三秒，手掌搁在少年脑袋上，看在他脑袋的分儿上……算了，不和他计较，显得自己没有气度。

初筝安慰了一下自己，继续看自己的手机，少年呼吸轻缓，手搭在她的腰间，睡相极好。

苏酒是被电子鞭炮声吵醒的，城市里不准放鞭炮，因此许多人就想方设法地遵循习俗。初筝也被那声音吵到，拉着被子往自己脑袋上盖，想要挡住那烦人的声音。

睡个觉都不让好好睡，烦不烦！

苏酒好笑地将人抱进怀中，抬手捂住她耳朵。外面的声音渐渐停歇，苏酒往怀里看一眼，少女闭着眼，贴着他胸口。苏酒呼吸微微凝滞，手指从她耳朵下滑到脸颊，停在嘴角。他松开一些，缓慢地低下头，鼻尖触碰到女生鼻尖，呼吸交融，唇瓣只隔着两厘米的距离。

怦怦怦——苏酒听见自己快速跳动起来的心跳声。

苏酒看着近在咫尺的人，心一横，闭上眼，贴上那粉嫩的唇瓣。和他想象的一样柔软，如棉花一般，女生特有的馨香侵袭他的大脑，每个毛孔似乎都在战栗。

苏酒只敢偷亲一下，如做贼一般，迅速撤开，心跳如雷，甚至都不敢看怀中的人。他不知道初筝什么时候会醒，抱着她躺了一会儿便起身下楼。

初筝起来的时候，苏酒已经做好早餐，正等着她。

"你不用做这些。"初筝道。

苏酒给她倒牛奶，乖巧地接话："我愿意给你做早餐……顾总嫌我做得不好吃？"

他露出几分忐忑的神色，像是面临人生大事一般。

"……挺好。"

苏酒暗自松口气，坐到初筝对面。

初筝刷手机的时候，不断跳出来艾特她的消息。这样的情况经常发生，初筝并没在意。谁知手指点的时候，不小心点到屏幕顶端，一下子就点了进去。

初筝退出的手指微顿，抬眸往对面看去："苏酒？"

苏酒抬起头，冲她微笑。

"这是你发的？"初筝将手机转向他。

手机屏幕上，是一条图文微博。

@苏酒：新年礼物。

配图是交握的手，初筝还是能认出自己的爪子，这照片她没印象，肯定是今天早上苏酒偷拍的。

苏酒噌地一下站了起来，一脸慌张地找自己的手机："我……我这就删。"

初筝看他几秒，扔下手机，道："算了。"

都发这么久，该截图的早就截图，删了有什么用，多此一举。

苏酒问初筝接下来做什么，初筝懒得动弹，说哪里也不去，苏酒则乖巧地待在她身边陪着她。房间暖气十足，初筝只穿了一件居家服，靠在沙发上看苏酒收拾别墅，他刚才出去买了些东西回来，冷清的别墅，此时有了一些喜气。

初筝支着下巴，眸色依然平淡冷漠，不过她看得专注。

苏酒回过头，弯着嘴角邀请："顾总，你要一起帮我弄吗？"

初筝收回视线，冷漠地拒绝："不要。"无聊，毫无意义！

苏酒拿着东西过来，他蹲下身子，手搁在初筝膝盖上，微微仰头看她："可是我一个人要弄好久，你最好了，顾总。"

初·好人·筝："……"

"过去一点，左边，再往上……"

啪——初筝不耐烦地将“福”字贴在玻璃上，苏酒刚想说贴歪了，初筝一个眼神扫过去，苏酒立即闭嘴，露出温顺的笑容。

初筝满意地下去，接过他手里的另外一个“福”，“啪”地贴在另一边。

苏酒默默地看一眼那歪歪扭扭的“福”，不敢说话。

别墅被苏酒布置得十分舒服，仿佛有了家的感觉，初筝站在窗前，看着外面嬉闹的小孩。

“顾总，我们出去买东西吧！”

“放假。”

“有的地方会开门。”苏酒已经能理解她简单词句想表达的意思，“我们要是不出去买东西，今天得挨饿，外卖都不送的。”

初筝收回视线，认命地套上衣服，跟着苏酒出门。

“顾总，你要不要多穿一件衣服？外面很冷……嘶……”苏酒脚下打滑，直接摔在雪地里，远处的小孩子发出一阵哄笑声，苏酒表情微微难看。

初筝离他那么近，她竟然都不扶自己一下！

苏酒从地上爬起来，往后面看去。初筝老神在在，双手插在衣服兜里。

看我干什么！你自己摔的，又不是我推的，跟我没关系！

两人站在别墅前僵持，最终初筝上前，牵着他往外走。苏酒得寸进尺，指尖挤开初筝指缝，十指相扣，后者有些不满地看他，苏酒张了张嘴，无声地说了“你最好”。

别墅区外面的超市没有关门，苏酒推着车子，在零食区买了不少东西。

初筝插着手跟在后面，像看熊孩子的家长。

“看那边，好帅……”女孩子推搡着自己的同伴，惊叹地指着苏酒和初筝。

初筝摸了摸自己脸上的口罩，又看看前方戴着同款口罩的苏酒，她们到底从哪里看出来帅的？有透视眼不成？

“我觉得她有点眼熟……她是不是明星？”

“你看前面那个男生，像不像苏酒？”

“有点像……那和苏酒在一起的不就是顾总裁？顾总裁和她的苏可爱逛超市……他们这是同居了吗？”

两个女生讨论得越来越激烈，从同居说到以后孩子跟谁姓的问题上。

初筝：“……”现在的粉丝都这么尽职关心自家爱豆的孩子问题吗？

“顾总。”初筝没有跟上，苏酒倒回来，好奇地问，“你要买什么吗？”

初筝摇头，接过推车，示意苏酒往前走。苏酒没有和初筝争，松开推车，转而牵初筝的手。

苏酒挑食材的时候，初筝就站在边上看他，明显等得有些不耐烦：“两个都买。”

苏酒不赞同：“有钱也不能浪费，顾总，你的钱又不是天上掉下来的。”

初筝：“……”还真就是天上掉下来的。

结完账，初筝将东西塞进后备厢，苏酒已经上车，等着她上去。

“喵……”小猫细微的声音从车底传来，初筝关后备厢的动作微顿，弯腰往车底看去。一只小猫蜷缩在车底，冻得瑟瑟发抖。初筝转到另一边，将小猫抓出来，感觉到热度，小猫往她怀里钻。

苏酒在车上等半天初筝都没上来，他从后视镜看，没看见人，心底忽地一紧，连忙下车。他那边没看到，又转到另一边，一眼便瞧见蹲在车边，抱着小猫抚摸的女生。

苏酒愣住。

他从来没将猫这种小动物和面前这个女生联系起来过。她完全不像是一个会喜欢动物的人，对人都那么冷漠，更不用说对动物……

苏酒轻手轻脚地走过去：“顾总，它是流浪猫吗？”

“不是。”小猫身上不算脏，毛色光泽，指甲被修剪过，明显是被人精心饲养的，不过不知道为什么跑到这里来了。

“那是从哪里跑出来的？”苏酒伸手摸了摸小猫的脑袋，小猫“喵喵”地叫了两声，亲昵地蹭了蹭苏酒的手指。

苏酒左右环顾，没发现什么异常。他去超市问了一下，超市的营业员说，昨天就见这只猫在外面，他们还喂过两次，应该是走丢了，主人也找不到。

“顾总，不如我们带回去？它这么小，放在外面会死的。”

“不要。”

“你不喜欢吗？”她明明看上去很喜欢。

“麻烦。”

“我帮你养吧。”苏酒道，“可以吗？”

初筝揉了揉小猫柔软的毛，三秒后抱着小猫上了车。

苏酒眉眼都笑了起来，心情颇好地开车回别墅。

早上苏酒发了那么一条微博，然后又有人看见他们一起逛超市，两人同居的消息仿佛坐实了。网上一群粉丝哭诉自己失恋，但更多的是祝福，即便他们祝福的这对 CP 从头到尾都没公开承认过他们在交往。

裴宇担心地给苏酒打了电话，这事他一点都不知道啊！

苏酒说初筝没什么反应，意思就是让裴宇不用管了。

老板都说不用管，裴宇自然不会多事。

过完年，初筝回剧组拍戏，苏酒以照顾小猫的名义，拿到别墅的钥匙。

初筝隔三岔五地在剧组投个资，剧组的人对初筝那是相当客气。

初筝最后还打算给导演请国外某某坞的特效团队。

导演惊了，他这是找的一个女主还是找的一个财神爷？

各个剧组缺钱就想请初筝去当女主角，不是女主，女二、女三也行，只要她接，那就代表着，剧组再也不差钱。而人家也不在乎投出去的钱能不能回来，这就是撒着钱玩儿。没有哪个剧组不喜欢。

“顾总今天给苏可爱买东西了吗”、“顾总今天和苏可爱秀恩爱了吗”这几个话题是最常见的，苏酒出演的几部剧都大火，那些说他靠初筝的黑粉，也不能否认，苏酒是真的有天赋。即便演技有些不足，但每次再见，都会让人眼前一亮，他以神速在进步，这不是钱能砸出来的。

但让粉丝不满的是——苏酒和初筝除了在生活上，活动和戏里都很少同框。

苏可爱是我的：请让他们立刻去结婚！

烽火照西京：什么时候顾总能和苏可爱演一部戏啊？我好想看他们飙戏哈哈哈。

某公寓。

柳漫漫坐在满地狼藉中，这些天她一直想找谢舟，可她发现以前见谢舟非常容易，现在却怎么也见不到他。

然而现在她竟然看见谢舟公开说上次她见到的那个女生，是他女朋友？众所周知，和谢舟传过绯闻的女人非常多，但哪个女人，被他公开说过，是他女朋友的？

只有这一个人……

柳漫漫眼珠子都快掉到屏幕上，抓着电脑平板的手因为用力，出现青筋，指尖失去血色：“女朋友……女朋友……啊！”

柳漫漫将平板甩开，平板撞在墙上，四分五裂。到头来自己什么都不是，她就是个笑话……

不，这一切都是顾初筝造成的！如果谢舟不知道自己以前的事，他怎么可能会和自己分手？如果不分手，现在被谢舟公开的就是她！被人羡慕的也是她！

顾初筝……她凭什么过得这么好？资源不断，热搜不断，还有一个男生和她整天秀恩爱？凭什么啊！？

“顾初筝，我不好过，你也别想好过！”

柳漫漫收拾一下，拿着包出门。

“苏老师来探班吗？”

“嗯，顾总呢？”苏酒乖巧地应了一声，并接过工作人员要求签名的本子，一边签一边问。

“顾总应该在休息室，我带您过去。”工作人员热情地将他带到休息室那边。

苏酒竖起食指，示意他们安静。工作人员笑着散了，苏酒没有敲门，小心地推开门进去。初筝躺在休息室的椅子上，脸上盖着剧本，似乎没察觉到有人进来。

苏酒轻手轻脚地靠近，揭开初筝脸上的剧本，剧本下的人儿闭着眼，呼吸平缓，似乎睡着了。他小心地在初筝脸上亲了一下，意犹未尽地转向诱人的唇瓣，在他快要亲到的时候，初筝突然睁开眼。

四目相对，苏酒脸色瞬间泛起红晕，他微微握紧拳头，快速地在初筝唇瓣啄了一下，然后迅速起身，站到旁边。

初筝眉头蹙了下：“你怎么又来了？”

什么叫又？她是有多不待见自己？

“我的剧组今天过来影视城拍戏，想你了，来看看你。”苏酒乖巧地回答，“毛团也很想你。”

毛团就是那只捡回去的猫，名字是苏酒取的……

初筝握了下拳，又松开：“过来。”

苏酒满脸疑惑，他挪到初筝面前，初筝示意他蹲下，苏酒不明所以，但还是听话地蹲下。直到初筝将手放在他脑袋上，苏酒嘴角才抽了一下。

她把自己当什么啊！

苏酒像猫儿似的趴在她腿上，一只手抓着她空着的手指：“顾总，我能和你一起演一部戏吗？”

初筝点了点头：“我会让裴宇给你剧本。”

苏酒眉开眼笑，拉着初筝的手指放在唇瓣亲了下，试探性地开口：“我不想叫你顾总，我可以叫你初筝吗？”这个称呼一点也不亲密。

“叫什么都可以。”名字不过是称呼而已。

苏酒伸手抱住她的腰：“初筝。”

他的声音格外好听，尾音里带着撩人的味道，让人心尖跟着发痒。

苏酒脑袋埋在初筝怀里，怎么办啊，好想让她只属于自己一个人，想让她的眼睛里只有他。

初筝拉开他的手，苏酒立即敛下其余的情绪，露出乖巧温顺的笑容。

“一会儿我还拍戏，你没事……”初筝声音一顿，手指擦过他手心，苏酒想缩回手，却被初筝拉住。

“你掐自己干什么？”她问。

苏酒目光闪躲，手心里沁出了血丝，横陈着指甲掐出来的痕迹。他别开头，说话不太利索：“没、没什么。”

初筝抽了纸，给他擦了擦手，忽而凑近他：“苏酒，你没病吧？”

苏酒摇头。

“有病我们治，不差钱。”讳疾忌医是不行的！！

他没病！他只是……

这话苏酒哪里敢说，说自己刚才在想怎么让她只属于自己一个人？苏酒怕自己这点阴暗的心思被她知道，她或许连看自己一眼都不愿意了。

苏酒只要一想到初筝转身，丢下自己一个人的画面，他身体就忍不住颤抖。

他再次抱住初筝："你不要丢下我。"

初筝莫名其妙，摸了摸他脑袋："没有……"没有好人卡不会丢下你——这是初筝打算说的，但是后面的话自动消音，苏酒便只听见"没有"两个字。

初筝怄气，她就知道处处是坑。

苏酒在初筝怀里趴了一会儿，有些依依不舍地松开她："那我先回去了，你住哪个酒店？"

初筝没打算告诉他，但她不说苏酒似乎不打算走，好人卡不能做掉，不能做掉……

初筝在心底默念好几遍，将自己的房卡给了他。

苏酒眉开眼笑地接过："我走了。"

初筝拍到快凌晨导演才放人，她回到酒店，房卡只有一张，给了苏酒，她只能按铃，然而按半天都没人开。

【小姐姐。】

王八一开口，肯定又出事了！果然下一秒王者号给了一个地址。

【山海路 230 号仓库。】

初筝一头撞到门上，她怎么就那么倒霉，为什么这么倒霉啊！！老天爷终究还是要对她这个小可怜下手了！魔鬼！都是魔鬼！

到底谁是魔鬼啊？

"咔嚓——"旁边的门打开，一个人从房间出来，初筝立即站直身体，面无表情地整理下衣服，在那人有点狐疑的视线中若无其事地离开。

山海路 230 号仓库。

山海路都是仓库，不过已经废弃，正准备拆了建商业楼盘，随处可见大红色的拆字，易拉罐废报纸满地都是，地面斑驳着不知道是什么液体的污渍。

初筝带着十几个身材魁梧的保镖，如同大姐头出行似的从街道过去，找到 230 号。

初筝摆弄着手机，闻言稍稍抬头，扬了下下巴："踹门。"

两个保镖同时上前，锈迹斑斑的铁门，被他们踹开，仓库里传出一阵混乱的人声。

初筝站在外面，仰头看天，漫天星光仿佛都落进她眸中，碎光粼粼，却又寂静无声。

初筝收回视线，随着保镖走进仓库，苏酒正被人松绑，见初筝进来，连身上的绳子都顾不上，直接朝着她跑了过来。苏酒一头扎进她怀里，紧紧地抱着她。

"没事。"初筝安抚性地拍了拍他脑袋，顺便薅了两下，软乎乎的……咳咳！

"老板，这些人怎么处理？"保镖站在一旁询问。地上躺着六个大汉，左青龙右白虎地文着社会文身，一个个看上去挺能打，此时却趴在地上不敢动弹。

初筝扫了他们一眼，真以为自己文个身，就能成为绝世高手了，吓唬小孩还差不多。

麻烦啊……做掉算了！

王者号在初筝脑中嚷嚷，初筝头疼地让保镖搬把椅子过来，让苏酒坐下。苏酒不肯松开她，初筝只能站在旁边，苏酒便抱着她的腰，贴着她小腹，看着绑架自己的人。

保镖将地上的人拽起来，排成一排。

初筝问："谁让你们绑架他的？"

绑匪也很无奈，他们刚把人绑回来，还没来得及做什么，这人就找上门了！早知道这活这么扎手，他们才不接，可惜没有后悔药。

"我……我不知道。"绑匪之一结结巴巴地回答，"就是一个女人突然找我们……"

那个女人要绑架的人是初筝。不过他们观察好几天，发现初筝身边有人跟着，而且她极少单独行动，他们没找到机会。然后他们就发现了……苏酒。

初筝问："那个女人是谁？"

"不知道，她戴着口罩和墨镜，我们没见过她的样子。"绑匪不敢撒谎，照实交代，"她说绑了你……再、再给她打电话。"

初筝手掌从苏酒头顶下滑到他脑后，有一下没一下地薅着："给她打电话，就说绑到我了。"

初筝这边人多势众，绑匪哪里敢反对，他哆嗦着拨通电话，有人接了，但是没有声音。

"是我。"绑匪尽量不哆嗦，"人我们抓到了，接下来怎么办？"

"发照片给我看。"女人的声音响起便落下，接着就是忙音。

"柳漫漫。"初筝听出电话那端的声音。她的金主谢舟不理她，现在还能这么蹦跶，早就说过直接做掉省麻烦。

看吧！这就是不听她话的下场！

初筝带苏酒回到酒店，苏酒脸色稍微好转一些。

"吓到了？"初筝问他。

苏酒咬了下唇，摇头，手却十分实诚地拉着初筝，亦步亦趋地跟着她。

初筝意味不明地轻哼一声。

苏酒心头莫名地狂跳两下，然而初筝并没再说什么，让他去洗漱。许是怕初筝看出什么，苏酒缩回手，进了浴室。

站在浴室里，苏酒望着镜子里的人，他抬手缓慢地解开衬衣扣子，露出锁骨和胸膛。镜子里的少年依然好看，可那双眸子阴郁暗沉，像是郁积了暴风雨，让人畏惧。

衣服滑落到地上，少年转身走向淋浴，冰冷的水冲在身上，少年忍不住打个哆嗦。冰水冲散了那身让人不舒服的气息，像洗净污秽，他依然是那个让人一眼便喜欢的干净少年。

初筝等苏酒洗完才去洗澡，在别墅的时候，苏酒以各种理由爬她的床，所以初筝已经习惯，出来的时候直接躺在他身边。

苏酒摸索着蹭过来，冰凉的皮肤贴着她身体，初筝转头，拉开被子看了一眼："你的衣服呢？"

“湿了。”苏酒无辜地眨眼，“要我穿上吗？”

苏酒的衣服就放在旁边，初筝探手摸了一下，果然是湿的，就连浴袍都是湿的。

他到底在浴室里干了什么？

初筝摸了摸他的额头：“怎么这么冷？”

苏酒茫然地摇头：“不知道。”

初筝将温度稍微调高一点，苏酒心安理得地环着她，丝毫不觉得自己将衣服故意打湿，外加冲凉水有错。

他不做什么……这辈子可能都不会和她有实质性的交集。

他只能更主动一点。

房间的光线暗下来，似乎只有两人轻微的呼吸声。

“初筝。”苏酒突然叫她。

“嗯。”初筝显然也没睡，手指轻轻揉着他柔软的头发。

“我喜欢你。”苏酒抬起头，借着微弱的光线瞧她，“我们可以交往吗？”

不可以。

【小姐姐，倒带了解一下！】

“可以。”交往算什么！可以的！

苏酒先是一愣，随后是狂喜：“你也喜欢我吗？”

“不。”

正兴奋的苏酒宛如被人泼了一桶冰水，四肢都僵硬起来：“那你……为什么答应我？”

“你想要的。”所以答应你，为了好人卡冲呀！

苏酒沉默了一会儿：“以后你会喜欢我吗？”

初筝张了张唇，十几秒后才淡淡地道：“不知道。”

苏酒用力地咬了下唇，她答应和你交往了不是吗？你不能要求更多……苏酒，你要控制自己。

“你试着喜欢我好不好？”苏酒搂着她脖子，软软地道，“我会很乖的。”

房间陷入死寂中。初筝目光落在黑暗的虚空里，茫然地想，喜欢……是什么样？她没学过这个啊，有教程吗？

良久，初筝拉下他环着自己脖子的手，然后在他脑袋上摸了摸：“睡吧！”

“亲我一下。”

“我去睡沙发。”初筝起身。

“不亲。”苏酒连忙拉住她，“我睡。”

但在初筝躺回来的时候，苏酒还是快速地在她嘴角亲了一下：“我们现在在交往，亲吻是很正常的事，你不能拒绝我，我会难过的。”苏酒气呼呼地抱着她。

“那分手。”

“……”不亲就不亲！

“某柳姓演员，凌晨四点被发现死亡，疑似与在逃杀人犯起了冲突，双方为何会有联系，还在调查中……”

苏酒揉了揉眼睛坐起来，电视里播放着新闻，画面正是山海路仓库。那里警察进进出出，场面有些混乱。苏酒愣怔地看完整条新闻，死了？

柳漫漫死了，绑匪死了两个……其余人都逃了。

苏酒换好衣服，直接去剧组找初筝，拉着她去旁边，面露担忧：“警察会不会怀疑你？”

“跟我有什么关系？”初筝莫名其妙。

“昨天晚上……”她让绑匪把柳漫漫骗过来，难道不是她让那些绑匪做的？

“我只是让他们教训她，至于她怎么死了，跟我没关系。”她如果有类似念头，王者号就会一个劲地尖叫，屏蔽了它还能强行冲破，说是什么应急机制，它有权纠正她有可能导致任务失败、倒带重来的错误行为。

初筝表示：还能强行冲破屏蔽！那屏蔽有什么用！？糊弄她的吗？

王者号当时的心情大概很复杂，重点是这个吗？是这个吗？不过王者号很快就重新解释，这个应急机制一个位面最多能用三次，每次在线时长三个小时。

苏酒：“真的？”

“嗯。”

苏酒悬着的心落地：“没事就好……宝宝，中午一起吃饭？”

“盒饭？”

苏酒：以前你都带我吃五星级酒店，现在竟然叫我吃盒饭？交往了就不重视了吗？！

“嗯，好。”苏酒乖巧地答应下来。

“不要叫我宝宝。”搞得她没断奶似的，影响她的形象。

“好的，宝宝。”

路过的某工作人员：“……”没眼看，太虐了。

【小姐姐，你是不是背着我干了什么？】王者号很怀疑，它使用应急机制后，会有十二个小时的休眠期。这期间她做什么，它都不知道。

这一点绝对不能告诉她！

“如果是我做的，那现在应该倒带重来。”初筝平静地道，“现在倒带重来了吗？”王八竟然怀疑她！人与狗……不是，人与系统间的信任呢？欠收拾！

【……】小姐姐太可怕了！

王者号表示需要下线静静。

三个月后，初筝回到许久没有回的别墅。开门进去的时候，初筝差点以为自己走错了。别墅里多出不少东西，完全没有之前那空荡冷清、毫无人气的感觉。

初筝叹口气，走进别墅。

“喵。”已经长大不少的小猫跑过来，亲昵地蹭了蹭初筝的裤脚，几个月不见，显然它还认得自己的主人。初筝将它抱起来，先上手揉了一番。

“毛团。”保姆听见叫声，从厨房转出来，看见门口站着人，赶忙叫了一声，“顾总您回来了。我是苏先生请来照顾毛团的……”

初筝点头，将行李箱踢进里面，抱着毛团进屋：“苏酒呢？”

“苏先生有个发布会，今晚会晚一点回来。”

“要我告诉苏先生一声吗？”保姆问一句。

“不用了。”

初筝抱着毛团上楼，楼上也多了很多东西，初筝怀疑自己再过一段时间回来，估计就不认识这个地方了。

初筝将毛团放在床上，毛团甩着尾巴，“喵喵”地叫着。

“毛团。”初筝点了它脑袋一下。

这什么破名字，也就他取得出来。

“喵。”

初筝抱着毛团滚到床上，软乎乎的，好舒服啊。

苏酒回到别墅，保姆正准备离开：“苏先生回来了，顾总今天下午也回来了。”

苏酒眸子微微一亮，语气都带着小雀跃：“她回来了？”也不等保姆说话，直接冲上楼。

房门没有关，苏酒看见躺在床上的人，以及趴在旁边的毛团。

苏酒走进去，毛团睁开眼看过来，甩着尾巴“喵”了一声。苏酒竖起手指，叫它安静，毛团似听懂一般，当真安静下来。

他凝视着床上熟睡的人，指尖拂开她的头发，然后小心地凑近，在她唇上落下一吻。

“喵。”毛团从下面挤进来，苏酒赶忙抱住它，怕吵醒床上的人。

“你回来了。”

苏酒动作一僵，瞪了毛团一眼，毛团亲昵地蹭了蹭他手指。苏酒撇开眼，抬眸又软软地道：“宝宝不是说还有两天才能杀青吗？回来怎么不给我打电话，我好去接你呀？”

初筝忍了下，将毛团抢回来抱在怀里严肃地薅了两下：“我先回来了。”

苏酒：“……”都不抱抱他！

苏酒又不敢把毛团抢走，只能看着初筝撸猫，早知道这家伙是来和自己争宠的，他才不会将它带回来——此时他只能委屈地看着毛团。

初筝接下来没什么安排，公司的事有专业的人打理，她的任务就是在钱不够的时候撒钱，不怕它亏，就怕它不亏。

员工：有一个希望每天都亏钱的老板是个什么体验。

苏酒刚忙完，正好有休息时间，他提议去国外旅游。初筝不想动，拒绝他的提议。

但转头王者号就给她发了任务，初筝只能收拾收拾——买飞机出国。

苏酒一怔，出个国用得着买飞机？

“宝宝，这里不太对吧？”苏酒转着脑袋环顾四周，“怎么是个岛？”

别问他为什么知道，因为前面有个很大的横幅“××岛欢迎顾总、苏先生”，他眼不瞎。

上飞机的时候，她明明答应的自己去M国，为什么现在会在一座岛上？

初筝不知从哪儿摸出来墨镜，架在鼻梁上，往上一推：“你不喜欢？”

苏酒噎了下：“喜欢。”

“那就行。”初筝往接人的那边过去，苏酒站了一会儿，这才跟上去。过去的时候，正好听见那边的人谈到买岛什么的。

“签。”初筝将笔给苏酒。

男人笑着递上文件：“苏先生签在这里就可以了。”

苏酒迷迷糊糊地签完字，男人合上文件：“恭喜苏先生，苏先生需要更改岛的名字吗？我这里带了文件，可以直接生效。”

苏酒：突然拥有一个岛不知所措。

初筝给苏酒买岛的消息不知怎么传到网上，瞬间激起千层浪。

初酒最优秀：请顾总和苏可爱立刻去结婚好吗！

尚寻芳酒：有钱人谈个恋爱都这么可怕，苏可爱是世界上最幸福的男孩子，没有之一。

初酒今天撒狗粮了吗：一个岛啊！我的天哪！顾总，你还缺不缺对象！我报名！

岛上信号不是很好，因此苏酒并不知道外面的事，岛上风景优美，气候宜人，很适合度假。初筝觉得苏酒很神奇，他仿佛走到哪儿，哪儿都能变成一个舒适温馨的地方。

初筝演了不少的剧，正如粉丝所说，她的戏路没有变化，但就是那高冷又霸气的样子，格外地撩人，让人喜欢。她和苏酒时不时在网上秀个恩爱——粉丝自认秀恩爱，其实初筝压根不知道，她只是想做个任务，正好有个合适的人给她接收那些无用的东西。

易方导演的《无间》播出，票房大卖，不仅仅是剧情，还有初筝身为女主的演技，都让人愿意掏钱买票。之后《无间》便提名某国际电影奖，初筝荣获最佳女主奖。

其后初筝与苏酒共同参演一部青春剧，再次掀起青春剧的热潮，成为近几年的青春剧代表作。

——最美好的爱情便是初见之时，如清酒淡雅柔和，却余味悠长。

“请问苏先生这次获奖，有什么想说的吗？”

“请问苏先生，您能有今天的成就，是否和顾初筝小姐脱不了关系？”

“请问苏先生，打算什么时候和顾初筝小姐结婚？”

苏酒一出会场，就被一堆记者围上，他今天刚拿到某电影节男演员的最高奖项，以后便是实至名归的影帝。

裴宇护在苏酒身边，挡着那些提问的记者：“各位不好意思，我们会安排记者见面会，现在请大家让一让。”

几年过去，却依然宛如少年的苏酒，突然接过一位记者的话筒。

“苏酒！”

苏酒朝他笑了下，裴宇皱眉，到底没有阻拦他，他出什么事，有老板在后面收拾，只要他人没事就行。

记者也纷纷安静下来。

少年的声音缓慢响起：“我最大的梦想，就是演戏，可是人生有时候并不如意，并不是每个人生来就有最好的资源。曾经我为演戏，付出过很多，可是最终我什么也没得到。但我并不后悔为自己的梦想努力。然后……我遇见了她，我知道，你们都觉得我是靠着她才能有今天，我不否认，没有她，我不会有今天，甚至你们都不知道我是谁。”

苏酒说得坦然，将那些不怀好意的猜测，纷纷讲了出来。

“说我靠女人吃饭也好，说我没本事也好，但是你们不能否认，我拥有最好的她。

“她是我的贵人，也是我生命中最重要的人，更是我以后的梦想，我将为她献出我的一切。谢谢大家。”

苏酒礼貌地将话筒还给那位记者，在记者还没反应过来之前，和裴宇离开了现场。

后出来一步的谢舟，看着苏酒离开的背影，神情略复杂。圈里的人都说，裴宇再也捧不出一个比他更厉害的人，现在不就有了？虽然这个人借了那个身份依然成谜的顾初筝的势，但如果没有裴宇为他护航，苏酒岂能短时间内成长到如此？

“谢舟出来了！”记者发现了谢舟。

“谢先生，今年您没有拿到最佳男演员，有什么想说的吗？”

“谢先生您别走啊，请您说两句……”

这边苏酒上车发现初筝在车里，他耳根子忽地滚烫起来：“你……都听见了？”

他说那些话的时候，就已经做好她会知道的准备，但是没想到，她会在现场。

车子停得并不远，她一定听见了。

“恭喜。”

她到底听见没听见？苏酒纠结一会儿，忽地想起来什么，从旁边摸出刚得到的奖杯，献宝似的递给她：“给你。”

奖杯给她干什么？能吃还是能花？不要！

初筝没接，只是摸了摸他脑袋，苏酒顺势倒在她身上，初筝只好搂着他的肩：“累吗？”

“不累，宝宝等我多久了？”

“顾总拍完戏就过来了，那个时候里面刚开始吧，让顾总先回家，顾总嫌麻烦就一直等……”

裴宇一巴掌打在司机脑袋上，立即将挡板拉下来。

司机：“……”他说错什么了？顾总本来就是嫌麻烦嘛，打他干什么？

苏酒眸子里仿佛有光，他现在虽不是她心里最重要的人，但以后，他总会是的。

他坚信，并为之努力。

他也想过更简单的办法，但他总结之前的经验，他觉得自己被关起来的可能性更大，而且她非常熟练，关他就跟关毛团一样——那是真的叫天天不应叫地地不灵。

苏酒想想若是她被关起来是这样的感觉，他宁愿用别的办法，也不想她这么难受。

苏酒说的那番话很快就在网上传开。一大拨粉丝叫嚣着让他们赶紧去结婚，然后在某一天，他们就突然看见苏酒和初筝的微博，同时晒出了结婚证。

接着是星耀官方和裴宇这个经纪人送上的恭贺转发，而那些震惊过头的粉丝们后知后觉地反应过来，他们每天都叫嚣着让结婚的两个人，真的结婚了。

云淡天高风细：真的结婚了？啊啊啊女神结婚了！我失恋了！

相望同千里：不是吧！真的结婚了？苏可爱嫁出去了？

杨柳回塘：恭喜顾总和苏可爱，百年好合，早生贵子。

初筝拿回自己的手机："没有下次。"

苏酒笑容灿烂，反正都发了，发过的她也懒得删。他扑到初筝怀里，手里拿着红色的结婚证把玩，满脸都是笑意。他扭头在初筝的脸上"吧唧"一下："宝宝是好人。"

初筝按着他的脑袋揉了揉："起来，重。"

"我抱宝宝？"苏酒说着就要换位置。

"算了。"初筝将他按回来，"我跟你说过多少次，不许叫我宝宝。"

"好的，宝宝。"

"喵。"毛团不知从哪儿跑过来，跳到苏酒身上，踩着他缩进初筝怀里，将下巴递到初筝手心里，呼噜呼噜起来。

毛团出现，苏酒就知道要完。果然初筝的注意力瞬间转移到毛茸茸的毛团身上，甚至有点想抽出抱着他的胳膊。

苏酒幽幽地看了毛团一眼，毛团似察觉到危险，往初筝怀里缩，"喵喵喵"地委屈告状。

接下来，苏酒日常和毛团争宠，唯一让苏酒欣慰的是，初筝不和毛团睡，苏酒以此奠定自己男主人的位置。

初筝在这个世界活到寿终正寝。

苏酒喜欢演戏，但他更喜欢和初筝待在一起，所以后面接的戏，必须有初筝，他才会接，导致后面这两人不但在屏幕外面秀恩爱，在屏幕里面也要秀恩爱。

粉丝们哭着吃狗粮，自己选的 CP 哭着也要宠着。

卷三 末日首富

第九章 穿越丧尸群

“砰砰砰——”尖叫和子弹射击的声音混合在一起。初筝躺在冰冷的地面，茫然地看着头顶起了皮的天花板。枪声和爆炸声不断，格外刺耳。

初筝随手抄起旁边的东西砸过去，那点细微的声音被枪声淹没。

初筝有点抓狂，这声音没完没了，吵死了！外面的人在搞什么？造反吗？！

初筝爬起来，视线环过四周，她此时在一个房间里。她站起来的时候，感觉身体有点软，扶着旁边的东西才站稳。房间不大，没什么东西，一片狼藉，遍布灰尘。她走到窗户，往外面瞧去。远方冒着火光浓烟，枪声连绵。

初筝呆住，真的在打仗？有、有点吓人啊。

“啊——”

初筝顺着尖叫往楼下看去，下方一群黑压压的人，正追着一个人，那人被扑倒，接着就是更惨烈的叫声。

“救命……救命……救……啊……”

初筝面无表情地拉上窗帘。

她呼出一口气，再拉开。下方那群黑压压的人已经将刚才惨叫的那个人完全淹没，似乎正在……吃？吃！！！

初筝再次冷漠地拉上窗帘，转身去检查房门，确定是锁住的，又将旁边的东西搬过来抵住门。

初筝做完这些，问了王者号一句："我还要多久才能回去？"

【小姐姐，集齐好人卡 99 张，你就可以回去啦！】王者号欢快的声音响起。

九十九……

初筝面无表情："现在几张？"

【两张，小姐姐加油！】

初筝用手撑住额头，零头都不到，何时能集齐九十九张？不是在和我玩儿吧？

"那我只需要收集好人卡就行，为什么还要做其他的？"

【可是小姐姐，主线任务失败，你也会倒带重来……】王者号弱弱地提醒。

倒带重来……行吧，你能回档你厉害，我暂且忍你！

【那小姐姐接收记忆吧！】

原主从小在孤儿院长大，凭借自己的努力，考上大学，本以为能好好念书，报效社会。

万万没想到——末日来了。

末日来的时候，寝室里只有她一个人。原主幸运地没有变成丧尸。她在寝室待了三天，附近寝室还有不少人，她看着这些人冲出宿舍，最后成为丧尸的一员。

寝室里食物有限，他们就算没有成为丧尸的食物，最后也会被饿死。因此这些人组成一个小队，准备离开学校。

原主也在这个小队中，他们成功离开学校，正好遇见搜寻幸存者的军队。

于是他们跟着军队转移。

在队伍里，原主遇见了和她一起在孤儿院长大的宁忧。毕竟是一起在孤儿院长大，原主对她就亲近不少。宁忧也似乎将原主当成好朋友，甚至不顾自身危险救她。

紧接着异能开始出现，拥有异能的人，成为队伍里十分受欢迎的存在。

宁忧觉醒了异能，而原主并没有异能，好在她生存能力不错，加上宁忧护着，原主一直没有下线。

但是原主没想到，宁忧对自己那么好，是为了自己一直戴着的玉佩。

那枚玉佩倒不是和小说里写的那样，有神奇空间存在，而是因为那枚玉佩代表着原主的身份。就在末世来临前两天，有一群打扮很不一般的人到孤儿院，寻找佩戴这枚玉佩的人。那天正好周末，宁忧回孤儿院办点事，撞见这事。她当即就拉住院长，编了个谎言，让院长撒谎。当时宁忧也不知道自己怎么想的，反正脑子里冒出一个很大胆的想法。

宁忧本想等这群人走了再去找原主，结果，就末世了。

来找原主的那群人一看就不是普通人家，而且宁忧还知道他们就在队伍里。末世前宁忧想替代原主也只是冲动，毕竟末世前的亲子鉴定几乎没办法作假。她当时就觉得自己在胡思乱想，可谁知道末世来了。宁忧只要想点办法在这之前做好应付那些人盘问的准备，就能糊弄过去。

于是，宁忧设计将原主引到丧尸群，夺走她的玉，冒充她的身份。

原主侥幸活下来，还觉醒了异能。她不知道宁忧为什么要这么对自己，她跟着逃难的队伍，到达基地，没想到会再次见到宁忧。此时宁忧是基地里基地长的女儿，原主甚至没来得及质问宁忧，就被宁忧派来的人以感染的理由带走。

原主被关在地下实验室。她被迫接受各种注射，以及奇怪的实验。

到死她再也没见过宁忧。

初筝揉着眉心，外面突突的枪声，和强行塞到她脑中的记忆，不断刺激着她神经，她缓了好一会儿才觉得好受一点。

现在已经是末世半年后。正好是原主身上的玉佩被抢走，宁忧将她引到丧尸里的时候，原主躲在这里避开了丧尸。

不过……这个时候原主应该会觉醒异能。可是为什么她感觉自己并没有异能呢？

难道是因为自己过来，打扰到觉醒？

初筝仔细检查一遍，确定自己真的没有觉醒异能。身上有伤，但也没有变成丧尸。她再次走到窗边，拉开窗帘。下面已经安静下来，那群丧尸不知道跑哪儿去了。

初筝关好窗户，躺回床上。

原主这也太惨了，不但被人抢走身份，最后还被关在实验室，当成实验体。

【小姐姐，不惨的话，就不需要你了呢！】王者号声音欢快。

如果需要逆袭的话……做掉不就好了！

【小姐姐，最佳方案是你将玉佩抢回来，拆穿宁忧，并让宁忧过得非常惨的呢！】

做掉你个头啊！！做掉你就没……不是，倒带了！现在玉佩刚被抢，还来得及抢回来的！冲呀小姐姐！我们可以的！

初筝面无表情：“你现在已经开始有方案了？”

【为了小姐姐能更好地完成任务，这是我应该做的呢！】

初筝往床上一躺：“这个世界全是丧尸，钱完全没用，怎么做任务？”

丧尸啊！想想就好可怕，为什么要这么对待我这个小可怜。

【小姐姐，这是我需要考虑的问题呢！】王者号学着初筝说话方式，不过那语气十分欢快，完全没有气势。

房间安静下来，外面的枪声持续不断，随着时间推移，越来越远，最后消寂下去。

【请问小姐姐，你躺在这里做什么呢？】等丧尸吗？

“睡觉。”躺在床上不睡觉，还能干吗？

丧尸都要咬屁股了，你还睡觉？你现在应该逃命，知道什么是逃命吗？！

初筝闭着眼：“保存体力很重要。”

初筝睡了一觉，起来后又检查一遍原主的身体，还是没有异能。

半年前，天空出现异样的光芒，所有人都感觉到了眩晕。能撑到醒过来，就能活着；不能撑过来，便成了外面那些丧尸。醒过来的人中，又有一部分觉醒了异能，这类人在末世中最受欢迎。

异能以五行划分，金木水火土，也会出现变异，比如雷系、冰系……变异异能会比其他异能厉害许多，但数量也十分稀少。

被丧尸咬伤抓伤都会感染——当然也会有特别的情况，有的人能撑过来，觉醒异能。

丧尸依靠听觉和嗅觉，前期的丧尸白天比晚上更灵敏，可能是因为残留着人类的一点习性，后来……白天晚上都一样了！

人类生存空间急速压缩，为了食物，人类又不得不出来。

原主本来是跟着大部队转移，在这个地方停留寻找物资的时候，宁忧对她动了手。

原主本就没有防备宁忧，宁忧不费吹灰之力就将她留在丧尸群中。现在宁忧估计已经拿着玉佩找到那群人，成功替代原主……这剧情怎么回事！宁忧是交钱走后门的吗？

“等等，虽然这是末世，但应该也留着一些机器，做个亲子鉴定不难吧？”

宁忧是怎么成功替代原主的？这一点也不科学啊！

【小姐姐，宁忧拿了你的头发啊，好大一把呢，你摸摸脑袋，看是不是秃了。】

到时候回到基地，只要将她的头发给他们，就会鉴定出亲缘关系。

初筝伸手摸摸脑袋，倒没觉得秃了，就是有点疼。竟然这么揪她头发！不能忍！

初筝整理好基本常识，又在房间里试了试自己的身手，原主做过不少兼职，还简单地学过一些招式，经过这半年逃命，身体韧性不算差。

走廊上不时有丧尸走动的声音，初筝站在门口，外面的声音断断续续，也不知道还有多少丧尸。

初筝走到窗户前，拉开窗帘，外面晨曦微露，阳光正一寸一寸地扫过来。自从末世开始后，天气炎热。现在才三月份，天气却像三伏天似的。

初筝又在房间待了大半天，直到王者号看不下去，给她发了任务。

【主线任务：请在两个小时内，花掉五十枚晶核。晶核已发放至空间袋，请注意查收。】

晶核？空间袋？

【为了方便小姐姐做任务，给你的空间，就是类似游戏的背包，放东西的。】

我懂，你当我傻吗？

【……】这不是怕你不懂吗？王者号表示自己委屈。

从两个月前，就有人发现有的丧尸脑袋里面，会出现如宝石一般的晶核，晶核的作用也很快流传出来。晶核可以帮助大家提升异能，在后期，晶核会作为末世流通货币。

初筝摸出一袋晶核，晶核都是白色，呈不规则状，有点像钻石。这两个月出现的晶核都是这样。等后面丧尸进化，晶核的颜色也会发生变化。

初筝有点愁，现在要去哪儿花掉这些晶核？外面的丧尸回收他们脑子里的东西吗？

初筝小心地打开房门，几只外貌骇人的丧尸游荡在昏暗的走廊上。

初筝摸了摸手腕，银色的细线若隐若现，轻轻地绕着她手指，像是孩子嬉闹一般。

“宝哥，这里安全吗？”瘦弱男人紧张兮兮地环顾四周，他身边还有个戴眼镜的男孩子，看上去像一个学生。

在他们侧面，站着一个满身肌肉，十分彪悍的男人。他赤着膀子，粗声粗气地道：“刚才我看了，这里应该安全，今天晚上我们就在这里休息，等明天再想办法离开。”

“我们还有多少食物？”彪悍男人问了一句，但没有人回答他。

彪悍男人回过头，他们所处的走廊尽头，站着一个小姑娘。

小姑娘干干净净，五官精致得像是被人精雕细琢出来的艺术品。她单手勾着一个背包，甩在身后。她面无表情，姿势和神态都透着冷酷，莫名添了几分帅气。

彪悍男人顿时警惕起来，手中火苗闪现。另外的那个男人和那个看上去似学生的男孩子，此时也戒备地看着她。

刚才他们明明检查过四周，这里没有丧尸也没有活物，这个小姑娘哪里来的？

在末世经历得多了，有时候越是看上去没有危险的，往往会最危险。

初筝将包拿到身前。

“别动！”彪悍男人呵斥一声，手里的火苗蹿高了不少。亮出异能，能有效地避免正面交锋，让对方知难而退。

但对面的小姑娘只是歪了头，继续打开背包，将手伸进背包里摸索起来。

“你别动，再动别怪我……”

哗啦——初筝扯出一袋晶核。

天边最后一缕余晖消失，小姑娘投在地上的影子也渐渐隐没，闷热的环境下，寂静得可怕。

“换吗？”对面的小姑娘出声，声音清冽，破开空气里的闷热，如冰水一般，浇在三个男人心底，带来一阵奇异的清凉。

“那是晶核吗？”瘦小男人小声地问彪悍男人。

男人眸子半眯，打量着对面的女孩，点了点头。

“那么多呢……”男孩子也低喃一声，“能让宝哥升级了吧？她想跟我们换什么？”说到后面，男孩子又有些激动，就差过去拉着初筝的手，换换换。

“她出现得太诡异，还拿着这么多晶核，小心点。”彪悍男人沉声提醒。

晶核并不是每个丧尸脑子里面都有，大部分的丧尸都没有晶核。她这么一个看上去手无缚鸡之力的小姑娘，怎么会有这么多的晶核？这得杀多少的丧尸？

男孩子似乎反应过来，不敢再出声。

“你想换什么？”彪悍男人试探。

初筝语气冷淡：“你们有什么？”他们看上去好穷啊，不能要求太过分。

彪悍男人没出声，只是示意初筝自己看，他们的东西都在这里。

初筝指着地上露出来的包装袋：“换些吃的给我，这些都给你们。”

三个人各自对视几眼，有点不敢相信他们听见的。那么多晶核，得几十枚吧？就换一点吃的？要知道现在晶核流通得非常少，她那些晶核，能换不少东西。

“换不换？”初筝见他们不为所动，催促一声。

她时间很紧张的！！这有什么好考虑的吗？这不是天上掉馅饼的事吗？！

彪悍男人检查了晶核，将东西扔过去，他谨慎地观察着小姑娘——从他们见面到现在，他就没见她神色有过变化。

“你……一个人？”彪悍男人心底还是警惕。

初筝“嗯”了一声，冷淡又疏离，让人都没法接话。

三个大男人嘀嘀咕咕地商量半天，没有和她搭话，也没有赶她走。

夜色渐渐笼罩大地。整座城市陷入黑暗中，曾经繁华热闹的城市，如今活人寥寥无几，只剩下令人作呕的丧尸。

“我看她真的是一个人。”那个男学生低声道，“她这些晶核应该是意外得来的吧！”

“易笑，你别烂好心，想想上次的事。”彪悍男人瞪他。

易笑挠挠头，没敢再吭声。另外那个瘦弱男人接话，话里话外都透着谨慎：“都末世了，我觉得还是小心为好，要不我们离开这里？”

易笑往初筝那边看一眼：“等到早上再说吧，反正我们现在除了命，也没什么好图的。”

哦！还有他们刚拿到的晶核。

想到这里，易笑催促彪悍男人：“哥，你赶紧把晶核吸收了吧，免得夜长梦多。”

瘦弱男人也是这么想的。拿到手里的晶核，得赶紧吸收掉才保险。

三人一合计，收拾收拾东西，找了一个房间。

翌日。

彪悍男人先出来，他吸收了晶核，实力提升得明显。他在走廊上环顾一圈，昨天那个小姑娘已经不见了。

“还真是天上掉馅饼了？”彪悍男人嘀咕一声，让另外两人起来收拾东西离开。

他们现在要去找物资和车。现在车好找，最难的是汽油。半年过去，能被人搜刮的地方都搜刮过了，物资和汽油都很匮乏。

彪悍男人带着两个拖油瓶，警惕地走在大街上。两侧的店铺不是玻璃碎裂，就是店门大开。食品与一些必需品的店铺里的东西被洗劫一空。那些卖家具的店铺，或者在末世用不着的东西则完好无损。

“啊！”瘦弱男人被暗处扑出来的丧尸扑个正着，本能地叫了一声。彪悍男人反应极快，迅速用手里的铁棍敲向丧尸的脑袋。腐烂得让人恶心的丧尸，“啪”的一下倒在地上。

瘦弱男人被易笑拽起来：“没事吧？”

瘦弱男人慌张地摸着身上，摇头：“没事。”

彪悍男人握紧手里的铁棍，警惕地看着四周，街道和店铺里，开始出现摇摇晃晃的丧尸。它们的视力近似于无，但听力和嗅觉被放大了。刚才瘦弱男人那一声，将这些徘徊在暗处的丧尸吸引了过来。

“宝哥！”易笑紧张地叫了一声。

“左边。”彪悍男人立即道一声，“跑！”

三个人同时往左边跑，那些摇摇晃晃的丧尸，恍如被按下开关键，吼吼地追了上去。

他们穿过街道，动静很大，越来越多的丧尸加入。

“嘎吱——”纯黑色的越野车忽地停在他们前方。三人也顾不上车子上是谁，用最快的速度跑过去，见对面没有反对，拉开车门上去。

丧尸扑在越野车侧面，车子往前，又猛踩刹车，丧尸被甩下去，接着车子转向，往另外一条路飞奔离开。

在车厢的安全空间里，三个大男人劫后余生地松口气。

彪悍男人看一眼开车的人，略微诧异：“是你……谢谢啊！”

开车的女孩子不是别人，正是昨天和他们交易过的初筝。她目不斜视地看着前方，在彪悍男人出声的时候，摸出一袋晶核：“我雇佣你们去庆安基地。”

彪悍男人一愣，后座的两个直接傻眼了。

昨天才拿出那么多晶核，今天又有这么多？这女孩子是晶核制造机吗？

“雇佣我们？”彪悍男人警惕，“小妹妹，你看我们三个，自保都困难，没有那个能力保护你。”

“嗯。”她就是想做个任务，顺便找个能给她开车的。毕竟这里就这么三个活人，她也没得挑。

你一个“嗯”是什么意思？彪悍男人表示自己无法理解。

初筝保持着递晶核的姿势，一点收回去的意思都没有。

“宝哥……”易笑给彪悍男人使眼色。

彪悍男人费解地挠挠头，这小妹妹刚救过他们，他要是不接，就太忘恩负义，况且人家还给这么好的报酬。

彪悍男人最终接下晶核：“先说好，我们的能力有限，我只能尽量保护你。”

初筝点头，她猛地踩下刹车，车子停下，初筝下车。

三人都被初筝弄得一愣，后面的丧尸正嗷嗷地追过来。

“你干什么？”

初筝拉开彪悍男人那边的车门，冷漠地道：“你开车。”

彪悍男人无语，就算要他开车，就不能等甩掉丧尸之后吗？

群魔乱舞的丧尸嗷嗷地追来，彪悍男人顾不上初筝，直接从副驾驶换到驾驶座上。

“我叫易笑。”那个男孩子介绍，“这是我们宝哥，大名叫蔡小宝。”

宝哥瞪易笑一眼，宝哥就宝哥，非得介绍蔡小宝？

“这是贺成。”易笑并不怕看起来凶神恶煞的宝哥，介绍另外一个男人。

男人抬手打招呼：“你好……”

这三个人的组合奇奇怪怪的。

易笑只是一个大学生，没有异能。贺成看上去十分胆小，没有异能。

宝哥肌肉大汉，看上去挺能打，也是队伍里唯一的异能者。

初筝靠着座椅，声音清冷："初筝。"

"啊？是哪个字啊？"易笑有些好奇。

初筝懒得说，从包里摸出纸和笔，写下"初筝"两个字，如印刷体的字体漂亮好看。

"我还以为是'出征'的'征'呢！"易笑挠挠头。

"那边不能出城。"贺成突然出声，宝哥立即换了一条岔路。

初筝看了贺成一眼。

易笑解释："贺成记忆力很厉害，他能记住全国各个城市的地图。"

初筝能理解他们为什么带着贺成这个看上去很胆小的人了。在末世有一个了解城市路线的人，比他们无头苍蝇一般乱转要好得多。

"他没事记地图干什么？"这是什么魔鬼爱好？

"本来打算参加吉尼斯世界纪录来着。"贺成这次倒主动道，"可惜……现在是末世，我其实也没多大用处。"

这话倒是说得没错，但有时候还是能救命。

丧尸飞快地追着一辆车，一个个嗷嗷待哺的，盯着车里的新鲜食材，异常兴奋。

"这群恶心玩意，怎么杀都杀不完！"

"没有子弹了，怎么办！"

"前面，前面！！"

车子嘎吱一声急刹车，车子里的人被丧尸堵在一条街道上。易笑站在高处，看着下面的战局，开始"圣父"："我们要不要救他们？"

易笑他们已经走了好几天，车坏了，打算在这里找辆车。听见有动静，他们先上了楼。

"车里的人有枪。"初筝平静地道。

末世里虽然枪支谁都能用，可枪械这种东西，到底是比较难弄，并不是人手一把。

易笑以为初筝说他们有枪，是觉得安全，打算救他们："那救他们上来？"

谁知道初筝面无表情地来一句："等他们死了，我们下去捡装备。"

易笑一怔。

宝哥一巴掌拍在易笑脑袋上："谁知道下面是什么人，引狼入室你还想再来一次？"这都末世了，谁还管你什么人，为一块面包杀人都不是什么新鲜事。

易·圣父·笑："……"

下面的人很快团灭，但丧尸没有散开，反而徘徊不走，想捡装备就有点困难。

初筝下楼，在玩具店里拆了几个遥控赛车。开最大声将丧尸遛走后，初筝大摇大摆出去捡装备。车子还能开，里面留着不少食物和汽油，足够他们开一段距离。

易笑走在最后唉声叹气，但是吃东西的时候，吃得比谁都多。

初筝：“……”这是个假圣父吧？

庆安基地离他们甚远，现在不但要找路，还要找食物和水，还有汽油，因此进度缓慢。

他们路过一座城市的时候，遇见一支队伍。这支队伍也是去庆安基地，他们在前面，初筝他们没机会超车，只能吊在后面。

【隐藏任务：请小姐姐获得陆然好人卡一张，阻止陆然黑化。】

【小姐姐，醒醒，醒醒啊，喂！】

【小姐姐，丧尸来了！】

初筝大半夜的被王者号吵醒，此时以她为中心，方圆十米都飘着冷意。

【小姐姐，好人卡哟！】要微笑服务，不生气，多大点事。

初筝躺回去：“好什么卡，再吵吵弄你。”大半夜让我去找好人卡？你用的哪国时间？

队伍里大多数人都起来了，此时吵吵嚷嚷，犹如菜市场。初筝走到中间，找了个位置站着。中间是一群看上去年纪不大的少年少女，虽然狼狈，却也比普通人要有气质得多。

此时不少人对着他们大骂：“他被咬了你们怎么不说？你们是不是想害死我们？”

“要不是有人发现，我们全完了！”

“真的吗？我刚才还离他那么近，吓死人了。”

其中有人辩解：“我们不知道啊！”但是没人听他们的辩解。而他们说的被咬的那个人，是靠车坐着的一个黑衣少年，他此时垂着头，看不清神色。身上的衣服袖子被人拉扯过，破碎的布料下，胳膊上有明显的抓痕。

“杀了他吧，被咬了肯定会变成丧尸的。”

“我们队伍这么多人，要是他变成丧尸把我们咬了，那可就完了。”

“让他自己离开吧……”

队伍里吵吵嚷嚷，有主张让少年自己离开，有主张绑起来，也有一些杯弓蛇影的人要求杀了少年。

“陆然……”有一个男生皱眉和少年说话，“要不你自己离开吧，别让大家为难。”

“学长，我们可以把他绑起来，万一没有变成丧尸呢？”有一个女生弱弱地道，视线却不敢看少年的方向。

“现在不是我做主。”那个男生无奈，“你看四周的人，我们要是让他留下来，说不定我们都会被赶走。”

女生嗫嚅一声，有些害怕，没有再帮少年说话。其余人都不吭声，不愿与少年对视。

少年抬眸看那个男生一眼，发出一声意味不明的嗤笑。他站起来，暴露在光芒中。他身形比那个男生还要高一些，站起来顿时给人带来压迫感，光芒太强，依然让人看不太清容貌。

“祝你们好运。”少年声音干净清透，极其好听，尾音带着几分嘲弄。他往脑袋上扣了一顶帽子，朝着队伍后方离开。

“陆然……”有人叫他的名字，还想追上去，却被那个男生拉住。

刚才为少年说话的女生眼底有些愧疚和不忍：“是不是过分了，什么都不给他吗？”

有人不屑地轻哼：“给什么啊，他都被咬了，死定了。”

“不是还有机会觉醒异能吗？”

“算了吧，这万分之一的概率能让他遇上？反正他在队伍里也是浪费食物，你们这些女生就别只顾着看脸了，他长得好看能当饭吃，能让你们填饱肚子？还不如死了呢！”

“话不是那么说……”女生们的反驳声小了下去。

人群给少年让开路，似乎怕他突然发作，咬他们一般。少年抬手压低帽檐，穿过人群离开，直到他没入黑暗中，队伍里的人才松了一口气似的。

初筝回到停车的地方。

前面的动静太大，除了守夜的宝哥，易笑和贺成也都在车外站着。

“前面怎么了？我刚才看见有个人往后面走了，大晚上的，他被赶出去还是……”易笑擦了擦眼镜戴上。

初筝开始倒车。

“欸……我们要走吗？”易笑一脸蒙，宝哥也有些不明所以，但还是第一时间上副驾驶，易笑和贺成对视一眼，也赶紧上车。

即便是晚上，温度也十分高，陆然走一会儿停一会儿，身上全是汗，他拿下帽子扇了扇风。后面有车子行驶过来，光芒打在马路中间，前路一片光明。

陆然将帽子戴回去，站到路边，歪着头等后面的车过去，但那辆车在他旁边停下了。

陆然挑了挑眉。

车窗落下，是一个陌生却好看的小姑娘，柔顺的发垂在肩头，闷热的天气下，她看上去清清爽爽，透着一股凉爽。就是面上没什么表情，像是面瘫一般……

小姑娘神色冷淡地打量他一眼，不知是不是陆然的错觉，他好像看见她眼底闪过的“麻烦”二字：“陆然？”

“嗯。”刚才有人叫过他名字，此时陆然也不觉得奇怪，“有事吗？我身上可什么都没有，想打劫找错人了。”都知道他被咬了还追上来，他只能想到这一个理由。

“上车。”初筝手搁在车窗上，扬了扬下巴。

“嗯？”陆然很确定，他不认识这个面瘫的小姑娘。

“上车。”初筝重复一遍，他耳朵有问题吗？还是被咬了已经开始听不懂人话了？这要是变成丧尸……那我要怎么让一个丧尸觉得自己是一个好人？给他抓人投喂吗？！

陆然指尖往上顶了下帽子边，露出一双灿若星辰的眸子，他将胳膊横在她面前：“我被咬了，你还要让我上车？”

少年尾音微微上扬，极其好看，可是说出来的话，让不明所以的三人组顿时一惊。

气氛顿时陷入诡异中。

“上车。”初筝说第三遍。再让她说一遍，她就打算直接动手了。

陆然后退一些距离："我们并不认识吧！"

"现在认识了。"

陆然："……"认识什么啊？和自己说的话还不超过五句。

"你为什么要让我上车？"陆然星眸微转，嘴角勾着嘲弄的弧度，"你不会觉得我能觉醒异能吧？"

初筝凶气渐露："上不上？"

陆然指尖在帽子边缘压了压，低垂的眸子里闪过一缕光："恭敬不如从命。"

他现在除了这条快没了的命，身上也没什么好让人觊觎的。而他也不清楚自己是不是会死在几个小时后……

副驾驶有人，陆然坐到后面。易笑和贺成抱团，只占一个人的位置，面露惊恐地看着他。陆然似乎被两人逗笑："怕成这样还敢让我上车，你们不怕我把你们都咬了？"

"把他弄晕。"初筝吩咐宝哥。吵死了。

陆然："……"

宝哥很迅速，反过身就劈在陆然的脖子上。

陆然眼前一黑，最后一个念头是——我不会上了什么黑车吧？

车子颠簸，光线有些暗沉，偶有炽热的光扫过面颊，陆然渐渐有了意识。

身侧有清凉感，陆然下意识地往那边挪了一下，贴着那片冰凉，然而很快就被推开。

陆然又靠过去，再次被推开。

"初筝姑娘，他好像醒了。"有声音在耳边响起。

陆然意识回笼，先睁开眼，入目的是女生冰冷的侧脸，照着他此时的姿势，刚才应该是倒在女生肩膀上了。

陆然发现自己四肢健全，除了有些头晕外，没有其他的症状。

还好，没有被肢解。

"还活着呢！"陆然挑眉。还以为上了黑车，面临分尸或者更残忍的事呢！

"你感觉怎么样？"易笑还是有些怕他，说话都小心翼翼，"有没有想咬人的冲动？"

陆然抿了下有些干裂的唇瓣，恶劣地点头："有点。"

易笑直接贴到车窗上去了。

贺成和开车的宝哥注意力都集中到他身上，仿佛他要动口，就会立即制伏他。唯有那个女生，神色冷淡地看着前方，稳如泰山。

"哈哈哈哈。"陆然大笑，帽子遮挡下的容貌展露几分，线条优美精致的下巴似乎都带着好看的光晕。

宝哥和贺成知道被耍了，宝哥凶神恶煞地瞪了他一眼："这个玩笑一点也不好笑。"

陆然敛了笑，立即诚恳地道歉："抱歉，忍不住逗逗你们，毕竟你们胆子看上去很大。"

贺成和易笑有些无语，你到底哪里看出我们胆子大了，我们很怕死好吗！

陆然倒不想咬人，就是有些渴和头晕，以及犯恶心。

“你被咬多长时间了？”贺成谨慎地问。

“嗯……我晕了多久？”陆然习惯性地压了压帽子，挡住他大半的容貌。虽然他睡着的时候，贺成、易笑和宝哥三人都围观过他的长相。

那是真好看，跟个明星似的。鼻子是鼻子，眼睛是眼睛……宝哥这么形容的时候，被易笑和贺成给鄙视了。谁还不是眼睛是眼睛，鼻子是鼻子。不是这么长的，那都不是人。

宝哥：吃了没文化的亏。

“二十八个小时了。”

易笑圣父心又开始发作，安慰他：“往好点想，也许你能觉醒异能。”

“也可能是潜伏期长。”冷冰冰的声音插进来。被咬变成丧尸快则几分钟，慢则几个小时。也有的会撑得更长一些，有的被咬了好几天才变成丧尸。

陆然：扎心。

易笑：“……”所以初筝姑娘，捡他到底是来干什么的？

陆然看向旁边的小姑娘，带着几分好奇的目光打量：“你为什么要让我上车？”

“因为我得做一个好人。”初筝十分认真地指着自己，“你觉得我是一个好人吗？”

陆然先是盯着她瞧几秒，片刻后“扑哧”一声笑出声。

另外三个的表情也十分复杂。能在别人被丧尸追杀的时候面无表情地围观，并表示等团灭再下去捡装备的人，能是一个好人？初筝姑娘对自己有什么误解？

“在末世当好人，你可真敢说。”末世哪有什么好人，“我是个什么样的人都不知道，就敢往车上带，你也是胆子大。”

初筝：“被赶出来身无分文只剩半条命。”

陆然：“……”

小姐姐说话有时候就是……很扎心。

和初筝说话，让陆然更晕了，他十分虚弱，脸色也很苍白：“我们去哪儿？”

“嗯，去庆安基地呢！”易笑道。

陆然视线望向前方：“前面那些人呢？”

“我们没和他走一条道。”易笑解释，“走另外一条路过去。”

陆然似乎有些奇怪：“你们知道路？”现在又没 GPS 导航，很多路标都毁了，不跟着大部队走，很容易走错路。

“嗯，有贺成呢！”易笑指了指行走的活地图贺成。

陆然不太懂贺成是什么操作，也没问，“哦”了一声，他声音低了几分：“虽然不知道你们为什么让我上车，但是谢谢你们啊！”

易笑看向初筝。让你上车的是他们的雇主，他们什么都不知道。

这个奇怪队伍里，领头的是初筝，陆然之前就发现了。因此他侧了侧头，露出半张好看的脸，轻勾着嘴角，吐字缓慢：“谢谢你呀！”

初筝摆着正儿八经的冷漠脸：“嗯。”

陆然撑了一会儿，实在是撑不下去，脑袋晕得不行，再次睡了过去。

王者号将陆然的资料传给了她。

陆然在末世开始后，就一直和学校的同学一起。但陆然没有觉醒异能，平时在学校仗着自己长得好看，潜在敌人不少。因此在没有异能的情况下，陆然受到男生们的一致排挤。

在遇见初筝之前，他们队伍遭遇了丧尸。陆然为救队伍里的一个女生，被丧尸给咬了。但是没想到，旁边的人发现他被咬了，于是在外人的逼迫下，他们就这么半推半就地将他赶了出来。那个女生也没站出来，说陆然是为了救自己。

陆然离开队伍，很快就因为被咬开始发高烧，晕在野外。幸运的是没有被丧尸给啃了，他被一伙人给捡了回去，觉醒了异能。

大概是因为异能的原因，陆然被那个队伍留了下来。

一开始他没发觉不对劲，他们对他也挺好。但他渐渐发现不对劲，这伙人不是什么好人，他想跑的时候，被对方发现，直接被绑了起来。

接下来的日子就和地狱一般。折磨、侮辱……那就是一群疯子。

陆然后来被人救出来，对方是个姑娘，许是因为救命之恩，陆然对那个姑娘特别好。

可这姑娘也不是啥好人，只知道利用陆然，而且姑娘还脚踏好几条船，陆然大概觉得生活太艰难，一气之下就……黑化了。

初筝看一眼旁边的少年，黑化得也太随便了！虽然……是有点惨。

现在她将人捡回来，那他就不会遇见那群变态，不会黑化了吧！？

黑化就打断腿！嗯！

车子颠簸，陆然脑袋往初筝那边倒。初筝烦躁地推开他，少年继续靠过来。

少年侧脸近似完美，毫无死角的好看，漂亮的睫毛长而密，像两把小刷子。初筝伸手，在他没有被帽子盖住的头发上摸两把……不软呀！推开推开！

易笑怕陆然突然变成丧尸，压根不想靠近陆然，隔得老远，后来为了坐到前面，三人还玩儿石头剪子布。

“哈哈哈，贺成快去。”易笑将贺成拉下车，贺成抖得跟筛子似的。

初筝突然提出她来开车。易笑和宝哥对视一眼，易笑迅速扣好安全带，说什么也不下去。最后宝哥和易笑又来了一轮石头剪子布。易笑略胜一筹，笑得春风得意。宝哥那大个子坐到后面，车厢都变拥挤了，两个人给陆然留出很大的空间，可怜兮兮地贴着滚烫的车窗。

初筝姑娘到底为什么要捡他？

他们要换车！要换个大的！

傍晚，初筝在公路边停下休息，三个人迅速下车透气。

和一个不知道会不会变成丧尸的人待在一块，太考验心理素质。

“初筝姑娘，我清点了下我们的物资，不多了，得找个地方补给。”宝哥从车后面绕过来。

“前面应该有一个镇。”贺成接话，“我们可以去看看，这条路走的人少，应该会有物资。”

【主线任务：请在三个小时内，花掉一百枚晶核。】

宝哥忽地觉得浑身一凉，鸡皮疙瘩都冒了起来。

初筝面无表情地用脚尖碾着地面的枯草。

好端端的提什么物资！提什么镇！

初筝等他们休息一会儿，上车继续赶路。

镇子离他们差不多两个小时的路程，初筝到的时候，离完成任务就剩下一个小时。初筝看着荒废的镇，以及偶尔晃荡而过的丧尸，头疼得很。

这镇还挺大，她上哪儿去找人？丧尸收晶核吗？

初筝还在想找人还是找丧尸，这人就送上门来了。

初筝和他们在街上撞上。对方正在收集物资，个个都是五大三粗的样子，文着乱七八糟的文身。换成末世前，那就是社会人聚集斗殴现场。

对方戒备他们，没有动手的意思。可能是不想浪费子弹，也可能是不想引来丧尸。

“喂。”初筝趴在车窗上，朝着那边的人喊一声。

花臂男朝着初筝看过来，惊讶了下初筝的容貌，随后又目露不解和警惕，压着声音警告：“那边我们还没去过，你们可以去那边，别找事！”花臂男指了另外一条街。

“我和你们做个交易。”

“交易？”花臂男似乎有些不屑，“小姑娘，你能和我做什么交易？”

初筝摸出一袋晶核，晃了晃：“这个。”

花臂男眸子微微眯起：“晶核？”

花臂男挥手，带着两个人警惕地走过来，初筝手里的晶核在阳光下闪着碎光。

“这么多晶核？”花臂男没有放松警惕，反而打量她的车子，怕是陷阱。

“换不换啊？”赶时间呢！

花臂男有些心动，那么多晶核，得杀多少丧尸？现在异能升级就靠晶核……

“你想换什么？”花臂男心一横。

初筝看一眼宝哥。宝哥不知道初筝哪里来这么大一袋晶核，但他很有职业道德地开始估算那袋晶核能换多少东西。

宝哥开始报物资，对方皱眉听着。初筝诚恳地打断宝哥：“别报太多。”报多了，下次我换什么啊！

花臂男：“……”还没见过在末世嫌物资多的，这一定是陷阱吧！？

可他们警惕半天，对面一个劲地让别报太多，没有任何其他疑点。

宝哥：“那就这些，方便的话再给我们换辆车。”要大的车！

初筝加一句：“衣服给几套，最好是新的。”

花臂男：这条件也太……简单了吧？都不要枪、子弹什么的吗？

第十章
囚禁“好人卡”

花臂男半信半疑地将东西换给初筝，晶核到手，都还有点不可置信。

这是遇见二傻子了？

于是，花臂男邀请二傻子去他们队伍驻地。

在镇子的广场上，道路四通八达，在这里驻扎，如果遇见丧尸，不会被堵死。

这支队伍约有百多人，个个都文着文身，五大三粗，背后仿佛飘着“你别惹我，否则下场很惨”的标语。

花臂男让初筝在队伍外围随便休息，又低呵凑上来的人，带着人去了里面。

“他们会不会对我们下手？”宝哥有些担心，他们拿出这么多晶核，对方如果怀疑他们身上还有，直接动手抢怎么办？

“不会。”初筝很笃定。

“在摸清你们底细前，谨慎一点的队伍，都不会动手。”宝哥看向后座的陆然。少年不知何时醒了，偏头透过窗户看外面的情况。察觉到宝哥的视线，他拿手压了下帽子，嘴角露出礼貌却疏离的笑容，“我说错了？”

宝哥看初筝，后者默认少年的话。

“你觉醒异能了吗？”易笑问陆然。

陆然摇头：“还很晕。”

易笑伸手，想探一下陆然的额头，手腕却被陆然扼住，那一瞬间，易笑感觉自己手要断了。看上去没什么攻击力的少年，此时仿佛一头会咬人的狼，谨慎又凶狠。

“我……我就想试试你的体温。”易笑说话有些磕绊。

“谢谢。”陆然道谢，松开他的手，朝着旁边侧了侧，用动作拒绝易笑的好意。

易笑揉着手腕，好痛啊！他力气怎么那么大？

陆然还在发烧，这是易笑从他扼自己手腕得出的结论。而陆然几分钟后又睡了过去。

花臂男带了一些食物和水过来，态度十分友好。当然这些东西，谨慎的贺成不敢用，怕他们下药想对他们动手。

易笑嘴上说着他们看上去很好，应该不会做这种事，手里却一点动的意思都没有。

初筝："……"这都是什么奇葩队伍？

花臂男的整支队伍还算有纪律，即便有人对他们张望，却在花臂男的威慑下，没人敢过来。

一个小时后，有车从镇上一条街道开过来。还没开过来，车上的人就冲他们挥手。

"上车！上车！有丧尸！"他喊出来的时候，车子后面又涌出一群人，以及数不尽的丧尸。整支队伍立即抓着自己的东西跳上车。

初筝的车本来就在外围，发现丧尸的时候，宝哥第一时间启动车子。

丧尸听见声音，从各个地方钻出来，密密麻麻，看得人头皮发麻。宝哥拿出开飞车的技术，在丧尸还没有围拢之前，将车子开了出去。

初筝从后视镜观察着后面的丧尸。丧尸放弃了冲出来的车子，径直围拢还在广场上的人。

"邪门了！"宝哥低骂一声，"这些丧尸怎么回事？"

丧尸听见声音肯定会追，就算大部分的丧尸会被更大的声音吸引，可也会有少数的追上来。今天这些丧尸怎么都往里面扑？

贺成小声道："这群丧尸不会成精了吧？丧尸要是会这样猎捕人类，那人类还有活路吗？"

没人再说话。今天这些丧尸，给他们的感觉极其不舒服。

开了一段距离，没有丧尸再追上来，他们将车子停下。

花臂男的队伍折损不少人。

花臂男脸色阴沉地盯着另外一群人。那群人人数比花臂男的队伍的人还多，但质量参差不齐，男女老少都有。

有人冲那群人走过去："就是你们这群浑蛋引来的丧尸！弄死他们！"

初筝面无表情地趴在车窗上看那边的队伍，花臂男并没有拦着他的人，混乱中那边队伍里站出来两个人。其中一人穿着军装，和花臂男的人交涉。奈何花臂男这边的社会人看见穿军装的人十分恼火，没说两句就动手打了起来。

易笑趴在车窗上，火龙从空气里一闪而过："这个男人的火系异能好厉害。"

初筝的目光不在那个男人身上，而是在和男人一起站出来的那个女孩子身上。

那就是宁忧。

男人异能强大，社会人不是他的对手，很快败下阵来。花臂男这才上前制止。双方不知道交谈了什么，最终达成共识。

"大家注意警戒，你们带几个人回去勘察一下，其余人原地休整，半个小时后出发！"

花臂男一边吩咐一边往自己队伍走。路过初筝的时候，被她叫住。

“初筝姑娘？”花臂男脸色依然不好，“你们没事吧？”

初筝摸出几枚晶核给他：“刚才你和那边的人说什么了？”

突然得到几枚晶核的花臂男：“……”她是哆啦A梦吗？晶核随便就能摸出来？

晶核面前，花臂男神色缓和许多：“就说一起走，他们也是去庆安基地，之前那群丧尸有些不对劲，所以我答应了。”

初筝点了点头，关上车窗。

花臂男有点傻眼，不问了吗？我还能回答问题呢！

花臂男派去镇里勘察的人很快回来，说那些丧尸还围在广场那里。显然大家都发现丧尸不对劲，但现在保命要紧，最终大家都觉得应该立即启程离开这里。

花臂男队伍损失了人，车空出来不少，宁忱那边不知道拿什么做了交换，匀了几辆车过去。初筝的车跟在花臂男队伍后面，再往后就是宁忱他们的队伍。

入夜。队伍寻找一个较为安全的地方露营休息。

花臂男和后面的队伍划分得十分清楚，初筝的车停在中间，反而有点显眼。

易笑憋了好久的尿，车子一停下就冲了出去，贺成也追出去。

初筝看了眼后面的陆然，睡得跟猪似的，一点醒的痕迹都没有。

初筝下车透透气，宝哥给初筝递了水和食物：“初筝姑娘，今天那些丧尸太奇怪了，我心底总觉得不太舒服。”

“丧尸在进化，有什么奇怪的。”初筝语气冷淡。

“进化？”宝哥不是第一次听见这个词，从丧尸脑袋里出现晶核开始，就有人说丧尸进化，“那以后丧尸会不会和我们人一样？”

初筝咬了一口饼干：“不至于，顶多几岁的智商。”

宝哥松口气，几岁的智商，肯定干不过他们这些正常智商的人啊！

初筝慢悠悠地补一句：“不过丧尸皇就不一定了。”

“噗——”宝哥被水呛到，一个大个子拼命咳嗽，画面有点滑稽，“丧……丧尸皇？”

宝哥满脑子都是丧尸皇，好一阵子才回过神：“易笑和贺成怎么还不回来？”

刚才去厕所的人此时大部分都回来了，初筝虚靠着车门，一脸严肃：“可能便秘。”

宝哥嘴角抽搐，她不说话的时候真的什么都好，高贵冷艳，一开口就一言难尽了。

宝哥怕易笑和贺成出什么事，打算去找找。结果刚走出几步，就见易笑和贺成跑了回来，后面还跟着几个人，仿佛在追他们。

宝哥一看那几个人就沉下脸。

对方约莫是看见五大三粗的宝哥，忌惮地停下。其中一个女孩儿冲易笑喊：“易笑哥哥，我真的不是故意的，当时情况太危险了，对不起，你原谅我好不好？”

贺成黑着脸，将易笑拉回宝哥身边。

女孩儿长得不错，清秀可人，嗓音甜美，就是身上有点脏。她一口一个易笑哥哥，叫得那叫一个委屈，好像易笑做了什么对不起她的事一般。

女孩儿旁边的一个男人出声："易笑，你们别这么小肚鸡肠行不行？当时那个情况，我们不跑，也会死的，而且后来我们回去找你们了，你们几个大男人，怎么还记仇？"

"我呸！"贺成从宝哥后面冒出一个脑袋，"你们就是故意的！要不是我们运气好，现在早死了。易笑，你别听他们的。"

"易笑哥哥。"女孩儿开始哭，"对不起，真的对不起，你原谅我吧，你让我做什么都行，我真的不是故意的……"

易笑面露不忍："宝哥，算了吧！馨儿，我原谅你了。"

不知道发生了什么，但看上去似乎是一出大戏，初筝感觉有点吵。

被叫馨儿的女生一喜，小跑上前："真的吗，易笑哥哥？我就知道，易笑哥哥你最好了。"馨儿笑得灿烂，和易笑开始吧啦吧啦地说她的遭遇，说着说着又开始哭，那叫一个楚楚可怜。

易笑听着馨儿的遭遇，一脸同情加不忍，耐心地安慰。

宝哥和贺成恨不得将易笑的脑袋给拧下来。

初筝问："怎么回事？"

"初筝姑娘，这货就是个同情心没处使的白痴。"宝哥忍不住骂，"您看着吧！一会儿铁定会出事。"宝哥怒其不争，却已经开始往那边过去，准备动手的架势。

馨儿哭了半天，娇滴滴地拉着易笑的手撒娇："易笑哥哥，我好饿啊，你有没有吃的？"

"不好意思啊馨儿，我没有。"易笑一脸抱歉。

馨儿："……"她没想到自己哭半天，易笑却来这么一句，以前他对自己可是有求必应。

馨儿不信邪，又哭着央求半天，易笑都是一脸"抱歉，但是我就是没有吃的"的表情。

最终馨儿甩开他，哭着跑了。那边的那群人嘀嘀咕咕，各自暗瞪易笑一眼，回了那边的队伍。

易笑回头，见两个伙伴一言难尽地看着自己，茫然地扶了扶眼镜："你们这么看着我做什么？"

"我还以为你会给她吃的。"

"怎么可能。"易笑道，"这些物资又不是我的，都是初筝小姐的啊！"

贺成：那要是你的，你就要给吗？

"那你原谅她了？"宝哥问，"……上次我们差点挂了，兄弟！！"

"可是她看上去好可怜……"易笑道，"原谅她一下又没什么，反正我也不和她一起了啊！"

初筝：就知道这是个假圣父！

易笑他们和那群人的恩怨，其实也算不上什么。就是他们遇见后，易笑心软之下和他们一起行动。开始相处得还不错，特别是那个叫馨儿的，对易笑那叫一个好，一口一个易笑哥哥，就差以身相许。

结果有一次遇见丧尸，说好一起行动，可这群人却变卦让他们引丧尸，趁机跑了。

初筝只是雇佣这三人当司机，自然没心情去理会他们的恩怨，只要不吵到她就成。

花臂男给初筝送来一些肉食，这些东西现在已经很难见到。宝哥等人都有点馋。可又怕花臂男整幺蛾子，不敢动。

初筝倒不在意，直接拿了开始吃：“他们不会下药。”

后面还有那么大一群人，就算要对他们下药，也得没有外人的时候。

“初筝姑娘……”

初筝吃了几口：“没毒。”比饼干好吃。

三人也顾不上，赶紧坐下开吃。

“易笑哥哥，你不是说没有吃的吗？”馨儿拿着两包饼干，泫然欲泣地站在几步开外的地方，“我特意给你拿来的。”

易笑正咬着一块肉，听见馨儿的声音，迅速将肉卷进嘴里。

“馨儿，这不是我的。”他抬起头，一脸的抱歉，“是那边……那位大哥给我们的。”易笑指着站在远处说话的花臂男。

馨儿往那边看一眼，脸色微变：“那你也不能骗我……”

“你很吵。”初筝打断馨儿。吃个饭都不得安静，好烦。做掉、做掉、做掉！

“我和易笑哥哥说话，你插什么嘴。”馨儿不满地瞪着初筝，发现初筝长得好看，顿时更不满了。馨儿不和初筝争，转头泪眼蒙胧地和易笑告状，“易笑哥哥，你怎么让她欺负我？”

初筝放下筷子，缓慢地站起来。馨儿莫名地觉得后背生寒，下意识地往后面退一步。

“你想干什么？”馨儿不由自主地哆嗦了一下，“易笑哥哥。”

“馨儿你赶紧走吧！”易笑没有帮她的意思。

“易笑哥哥你怎么这样！？”馨儿不可置信，仿佛易笑做了什么不可饶恕的事一般，哭着跑了。

“勇哥，我看咱们还是别从Z省过去，我听说那边丧尸很多，我们绕一下，从G省这边过去，会安全得多。”

花臂男叼着烟，没有点，视线落在地图上：“从G省绕过去，时间要多一半。”

“但至少安全，勇哥，现在得以安全为主……”

勇哥皱眉：“物资问题呢？”

“G省主产粮食，我们从那边过去，能找到物资。”

勇哥沉吟片刻：“行，就从G省过去。”

勇哥刚确定好路线，队伍后方突然一阵吵闹：“怎么回事？”

有人跑过来汇报：“勇哥，后面的人吵起来了。”

“这群人白痴吗？”勇哥气得踹了一脚车，拿着枪往后走，“吵什么？怕丧尸不知道你们在这里？”

“她打人！”一个小姑娘哭着告状。

勇哥这才看清被围在中间的人，是随时随地能摸出晶核的那个神秘女孩。他顿时一个头两个大。这群白痴没事惹这几个二傻子……不是，财神爷干什么？！有毛病啊！

初筝双手环胸站着，神色冷淡：“我什么时候打你了？”

馨儿露出胳膊上的痕迹，楚楚可怜地控诉：“这就是你打的！”

“你们谁看见了？”初筝环顾四周。大部分人都是听见馨儿的声音围拢过来，并没有看见初筝动手。初筝此时冷着脸，看上去不太好惹，人群中没人敢乱说。

只有馨儿的亲友团十分给力：“我看见了，就是她打人！打人还有理了！”

“我们馨儿也不是好欺负的！给我们馨儿道歉！”

勇哥拿枪敲了敲旁边的车盖：“吵什么吵，打一下怎么了！都给我回去！”

初筝无语，不是兄弟！你别乱说！我没打人！是这小姑娘碰瓷！仗着自己长得好看，也不能这样啊！我又不是易笑那个假圣父！

“我没有打人！”初筝认真脸。

“人家没打人，听见了？”勇哥继续瞪着他们，“再吵吵别怪我不客气！”

初筝：你是敌人派来坐实我打人的傻子吗？

“你们有枪也不能这么欺负人。”馨儿的亲友团怒火冲天，“让她给馨儿道歉！”

“道什么歉，道什么歉。”勇哥那边的人拿枪对着他们，“要道歉吗？”

对面的人“唰”的一下安静下来，面露惊恐。

“怎么回事？”穿军装的男人从后方过来，“勇哥，我们说好井水不犯河水。”

勇哥扛着枪，抬了下手，小弟们立即将枪口移开：“你的人越界了。”

宁忧后一步过来，目光接触到初筝，整个人都震了一下。

她……竟然没有死？她怎么会在这里？

初筝目光扫过宁忧，宁忧后背蓦地升起冷汗。然而那目光只是平静地扫过，没做任何停留，仿佛不认识她一般。

她不认识自己了？失忆了吗？还是装的？

宁忧满腹疑问。

男人从旁边的人那儿听完经过，微微蹙眉，望向初筝：“这位姑娘打人？”

“哦，证据呢？”初筝神色镇定，“你们说看见就看见了？除了你们，还有别人看见了？你们和她是一伙的，怎么不能是你们污蔑我？”

“你……你少颠倒黑白！”馨儿气得眼泪打转。

“没人看见我打人。”你能把我怎么样！我就不承认！气死你！不对，我没打人啊！

“霍队，你看，这就是证据。”馨儿哭着向男人展示自己的伤口。

霍队看一眼对面气势汹汹的人，皱眉道：“一点小冲突没必要闹成这样，你们先回去。”

宁忧赶紧上前：“先回去吧，霍队会解决的。”

馨儿不甘心地瞪了初筝一眼，跟着人离开。然而就在馨儿转身的时候，突然一个踉跄，宁忧就站在馨儿旁边，她这一个踉跄，连带着宁忧也倒在地上。

两人当着这么多人的面，摔了个狗啃泥。

地上遍布碎石和枯枝，馨儿的胳膊被划出一条口子，血珠渗出。

当着众人的面摔一跤，难堪和疼痛，让馨儿受不住刺激，没脸见人，直接晕了过去。宁忧还算好，只是蹭破了皮，她镇定地站起来，毕竟不是她自己摔的，笑话不到她身上去。

不过内心深处肯定是不满的，毕竟丢脸。

初筝坐回去，慢条斯理地继续吃东西。

等勇哥走了，易笑有些尴尬："对不起啊初筝姑娘，我没想到她……"会干出这种事。

"没有下次。"

易笑连连点头。

"你长点心吧。"宝哥骂易笑，要不是看在他们同生共死这么多次，宝哥早就将他扔出去了，"我去看看车里的那个。"

过了一会儿。

"初筝姑娘，您来看一下，好像有些不对。"宝哥叫初筝。

好人卡出事了？

初筝噌地站起来。

车里，陆然躺在后座上。少年修长的身体蜷缩在座椅上，膝盖曲起，抵在胸前，姿势十分委屈。他额头滚烫，露出来的侧脸红得有些吓人。

"被丧尸咬了，是这样的吗？"宝哥等人都没见过，不知道变成丧尸的步骤，但这体温高得有些不正常。

我怎么知道？我也没见过啊？问我干什么！

初筝表面冷静地让宝哥去问勇哥。

勇哥亲自过来，他倒是没想到初筝车里还有一个人，询问道："他被咬了？"

贺成回答："嗯，没有变成丧尸，不知道是不是在觉醒异能。"

勇哥示意自己去看看，初筝让开一些位置。他检查了陆然的瞳孔和脉搏："你得给他降温，不然还没觉醒异能，就会把自己给烧坏。"

这也是为什么被咬后，只有极少数人能觉醒的原因。因为许多人都承受不住这样的高温，异能没有觉醒，自己给烧坏了，最后就只能变成丧尸。

"现在这天气，怎么降温？"现在就算是水都是温热的。

"得找个冰系异能者。"勇哥道，"这是变异异能，我队伍里没有，不过我可以先借个水系异能者给你。"

初筝给了他晶核："冰系异能者。"

勇哥："……"你给我晶核我也没有啊！

勇哥将目标对准霍队那边："我去帮你问问。"

勇哥过去问了，霍队那边也没有冰系异能者。

"你们先下去吧。"初筝平静地吩咐宝哥他们。

霍队看着勇哥几人站在车外，有些疑惑。

宁忧走过来："霍大哥，他们找冰系异能者做什么？"

霍队摇头，猜测道："这个时候找冰系异能者，可能有人被咬了，需要觉醒异能。"

大半夜地找冰系异能者，应该只有这个可能。

"觉醒异能……谁啊？"宁忧莫名有些不安。

霍队眸子眯了眯："刚才看见的那几个人都在车外，只有那个小姑娘不在。"

小姑娘……初筝！宁忧心底更是不安起来。当时以为她一定会死在丧尸之下，所以并没有掩饰，可没想到她会活下来。早知道是这样，她就不会做那么绝。

可没有早知道。

宁忧掩饰下内心的慌张，看向旁边："霍大哥，我们还要多久能到庆安基地？"

她和大部队走散了，不过她知道那群人会先去庆安基地，她得先一步找到他们。

"从 Z 省走的话，按照我们现在的速度，不出意外，六天左右就会到。"

现在不比末世前，很多路都被毁了，不然就是被车堵成长龙，六天时间，已经是按照整个队伍不出任何意外的情况算的。

陆然醒过来的时候，车子已经启程，他先是睁开眼，无声地看着前方。

"醒了？"头顶响起好听的女声。陆然猛地抬头，落入眼底的是少女清冷的侧脸。

他此时……正抱着少女。发生了什么？他为什么会以这个姿势抱着她？

冰凉的手指探他额头："烧退了。"

"你觉醒了什么异能。"前面的贺成回头看着他，十分好奇的样子。但是对于他此时的姿势，似乎一点也不感兴趣。

他抱着的人整个人都冷冰冰的，在炎热的空气里，她周身十分凉快。

陆然有点不舍地松开初筝，坐正身体，稍微拉开一点距离，女生完全不在意地看着他。

"……好像没有。"陆然垂下视线，漂亮的唇瓣轻动。

开车的宝哥停下车来，"唰"的一下展示出一簇小火苗："你有没有感觉到身体里有不一样的力量？你集中精力，然后就能使出异能。"

陆然按照宝哥说的，摇头："没有。"

宝哥："……"所以他觉醒了个啥？

"那个，可能是那些不常见的异能？"贺成谨慎地道，"可能你还没发现。"

"也许吧！"对于自己没有觉醒异能，陆然表现得不怎么在意。

少年此时没有戴帽子，那张脸完全暴露在空气里。那是一张让人看一眼就不会忘记的容貌，漂亮得犹如艺术品。嘴角勾着轻微的弧度，但无端地会让人觉得那是嘲弄的笑意。

然而没人会觉得他不好，反而会让人觉得那是一点点小坏，星眸里光华轻转，轻易就能让人陷进其中。

“我的帽子呢？”陆然摸到自己的头发。

易笑将帽子递给他：“你不热吗？”

“心静自然凉。”陆然将帽子戴好，其实他热得要死，好想抱抱旁边的小姑娘，她好凉快的。

当然只能想想，毕竟他们不熟。

陆然没有觉醒异能，这让三人有点失望。但他也没有变成丧尸，他们又暗自松口气，不用整天担心身边的人会不会突然咬自己一口了。

陆然这人挺好相处的，似乎谁都能成为他的朋友。

“你怎么受的伤？”贺成好奇地问。

“不小心被抓到了。”陆然露出笑容，“人在末世走，哪有不挨咬。”

初筝托着下巴，语气冷淡：“那些人将你赶出来，你不生气？”

陆然似乎想到什么，片刻后又摇头：“跟他们也不熟，谈不上生气不生气。”

陆然和他们是同学，但确实不是很熟。只是末世开始后，一块行动而已。

“你当时救我，是觉得我会觉醒异能吧？”陆然眸光微微一顿，似带着遗憾，“可惜，我没有觉醒异能，让你失望了。”

初筝不置可否。另外三人很识趣地闭上嘴。

陆然观察初筝片刻，继续道：“虽然很感谢你们救了我，但是如果可以，还是希望你们能在下一个休息点，将我放下。”

“你想走？”初筝睨他一眼。“好人卡”想跑怎么办？打断腿好呢还是打断腿好呢？！

“你们要去庆安基地。”陆然耸肩，嘴角微微扬着，嗓音依旧好听，“我们不顺路，你们的大恩我会记住，有机会见面我再还给你们。”

“你要去哪儿？”初筝问。

陆然觉得少女忽然有点凶起来，但从她的表情又看不出来，清冷疏离，像是自己的错觉。他压住那点奇怪，漂亮的星眸看向外面：“往北走吧！”

“不行。”

陆然看着她，初筝目视前方，语气不容拒绝的严肃：“你必须跟着我。我救的你，所以你得听我的。”“好人卡”都跑了，我上哪儿去当好人！？

陆然满脸疑问，虽然话是这么说没错，可怎么做是他的自由吧！？

车队停下休息的时候，陆然提出离开，被初筝无情地关在车里。

三人组：“……”

陆然：“……”他果然是进了狼窝。

陆然没办法下车，倒也没做什么，依然和宝哥几人说说笑笑。三人组就很是忐忑。不懂初筝对这个捡来的少年，到底是想干什么。难道是看他好看，想养起来？

接下来几天都过得相安无事。但有一天，初筝发现那个叫馨儿的女生，竟然和勇哥队伍里的一个男人待在一块，男人还对她动手动脚。

“她干什么呢？”贺成一脸的古怪，“这是把自己送进狼窝了？”

勇哥看上去还不错，但他手底下那群人可不像什么好人。

易笑站在旁边喝水，闻言略带同情地看着那边，一脸的圣父光芒。

初筝：“……”昨天晚上她可亲眼看见易笑和馨儿见过面，说了什么她不清楚，但是她觉得馨儿今天这举动和易笑脱不了关系。

初筝的手指在车门上挠了一下——不能问，要保持住高贵冷艳的形象！

“易笑，昨天晚上我看见你和她说过话，你和她说什么了？”贺成突然问。

初筝不动声色地竖起耳朵。

“啊？”易笑一脸茫然，“我没和她说什么……她就问我食物是哪儿来的，我就说是勇哥他们给的啊！”

勇哥他们不但有食物和水，还有枪，比后面那群老弱妇残要安全得多。馨儿选择他们，完全可以理解。

陆然从半开的车窗露出一双好看的眼睛，隐约带着笑：“我说，这位姑娘，你是打算囚禁我吗？”

初筝严肃脸：“我在保护你。”

陆然轻笑一声，他逆着光，有些不真切，像是要融在光芒里，灼灼刺目。

“你这样限制我的人身自由，叫什么保护？放在以前，是犯法的。再说，我们不算熟吧？还是你以前认识我？”

“这样能有效地保证你不被丧尸攻击，也不会被人陷害。”初筝一本正经地回答，“有吃有喝，你有什么不满意？”

陆然：你让我将你关在车里试试！

陆然沉默地隐进阴影中，思考自己要怎么离开这辆车。

他可不觉得自己现在安全，他觉得自己现在非常危险！

在一条岔道，众人再次停下，勇哥要带人绕着Z省走，而霍队他们打算直接从Z省过去，直达庆安基地。勇哥本就不想和他们一起，分开走正合他意。不过馨儿那群人打算跟着勇哥他们走。这人自己过来，勇哥不想带累赘，显得有些不耐烦，最后在自家兄弟的安抚下，勉强同意下来。

“我们怎么走？”宝哥问初筝。

“跟着他们。”初筝示意跟着勇哥。

“为什么？那边应该比较近吧？”宝哥疑惑。

"丧尸多。"

陆然侧目："你怎么知道？"

"Z 省是全国常住人口最多的一座城市，而且还是经济中心，流动人口也非常大，丧尸病毒爆发的时候，那里还在举办一个国际性的展览活动，游客和参展方不计其数……"贺成替初筝回答。

陆然压了下帽子，意味不明地笑了一下："那是挺多的，你了解得还不少。"后面那句话是对初筝说的。

初筝：我就是知道剧情而已。

和霍队分开后，队伍行进得快了不少。

"这天是不是又热了？"贺成扇着风，"全是热风，我感觉自己快熟了。"

"赶紧到基地吧……听说有电呢！"

"啊！真的吗？会不会有空调？"

他们现在坐的车是勇哥给他们的 SUV，宝哥三人都坐在前两排聊天，初筝和陆然坐在最后面。

陆然侧目打量初筝："你不热？"

"还好。"女孩子身上清爽，丝毫看不出热的痕迹。

"我很热。"陆然突然道，漂亮的眸子盯着初筝，闪着细碎的光。

"嗯。"这么大的太阳，热很正常，"我不热。"

陆然调整下坐姿，压下帽子，抱着胳膊开始睡觉。本是想静下心，驱驱热气，但车子晃着晃着，他不知怎么就睡着了。等他醒过来发现自己躺在初筝怀里，凉意贴着他，十分舒服。

陆然在初筝看过来的时候，迅速闭上眼。凉快！

初筝想推开陆然，但想到"好人卡"说热，又放弃了。看在他是好人卡的分儿上……

许是因为凉快，陆然又睡了过去，这么热的天，基本是刚睡着就被热醒，然后反复，没人能睡个好觉。只有陆然睡得舒服。

"初筝姑娘，前面有个加油站，我们打算今天在那边休息。"前面的人过来传话。

加油站的丧尸已经被清理干净，初筝的车停在外围。

"好热，我能下车进去吗？"陆然掀了下帽子，征询意见。他冲初筝眨下眼，嘴角扬着小小的坏笑，格外勾人。

【主线任务：请在一个小时内，花掉一百枚晶核。】

初筝打开车门下去，陆然笑容立即放大，迅速下车。

陆然虽然没怎么下车，但队伍里的人都知道，初筝车上有一个大热天还戴帽子的古怪少年。少年跟着初筝进去，里面的东西都被移开，将四周挡住，中间空出来供众人休息。

馨儿那群人坐在一个角落。此时见他们进来，个个神色不善地盯着他们。

几分钟后。

“去洗澡。”初筝将干净的衣服递给陆然。

陆然靠着墙，听见声音，微微抬眸，疑惑自己听见的：“什么？水都不够喝，你开玩笑吧？”天气这么热，河水经过鉴定，不能饮用，现在的水资源，只能靠以前的瓶装水和水系异能者。

她竟然让自己洗澡。拿什么洗？泥巴吗？

“那里有水。”初筝指着旁边的水桶，“够吗？”“好人卡”是个很好的任务对象，可以在他身上花钱，他还是挺有用的。

陆然顺着初筝指的方向看过去，表情一僵。整整两桶水，别说他洗，节省一点够三个人洗。

陆然压了压帽子，挡住脸上的神色，她到底想干什么？不会真打算把他当宠物养吧？

陆然拎着水进了厕所，里面刚才已经被人清理过，但陆然还是谨慎地检查了一遍隔间。他脱掉衣服，快速清洗一遍。出去的时候撞见两个结伴过来上厕所的女生。陆然侧了侧脸，迅速将帽子扣好，快速离开。

“欸，看见没？那个男生好漂亮。”

“漂亮？帅吧？”

“不是，就是漂亮，我还以为是个女生呢！”

后面女生的交谈，让陆然的脸色微微难看。

他不喜欢别人这么说他。

“哎。”拐角突然窜出来一个人，直接撞到陆然身上。

陆然后退几步，视线扫过去，对方显然很火大，可目光接触到他，忽地好奇起来：“你就是那个叫初筝的养的小白脸？”

初筝……养的小白脸？他什么时候有这么一个头衔了？

那人摸着下巴：“整天戴着帽子，你是有多好看？来，给哥哥看一下。”

说着那人就要伸手揭陆然的帽子。

“啊！”那人手背被一块木板拍上，瞬间红肿起来。

初筝一脚踹到他身上，居高临下地看着他：“好看吗？”

“你……”那人捂着手，整个胳膊似乎都麻了，咬牙切齿，话都说不清。

“初筝姑娘。”勇哥听见动静，走过来，“怎么了？”

这人那就是地主家人傻钱多的傻闺女，而且还是属于不惹事的那一类，他没必要得罪她。这晶核简直比天上掉下来还轻松。让他把她当小祖宗供着，他都乐意。

“管好你的人，手别伸那么长。”初筝扔掉手里的木板，眸光冷冽。

“好人卡”是你能随便碰的吗？

勇哥看看站在后面一点，戴着帽子，压低脑袋，看不清脸的少年。少年身上还带着湿润感，身体清瘦却不单薄，如玉竹挺拔修长，双腿笔直，踩着一双拖鞋，露出好看的脚趾。

即便是不看脸，也会让人有想多看两眼的冲动。

勇哥又看看躺在地上哀号的小弟，心底有了底。

“初筝姑娘，是我管教无方，给你赔不是。”勇哥一脚踹在小弟身上，“给人家道歉。”

勇哥一踢，那人就尿了：“对、对不起。”

“我保证，没有下次。”勇哥立即拍胸脯，“这样，一会儿我给你们送点好吃的过去，给这位……小兄弟压压惊。”

初筝伸手牵着没什么反应的陆然离开。

“好人卡”是不是吓坏了？这么长时间都没一点反应……果然不能让他离自己太远。

嗯！有道理！

【……】小姐姐的道理就是给自己的吧？

等初筝离开，勇哥又是一脚踹在小弟身上：“你有病吗？招惹谁不好，去招惹他？再有下次我废了你。”

勇哥气得不轻，让人传话下去，不许招惹初筝那边的人，谁敢不守规矩，后果自负。

队伍里自然有人不服气。

“欸，你说勇哥为什么对那个女人那么好？是看上了？？”

“是挺好看，可那冷冰冰的样子……勇哥喜欢这款的？”

“那也不能因为一个女人，这么对咱们兄弟吧？咱们才是跟着他出生入死的！”

勇哥显然没有将初筝用晶核和他做交易的事告诉队伍里的所有人。想想也是，那么多晶核，如果告诉队伍里的人，又会生出另外的麻烦。

一个领导者做出一个选择并不容易。因为下面的人并不知道领导者考虑得更周全，他们只会觉得利益受到损害，就会对领导者心生不满。

初筝带陆然回到角落，陆然似乎才回过神一般：“你什么异能啊？”

“我没有异能。”

“嗯？”陆然歪了下头，侧脸被光线侵染，如玉般温润，他眉毛轻扬，“没有异能？”

少年漂亮的星眸如同洒着碎光，长睫如蝶翼轻颤，上扬的嘴角，带着撩人的味道。

没有异能？谁信啊！

初筝取下他脑袋上的帽子，陆然下意识地护住：“你干什么？”

初筝却蛮不讲理地扼住他手腕，强行取下来扔到一旁。在陆然震惊复杂的视线下，拿出一顶新帽子戴在他的头上，初筝的指尖从他头发上摸过，默默地在心底叹气——不软，真的一点也不软。

初筝面无表情地收回手：“你不是热？”热还要戴帽子，也是有毛病。

陆然愣了下，转而耸耸肩：“我长得太帅，会惹麻烦。”

头上的帽子是浅咖色，上面还有一个萌萌的猫咪图案，不用少年做出任何动作，平白就添了几分萌态。初筝盯着那个猫咪图案，不知道在琢磨什么。

陆然直觉有些不对劲："怎么了？"

"没什么。"初筝收回视线。

"你打算囚禁我到什么时候？"

初筝："我对你不好吗？"

"……好。"陆然不能否认，她对自己确实挺好。

陆然微微吸气，白皙的脸上露出些许不满："但这不是你囚禁我的理由！"

他是一个人！不是宠物！之前也不是他要求她救自己，是她非要让自己上车。

"你到底要怎样才肯放过我？"

"等你觉得我是一个好人的时候……"初筝顿了顿，眼底闪过一丝疑惑。

她好像并不太愿意在"好人卡"觉得自己是好人后，放"好人卡"离开？嗯？！初筝只疑惑了几秒，就放过了这个问题。

大不了到时候把他留下来就是。

"你这样对我，还想我觉得你是一个好人？"陆然嗤笑，"你当我傻呢？"

他又没有斯德哥尔摩综合征。

"我对你不好？"要不是看你是"好人卡"，这么作，早做掉了。

这不是好不好的问题！陆然不想和初筝交流，简直没法交流。

"你现在离我远点，我就觉得你是个好人了。"他想呼吸一下新鲜空气！

陆然本就是随口一说，但初筝当真起身走到旁边去站着……很好，堵死了他跑路的路线。除非他能飞，否则以他现在所处的位置，绝对不可能跑掉。

一波未平一波又起。勇哥刚解决完一件事，队伍里的水系异能者的异能耗光，没有水了。现在做饭正需要用水，突然没有水，队伍里瞬间炸开锅。

"刚才他洗了澡，我又没用多少，你们怎么全怪我头上？"突然一口锅砸在陆然头上。

刚才水系异能者已经蓄了一些水，准备做饭用，谁知道转眼间，那些水被馨儿和另外两个女生拿去洗澡了。现在被指责，馨儿立即就将矛头指向陆然。

勇哥心情本就不好，现在还有女人吵吵嚷嚷，更不爽："你们没有问过，就擅自拿水去用，谁给你们的权利？"

"他凭什么可以啊？"馨儿站在一个男人身边，不服气地吼回去。

勇哥气得头大。人家是拿晶核换的！能比吗？！你拿晶核了吗？！洗洗洗，洗个头！

"一个男的都能洗，我凭什么不能洗。"馨儿靠着男人，十分委屈。

这事和初筝没什么关系，她只是冷眼看着。勇哥将那群人呵斥一顿，馨儿和另外两个女生也不敢再出声。综合之前的恩怨，馨儿估计单方面将初筝当成敌人了。女生的恨就是这么莫名其妙。说恨你就恨你，毫无根据！

勇哥给了水系异能者晶核，让他恢复异能，继续供水。

晚上睡觉的时候，陆然靠着墙，一直在观察初筝。

初筝突然朝着他走过来，直接坐到他旁边："热？"

陆然还没说话，初筝搭着他肩膀，将人往自己怀里一带："睡吧。"

陆然："……"他就想找机会跑而已。

因为洗澡的事，队伍里隐隐开始分裂。勇哥对此没什么反应，该给的还是给，但是找碴儿的，他也不会客气。他们暗中拉拢水系异能者，但水系异能者表示不会和他们一起，没有水系异能者，他们也不敢和勇哥摊牌。

队伍就这么磕磕绊绊地前进，终于安全抵达庆安基地。

庆安基地外面排着长龙。许多人因为交不起进城物资，逗留在外面。开裂的土地上，人们坐在地上，绝望地看着过往的人群。

"救救我的孩子吧……给口水喝吧！给点吃的，给我吃的……"

陆然支着下巴，看着车窗外的世界。

"末世……"宝哥忍不住低骂。

没有异能的必须得排队检查隔离，有异能的则不用，可以直接进去。初筝怕陆然趁机跑了，有点担心，让勇哥的人看着他一点。

"你和她什么关系？"勇哥忍不住问了一句。

陆然压低帽子："我说没关系你信吗？"

"呵呵。"勇哥意味不明地笑一声，都不走异能者通道，直接跟着陆然去另外的通道检查。毕竟人家花钱请他看着这个小少爷。

陆然："……"这里他想跑也跑不掉啊！

"你为什么那么听她的话？"陆然不解。

"她有……钱。"人多眼杂，勇哥没有说晶核，但陆然听懂了。毕竟她能随时随地地摸出晶核。

"你怎么这么腐败？"

"小少爷，你给我钱，我一样能放你走。"勇哥拍拍他的肩。

"……"去你的小少爷！

第十一章
“好人卡”跑了

庆安基地就是一座镇。这里有军队驻扎，他们在丧尸刚爆发、行动缓慢的时候，第一时间将整个镇的丧尸清理干净，于是就有了庆安基地。

“初筝姑娘，我们想先找个地方住下，再做打算。”勇哥带着陆然出来，将人还给她。

“嗯。”初筝自然地牵住陆然。

陆然无可奈何。

另外三人也过来了。

“交易完成，你们随意。”暂时不需要司机了！

宝哥和另外两个人明显愣了一下。陆然也微微诧异，他还以为这三个是和她一起的，原来不是吗？

宝哥迟疑下，最终和初筝道别离开。

陆然空着的手压着帽子边缘，余光落在女孩儿侧脸，好歹一起走了一路，可她仿佛一点感情都没有。

陆然为自己的未来担忧，他得找个机会跑啊。

想在基地里找住处，可以自己去划分出来的特豪华大包间——天为被、地为席的露天随便睡。还有，就是拿物资租用镇里的房屋。不过现在房屋资源紧张，分配房屋的地方已经改为竞拍模式。一个小时进行一次，价高者得。而且一个房间，并不是说你分配到，就只有你一个人，基本一个十平方米的房间，一般都是住四个人。

【主线任务：请在一个小时内，花掉两百枚晶核。】

初筝暴躁地踢了一脚旁边的木板。

陆然被这声吓到：“你干吗？”

“有蚊子。”初筝冷漠脸。

有蚊子用脚踢？陆然内心发抖，这人不会有什么心理疾病吧？不行，他一定得跑！

初筝带着陆然排队，这个排队主要是排队登记想要的房子，确定之后，再分别去不同的房间进行竞拍。官方这个模式虽然让人觉得有抢钱嫌疑，然而在人家地盘上，就得按照别人的规矩办事。

“几个人住，有什么要求？”轮到初筝，登记的人十分不耐烦地问。

“有别墅吗？”

登记人员抬头看初筝：“你当度假呢？这是末世，你还想住别墅，你怎么不上月球？”

“哦，你能办到吗？”女孩儿冰冷的眸子盯着登记人员。登记人员的心底微微有些发怵，有点分辨不出来初筝那话是什么意思。

“没有别墅。”她板着脸，“你快点，后面还有那么多人，别耽搁时间！”

“啪嗒……”晶核和桌面碰撞，发出清脆的声音。

登记人员：“……”晶、晶核啊！！！

登记的地方用帘子隔出了单间，但登记人员还是有些怕被人看见。

“有吗？”

“有……有是有。”登记人员挤出笑容，起身示意初筝去旁边，“你先跟我进来吧！”

陆然一怔，她到底哪里来的晶核，路上也没见她杀过丧尸啊？

登记人员带他们去旁边的一个小房间，她在桌子上翻出几页纸，扫了一眼后道：“我们就剩下一套小别墅了，但你们两个人住的话，足够用。供电供水，安全有保证。”

登记人员接着试探性地问道：“这个别墅一个月需要十枚晶核。”

现在一枚晶核能够一个人吃一个月的口粮，这个别墅一个月就是十枚晶核，可想而知，并不是人人都住得起的。

初筝将剩下的晶核全给她。登记人员看着那一袋晶核，眼睛都在放光。

“您这里一共一百九十枚，可以住一年七个月。”登记人员转身去找钥匙，“您稍等一下，我给您找钥匙，一会儿带您过去。”

“周静你在啊？”外面突然进来一个男人，“我记得咱们还有一套别墅是吧？”

“啊？”找钥匙的周静抬起头，“没了，刚刚这位小妹妹定了。”

男人皱眉，扫了一眼初筝和陆然，许是见她年纪不大，并没放在心上：“你给她安排个别的住处，先把那别墅的钥匙给我。”

“不是，她……给了一年七个月的晶核。”

那人惊讶了一下。这两个人看上去这么年轻，怎么会有这么多晶核？

周静将晶核给他看。

这么多晶核虽然让他有些心动，但男人思量片刻，还是转头对着初筝道：“我给你们安排一套别的房子，环境一样很好，不会有人打扰你们。”

周静莫名觉得有点不合适，但这个男人是基地房屋管理处的处长，她只能看着，期望不要生出什么事端来。

“交易已经完成。”初筝十分平静，“你毁约？”

虽然她是为了任务，但是也不能给人欺负啊！

处长笑了一下："小姑娘，房子是我们说了算，你接受我的建议，我立即给你安排，你要是不接受那你只能离开。"

"杨先生，弄好了吗？"

宁忧的脸出现在门口，对上初筝，她表情一僵，下一秒又恢复正常。心底却翻了天，怎么在这里遇见她了？关键是她看上去干干净净，仿佛不是在末世里生存的人……

她还是一副不认识自己的模样？是装不认识，还是发生过什么意外，真的不记得自己了？

宁忧当然更希望她发生意外，是真的不记得自己。

初筝也有些意外。宁忧看上去有点惨，要不是那张脸蛋白净好看，此时也和外面那些人没什么区别。看来这一路过得也不怎么样嘛！

长得挺好看，就是有点歹毒，竟然揪我头发！

"宁小姐，马上就好。"处长和颜悦色地对着宁忧说。

宁忧尽量避开初筝的目光，镇定地和处长说话："有什么问题吗？"

"那套别墅已经被人定了……"周静目光往初筝身上瞄。

宁忧见此哪里不懂，她看一眼初筝，立即道："既然被人定了，那就价高者得吧？"

周静："……"人家可拿了一百九十枚晶核！正常人也比不过人家吧！

【主线任务：以最高价拿下别墅！】小姐姐冲呀！我们是最有钱的！

初筝："……"我就是想找个住处！

宁忧都这么说了，处长目光闪了闪，笑着道："宁小姐真是大方，那小姑娘觉得呢？"

"可以。"好麻烦啊！做掉算了！

处长说的价高者得，得重新叫价，以一个月为单位。

初筝啪的一下将一百九十枚晶核拍在桌子上，豪气不已："一个月。"

初筝眉眼冷厉，让她看上去有些凛冽的帅气，她唇瓣轻启："该你了。"

宁忧眼底的震惊来不及收敛，那些晶核的数量，就算不清楚是多少，也看得出来非常多了……她怎么会有这么多晶核？

"宁小姐？"

宁忧身上也有不少，之前从Z省过来，那里丧尸很多，得到不少晶核。可是……拿来租用一个住处，太浪费了。

但是面对初筝，宁忧心底莫名地不想认输，她咬咬牙："两百。"

初筝看她一眼："四百。"

宁忧吐血，她是随便在喊吗？异能者需要提升异能，因此晶核实际消耗得十分快，流通的晶核数量，可以说并不多。她这一开口就翻倍，她以为自己是晶核生产商啊！

"你有那么多？"宁忧提出自己的疑问。

初筝摸出两百枚扔过去，房间顿时陷入诡异的气氛中，宁忧捏着手心，仿佛自己给自己挖了个坑跳下去。她自以为身上的晶核比任何人都多，可结果却是这样。在初筝眼里，这点晶核好像都不是事？初筝到底经历了什么？！

“你有空间异能？”处长惊讶的却不是晶核，刚才的晶核是初筝一直拿在手上的，没人看见她从哪里拿出来。可此时初筝是凭空拿出来的两百枚晶核，体积并不小……

“跟你有关系吗？”初筝不顾噎到的处长，又转头问宁忧，“还加吗？”

宁忧脸色涨红，美眸瞪着初筝。加什么啊！她身上一共才四百多枚，还不是她一个人的，她哪里敢继续加。宁忧心底只觉得屈辱，面上火辣辣的。她咬了一下唇，一跺脚转身离开，用行动表示自己不加了。

现在不走，等这些人笑自己吗？

【恭喜小姐姐完成任务，六百枚晶核已到账。】

初筝心底炸裂，表面越发冷冽：“现在可以带我过去了吗？”

闷热的天气都让人觉得阴冷，浑身开始起鸡皮疙瘩，周静结结巴巴：“可……可以。”

“欸，你哪来这么多晶核？”陆然压低声音问她。

“批发的。”

“……”哪里可以批发？丧尸市场吗！？

而另一边，在初筝和宁忧离开后，处长若有所思地找人过来。

“去盯着刚才那个女的。”空间异能加大量的晶核，想不惹人注目都难。不知道什么来头……

“好的，那霍景那边？”

“我已经帮他这个忙，是他的人自己搞砸的，还能找我不成？”男人眸子里闪露精芒。

如果宁忧不主动提出来，他肯定得强行将房子拿回来。可那个宁忧自己跳出来，平白让他赚这么多……他还得感谢她呢。

宁忧回到队伍里。霍队脸色有些苍白，不知是不是受伤了：“怎么了？没拿到钥匙？”

对啊，明明是让她去拿钥匙，那房子霍大哥都说好了的。可她为什么要去和初筝争？宁忧后背顿时升起一阵冷汗，她压根就不应该那么做。

“霍大哥……”宁忧心思一转，面露委屈，“房子被人抢走了。”

“嗯？”霍队皱眉，“怎么回事？”

宁忧将刚才的事改了改和霍队说了一遍。大概意思就是初筝非要房子，还逼着自己和她竞争，她哪里有那么多晶核。

霍队摆摆手：“先找别的地方住吧！”

宁忧还想说什么，但瞧霍队的脸色，住了口。

霍队并不知情宁忧做过什么，再次想找人，结果被告知对方有急事离开了，什么时候回来还不一定。这个姿态已经明确表达自己的态度。

霍景只能让宁忧去里面排队竞拍。

然而让宁忧气愤的是，每次她看好的房子，转眼就会有人加价，高过自己。最后宁忧大出血才拿到一套三室两厅，环境还不怎么样的房子。

“你和她有仇吗？”陆然十分好奇，“那么整她？”

她揪我头发！

“你想我跟着你，你能不能和我好好说话？我不知道你表达的是什么意思。”陆然有些心累。

初筝认真地点头：“嗯，我和她有仇。”

陆然：“她怎么得罪你了？”

“就得罪我了。”揪我头发，这种话能说吗？不能！

“总得有个理由吧？比如你为什么要囚禁我？”

“太长，不说了。”

陆然深呼吸几口气：“那你不觉得拿晶核去折腾她，很不划算吗？”

“我有晶核。”我穷得只剩晶核了，我能怎么办！

陆然再次不想和初筝说话。

别墅位于镇子靠北的位置，离基地的中心非常近，因此安全级别是最好的，偶尔还能看见巡逻的队伍。别墅确实不大。下面是客厅和厨房，上面也就三个房间，除了主卧，另外两个房间都不大，阁楼上堆的杂物，没法住人。

初筝将陆然关进主卧。

陆然：“……”得！他现在是真的被囚禁了，今天晚上他是不是还得侍寝啊？！

陆然哆嗦了一下，英俊帅气的脸上满是古怪之色，手里的帽子都捏得变了形。

他当初为什么要上车？

陆然强迫自己冷静下来，将目光放在窗户上。他走过去掀开窗帘，炽烈的阳光照在身上，仿佛能听见皮肤炸裂的声音，热得整个人都要化了。

陆然刚想放下窗帘，却见别墅外有人影在张望，那是什么人？

陆然放下窗帘，他等了一会儿，再次往外面看，那个人已经不见了。但到天黑的时候，他又看见有人影往别墅这边看。

陆然想到初筝花出去的晶核，被人盯上似乎一点也不奇怪……活该！

“咔嚓——”房门锁发出轻微的声响，初筝端着水和食物进来：“吃东西。”

“……吃不下。”陆然背对初筝站着，“热。”

初筝沉思几秒：“我喂你？”这是我最大的让度了！“好人卡”不要太过分！

陆然觉得自己人格受到了侮辱，他突然吼一声：“你到底想干什么？”

陆然气势汹汹地朝着初筝走过来，他刚才进屋已经将帽子取下，此时那张让人漂亮得仿佛能让天地失色的脸上，隐隐有愤怒。

“你想睡我还是怎么样？”陆然站在她面前，“是不是我给你睡，你就放过我？”

初筝表情严肃：“我没想睡你。”真的！为什么他会有这种想法？我是那种人吗？

陆然突然低头，唇瓣落在初筝唇上，初筝眸子一眨不眨地盯着面前放大的俊颜。

少年皮肤白皙，五官精致如艺术品，他眸子微阖，隐约能窥见星眸深处流转着让人迷失其中的光华。如蝶翼的睫羽轻颤，投出一片小刷子似的阴影。

他真好看。

下一秒，陆然突然袭向初筝。两人位置转换，陆然站在门口，迅速退出房门。

初筝："……"亲我还动手！谁给你的胆子！

初筝第一时间追出去，房门"砰"的一声自动合上，初筝扑到门上。她贴着门顿了两秒，镇定地后退，拉开房门。外面空荡荡的，哪里还有陆然的踪影。

竟然跑了！竟然使诈！凭什么亲她？初筝气得踹了一下门。

不对……刚才这门？

初筝摸着下巴在门口进出两次。

还骗她没有异能！初筝又凶巴巴地踹了一脚门。

门：我做错了什么？

逃离魔爪的陆然，此时正揪着一个男人，男人被打得鼻青脸肿，大气都不敢喘。

"谁让你监视这里的？"少年声音清冽，划破闷热的天气，砸在男人心尖上，如冰川覆盖，让男人忍不住哆嗦一下，面前这个少年让人心生畏惧。少年微微弯下腰，指尖捏着男人下巴，语带嘲弄，"我记得你。"

这个少年之前一直垂着头，帽子一挡，几乎什么都看不见。当时自己还没进去，只是在出来的时候，和他们撞见，也不过是一个错身的时间。

男人没想到，他会记得自己……

"回去告诉你的上司，再敢过来，小心狗命。"

少年的声音并不带威胁，好听得犹如天籁，可男人就是觉得危险。

少年嗤笑一声："滚吧！"

陆然看着男人屁滚尿流地离开，按了一下自己的帽子，嘀咕一声："我管这么多干什么？"

他摇摇头，得赶紧离开这个地方，免得一会儿再被抓回去。

基地的夜市甚是热闹，这里交换什么的都有，但最缺的就是食物、水和晶核。在这里，可没人敢将食物这种东西大大咧咧地拿出来。毕竟这些人疯抢起来，都能踩死几个人。

"姑娘，换点什么？"

面色冷淡的女生站在一个摊位前，盯着那几本《五年高考三年模拟》，心情略复杂。

这都末世了！末世了啊！！末世！！

"姑娘，这可绝版了，可以收藏，等末世过去，价值会翻倍的。"对方见初筝盯着"五三"，立即推荐。

"你觉得末世会过去？"还挺会做生意。

"嘿，那得有点盼头嘛！"那人很乐观，"姑娘，要吗？我就换一包方便面。"

初筝觉得现在比较适合——五年末世三年灭亡就业指导。

初筝摇头，但拿了另外一块看上去十分值钱，在末世却不如一块面包的表，扔了一枚晶核过去。那人开始没看清她扔的什么，等发现初筝扔的晶核，猛地捂住晶核，贼眉鼠眼地左右环顾。见四周来往的人没注意这边，赶紧将晶核收起来，心跳"怦怦怦"地犹如遇见心爱的姑娘。

晶核啊！能换好多吃的了！太刺激了！

仿佛怕初筝反悔似的，那人收拾收拾东西就跑路了，留下茫然的初筝。

跑什么？又不抢他。

初筝打算下次抓到"好人卡"，把这块表送给他。虽然不知道为什么，但是看见就觉得和他很配。既然这么觉得，那就先囤起来。

【……】听听小姐姐的用词，抓！她说的"抓"！她已经不用"找"这个词了，她开始直接抓了。小姐姐是魔鬼吗？！"好人卡"到底造了什么孽？

王者号给"好人卡"点了一根蜡，默哀一分钟后愉快地给初筝发布了任务。

【主线任务：请在两个小时内，花掉两百枚晶核。】

初筝并不愉快，她想弄死王者号，就不能让她喘口气吗？

【小姐姐，加油，我觉得你可以的，你是最棒的！】王者号一顿乱夸。

初筝冷漠脸："我不要你觉得，我要我觉得。"

【……那你最后还不是得听我的。】

"你说什么？"

【……我说话了吗？】王者号立即下线遁走。

"晶核目前流通量并不大，你这样大的数量，很容易扰乱这个体系，这样也没问题？"

钱什么的，几百万几千万，那就跟往大海里投个石子似的，连个响声都听不见。

但现在不一样啊，这是末世，流通的晶核数量有限。就算全国的人都变成丧尸，每个人脑子里都有晶核，也不过十几亿而已。

【小姐姐，为了平衡晶核过量带来的冲击，晶核消耗量会增加以达成平衡哟！】而且它也没有发布大量的任务啊？因地制宜，它懂的！它是有文化的系统！

"说人话。"

【吸收晶核升级需要更多晶核。当然小姐姐放心，你现在花出去的晶核还不算多，因此暂时不会出现这样的情况。】

初筝若有所思地捏着晶核，王者号仔细想了想刚才说的话，好像没什么问题。

她在琢磨什么？估计不是什么好东西。王者号决定不触她的霉头。

【小姐姐你还剩一个小时五十分钟。】王者号说完赶紧匿了。

初筝在夜市里转了一圈，蹲在两侧的人，不时有人拿不太"友好"的眼神打量她。不过鉴于初筝随时随地散发出的气势，倒没人敢上前动手动脚。

初筝走到尽头，发现有一家店。

初筝进店，穿着得体的男服务员立即迎上来："您好，这边请。"

初筝看了看菜单，最贵的一道菜需要八十枚晶核。这么便宜……

初筝面无表情地指着那道菜，服务员笑着提醒："这需要八十枚晶核哟！"

"嗯。"初筝连点两道最贵的菜。服务员将账单递给她，提醒她需要先付款才上菜。

端上来的菜是新鲜的肉，量不算多，应该是野生动物，还配有新鲜蔬菜。

现在末世里的植物都快死绝了，天气炎热，水都不够人喝，根本就种不了菜。这里还能看见新鲜蔬菜，贵也正常。

初筝此时在二楼，可以看见下面大堂。有一行人进来后，大堂的气氛似乎都变了。初筝趴在栏杆上，面无表情地瞧着下面。这不就是……找原主的那些人？

宁忧还没和这群人在一块呢？进展这么慢？不行呀！

初筝刚想到宁忧，就见宁忧从另一边出来，匆匆地往外走。

"哎……"服务员和宁忧撞上，宁忧道了歉，似有急事一般，匆匆地走掉。

"欸，小姐，你的东西掉了！"服务员捡起地上的东西，现在这种东西还不如一块面包，没什么好要的。能在这里吃上饭，怎么都有点本事，服务员也没必要惹麻烦。

【小姐姐！快上啊！别让宁忧得逞！】

初筝不为所动，看着下面那群人中的一个从服务员手里接过那枚玉佩，和服务员说了什么，服务员点头。然后那群人也不进店，直接拿着东西离开，看样子是去追宁忧了。

如果宁忧更聪明一点，出去后就会赶紧消失，让这群人去找她，将自己的嫌疑降到最低。显然宁忧确实是这样想的，初筝出去的时候，还有人站在外面，似乎在等什么。

初筝没有过去认亲，直接离开了那个地方。她现在过去告诉那些人自己才是玉佩的主人，那顶多会让那群人觉得找错人而已。

基地的照明系统没有覆盖整个基地，一些偏僻巷子，漆黑一片。弱小的人影，快速地走过来，在那道人影的更后方，远远地坠着两道人影。

显然前面的人吓坏了，开始慌不择路地跑起来。看不见路，踩到地面凹凸不平处，身体平衡保持不住，往地面摔下去，以面着地。

摔倒的人本能地抬头，微弱的光线中，有人站在那边，她缓慢地转头看过来，让人窒息的恐惧弥漫而来。

"啊……"短暂的叫声被人掐断，追上来的人捂住那人的嘴。

"哎哟，小妹妹，别叫，一会儿哥哥让你叫个舒服！"满怀恶意的声音紧接着响起。

"唔……"被捂住嘴巴的女孩儿再次往刚才的地方看去，那边什么都没有。到尽头的围墙，寂静的巷子，无边的黑暗。仿佛刚才是她的错觉一般。

这两人猴急地扯着女孩儿身上的衣服，女孩儿被捂着嘴，压着四肢，闪着泪光的眼睛里满是绝望。刺啦——衣服碎裂的声音像恐惧的开场音乐，身体暴露在空气里的不安全感，男人触碰带来的恶心，都让女孩儿越发绝望。

在男人快要扯掉她裤子的时候，压着她的力道忽然一松。

“什么人！”其中一个男人朝着黑暗里低喝一声。

女孩儿躺在地上，正好可以看见那边。漆黑巷子里走出来一道纤细人影，轻微的脚步声由远及近。微弱的光线，只能勾勒出那道人影的轮廓，让人辨认出是一个女孩子。她站在离他们几米远的地方，双手自然地插在兜里，似乎正漫不经心地看着这边。

“哟，今天运气真好，还是个女的。”男人甲给旁边的同伙使个眼色，“来哥哥这边。”

“嗯。”清脆如珠落玉盘的声音划破黑暗。想让人看看，拥有这声音的主人，是何等绝色，“你们挡路了。”

“咔嚓——”男人乙手腕被捏住，往外拧着，清冷的声音响起：“我没有哥哥，不会有。”

胡说八道！你也配给我当哥哥！

男人乙吃痛，手里发动异能，火焰朝着初筝席卷过去。火焰亮起的瞬间，男人乙看清初筝的面容。长发搭在肩侧，白皙的皮肤，宛如羊脂白玉，细腻温润，透着光泽。清冷淡然的眸子落在虚空某处，谁也没看，仿佛不将他们放在眼里。

初筝周身透着一股清冽寒气。如山间雪，清冷雅致，又如晨中雾，难以捉摸。

好漂亮！

但这个念头刚闪过，男人乙后背突兀地升腾起一阵寒意。被初筝捏住的手腕，仿佛有寒冰攀升，正冻僵他的胳膊。刚冒出来的火星，闪烁一下便消失。

“啊！”黑暗里响起男人乙的大叫声。

初筝竖起手指，冰冷的眸盯着他：“别叫，很吵。”

铺天盖地的恐惧席卷而来，男人乙喉咙被扼住一般，再也发不出声音。男人甲眼睁睁地看着男人乙如被风吹散一般，消失在他面前。

有粉末飘散过去，这粉末是什么，不用说男人甲也知道。他吓得从被他制伏的女孩儿身上跌落到旁边，如看见什么恐怖的东西，手脚并用，朝着巷子外面狂奔而去。

初筝没有追，弯腰捡了一件衣服，扔到地上的女孩儿身上。

女孩儿猛地回神，裹住身体，瑟瑟发抖。初筝淡漠地走过，女孩儿眼底的惊恐一览无余，不知是对她，还是对刚才的事。

刚才那个人，就那么消失在自己面前……

眼看初筝越走越远，女孩儿扭着脑袋，打量四周，最终咬了咬牙。

“等……等一下。”初筝走出一段距离，女孩儿如受惊小鹿一般的声音传来，“你能不能……送我回去？我会给你报酬。”

她这个样子，走不回自己住的地方。刚才那样的人，在这个基地里数不胜数。女孩儿也知道初筝也许并不安全，可对方和自己一样是女孩子，刚才也救了自己，也许……她赌对了呢？

初筝只回头看了女孩儿一眼，没有出声，但女孩儿已经爬起来，朝着她跑过去。

“我会给你很多报酬，真的，只要你送我回去。”女孩儿哆嗦着身子哀求，“求求你。”

初筝不愿意多管闲事，她沉默地往前走。女孩儿见初筝不答，有些踌躇。但黑暗的环境催促女孩儿赶紧跟上，她只能凭借本能追上去。

初筝走在前面，女孩儿跟在后面，仅隔着半米的距离。女孩儿想和初筝说话，却又不知道说什么。

不知道过了多久，寂静的环境渐渐被说话声、争吵声、奇怪的敲击声取代。

夜市就在前方。

“我叫方好。”女孩儿鼓起勇气，跟着初筝踏进喧嚣中，仿佛从地狱走回人间般。方好缓了缓神色，斟酌地开口，“刚才那个人……”

“死了。”

方好睫羽上还挂着泪花，初筝的回答，明显让她十分错愕。当然不是“死了”这个答案，而是她还以为这个人不会和自己说话……

“是……异能吗？”她都没看见那个人的尸体，往异能上想，似乎也没什么不对。

初筝又不说话了，说话好累。她刚才动手解决掉两个跟踪自己的人，还顺手干掉一个试图玷污黄花大闺女挡了自己路的社会渣滓，她觉得自己很棒！

四周涌动的人群给方好带去勇气，她开始和初筝搭话。初筝光听她一个人絮叨，就已经掌握了她的基本信息。

方好，十八岁，基地里某个高层的女儿，因和父亲吵架离开，没想到迷路，发现被人跟踪，慌不择路地逃跑后，跑到更偏僻的地方。

所以这件事告诉大家：任何情况下，不要冲动地跑到陌生的地方。

危险不会因为你的冲动无知而停下，罪犯不会因为你的弱小可怜而同情你。

“就是她们！！”初筝和方好还没走出夜市，人群被人挤开，凶神恶煞的一群人冲上来，将她们围住。四周的人群纷纷让开，看热闹的，不想惹麻烦的……总之，他们这里被空了出来。

“大哥，就是这两个小娘们杀了王二。”指着她们说话的就是刚才跑掉的男人甲。

方好明显没料到在夜市里这群人敢如此明目张胆，小脸吓得苍白。

初筝有些后悔。刚才不应该偷懒，就应该全部做掉……下次一定不能偷懒！

在心底做完自我反省，初筝看向他们：“做掉一个是我不对……”

【主线任务：请在一个小时内，花掉一百枚晶核。】

初筝主动道歉，让找碴儿的那个大哥微微一愣。见对面是个长得好看的小姑娘，大哥目光猥琐地打量了她两眼：“知道错了就好，不过你弄死我兄弟，我这个当大哥的，要是不为兄弟报仇，那就太不讲义气……”

初筝在骂完王者号后，镇定地将刚才那句话补充完：“我应该做掉两个。”

初筝拉着吓得不知所措的方好往后退，踩着旁边搭建的摊位，站到高处。大哥明显被初筝那句话给震到，直到初筝站稳他才回过神。

大哥沉着脸仰头看过去：“好一个小娘们，给脸不要脸！”

要脸的！你才不要脸呢！

初筝拿出晶核，提高音量：“只要抓住他们一个人，就可以在我这里领十枚晶核，建议你们合伙抓一个人，成功率会更大，五五分也有五枚。”

整个世界陷入诡异的安静中。

“抓住他们！别让他们跑了！晶核！十枚晶核啊！抓住他们！”

人群中不知谁先吼了一嗓子，接下来立即陷入混战中。

围观群众可比这群人多多了。即便他们有异能，围观群众里隐藏的高手也不计其数，这些人不动手只是不愿意惹麻烦。可现在有晶核的诱惑力，比外面杀丧尸安全多了。十分钟不到，这群人一个不落地被绑到初筝面前。初筝站在摊子上，给抓住的人发晶核。

“卑鄙！”大哥被人踩在脚下，此时恶狠狠地瞪着初筝。

“流氓。”初筝面无表情地回他一句。

“无耻。”大哥气得火冒三丈！

“龌龊。”

“……”干什么呢！比谁的词汇多吗？

方好看着这位面瘫小姐姐，举手投足都十分帅气，怎么突然又有点幼稚和……萌呢？

大哥气得脸红脖子粗，想爬起来，被人一脚踹回地上：“还没换晶核呢，给我老实点！”

“你知道我是谁吗？！你敢得罪我，我弄不死你！”

抓住大哥的那人也是条汉子，一脚将人给踢晕了。

“小姑娘，你还想抓谁？我们可以帮你啊！”拿到晶核的热心群众十分开心。

方好站在一旁，紧张地看着地上的那群人。

“你爸权力大吗？”清冽的声音在耳畔响起，方好回过神，下意识地点了点头。

“行。”

方好满脸问号，行什么啊？

方好让人帮忙去联系她父亲。听闻自己女儿出事，方父带着人火速赶来，那群人被带走了。看方父那阴沉的神情，估计是不会有什么好下场。

“爸，对不起。”

方父约莫是想骂方好，但瞧方好还残留的恐惧的眸子，叹了口气，抱了抱自己的女儿安慰道：“没事就好，下次不能再这样。”

方好红着眼点点头。

“对了爸，是她救了我。”方好指着旁边的初筝，“她是……呃……”

“初筝。”

方好脸色微红：“初筝……”

方父对初筝表示一番感谢，邀请她一起回去。方好和初筝住的地方只隔着一条街……

顺路！不用自己走回去！可以！初筝一脸严肃地上了车。

这群人一走，夜市渐渐恢复正常。此时人群中，房屋管理处的处长，半眯着眼盯着离开的队伍。

“处长，这女人真的是把晶核当流水花。”处长旁边的人直咂舌。他们现在怀疑晶核不是丧尸脑子里面的，而是地上的石头，随处可捡。

“她刚和方部长搭上了关系，这下可麻烦了。”处长声音低沉，“今天派去盯她的人呢？”

那人皱眉:“她都走了,应该在附近……”然而他们环顾四周一圈,也没找到他们的人。派去盯初筝的人直接失踪，活不见人死不见尸，他们找遍整个基地，都没有看见人。

“不用找了。”处长脸色阴沉。这人不见了，唯一的可能就是被对方给发现了，“先看看吧！”

处长本是看上初筝那么多的晶核，但是没想到出师不利，派去盯梢的人先是被人威胁，后又失踪不见。一个带有大量晶核的女人，还有空间异能，处长觉得自己需要更加详尽的计划。

然而处长想法很好，可惜没过两天，他就接到上面的电话。

平时处长也会跟高层汇报工作。可还没像今天这般，基地的三个主要负责人都到齐了。基地一共三个主要负责人，军队的孙部长和方部长，以及官方余留下来的冯部长。三人以前的职位可能不是这个，但在基地里现在都是叫部长。

处长心底不免忐忑起来。

“杨刚啊！”说话的是有些胖的冯部长，一脸的语重心长，“你管理房屋分配已经两个多月了吧？”

提到这个，杨刚心底更加不安，面上却不显：“是的。”

“我听说……”冯部长突然拍桌子，瞪着眼睛，“你利用职位之便中饱私囊！”

杨刚吓了一跳，脱口而出：“我没有，冯部长，您听谁说的？”

杨刚看向孙部长和方部长，辩解道：“我一直是按照规定分配房屋，这件事一定是有人诬陷我！”

冯部长冷哼：“诬陷你？证据都在这里，是谁诬陷你？”

证据？杨刚看着冯部长抽出一个文件袋，狠狠地将文件袋砸在他面前。

初筝站在街角，看着杨刚被军队押走。

周静瑟瑟发抖地站在她后面：“我……我已经帮你做到了，是不是没我的事了？”

初筝收回视线，抬手递给她一袋晶核：“你的报酬。”

周静不太敢接，这姑娘的手段……

但最后还是接过，周静小声道：“杨刚做这些事，都是冯部长在背后示意，你……”

“他没得罪过我。”初筝语气平静。

周静小心地打量她："可是你把杨刚推出去，已经得罪了冯部长。"

初筝倚着墙壁，冰冷的眸子扫过来："只要你不说，谁会知道？"

周静脚底板有凉气蹿上脑门。整个人都像是被人扔进冰窖中，冻得她四肢僵硬。

"好好干。"

周静看着初筝离开，她咽了咽口水，好好干什么？

等周静回到房屋管理处，上面的命令已经下来，让她接替杨刚的职位。

周静："……"那个小姑娘绝对、绝对不能得罪！！

杨刚到最后恐怕都不知道，是谁在背后搞他吧？

第十二章
她的心尖宠

初筝在基地里很快就有了名声。以她花晶核的速度，不出名都难。

更让人觉得诡异的是，她压根就没出过基地，那些晶核也不知道哪里来的。

于是各种奇怪的传闻在基地里传开。有人说初筝进基地的时候弄到很多晶核。也有人说她其实是一个大姐头，手底下有很多小弟。

得知真相的花臂男和宝哥三人组：“……”扯淡，她就一个人！

王者号劝初筝出去，免得让那些人怀疑。初筝以“外面有丧尸，吓死了”为由，打死也不出去。

怀疑就怀疑。这世界都这样了，就算怀疑能把我怎么样？又打不赢我。

因此只要王者号不发布任务，她绝不踏出别墅，平时也就被初筝救了的方妤来找她。时间一长，方妤就自动将自己规划到朋友的位置上。

当然，在初筝看来，方妤可以给自己带来吃的，不用她出去，于是默认方妤在别墅里进进出出。要是不那么吵，就更完美了。

大清早的初筝被吵闹声惊醒，她坐在床上缓了一会儿，外面声音不断，她烦躁地下床，拉开窗帘往外面瞧。对面别墅有人进进出出，不少人站在别墅外。这些人和花臂男的队伍完全不一样。他们没有文身，但给人的感觉更有派头和气势。

打个比方的话，花臂男就是街头的小混混，这些人则是真正的地下势力。

“初筝，你起来了吗？我给你带了早餐。”方妤的声音从楼下传来。

为了避免她下去开门，初筝将别墅的钥匙给了方妤一把。

初筝换了一身衣服下楼，方妤正摆着碗筷，见初筝下来，立即扬起笑容：“起来了？这是我爸亲自熬的粥，可好喝了。”

“对了，你看见外面那些人了吗？”方妤突然指着外面进进出出的人。

“嗯。”大清早的吵死了，一点公德心都没有。

“那些人不像好人，你住他们对面，得小心点。”方妤道，“我听我爸说，这群人是曙光基地那边的，等联系上曙光基地那边就会离开。”

曙光基地是目前为止最大的基地，不少人都想往那边去。

“现在通讯不好？”

“嗯，之前还能联系上附近的基地，现在已经联系不到了。”方好点头。

初筝点了下头，继续喝粥。方好习惯初筝这样冷淡的态度，自顾自地说着话。

方好离开后，初筝一个人待在别墅虚度光阴，快到傍晚时，王者号突然给她发了任务。

【主线任务：请赞助基地物资，限时十天。】

有病啊！你是不是有病？

【小姐姐，我没有。】王者号委委屈屈地否认。

不做。

【……小姐姐，时间过了会倒带的哟！】不做也得做！

倒带你个头！赞助基地物资，也就是说不能拿晶核？

【是的，小姐姐，你需要找到物资才行哟，我这边不会给你提供晶核，待你完成任务后，我会换算成等量的晶核作为奖励发放。】

初筝给了王者号一个冷漠的表情，为了给我出难题，你可真是煞费苦心，真是辛苦了。

初筝换衣服出门。对面别墅也正好有人出来，被簇拥在中间的不是别人，正是宁忧。

此时的宁忧穿着得体，被人保护在中间。

初筝站在别墅外，宁忧也看见她了，但此时宁忧身份已经确定，她并不担心初筝，因此高傲地抬着下巴，眼底隐隐有得意。

初筝连个眼神都没给她，无视得十分彻底地往基地任务大厅过去。

宁忧摆了半天的姿势，对方直接漠视了，没什么比这个更让人生气的。仿佛不管她做什么，人家都不放在眼里一般，她就是一个跳梁小丑。

宁忧心底暗恨，她不确定初筝到底是不是失忆了……还得找个机会，把初筝给处理掉，不然自己还是不安全。

宁忧跟着人到任务大厅，他们联系不上京城基地那边，现在要去找飞机。不过现在出基地都得在任务大厅接任务，不然就出不去，他们也得按规矩来办。

宁忧主动道：“我跟你们一起去吧！”

“小姐，我们找到就会回来，您在基地等着比较安全。”

“没事，我有异能。”

宁忧坚持要和他们一起。跟着宁忧的人迟疑下，答应下来。

他们进任务大厅，准备随便接个任务。

“您好，请问你们是要去 A 市机场的方向吗？”任务大厅里的负责人跑过来。

宁忧旁边的一个男人点头：“是的。”

“是这样，我们军队也要去那边，不知道能不能一起？”负责人道，“人多行动起来安全一点。”

男人想拒绝，宁忧却插声：“A 市那边我们不熟悉，你们有熟悉的人吗？”

“有的，不然我们也不敢随便过去。”

宁忧替旁边的人应下，表示可以一起。

旁边的人皱眉，似乎觉得不妥。奈何现在宁忧是他们的大小姐，他们得听命，自然不能当着外人反驳她。

负责人赶忙笑着将他们带进里面细谈。

基地军队这次是大行动，参加的人不但有军人，还有招募的其余队伍。

然而招募到的人数很少，远远低于预期。但别人不参加，也不能拿着枪逼着人家参加。

可当军队将车子开出去的时候，他们发现前面也有队伍离开。

等着出基地的时候，有人好奇地问：“前面那支队伍是干什么的？”

有了解一些的人回答：“不知道啊，昨天有一个人在组织队伍，任务大厅很多人都报名了，参加就给晶核呢，要不是我之前报了今天的任务，我都想去了。”

“财大气粗……初筝？除了她也没别人了吧？他们往哪边走？”

“好像也是 A 市吧。”

“那不是和我们一路吗？”

初筝坐在最前面的车上，开车的是宝哥，昨天她在任务大厅正好遇见他们，好歹是熟悉的司机，初筝就用了。后面的车上还跟着勇哥的一行人，勇哥的人数又缩减了不少。

听易笑说，进基地后，勇哥的人就闹了一次分裂，那群人带着馨儿他们离开了。

“那个，陆然呢？”易笑憋了好久，昨天就想问了。

“跑了。”

“跑……”跑了？！

三人不敢再提陆然，毕竟怎么都觉得刚才初筝那两个字跟带着杀气似的。

基地的大门打开，队伍鱼贯而出。

A 市距离基地有几百千米，他们一路过去，丧尸倒是没遇见多少，就是天气太热，车子受不了这样的高温，几乎只能在早上和晚上的时候赶路。

“我以前来过这里。”易笑道，“A 市是进出口贸易城市，我们可以去港口，那里会有很多物资。”

“别人肯定也能想到。”贺成不太赞同。

初筝下车，让后面的队伍分散行动，找到物资后可以先回基地，到时候再交给她就行，按照找到的物资数量换取晶核。

队伍陆续分散离开，勇哥晃着他的文身走过来：“我们怎么走？”

初筝道：“我们去港口。”

“行，我跟着你们。”勇哥叼着半根没点的烟，“希望那里能找到烟，这根烟我叼了半个月了。”

勇哥的人去别的地方，他则上初筝的车。有贺成在，他们去港口的路上异常顺利，就算遇见几条被堵死的道路，也很快找到另外的路。

“前面是机场？”初筝突然出声。

“嗯。”易笑点了点头，“这个机场在末世前刚投入使用。”

“我们先去机场。”

宝哥奇怪：“去机场干什么？机场里面就算有点物资，也不多吧！”

“按我说的做。”

宝哥莫名地哆嗦了一下，赶紧往机场的方向开。

机场里的飞机撞得乱七八糟，建筑也毁得七七八八。偌大的机场，初筝就找到两架完好无损的飞机：“有炸药吗？”

“啊？”勇哥叼着烟过来，摸出手榴弹，“只有这个。”

宝哥惊疑不定：“你放哪儿了？”

勇哥拍拍自己的兜。

宝哥：“……”也不怕把自己炸了，惹不起惹不起。

宝哥虽然长得五大三粗，但他绝对不是混混，他末世前就是一个健身教练而已，客户投诉太凶刚被辞退。还没来得及伤春悲秋，末世就来了。他亲眼看见投诉他的那个客户，被丧尸“咔嚓咔嚓”地啃掉。当时他还吓得不轻，好几天后才接受末世的设定。

初筝将飞机炸了，易笑又在旁边找到三架空的直升机。

那么大的爆炸声，机场也没丧尸出现，不知道是不是因为刚投入使用，机场的丧尸比较少，听见附近的声音都跑出去了。

初筝炸完飞机，又将目标瞄准直升机。

勇哥一惊，不用做这么绝吧？

显然初筝来机场，就是奔着炸飞机来的。勇哥原本觉得自己够狠了。但真正狠的人只做不说，比如面前这位。

初筝炸完直升机，不知从哪儿跑出来几只丧尸。勇哥刚把枪举起来，那几只丧尸就如沙化一般，只剩下齑粉纷纷扬扬地落下。

火光下，女孩儿傲然而立，风吹动她的衣角，清冷尊贵，如君临天下一般的霸气。

“你……什么异能啊？”勇哥珍藏大半个月的半根烟都掉了。

好厉害！就那么挥一下……就一下，他看得清清楚楚！那简直就是山河皆在脚下的霸气感。勇哥在末世摸爬滚打这么长时间，第一次见到这么厉害的异能。

初筝绷着小脸：“我没有异能。”

勇哥哪里信，没有异能刚才那是什么？他只当初筝不肯说。不过也能理解，除了常见的异能，大部分有特别异能的人，都不愿意将自己的异能公开。

社会人勇哥镇定地将烟捡起来，卡在耳朵后面：“飞机也炸完了，可以走了吧？”

就在他们准备离开的时候，几辆车开了进来，一字排开。车上的人立即下来，直奔还在燃烧的直升机，但显然已经来不及抢救。

一群人面色难看。

宁忧转头看向初筝，怒道："你炸了飞机？"

宝哥三人组和勇哥都戒备起来，初筝则一脸严肃地否认："没有，我来的时候就这样。"

宝哥三人组和勇哥视线诡异地飘向初筝，她怎么能否认得这么理直气壮的？

"这里就你们，不是你们是谁？"宁忧才不信，"你故意炸掉飞机的是不是？"

她一定是故意的！

"不是，我没有，别乱说。"初筝否认三连。

宁忧声音提高："那是谁！？"

初筝指着摇摇晃晃走出来的丧尸："它。"

宁忧一怔。

丧尸："吼！"

丧尸不知是不是发现自己势单力薄，面对这么多食物，它干不过，竟然停了下来。它装模作样地嗅了嗅，片刻后转身晃了回去。

初筝："……"你一个丧尸都这么多戏？！

宁忧恨恨地瞪了初筝一眼，偏头和身边的人说了两句，那群人看初筝的眼神顿时不善起来。有人已经悄悄上膛，气氛紧张，宁忧嘴角露出一抹冷笑。

"砰！"枪响，所有人都是一惊。然而在场的人都没有动手，枪声是从外面传来的。

机场外面，无数的丧尸蜂拥而来，密密麻麻，像是看不到尽头一般。

丧尸前面有一辆车子。丧尸们速度极快，扑到车子侧面，爬上车顶。子弹扫射的声音，连绵在机场上空，和丧尸的嘶吼声形成末世特别风景线。

丧尸趴在车顶，从车窗开枪的人，被丧尸抓出去。不过瞬间，那辆车就被丧尸淹没。

丧尸如潮水一般朝着他们涌来。

"快撤！！"回过神的众人怒吼。再看另一边，初筝等人早就上车，此时已经发动车子，往机场另一头飞奔离开。

这群丧尸，速度快得惊人，开在后面的车子，被追上完全没有活路。

"初筝姑娘，前面没路了！！"宝哥大吼一声。前方是围墙，已经到尽头。

初筝神色冷淡，将油门踩到底。车里的人纷纷抓紧旁边的东西，闭上了眼。

车子撞上墙，完好无损地穿了过去。

然而……

"啊啊啊啊！！！"尖叫声此起彼伏，"要坠海了！！"

这机场外面就是海面，他们撞出去，直接往海里掉，失重感席卷而来。

海水越来越近。

"砰！"车子撞到什么，颠簸起来，但没有落入海中。众人发现他们竟然落在了陆地上，但继续往前还是得掉进海里。车子一个甩尾，众人被甩到一边贴着，下一秒又被甩回来。

远处重物落入水面，爆炸从海面升起，众人被甩出身体的魂儿缓慢归位。

没掉进海里！也没车毁人亡！太好了！

车子停在一条连接进海面的斜坡上。

好像有哪里不对？

众人看着那边不断冲出来掉进海里的车子，他们怎么从那边到这里来的？这里的位置像一个7字形，从一横那边冲出来，停在竖起来的道路上。就算是从7的夹角，到这里也得有五百米的距离，怎么过来的？飞的吗？五百米啊！不是五十米！

众人看向开车的小姑娘。小姑娘正揉着手腕，侧脸绷紧，清冷的眸光，望着那边正不断往海里跳的丧尸，那画面十分骇人。

"丧尸都……都会游泳了？"车里不知谁骂一声，诡异的气氛被打破，众人的视线纷纷集中在海面。坠海的车子爆炸，但还是有人生还，正快速地往岸上游。后面是狗刨式追击的丧尸大军，游半天就在原地打转，和同伙撞得晕头转向。

也有的丧尸连狗刨都不会，直接往下面沉了。

"初筝姑娘，快走！"贺成看见一只丧尸已经上岸，明显不是游过来的，"他们从水底下过来了！"

"这些丧尸也太恶心了吧！"丧尸死了，在水里和陆地上没什么区别，不会游泳，他们可以从水底下走过来，简直无敌了！

有的丧尸显然发现从水底下走比游方便，纷纷往下沉。

初筝趴在车窗往后面看一眼。宁忱和一些幸存者也上了岸，浑身湿漉漉的，狼狈不堪。

初筝启动车子，将丧尸甩在后面。

宁忱看见初筝的车子，整个人都气炸了。他们是跟着冲出来的，发现外面是海面的时候，已经来不及刹车，后面全是丧尸。可初筝的车好好的，他们的车子全部掉进了海里。

宁忱脸色难看地扫了一眼他们冲出来的地方，那么远的距离，初筝是怎么将车子开过来的？异能吗？什么异能可以做到这样？

"小姐快走！丧尸来了！！"

车子冲出防护栏，在马路上腾了两下，稳稳地行进车道。机场被远远地抛在后面，勇哥摸出一根烟，点燃吸了一口，整个人瘫在座椅里。

"直升机上找的，来一根？"勇哥摸出半盒脏兮兮的烟，大方地递给宝哥。

宝哥摇头，他早就戒了，反倒是易笑接了。

"刚才那些丧尸……"易笑心有余悸，"我怎么觉得好像又聪明了？？"

上次是在那个镇子里发现的。不止易笑一个人有这样的感觉，另外几个人都有毛骨悚然的感觉。

初筝开了一会儿，便将宝座让出来，让他们自己开。

港口距离机场很近，路上没有遇见丧尸，他们很快就抵达港口。显然这里已经被人光顾过，不过这里的东西众多，还有很多集装箱完好无损。勇哥领头开了两个集装箱，里面装的是衣服，还是国际大牌。他挑了两件穿上，发现太热，立即放弃了。

“这里有罐头！”易笑兴奋的声音从隔壁传来。

勇哥立即奔过去，集装箱里全部是堆好的箱子，里面都是罐头。

“这么热的天气，还能吃吗？”贺成扒拉着集装箱看。

这个集装箱里面特别热，就跟个烤箱似的。众人刚刚雀跃起来的心情，立即被贺成浇个透心凉，就连准备拉开罐头先吃一口的宝哥，动作都顿住了。

他们只能期待这家生产商良心制作。

勇哥看看众人，打开一个。显然这家生产商并没有良心制作，已经不能吃了。

“奸商！”

“梆！”重物击打集装箱的声音响起。这边为罐头集体默哀的几人，瞬间绷紧身体，紧张地看向声音传来的方向。

初筝拎着一根铁棍站在那边，刚才那一声，明显就是她敲的。

众人：“……”就不能喊吗？吓死了。

宝哥被初筝这边集装箱里的东西给震惊了：“枪啊！！！”

勇哥跳进去扒拉着箱子看，里面不但有枪，还有很多子弹和其他武器。这个集装箱放在角落里，如果不是初筝打开，他们估计都会忽略它。虽然不知道是谁如此大胆，或者说是官方打算做什么的……反正不管怎么说，这些武器对他们来说，简直就是及时雨。

一群人在码头找了辆大卡车，屁颠屁颠地开始搬武器。初筝又找了几个集装箱，大部分都是无用的日用品或者奢侈品，但也找到一些物资和水。

“都给我把手举起来！”粗嘎的呵斥声从集装箱上方传来。正搬东西的易笑和贺成吓得手一软，东西“砰”的一下掉在地上，子弹从箱子里面露出来。

勇哥和宝哥在集装箱里，听见声音，同时安静下来，竖起耳朵听外面的动静。

“都给我把手举起来！”上面的人又呵斥一声，“里面的人，举起手出来！”

易笑和贺成几乎同步，举起手抱头蹲下。勇哥递给宝哥一把枪，做了个手势。

宝哥内心：什么鬼？！

勇哥压低声音：“我先出去，你见机行事。”

从勇哥的位置还能看见易笑，易笑手指抵着地面，指着一个方向。勇哥深呼吸一口气，刚准备冲出去，就见一个黑影掉了下来，“砰”的一下摔在易笑和贺成面前。女生从高处跳下，踢在那人的腹部。那人手里的枪脱手，身体一路往后滑行，撞到集装箱才停下。

勇哥：给个表现的机会行不行！

“都给我老实点！”无数的枪口对准他们，集装箱上方和两边都有人冒出来，他们被围住了。

勇哥："……"现在是不是该我上了！

然而，初筝神色坦荡地举……举起手？！不是，你的霸气呢？怎么就认输了？

"放下武器！说你，听见没？放下武器！"

"砰！"勇哥手一抖，武器掉在地上。他被赶到初筝那边，还在集装箱里面的宝哥，也被人带出来。

"怎么就认输了？"勇哥压低声音。

"人多，有枪。"初筝平静地回答勇哥，又慢悠悠地补完后面一句，"打不赢。"

这不是你应该说的话吧？！之前那一夫当关万夫莫开的架势呢？那诡异的异能呢？打不赢是什么操作！

"你们运气还挺好啊！"其中一个八字眉男人在集装箱里看了眼，"一开就开到这么多武器。"

"嗯。"初筝点头应下，她也觉得运气挺好，遇见这么多挡路的。

谁让你点头了！

但话是自己说的，八字眉只能憋出一声冷哼。他狐疑地打量初筝两眼，这个小姑娘和他们见过的那些女人表现得都不太一样。面上没有惊慌，也没有献媚。

她过于平静……平静得让人害怕。

"都起来，快点，别磨蹭，把手放在看得见的地方，谁敢做小动作别怪老子不客气……"

五个人被迫跟着这些人往港口的办公大楼走。

大楼被加固过，明显是这伙人的据点。他们被带上二楼，直接关进一个房间。

初筝环顾四周，王者号在她耳边"哔哔"个不停，烦死了。

【小姐姐，你快点啊！你的"好人卡"还等着你救呢！】

让他等着吧！反正也不差这么一会儿，后面他不是还黑化了吗？证明死不了！

【黑化了啊！】

关起来就行，怕什么。

【……】小姐姐，如此禽兽不如的事，你为何能说得如此理直气壮！

贺成冲初筝招手："初筝姑娘，他们将武器都装到车子上了。"

初筝走到窗户前，往下面看，那些人正将武器往车子上装，而且不少人还在搬其他东西，看样子是打算离开这里。港口东西虽然多，可丧尸一旦涌过来，也得是死路一条，这里并不是长住之地。

"又有人来了……"宝哥指着远处朝这边过来的人。

初筝："……"真的是好有缘。

那群人中间的那几个，明显是宁忧那一行人，显然也是被他们给抓住了。

办公楼的地下室。

两个男人赤着上身靠着门口抽烟，地下室里有女人的尖叫声、孩子的哭闹声，以及男人的怒骂声和抽打声。十多分钟后，一个男人提着裤腰骂骂咧咧地出来。

里面房间中，关着三个女人和两个孩子，还有两个男生。

女人抱着身体啜泣，两个孩子缩在角落，乌黑明亮的眸子里满是惊恐和绝望。而那两个男生，其中一个趴在地上，如果不是唇瓣还在张合，估计都没人会觉得他还活着。他旁边是一个少年，少年低垂着头，靠墙而坐，胳膊搭在膝盖上，指尖有血滴落在地面。

地下室微弱的光线，将少年身形勾勒得纤细单薄，投在墙壁上的阴影呈扭曲的弧度，无端地给人狰狞又恐惧的压抑感。

滴答……血滴砸进地面汇聚的血泊中。

就在此时，混乱的脚步声从地下室外传来。地下室的人惊恐地看着不远处的门，仿佛那里会有猛兽扑进来。

但是没有，地下室的门被狠狠地关上。

突突突……枪声由近及远，脚步声和骂声也渐渐远去。

不知道过了多久，外面忽然安静了。突然陷入死寂，让人心生恐惧。

脚步声渐渐近了，所有人都往角落缩，恐惧地盯着那扇门。外面似乎有交谈声，但太模糊，他们听不见在说什么。

“砰！”地下室的门被踹飞，落在里面，砸起一地的灰。初筝镇定地收回脚，无视旁边吞咽口水的几人，走路生风地进入地下室。

地下室并不大，初筝一眼就看见靠墙坐着的少年，她朝着那边走过去。

初筝瞅着那边一动不动的人影。

不会死了吧？不可能。他都还没黑化，怎么可能会挂掉，就算要挂掉，也得等黑化之后吧？

初筝镇定地站在少年面前，地下室的那三个女人，相互抱着，身体颤抖得厉害。

初筝站了三秒，对方依然没有反应。

“好人卡”不会真的挂了吧？！

初筝内心慌得不行，但面色极其镇定。她伸手探到少年的鼻息下，察觉到还有微弱的呼吸。

还没死。

就说要黑化的“好人卡”，怎么可能那么容易死掉呢？

黏腻又冰冷的触感，从手腕上传来，初筝微微抬眸，目光触及少年扣住她手腕的手。

血……血！！

初筝面无表情地甩开他，少年约莫是用的力气不够大，不但被初筝甩开了，还被甩到墙上，直接倒了下去。

初筝：“……”我、我不是故意的！扶“好人卡”起来的话，他还会觉得我是一个好人吗？

陆然身体情况本就不好，被初筝这么一甩，差点晕过去。

初筝甩完才反应过来不能这么对待“好人卡”，赶紧上前将人扶起来。陆然呼吸极浅，脸色苍白地靠着初筝，全部重量都压在初筝身上。

血腥气渐渐被一股略带熟悉的幽香取代，陆然莫名地放松下来。

“你……怎么来了？”陆然有些困难地抬了抬眼皮，声音嘶哑。

初筝冷漠脸：“我让你别跑的。”不听我的话，这就是下场！

“好人卡”就应该关起来才保险！

“能走吗？”初筝问他。

陆然靠着她肩，说话的时候，热气喷在初筝颈间：“你……觉得呢？”

初筝不太舒服地往后偏了偏，并试着放开他。

她到底从哪里看出来，自己还能走的！？

陆然站不稳，直接往地上倒，他再次将初筝拉进黑名单。

什么好人？不可能的！！

初筝带着晕过去的陆然离开地下室。上面一片狼藉，到处都是子弹扫过的痕迹，不时还能看见尸体。

“初筝小姐，不太对……”勇哥皱眉看着这些尸体。

“我们下地下室的时候，还有声音，下去就没了……这些人是谁杀的？”易笑疑惑。

“刚才那些人？”贺成和宝哥异口同声。

“不是。”初筝拿脚踢了踢地上的尸体。

众人同时看向她。

事情要从宁忧出现的时候说起。宁忧他们被关起来，正好在初筝对面。抓他们的人撤走了，没有派人守着他们。因此宁忧那边很快就将门打开，准备逃跑。

于是初筝很镇定地将宁忧出卖了，那两拨人自然就打起来了。宁忧带着人和这群人对抗，初筝在后面捡漏。等初筝他们下到地下室的时候，上面的声音渐渐消失。那样的情况，初筝他们以为对方追宁忧去了。可现在看来，好像不是……这些人都死了。

“这不是人杀的。”初筝眸光平静地望向走廊尽头。

“不是人？”所有人汗毛都是一竖。

这个世界上除了人就是丧尸。不是人杀的……那不就是丧尸杀的吗？

可这不对啊！？丧尸杀人能留下这样的全尸？它们不啃几口吗？

难道杀人的那个丧尸不饿？

勇哥将一个趴在地上的尸体翻过来，在那人胸口找到抓痕，血肉外翻，深可见骨。

这确实不是人能弄出来的伤口。

“什么丧尸啊……”贺成开始抖，满脸的畏惧。

“进化丧尸。”

勇哥眸子半眯，只觉得附近都危险起来，警惕地看着四周。

“进化丧尸这么厉害？”宝哥有点怀疑。

初筝看他一眼：“现在我们对进化丧尸了解不多，但它们出其不意杀掉这些人不难。”

“它……它还在不在啊？”贺成比较关心这个。

“不知道。”初筝带着陆然往下走，“遇见就知道了。”

贺成：“……”不，我一点也不想遇见。

另外几人对视几眼，快速跟上。他们后面跟着地下室的另外几名幸存者。

下楼很顺利，并没有遇见进化丧尸。往下尸体就少了。

停车的地方少了很多车子，应当是都跑了。

“求求你们带上我们！”一个女人抓着车门祈求。

易笑好心地指了指旁边：“那边有车子，你们自己走吧，对不起呀，我们不能带你们。”

“你们不能丢下我们。”女人突然尖叫起来，疯狂地拉车门，“让我们上车。”

车子如离弦的箭飞奔出去，女人被甩开，摔在地上，旁边的幸存者将她扶起来。

易笑看着她们，一脸的担忧。就在此时，易笑脸色猛变。几乎是同时，女人的尖叫声从后面传来。

“加速，加速！！”易笑大叫一声。

勇哥也从后视镜看见了。刚才那几个女人站的地方出现一只约莫两米高的丧尸，从集装箱的方向跳过来。不过是眨眼的工夫，刚才那几个幸存者已经死了。丧尸朝着他们追过来，他跳一下就是好几米。不仅如此，丧尸还朝着他们发起攻击，冰系的异能从车子底下穿过，在他们前面铺成冰锥。

勇哥极快地转弯，将车子开进集装箱空隙中。

宝哥惊魂未定：“它有异能！”

初筝搂着陆然，回头看一眼，丧尸如壁虎一般，抓着集装箱，朝着他们追过来。

好可怕！

砰！车身一震，车子里的人同时僵住。

“它……它在车顶？”

车顶发出指甲刮过的尖锐声音，很明显地告诉众人，它在车顶上。贺成整个人都抖成筛子。易笑抓着枪，显然也很害怕，宝哥手中异能积蓄，警惕地盯着车窗。

一根黑色的指甲从车顶落下来，缓慢又小心，像是在试探。

宝哥“唰”的一下甩出一团火焰，那根指甲迅速收回去。接着车顶的刺耳声音更大，车顶开始变形。车厢里的众人大气都不敢喘，心跳扑通扑通的，仿佛要跳出来，空气里弥漫着紧张。这只丧尸颠覆了他们的认知。强大、聪明、可怕……

光从车顶漏下来，渐渐地看见了丧尸的黑色指甲，它正不断挠着车顶。

声音忽地停下。车顶只有光倾泻下来，丧尸不见踪影。

易笑：“丧尸呢？”

勇哥皱眉："你们看见了吗？"

宝哥抻着脖子观察："它不在车顶了！"

哐当！前方突然暗下来，挠车顶的丧尸，跳到了车盖上。它蹲在车盖上，灰色无神的眸子紧盯着他们，学着人的方式打量他们。

勇哥低骂一声，车身开始晃动，想将丧尸甩下去。可丧尸稳稳当当地蹲在车盖上，纹丝不动。"哗啦——"挡风玻璃破碎，碎玻璃飞溅砸下。初筝手指在空气中晃了一下，丧尸像是察觉到危险，猛地往后一跳。

初筝张开的手指握紧，往身前拽。丧尸突然扬手，砍掉自己胳膊，跳上集装箱消失不见。

发生了什么？

"砰！"

众人还没弄清楚怎么回事，整个车子突然飞了起来，接着就是失重感，侧翻着砸在地上，所有人都朝着一个方向摔去。

初筝："……"活着不好吗？要凑上来找死！

远处冰凌以肉眼可见的速度从地面蔓延过来。初筝冷着脸，松开陆然，直接踹开车门，动作利索地跳出车子，一脚踩在冰凌边缘。

冰凌忽地停止蔓延，天地万籁俱寂。女生傲然而立，气势凌人，无人敢逾越她一步。

初筝清冷的眸光静静地看着冰凌蔓延过来的方向，她脚尖碾了碾冰面。整片冰凌开始崩裂，"咔嚓咔嚓"地蔓延向远方。"哗啦——"冰凌从地面凌空而起，所有尖锐的一方，对准某个方向，"唰"的一下射出去，穿透了集装箱。

"吼！"丧尸愤怒的声音，从集装箱后面响起。高大的丧尸跳到集装箱上，身体上扎着无数的冰凌，它伸手将冰凌拽出来。灰色的瞳仁里，仿若闪着怨毒的光芒。

"吼！"丧尸冲初筝怒吼。

初筝扬手，丧尸后退一步，然而它并没有发现危险，微微弓起身体，准备发起攻击。

它要撕碎这个人！

"扑哧——"冰凌从后方穿透丧尸的脑袋。空气里不时有银色的流光划过，仿佛将这里布置成了天罗地网。初筝手掌向上，丧尸尸体开始湮灭，一枚晶核从粉末中飞出，落进她的手心里。晶核通体冰蓝，比现在那些白色的晶核要大一圈，颜色也十分漂亮。

晶核开始变化了……

初筝拿着晶核，转身去翻车的地方。

"看着我干什么？"

勇哥和宝哥从车里爬出来，正目瞪口呆地看着她。

"你……"勇哥咽了咽口水，"到底什么异能？"

即便是他，对上刚才那只丧尸，他也并不觉得自己有胜算。可这个女生，几乎没做什么，就将那只丧尸解决了。

她的异能到底是什么？

初筝小脸严肃："我没有异能。"为什么就是不相信我？我说得不够真诚吗？

陆然本就有伤，这下身上又多了几个口子，看上去跟个血人似的。

"初筝小姐，这丧尸……"

"先离开这里。"

勇哥看看四周："我去找车。"

他们运气好，找到一辆卡车，里面还装着他们之前发现的武器。

离开港口，众人才松一口气。

刚才那只丧尸太恐怖了。今天的经历，他们估计永生难忘。

不仅仅是因为丧尸，还有初筝给他们的震撼。

【小姐姐，你不给他止血吗？】"好人卡"都要失血过多挂了啊！！

初筝看一眼犹如血人的"好人卡"，略嫌弃，并理直气壮地回复王者号："忘了。"

【这能忘吗？这是你的"好人卡"，你不好好保护他，你就要倒带重来的。】

初筝："……"倒带你大爷！

【所以小姐姐，请你好好做一个好人，好人真的不是这样做的！你这简直比禽兽还不如。】"好人卡"黑化一点都不奇怪。

陆然是被热醒的。他撑着身子坐起来，身上的毯子滑落。

他捏着毛茸茸的至少几斤重的毯子："……"

哪个白痴啊？这么热的天气，给他盖毯子？

陆然环顾了一下自己躺的地方，全是装武器的箱子，有的已经打开，他就躺在两个并排的箱子上。车厢就像一个蒸笼，更别说还有毯子加持。

陆然将毯子扔下去，他怎么在这里？

陆然想了会儿，想起在地下室的事。

他又遇见那个女人了。

陆然心底顿时纠结起来，为什么每次自己狼狈不堪的时候，都能遇见她？她是不是故意的？！

嘶……陆然抬手揉了揉眉心，脑中像是有针扎一般，疼得又出了一身冷汗。

"吱呀——"车门被打开，初筝跳上车："醒了。"

陆然下意识地抬手，想压下帽子，然而落了空。余光瞥到手腕，精致的腕表衬得他手腕白皙。

这哪儿来的？

"这个？"

初筝顺着他的视线看过去："我给的。"

我给的！不是我送的……陆然内心有点复杂，好端端地给他这个做什么？他有些不自在地收回手，低下头往旁边偏了偏，聪明地转移话题："我在哪儿啊？"

"车上。"

他当然知道在车上："去哪儿？"

"回基地。"初筝找了个地方坐下。

陆然心底"咯噔"一下，各种不好的预感，开始噌噌地往上冒。陆然目光接触到身上的衣服，好像不是自己之前穿的……

"我的衣服谁换的？"她不会脱了自己的衣服吧？！

初筝不是很确定："易笑吧！"

陆然眉心跳了跳，没有听见自己以为的答案，心底本该松口气，可他竟然觉得有点奇怪……哪里奇怪，他又说不清楚。

还有"易笑吧"是什么意思？她也不知道是谁给自己换的吗？！

"那毛毯呢？"陆然踢了一下毛毯，这是想热死他吧？

"我。"

换衣服不是你，想热死我的就是你了！

陆然转过头，漂亮的眸子满是疑惑："你给我盖毛毯干什么？"

初筝正经脸："保暖。"盖毛毯除了保暖还能干吗？

陆然不知是不是被气笑了，苍白的脸上浮现笑意，那瞬间恍如有春花盛开，美不胜收。

"这么热的天气，你给我保暖？你是嫌我死得不够快吧？"

初筝更加严肃："你刚才很冷。"

陆然："……"怎么看都是你在胡说八道啊？

初筝将陆然带下去，坐到前面的车子上，陆然这才发现整支队伍十分庞大。

"陆然。"易笑给陆然打招呼。

陆然没有帽子，就跟失去保护壳似的，十分不自在，硬着头皮打招呼："又见面了。"

"你怎么在那里呀？"易笑趴在座椅上，看着陆然。

陆然长得可真好看啊。就算他是个男的，都有点心动了，果然美是不分界线的。

陆然往初筝那边靠了靠："有帽子吗？"

初筝看了他一眼。陆然表情一软，眸光微微带着祈求，他不喜欢这么被人看着。即便那个人并没有别的意思，只是单纯地欣赏，他也不喜欢。

但是陆然没发现，他能自然地将自己展现在初筝面前。

初筝摸出一顶帽子，给他戴上。鸭舌帽是米白色的，上面依然有可爱的图案。虽然对这个颜色稍微有点接受不了，可现在他也没办法要求那么多。

陆然嘴角扬了扬："谢谢。"

初筝真诚脸："我是好人。"

"……"呵呵。

有了帽子加持，陆然自在多了，转头和易笑说话。他没说自己是偷跑离开初筝，只说意外撞见那群人，被他们使诈给抓住了。

“说起来，初筝姑娘，那个丧尸太奇怪了。”易笑突然道，“我这两天问过其他人，他们找物资的时候都没有遇见过那只丧尸，而且也没遇见过多少丧尸。”

初筝他们在机场遇见的那一拨丧尸，仿佛就是整座城市的丧尸群。当时他们顾着逃命，也不知道那群丧尸到底有多少。

“什么丧尸？”陆然好奇。他晕过去的时候，发生什么事了吗？

易笑简单地给陆然说了一下那只丧尸。

“难怪……”陆然嘀咕了一声。

“什么？”

陆然道：“抓我的那些人之前没打算离开，但是就在一天前，他们开始准备离开。”

“他们发现那只丧尸了？”

陆然耸肩，语气嘲讽：“也许吧，不然待得好好的，为什么要离开？”港口那个地方，他们占据很长时间了。里面有发电机，有物资，足够维持生命很长时间。

陆然星眸微转：“那只丧尸呢？”

易笑看了一眼初筝：“被初筝姑娘解决了。”

陆然微微惊讶：“你这么厉害？”

初筝丝毫不谦虚：“嗯。”

【谦虚是人类的美德！】王者号想跟初筝科普一下，但初筝打断了它。

哦，我没有。必要的时候，我也可以装作有。

【……】必要的时候是什么时候！？

“那样的丧尸，还会有吗？”贺成担忧又谨慎，生怕哪里突然冒出来一只丧尸。

“丧尸进化肯定不止一只。”陆然尾音里带着点笑意，“别担心，还会有的。”

贺成缩回去，妈呀，这日子可怎么过啊！

“按照你们说的，进化的高级丧尸，应当可以号召其余的丧尸。”陆然继续道，“以后这样的丧尸多了，对人类来说，就是一场灾难。”

帽子挡住少年大半的脸。但也掩不住少年语气里的笑意和恶意。

他似乎在期待，期待那一刻的到来。

以前的陆然身上有锋锐感，能扎人似的。可现在他没有了，他看上去十分平和。

然而仔细观察就会发现，这些平和里对这个世界怎么样都无所谓的随意。

陆然手腕忽地一凉，冰凉的声音落在他耳边：“安分点。”

陆然歪了下头，白皙的侧脸落进初筝瞳孔里。他微微勾起嘴角，眸光里都带着几分小坏：“我很安分，我什么都没做。”

他手指勾着初筝的指尖，小手指曲起在她手心里刮了一下，随后将手抽了出去。

少年抬起手，放在唇瓣上，冲她眨眼。

初筝一把将他的手拽下来，扣在手里："安分点！"

少年许是听出初筝在威胁自己，停顿几秒，没有再挣扎，反而将身体靠了过去。凉快。

"初筝姑娘，陆然好像有点不对劲。"

"他又怎么了？"初筝语气冰冷，明显不耐烦。

易笑摇头表示自己说不清楚："您去看看吧！"

陆然此时蜷缩在椅子上，浑身冒着冷汗，很痛苦的样子。初筝探了探他额头，滚烫得厉害。

"陆然。"初筝晃了晃他的胳膊，"陆然？"

陆然眸子紧闭，眉头紧锁，仿佛听不见初筝的声音。但他本能地朝着初筝靠过来，凉意让他眉头稍稍舒展几分。初筝将车门关上，将他的手扒拉开。陆然不满地再次缠上来，脸颊贴着她的肩膀，他蹭了几下，唇瓣擦过初筝的脖子。

初筝垂眸看了看陆然。

"难受……"少年声音里带着委屈，眉头紧锁，轻声呓语，"疼……"

疼？顶多是热吧？怎么会疼？

就在初筝疑惑的时候，车里前排的东西突然飘了起来，又砸下去，发出很大的声音。

"初筝姑娘？没事吧？"车子外面的人听见声音，出声询问。

初筝抓着飞过来的一把武器，转个方向，镇定地回答外面的人："没事。"

外面的人等了片刻才走开。

这是陆然的异能吗？精神力？

不……不对。

精神力不能操控物体，反而更像是念力一类的异能。但不管是精神力还是念力，都是异能中超S级珍稀异能。

王者号给她的资料里显示，陆然觉醒的是变异雷系异能，杀伤力十分强大。

怎么就变了？

【小姐姐，你不能依靠资料，每一个细微改变，都会有影响，资料是为了让你更好地了解情况，只能作为辅助参考哟！】王者号欢快地提醒初筝。

"疼……"少年抓着初筝的衣服，指尖因为用力，开始泛白，他喃喃出声，"好疼……"

初筝掰开他的手，让他抓着自己的手。车子里的小物件纷纷腾空而起。

异能失控吗？还是升级？我没异能！我不知道啊！！

初筝有点慌。

陆然疼得不行，初筝也拿他没办法，想让他自生自灭。

初筝突然想到什么，摸出那枚冰蓝的晶核。

那么问题来了。他们异能者是怎么吸收异能的？嚼碎咽下去吗？

初筝绷着小脸，不管了，直接喂下去吧。

初筝强行将晶核给陆然喂下去。晶核喂下去后，陆然情况渐渐好转，明显有用。但是陆然还是热，一个劲地往她身上贴。初筝握着他的手腕，银线绕着少年的指尖，缠绕上他的手腕。少年渐渐安分下来，呼吸也平稳下来。

初筝拿开他的手，坐到一边。

“唔……”少年脑袋靠过来。

初筝忍了忍，张开手让少年躺在自己怀里。少年蹭了蹭她的手指，安稳地睡过去。

陆然后半夜醒了。车队已经启程，白天太热了，半夜行动起来，稍微会好一点。

陆然躺在初筝怀里，静静地保持那个姿势。耳畔是平缓的心跳声，属于她的心跳声。

说实话，他在地下室的时候，心底是十分阴暗恶劣，充满恶意的。

可陆然此时心情极其平和。

他指尖动了动，缓慢地将手横过初筝腰间，将她抱住。初筝并没睡，陆然动了，她调整了一下坐姿，让少年更好地睡在她怀里。

少年微微抬头。

初筝低头，对上少年睡眼蒙眬的眸子。

“你……”少年有些窘迫，似乎没料到她没睡着。她心跳那么平稳，呼吸也极浅，他还以为她睡着了。

陆然垂下眼，倒也没松开她，反正都被发现，他反而直接大方地搂紧她。

初筝捏他的耳垂，语气淡淡地提醒：“别抱那么紧，不舒服。”

耳垂被冰一下，少年浑身恍如有电流流蹿而过。她捏自己干什么？

但她捏了一下就松开，让他连发作的机会都没有。他只能默默地将那点不舒服压下。

“你的异能……”陆然浑身一震，初筝都能感觉到他僵硬的身体。

陆然伸手捂她的嘴，他往前面看去。开车的是易笑，另外几个人都各自睡着，她刚刚说话很小声，被其他声音压过，易笑应当没有听见。

陆然指尖压着初筝的唇瓣，指腹上的柔软，让少年触电般松开。陆然往上蹭了蹭，他故意靠近她，在她耳边低声道：“我有异能的事，你不要告诉别人好不好？”

“为什么？”

陆然微微鼓起腮帮子，嫣红的唇瓣格外诱人。

“你是好人嘛！”陆然眨眼，“帮我保守秘密好不好？”异能这种事，会成为保命的底牌。

“嗯。”“好人卡”的要求要答应，“好人卡”要好好关怀。

陆然冲初筝笑了一下，他张了张唇，还没说话，唇瓣就被人堵住，接着是冰凉柔软的舌尖压过他的唇瓣，撬开他的唇齿。

陆然的瞳孔微微放大，心跳突然像开了加速器，“怦怦怦”地狂跳起来。

唇瓣上的凉意离开，陆然才回过神，他盯着初筝：“你……你亲我干吗？”

初筝那叫一个理直气壮：“舒服。”

舒服什么？你一个女孩子怎么能这样！

陆然抬手擦了擦唇瓣，有些懊恼，他竟然也觉得挺舒服的……唇瓣间仿佛还残留着她的味道，让陆然的身体隐隐有了反应。

“睡吧！”初筝道。

陆然：“……”我现在也要睡得着才行啊！这女人果然是对自己图谋不轨。

陆然想起身冷静一下。但初筝此时是抱着他的，陆然想起来，就得让初筝先松开。

他压低声音：“放开我。”

“为什么？”初筝以为陆然不满自己亲他，“那你亲回来吧！”

陆然：“……”他亲什么啊亲！

陆然最终还是没能挣开初筝的魔爪。

陆然将帽子压下来，自暴自弃地靠着她睡觉，他一个大男人计较那么多干什么。

初筝带着大量物资回基地，围观队伍都排成了长龙。

“这么多东西呢？后面还有好几辆车没进来……”

“听说粮食就是好几车，他们运气怎么这么好？”

围观群众对着车队指指点点，车队暂时开进基地第一层的停车场，等大家检查完之后再进去。有异能者的检查得快，初筝没有异能，需要的时间稍微长一点。等她通过检查，安排好陆然，就有人过来通知停车场那边出事了。

“什么事？”

宝哥满脸的愤怒：“基地里的军队，突然出现，说要带走那些物资。”

第十三章

可你在这里

“军队？”初筝皱眉。

“嗯，太不要脸了。”宝哥低骂。

初筝跟着宝哥去停车场，队伍里的异能者和军队的人在对峙。

初筝一到，初筝这边的人，立即给她让开一条路，那架势如大姐大，自带配乐。

“你就是这队伍的负责人？”军队那边，一个穿着不太合身军装的男人，吊儿郎当地打量她。他后面的人，也是乱七八糟，军装穿得奇奇怪怪，反正看着不太像正规军人。

而这些人也确实不是——这些衣服都是军队里牺牲掉的那些军人留下来的。

“你想干什么？”初筝站在前方，冷眼瞧着这个男人。

“呵。”男人冷笑，突然拔高音量，“你们这些人简直丧心病狂，竟然对同伴动手，这些物资谁知道你们是怎么来的！”

停车场不只他们这些人，还有一些人，此时大部分都在看热闹。听见男人的话，讨论声莫名地大起来。初筝听出这人的意思，是说她这些物资是抢来的。

“对谁动手？”

男人下意识地往一个方向看去，初筝顺着他看过去。宁忧站在那边，她似乎没打算隐藏，初筝看过去，她还露出一个得意的挑衅笑容。

又是这个揪她头发的！

“把这些物资交出来，离开基地，这件事我们就不追究了！”男人挺着腰板。

初筝看了一眼勇哥。勇哥扛着枪，讽刺地看着这场闹剧，突然接收到初筝的视线，他茫然地看回去。

不能看戏吗？

宝哥倒是明白，甩了一团火焰过去，勇哥这才反应过来，拎着枪在男人脚边扫出半个弧度。男人那边的人吓了一跳，纷纷往后退。

初筝环着胸，端着大姐头的架势：“我抢谁的物资，嗯？”

宁忧比初筝他们先回基地。在那边遭遇的事，哪里能让宁忧咽得下这口气，当即让人找了基地的负责人，而接待她的人恰好是冯部长。

宁忧仗着自己现在的身份，冯部长都得对她礼让三分。宁忧给冯部长许下好处，本来是想以初筝对基地的同伴动手为由，先将她扣住。就算抓不住她，也不能让她在这个基地继续待下去，必须将她赶走。

谁知道初筝会带着这么多物资回来，冯部长怎么能不心动？

冯部长平时也没少干这些事，因此就有现在这么一出。

宁忧想着，只要搞定初筝，其余的事，她都可以不管。可没想到，初筝直接让人动手。

男人被吓得蒙了几秒。随后怒上心头，他怕一个小丫头干什么？！

男人朝着初筝这边吼："诸位，这件事和你们没关系，这女人心思歹毒，只要你们现在离开，我们保证，你们不但在基地里会有更好的待遇，这些物资，你们也能分。"

"谁心思歹毒？"停车场忽地安静下来，方部长带着一队人进来。

"方……方部长。"男人吓得腿软，心底直犯嘀咕，他怎么来了？

整个基地里，冯部长只要有好处就能说上话。孙部长是个老狐狸，明面上什么事都不掺和。只有这个方部长，是个非常正直的人。

方部长是初筝派人去叫的，她好歹还顶着方好救命恩人的名头，方部长怎么都得亲自过来。

方部长面色沉冷地质问："你说谁心思歹毒？"

"她……她。"男人指着初筝，急急地道，"方部长，就是这个女人，她在基地外面竟然对同伴动手，差点害死自己人，她这样心思歹毒的人，必须赶出基地去！"

"哦？"方部长拖长音，让人辨不出他什么意思。

这可是他家宝贝女儿的救命恩人，能是个心思歹毒的人？方部长心里清楚得很，这些人都是冯部长的爪牙，为的什么，他大概也猜得到——不就是看见这么多物资眼红。

初筝在方部长看过来的时候，道："方部长，这些物资都给基地。"

男人傻眼了。捐……捐给基地？开什么玩笑？这么多物资，她就舍得？

就连跟初筝出去的那些人，都十分惊讶。不过他们这些东西，最后都是用来换晶核，倒比其他人想得开一些。

围观群众就更蒙了。本以为能看一场大戏，结果变成慈善现场……她是认真的吗？

不管初筝有没有在外面对同伴动手，这些人的目的大多数人都明白，只不过是看破不说破罢了。现在好了。捐了，你抢什么？

方部长不太确定自己听见的："初筝姑娘，这些物资都给基地？"

"嗯。"王八给的任务，不做就倒带，我才不要倒带，绝不！

方部长看着这么多物资，内心激动。然而作为领导人，他得稳住。

方部长深呼吸好几口气，再三和初筝确定。确定之后，他感激地朝着初筝道："那就多谢初筝姑娘，基地这下又能撑一段时间了……”本来最近物资越来越匮乏，他们正愁呢！这忽然就送来这么多的物资，大家心里都高兴！

初筝这操作直接将来找碴儿的那群人给整蒙了。这和说好的不一样！现在怎么办？

“方部长，这些人污蔑我，我能自己处理吗？”

方部长心底正乐，听初筝这么一说，立即答应：“当然可以，初筝姑娘你放心，我定会严肃处理这件事，不会让人冤枉你。”什么心思歹毒？简直是无稽之谈！这妥妥的活菩萨啊！他女儿的救命恩人果然不是一般人！

男人见事情发展不太对，朝着宁忧那边求救。宁忧见势不妙，正准备离开，结果初筝已经叫人过去抓她。

宁忧被带到初筝面前。

“你干什么？”宁忧丝毫不心虚地和初筝对视，“放开我。”

初筝看着她，语气平缓：“你指使他的？”

那平静得不起波澜的眸光，让宁忧十分陌生。

初筝不说认识她，宁忧自然不会赶着往上凑。宁忧只能怒道：“我指使他干什么？我都不认识他，你不要在这里胡说八道！我跟你有什么仇？你要这么冤枉我？我只是站在那边，难道那边不能让人站？”

“他刚才说话的时候，看了你不下五次。”初筝道，“不是你指使他污蔑我？”

“我、我怎么知道他看我做什么。”宁忧不承认。

“那你说吧！”初筝看向男人，“是不是她指使你？”

男人不吭声。勇哥这次倒是懂事，上前就是一脚：“说！”

男人还是不吭声，勇哥抓着就是一顿揍。

“别、别打了……我说……我说，是她让我们想办法把你抓起来，还要把你赶出基地，都是她指使我们的。”男人指认宁忧。

“你胡说什么！”宁忧如被踩中尾巴的猫儿，“你们这是屈打成招！”

“我没有胡说，就是她指使我的。”男人一把鼻涕一把泪。

“宁小姐，你为何要这么做？”方部长谨慎地问，她后面那群人，得罪了不太明智。

“不是我，他瞎说。”宁忧努力让自己镇定下来，“他们这是屈打成招。”

“小姐！”宁忧的人赶到，将宁忧护到后面，“您没事吧？出什么事了？”

宁忧将事情说了一遍，表示自己的无辜和不知情，以及初筝平白无故地冤枉自己的事。加上之前在别墅外，宁忧和这些人灌输过初筝对她有恶意的事，因此这群人立即将矛头对准初筝。

“她不是你们的小姐。”初筝抢在他们之前开口，“我才是。”

许是初筝身上强大的气势，她说这句话没有引起众人的不屑嘲笑，反而让场面陷入诡异的寂静中。宁忧美眸瞪大，仿佛听见什么不可置信的消息，转而浑身冰凉，她不但记得……还知道这件事，怎么会……

初筝的声音缓慢地在诡异的气氛中流转："那块玉是她从我身上抢的。方部长，你们能做亲子鉴定吗？"

"能的。"方部长回过神，立即道，"可以做。"

"你们还带有样本吧？"初筝又问对面的人。

基地实验室。

宁忧和初筝分别站在一边，中间是慕杰，也是那群人的领头人。他们在末世前，得到消息，有失踪多年的小姐的线索。没想到人没找到，反而遇上末世。

他们还算幸运，大部分人都觉醒了异能。本以为找不到他们的小姐，没想到会在庆安基地遇上。

那块玉是慕杰捡到的，他在基地找了好几天才找到人。现在却被告知……搞错了？

他们手里确实带有做亲子鉴定的样本，这是为了找到小姐后，做初步确定。找到宁忧的时候，他们就让庆安基地帮忙做过，结论确实是……

慕杰背着手，脸色阴沉地看着透明实验室里忙碌的人。

初筝站得有些累，靠在玻璃上，勇哥他们都没来，初筝让他们先送陆然去别墅，就在别墅看着他。而宁忧站在另一边，低垂着头，手心里全是冷汗。

怎么办……亲子鉴定一出来，什么都露馅了，可现在她跑也跑不掉，什么都做不了……为什么初筝没有失忆？为什么初筝没死！为什么……

宁忧心底的怨恨越来越浓烈。

亲子鉴定需要时间，这期间初筝和宁忧都不许离开，慕杰背着手在走道上转来转去。

"你能安静一下吗？"初筝不耐烦。

慕杰回头看靠着玻璃的女生，她浑身都透着冷淡的疏离。女生五官精致，眉宇间的淡漠，给她添了几分英气，眉宇间隐约和先生有几分神似。再观宁忧，和先生连那几分神似都没有……

不过一切还得以结论为准。

等结果出来，慕杰第一时间去看，神色慢慢难看下来。

结论显示宁忧和他家先生没有亲缘关系。而有亲缘关系的是这位……他们曾经在宁忧的话语下，对她抱有敌意的小姑娘。

为确保正确，慕杰亲自从初筝和宁忧身上取的样本，送入两个分开的实验室。在他的监视下进行试验，根本无人能作弊。

"啪！"慕杰将结果摔在宁忧旁边的玻璃上，纸张从宁忧眼前翻飞落下。

他阴鸷的眼神，让宁忧害怕："杰叔……"

慕杰捋了一下头发，忍着怒火："宁忧，这是怎么回事？"

"我……"宁忧的眼泪在眼眶里打转。

当初鉴定的样本是宁忧给的，出错也只能在她这一步。所以她早就知道，她不是他们要找的人。

“我不知道。”宁忧摇头，“是你们说我是……我才相信的，我什么都不知道……”

“你给我的样本你不知道？”

“那……可能是鉴定的时候弄错了，我从没说过我是……一直是你们在说，跟我有什么关系！”宁忧咬着牙道，“你们自己弄错，怎么能怪我？”

慕杰回想了一下，好像这女人真的没有主动说过自己是他们的小姐。

“玉呢？”

“我……捡来的！”反正当时的事，谁也不知道，就算初筝说出来，那也只是她的片面之词，宁忧一口咬定不承认就行。

“搜一下她身上，她身上应该还保存着我的头发。”宁忧的想法很好，可初筝压根没有纠结那块玉。

宁忧不会那么傻，以为通过一次就完事了。以防万一，她肯定还会留下一些，而这些东西，肯定是随身放着才安全。

宁忧当初揪我那么多头发！能忍？不能！

宁忧的反应也证明初筝猜对了。慕杰果然从宁忧身上搜出用小袋子装起来的头发，慕杰让人将这些拿去和初筝的做比对。最后确认，头发是初筝的。

宁忧这下百口莫辩。

“小姐，对不起，让你受苦了。”慕杰走到初筝那边，九十度鞠躬，“之前的事，很抱歉，是我们没有分辨出真相，请小姐责罚。”这事办成这样，回去他还不得脱层皮。

进入末世后，慕杰应当只和那边联系过几次，现在通讯都断了，可慕杰还是坚持着这份任务，可见慕家的能量。

“没事。”初筝看看时间，“我可以走了吗？”

“好人卡”跑了好难抓的。

“我先送小姐回去休息。”慕杰立即道，“宁忧这个人小姐打算怎么处理？”

敢冒充小姐，现在这个环境，慕杰直接杀了她都可以。

“赶出基地吧！”这人又不能做掉，能怎么办？“顺便给她剃个头。”

基地的人哪里知道，本来是一场物资抢夺战，最后变成真假千金豪门恩怨？

大部分人对宁忧都有点印象，因为她身边总是跟着人，那些人看着还不像善茬。此时突然传出宁忧其实是顶替别人的身份，还差点害死人家正主。不但如此，顶替之后，还想陷害正主，将人赶出去。而被顶替的那个人，就是刚给基地捐了物资的大善人。

这个消息，就跟长了翅膀似的在基地里传开，在末世还有这样的好戏看。

不过几个小时，就延伸出几十个版本，末世都阻止不了人类的八卦。

在这些消息下，宁忧就算不被赶出基地，估计也没脸在基地里待着。

但是她不甘心啊！

为什么初筝不死在外面，为什么她要回来，原本在末世里能有那么一群人护着宁忧的话，自己以后的生活就可以高枕无忧。

都是初筝坏了自己的事。

宁忧顶着个光头，狼狈地站在基地外。四周不能进基地的幸存者，对基地出来的人怀抱着恶意，一些人直接围拢过去。宁忧被人推了一下，跌在灼热的地面，手掌和膝盖蹭得火辣辣地疼。身边不断有人靠过来，宁忧手忙脚乱地发动异能，镇住那些人，但她发现越来越多的人围拢过来。

“霍队，你看，那好像是宁忧。”

霍景顺着队友指的方向，发现宁忧被人追着，正快速地往他这边过来。

霍景打开车门下去，拉住宁忧：“宁忧？”

宁忧神色慌张地看了他一眼，忽地在霍景眼底看见自己的样子，惊叫一声，推开霍景跑了。宁忧跑得很快，眨眼就消失在霍景面前。霍景皱了皱眉，宁忧怎么变成那个样子了？

等霍景回到基地，才知道发生的事，他心底说不出是什么感觉，就觉得挺复杂的。

宁忧这个女生，在他看来，应该是一个挺不错的女孩子。善良，有勇有谋……怎么会干出这种事呢？

初筝别墅。

勇哥和宝哥三人坐在一间房门口打牌喝酒，陆然站在房间里，神色不明地看着他们。

贺成一脸的羡慕：“初筝姑娘对你那么好，我要是你，就乖乖听初筝姑娘的话了。”

陆然气得吐血：“我一个男人，她把我关在这里，算怎么回事？”你们乐意，你们来啊！为什么不放我走！

宝哥挠头：“那什么，有得必有失，初筝姑娘对你不好吗？”

陆然：“……”好是好，可这也不是她囚禁自己的理由啊！

陆然深呼吸，冷静地问：“她什么时候回来？”

勇哥抽口烟，正想回答，就听见楼梯有脚步声。

陆然的眸子微微眯了一下，看着门口的几个人收拾收拾站了起来。

初筝将之前的晶核结算给他们，勇哥啧了一声：“以后有这么好的事，还叫我啊！”

宝哥代替另外两位发声：“初筝姑娘，我们想……”

初筝冷漠脸：“暂时不缺司机。”

感情之前她就是把他们当司机？答案显然是的。

宝哥三人略受打击，失望地离开别墅。

陆然从房间踱步出来，倚着门框：“你怎么不留下他们？”

“麻烦。”

陆然立即道：“那我也挺麻烦，你让我走啊！”

“不行。”

……所以在她心底，其实自己也是个麻烦？只是因为某个原因，不愿意让自己走。

而这个某个原因……陆然身体前倾：“是不是我觉得你是一个好人，你就会让我走？”

初筝想了一下，没回答这个问题，反而在他凑过来的唇瓣上亲了一下。

陆然僵在那里，眸子似乎都忘记了转动。

“小姐。”慕杰的声音从楼下传来。

初筝默默地将准备搂陆然的手垂下，顺势拉起他的手。

陆然用力，将人往回一扯，两人跌回房间。陆然靠着墙，初筝落在他怀抱里。他搂着她的腰，将人压住，另一只手扶着她的后背。

陆然声音略显低沉：“你接二连三地亲我，经过我同意了吗？”

初筝神色自然：“需要吗？”

“需要，我是一个个体，不是你的所有物，我没同意，你不能随便亲我。”

初筝手掌扶着他的肩线，微微压着他，她倾身过去，整个人都映在陆然瞳孔里。

清冽的女声在耳边响起：“我可以亲你吗？”

女生伏在他怀里，柔软的长发垂下，发梢从手臂上扫过。她漆黑的眸子，静静地看着他，表情认真又严肃，犹如在说一件非常正经的事。

他鬼使神差地点了点头。

初筝得到许可，亲了过去，陆然这才猛地回过神。然而此刻，除了心跳加速，他什么也做不了，也全然忘了自己刚才想做什么。

“小姐，您没事吧？”

陆然被声音惊醒，挣扎一下，被初筝按着，动弹不得。

“小姐？”慕杰的声音越来越近。

陆然微微睁着眼，他大气都不敢喘，房门没有关，外面的人只要进来就能看见。

可是那脚步声却停在外面，叫了一声：“小姐？”

初筝微微松开陆然，在他唇瓣上啄了两下，低声问：“下次还可以亲你吗？”

“你先松开我。”陆然怕人进来。

“你答应我，我就松开你。”初筝道。

陆然：“……”

外面的人似乎动了。

“可以，可以。”陆然赶紧道。

“马上出来。”初筝扬声对外面的人道。

那脚步声一顿：“没事小姐，您慢慢来。”

初筝退开一些，视线下移。陆然猛地伸手捂住，侧过身去，漂亮的眸子里满是窘迫：“你看什么？”

“没什么。”初筝离开房间，站在门口和外面的人说话。

陆然懊恼地扇了自己一巴掌。

初筝回头。陆然举着手掌，对上初筝的视线，镇定地道："有蚊子。"

初筝："末世这天气，没有蚊子。"

陆然："……变异的！"

初筝："……"好吧，"好人卡"说有那就有吧！

慕杰的疑问其实很多，比如为什么初筝明知道这件事，而没有找他们。

初筝不找他们的理由很简单，她嫌麻烦。但宁忱屡次三番给自己找麻烦，她就觉得有必要为自己正一下名，毕竟省不少麻烦。

初筝没打算和慕杰去隔壁的别墅，她将人送走。陆然跟着初筝走出房间。

"你敢跑……"

陆然后退一步："我没有。"

"嗯，你别想着跑，我就不关你。"

"……我不跑。"他现在纠结着，在弄清楚之前，他不会离开。

初筝伸手想摸他头，但想着他头发不软，只好拍拍他的肩："乖。"

陆然扯了一下嘴角。

初筝带陆然去吃东西，整家店的好东西全给他上了。店里的人都目瞪口呆，约莫是没见过如此大手笔的土豪。不过听说是谁后，众人就平静了。人家可是给基地捐了那么多物资，晶核不要钱似的发，这才是真正厉害的人。

"她这么宠那个男生？长什么样，好看吗？"

"不知道，我没瞧见，他戴着帽子，不过看背影就感觉很帅。"

初筝身边那个少年，成为众人讨论的焦点。什么样的祸水，才能让初筝折腰？

最近天气越来越热，据外面的人传消息回来，丧尸似乎都怕热，数量变少了。

这个情况在基地里流传，但没人知道什么情况。

可是天气越来越炎热是真的。基地缺水严重，初筝却每天花晶核给陆然准备洗澡水。

陆然："……"他都快被养娇了。她是真的把自己当小少爷养的吗？

陆然坐在楼上，四周都清空了没有人。少年身上的衣服崭新，还有明显的折痕。他和末世里的人格格不入，像是住在城堡的王子，干净清透，娇贵雅致，让人向往。

少年托着腮，筷子戳着碗里的食物，有些心不在焉。

"不合胃口，换……"

"不用了。"陆然放下筷子，"我吃饱了。"

"嗯。"初筝递给他纸巾。陆然迟疑了一下后接过。

柔软的纸巾被他的手指捏着，有多久没有接触到这样的东西了？他身上穿的、吃的、用的……几乎和末世前相差无异。

这些东西在末世有多难找，陆然很清楚……她还真把自己当个金丝雀养着了？

陆然这辈子大概都没想过会有这么一天，有个女生强势地侵占他的世界，规划他的一切。

他除了不能离开她，做什么都可以。

陆然趴在桌子上："我要是想做这基地的最高领导人，你是不是也会帮我达成？"

"嗯。"初筝不假思索地点头，"你想？"

"好人卡"的理想这么厉害的吗？抢个基地，应该不难吧？！

陆然愣了一下，转而笑着摇头："没，随便问问。"

"你想要的，我都能给你。"

"包括你吗？"

初筝看了他一眼，在心底衡量了一下："包括我。"

陆然叹了口气："我上辈子做了什么，能得到你的青睐。"

"我倒了八辈子的霉。"虽然"好人卡"亲起来味道不错，但也不能否认他就是一个麻烦，她却得忍着的本质。

"什么？"

【小姐姐，请你不要乱说话！你要多哄哄"好人卡"知道吗？你这样丧心病狂，怎么可能会得到好人卡！！】王者号赶紧救急，将初筝耿直的准备再说一遍的话堵回去。

"没什么。"

陆然其实听见那句话了，他的眸光在她身上停留片刻后，转移了话题。

夜市依旧热闹，反正初筝一到这种地方，王者号就不会放弃发布任务。初筝买了一堆乱七八糟的，末世前看起来有用，末世后毫无用处的玩意儿。

陆然跟在初筝旁边，看着她流水似的花晶核。

"你的晶核哪里来的？"陆然还是很好奇这个。

少年贴在她耳边，说话的时候，气息直往她的脖子里灌。

"捡的。"

陆然眉峰微扬，眼角都透着几分笑意，让他的脸看上去更是惊为天人。

"我怎么没看见你捡？"

"你看见就不是我捡了。"

好有道理，无言反驳。

初筝带着陆然往前面走。

夜市卖什么的都有，这个"什么"包括这个世界上可以用来做交易的任何东西。一些女孩穿着暴露，站在角落的地方，男人随便给点吃的，这些人就会跟着走。

这些人都是没办法，她们没能力去杀丧尸，想活下去，只能如此。

"啪——"清脆的巴掌声响起，男人的怒骂也随之传来。

"怎么才这么点东西？啊？你是不是偷藏了东西？"

前方不远处，一个女孩子被男人踹到地上，四周围观的人对此见怪不怪，甚至都没多少人围观。

初筝牵着陆然走过去，陆然倒是好奇地多看了两眼，他的指尖在初筝的手心里勾了勾："那个人，好像是上次那个叫馨儿的。"他记得这么清楚，是因为上次洗澡的事。

初筝往那边看一眼，女孩子被打得惨，但很快就被男人连拖带拽地拉走。当时和馨儿在一起的那群人，在勇哥进基地后，就闹分家。刚才打馨儿的那个人，她有点印象，就是那些男人中的一个。

显然分开之后，馨儿的日子并不好过。

在勇哥队伍里，有勇哥压着，这些人可不敢乱来。

"你真奇怪。"陆然道。

"哪里奇怪？"

"哪里都奇怪。"莫名其妙要将他关起来，不奇怪吗？

初筝偏头看他。

少年置身热闹的夜市中，四周环境逐渐退却，他成为唯一的色彩，耀眼夺目。

好看的皮囊并不是千篇一律。像陆然这样的，万里挑一也挑不出来。

一个男孩子怎么能长这么好看呢？

陆然嘴角轻挑，不正经的气质顿显，他凑近初筝，透过她的眼底看自己："怎么了，被我的美色迷惑到了吗？"

"嗯。"初筝神色认真地点头。

她没有任何掩饰，这和陆然认知里面的有点不一样。他还以为，她会甩给他一个冷漠的表情，再来一句"别做梦了"，谁知道她竟然大大方方地认下。

陆然承认自己那瞬间心跳在加速，面前这个女孩子真的让他有点不知道该怎么办。

她喜欢自己吗？陆然对这个答案并不清楚。

她对自己这么好，好像仅仅是因为她说的那样，她需要做一个好人。

想到这里，陆然眸光微微一敛——她凭什么擅自在他的生活里做决定？

陆然舌尖抵着上颚，片刻后他倾身靠在初筝肩上，暧昧地用唇碰初筝的耳垂，轻声问："那你想要我吗？"

"你现在是我的。"还需要要吗？不需要！

"我……"陆然一口气差点没上来。他什么时候是她的了？他答应了吗？

陆然的手穿过她的腰，此时他像是从后面抱住她，姿态亲密无间。

"不是这个。"

"嗯？"初筝侧目，认真地问，"那是哪个？"

四周喧嚣声蔓延，少年的声音却异常清晰："你不会？我教你呀！"

初筝看了他一眼，冷淡地问："你还有什么想买的？"马上就翻倍了！

初筝和陆然回到别墅，陆然将那些乱七八糟的东西放下，刚坐下，门铃就催命似的响起。初筝有点不想动，她看了一眼陆然。后者正看着她，初筝认命地去开门。

初筝从外面回来，陆然已经在整理东西，他故作镇定地问："谁啊？"

"方好。"

初筝坐下，陆然立即起身："我有点困，先去睡了。"

陆然几乎是逃一般地离开，初筝莫名其妙。

不继续了吗？

接下来两天，陆然都躲着初筝。

慕杰那边一直劝初筝回京城基地，初筝不太愿意。想到要挪个地方，就感觉好麻烦、好麻烦、好麻烦……

初筝决定的事，基本不会改变。慕杰拿初筝没办法。好在和京城基地那边联系上了，京城基地那边说派直升机过来。不过初筝那边还没松口，慕杰整天围着她劝说。

这天大清早，初筝就听外面有人吵吵嚷嚷。初筝下楼，陆然倚在门边，看着外面。初筝走过去，陆然不太自然地让开，站得离她远了一点。

别墅区外的街道上，持枪的士兵拦着不断往这边涌过来的人群。

"吵什么？"大清早就吵吵，让不让人好好睡觉了？

"基地里的冯部长卷着物资和不少武器跑了。"陆然语气里有幸灾乐祸的成分。

基地里的物资，也是这些人的口粮，他们用劳动换取。但现在物资没了，他们怎么活？

这个冯部长有点厉害，被人抓到得被打死吧？

勇气可嘉啊！

"那就抓回来。"吵吵就能把人吵回来？

陆然好笑："昨晚就跑了，现在上哪儿去抓？"

冯部长卷走物资，基地里的决策者都受到幸存者们的质疑，一时间闹得非常大。

方部长等人费了好大的劲才安抚好幸存者们。

冯部长卷走物资，此时正开车行驶在一条公路上。冯部长拍着自己微胖的肚皮，唱着小曲，十分开心。

"部长，前面好像有人。"

冯部长睁开眼，往前面瞧去，好几个女人蹲在路边，正挥着手，她们脑袋低垂，看不见脸。

冯部长的眸子眯了眯："停车。"

车子缓慢地在那几个女人旁边停下，冯部长让人下车去看看。

查看的人小心地走到女人跟前："你们……"

男人的话刚说出口，垂着头的女人突然抬起头，张口咬过去。"砰砰砰——"枪声划破闷热。公路四周不知从哪儿跳出来无数的丧尸，将他们围得水泄不通。

一张满是狰狞的脸闯入冯部长的瞳孔。

"啊——"

“叩叩——”大半夜的有人来敲门，初筝差点没把人给弄死。她忍着怒火下去开门。

敲门的是易笑，后面跟着宝哥和贺成，三个人鬼鬼祟祟跟地下党接头似的。

“初筝姑娘，我们……我们看见一些东西，也不知道问谁，所以就来找你。”

初筝双手环在胸前，凶巴巴地道：“什么事？”

易笑指了指里面：“能进去说吗？”

初筝盯着他们看了好几秒，侧开身体，让他们进来。

“什么事？”打扰我睡觉，说不出个理由来，必须做掉！

三人同时觉得后背有点凉。

易笑和贺成不吭声。宝哥见此，推开他们，粗声粗气地道：“初筝姑娘，前两天我们接了个任务出基地，发现丧尸有些不对劲。”

初筝冷漠脸：“丧尸哪天对劲过？”

这样就没法聊了啊！！

易笑补充：“不是的，初筝姑娘，那些丧尸竟然会设陷阱，我们差点没出来，太可怕了。”

贺成在旁边点头，吓死人了！

丧尸这么厉害了吗？都学会设陷阱了？好怕哟！

“初筝姑娘，你说以后丧尸会不会和我们一样聪明？”宝哥皱着眉问。

初筝清冷的目光在他身上转了一圈，十分认真地道：“和你一样聪明也没事。”

什么叫和他一样聪明也没事？初筝姑娘说话还是这么扎人。

易笑出声解救宝哥：“咳咳……初筝姑娘，丧尸这进化得是不是有些快？”

现在都这么厉害，再吃点人，智商不得噌噌地上涨？

初筝若有所思地点点头，是有点快。不过丧尸整天除了吃，也没别的事，不进化干什么啊？

“完了完了完了。”贺成抱着自己，“还不如一开始就变成丧尸呢！”

几个人大眼瞪小眼，易笑咽了咽口水，弱弱地道：“那还是不要了吧！”

【主线任务：请小姐姐离开基地，并建立属于自己的基地，晶核由我提供哟！】

初筝恨不得倒回几分钟前，将这三个人拒之门外。

为什么要这么对待她这个小可怜？为什么？

“弱小可怜又无助”的初筝开始在脑中规划基地的事。

建立基地首先需要一块地，然后需要人。地好找，随便找个城市就行。

人……初筝将目光放在宝哥三人身上。好的，就他们了！

开辟江山就靠你们了！

初筝让宝哥再去通知勇哥，人多力量大嘛！

勇哥听说要离开基地，有点迟疑，但想着初筝手里几乎有取之不竭的晶核，这点迟疑很快就被打消了。他收拾收拾，拖家带口就过来了。

至于慕杰等人，初筝压根就没打算和他们回去，所以初筝召集完人，第二天一早就离开了基地。等慕杰他们发现的时候，初筝早就没影了。

刚找到的小姐，又丢了！

末世一年零五个月。

丧尸进化的速度远超人类的想象，他们学会合作，给人类下陷阱，甚至还有的丧尸学会伪装。丧尸潮从北边推过来。一些小型基地，纷纷沦陷。

物资匮乏，水资源越发稀缺，幸存的人类只能不断转移，和丧尸打起游击战。

“你们听说了吗？在北边有一个安然基地，听说那个基地非常好呢！”

“那个基地在什么地方？领导人是谁啊？”

“具体在什么地方不知道，但是领导人是一个叫初筝的，听说她有很多晶核，手底下的异能者非常多，而且异能等级也高。”

“我们现在不就往北走吗？说不定能找到那个基地呢？！”

站在边缘的短发女生听着旁边的讨论，手指甲狠狠地掐进肉里。这个女生不是别人，正是被赶出基地的宁忱。

前些天宁忱还遇见过慕杰那群人，可他们没和初筝一起。

听说初筝自己离开了。

宁忱那么努力想得到的东西，初筝抢过去后，随随便便就丢弃了。

“宁忱，老大叫你。”有人推了宁忱一下。

宁忱回过神：“什么事？”

叫她的女人翻个白眼，不耐烦地冷哼：“我怎么知道，你不是整天在老大面前转悠，老大叫你做什么，你不知道？”

宁忱皱眉，起身去队伍中间的房车。和外面闷热的环境相比，房车凉快不少，有冰系异能者给房车供冰。

“老大？”宁忱走到最后，房车前还有好几个人，这几个人，基本都和自己不太对付。这个队伍里的女性，基本都逃不过被这些人……

她异能不错，加上会说话，能为老大出谋划策，勉强可以保证自身的安全。

这几个人或多或少被她使计教训过，让他们在老大面前丢了面子。此时看见他们，宁忱心底隐隐警惕起来：“老大，有什么事吗？”

“宁忱啊！”老大跷着腿，脸上横着一条疤，听闻是被丧尸抓出来的，但他运气好，没有变成丧尸。

老大语重心长：“我对你不错吧？”

“……是。”

老大“啪”的一下打翻面前的盘子，脸上的疤痕顿时狰狞起来：“既然如此，你为何要偷我的东西？谁给你的胆子？”

“老大，你说什么？”宁忧还没弄清楚状况。

旁边的人讥讽出声：“宁忧，我亲眼看见你拿了老大前几天得到的那几枚晶核！你就承认了吧！”

“我什么时候拿了？”宁忧怒火冲天地反驳。

老大：“宁忧，你现在把晶核还回来，我就网开一面，饶你这一次。”

“我没有……”宁忧看向那几个人，恍然大悟，“你们陷害我！”

“老大，搜她的身！”

老大阴鸷的眼神在宁忧身上扫过，默许了这个提议。

宁忧被人抓住。

“老大，我没有拿你的东西！”宁忧反抗，“他们陷害我！”

“老大，你看……”一枚红色和一枚蓝色的晶核从宁忧身上搜出。

宁忧瞪大眼，怎么可能？她身上根本就没有晶核。

“宁忧，你还有什么话好说？人赃并获！”

“不……”宁忧摇头，这不是她拿的。

“把人带下去。”老大阴沉着脸，挥手让人将她带走。

“不！”宁忧眼底闪过一缕惊恐，她知道这群人有多变态，如果不是她被他们抓住带回来，她根本不会和他们同流合污。她好不容易用异能表示自己有用处，没有落得和那些人一样的下场。然而已经有人捂住她的嘴，将她拽出房车。

宁忧看见老大阴沉的脸，以及背对老大站的那几个人得意的笑意。

这些人……

宁忧想起用异能的时候已经晚了，有人往她胳膊上扎了一针，她的意识渐渐下沉。

在她快要陷入黑暗的时候，有人走到她面前。模糊的视线中，她认出那个人是谁，刚才叫自己的那个女人。

电光石火间，宁忧想明白自己身上的晶核是哪里来的。

刚才只有她接触过自己，肯定是她……

“凭什么你能好好的，我们受过的罪，你也好好享受吧！”女人恶毒的声音在她耳边响起。

入夜。

守夜的人开始打瞌睡，抱着枪昏昏欲睡。

“咔嚓——”轻微的声音，没有引起守夜人的注意，他换个方向靠着，继续睡。

黑暗中，寒光一闪而过。

守夜人倒在地上。

房车里的东西倒得乱七八糟，横着一条疤的老大喘着粗气，半跪在地上，膝盖上鲜血淋淋。旁边横七竖八地躺着人，不知死活。靠里面的位置，坐着一个少年。他浑身干净，连鞋子都是雪白的。鲜血和精致如天使的少年，形成诡异的画面。少年白皙的指尖擦拭溅到衣摆上的血迹，嘴角隐隐勾着一抹笑意：“衣服都弄脏了，她会生气的。”

“你竟然还没死！”老大恶狠狠地咬着牙。

这个少年让他印象很深刻。因为少年那张脸，好看得让人无法忘怀。

少年抽出纸巾，擦了擦手指上的血。他的动作缓慢、优雅，骨节分明的手指，被他一根根地擦过，连指甲都擦拭了一遍。纸巾从空中飘落，掉在血泊中，瞬间被血沁染成红色。

“我怎么能死？”少年托着下巴，嫣红的唇瓣轻启，“我还没报仇呢！”

老大怨毒地瞪着勾着坏笑的少年：“你既然这么厉害，为什么当时不动手？”

“当时我没这么厉害。”少年很诚实，他的指尖在空气里划过一道优美的弧度，掉在地面的刀，凭空飞起，刀尖对准老大的太阳穴。

少年缓慢起身，拿出帽子戴上：“出来这么久，她又得以为我跑了，就不和你玩了。”

少年在老大如毒蛇一般的视线下漫步走出房车，后面响起老大的谩骂声。

少年微微仰头，看向漆黑没有星子的夜空，他手指在空气里轻轻晃一下。

“扑哧——”

鲜血飞溅在房车上，少年踏出房车，整个营地寂静无声。

旁边一辆车上，有人悄无声息地看着他，少年微微侧目，往那边扫一眼，扬起嘴角，踩着鲜血离开。

等少年离开，车上的幸存者小心翼翼地下车。呈现在他们面前的犹如修罗场。

“怎么办啊？”

“跑吧！”

幸存者纷纷拿上物资跑路。

宁忧躺在车里，没人带她走，她身上全是伤，也没力气跑路。

“唰——”有人掀开车帘，将她拖了出去。

“带上她干什么？”

“现在女人那么紧缺，能卖不少钱呢！再不济，也能换点吃的。”

“行，快走吧，刚才那个人要是回来就麻烦了……”

陆然回到之前和初筝分开的地方，发现这里一个人都没有。

她走了？还是找自己去了？

陆然这次是真没打算跑。他正好遇见当初抓他的那群人，就溜了出去。

谁知道回来后，初筝就不见了。

陆然走回刚才那个地方，找了一辆没被开走的车。

两个小时后，陆然追上易笑他们。

“陆然。”易笑和他的车并排，冲他打招呼，“你去哪儿了？初筝姑娘说要打断你的腿。”

陆然：“……”动不动就打断他的腿！

“她呢？”

“前面呢！”

陆然一踩油门，追上初筝的车。初筝看见陆然，冷着脸将车停下。

还敢回来呢！

“你为什么不等我？”陆然上车就先发制人。

初筝噎了一下，镇定道：“你不是跑了？”

陆然：“我什么时候说要跑？”

初筝无语，那还是我的错了？！我怎么可能有错？

这段时间，陆然老是躲着她，肯定是想跑！是他的错！

初筝的视线瞄到他的衣服，正儿八经地转移话题：“哪里来的血？”

陆然低头看了一眼，摇头：“不知道，可能哪里蹭的。”

初筝让他脱掉，拿了新衣服给他。

陆然换掉衣服，凑过去：“亲吗？”先哄哄她，不能被打断腿。

“不是不给我亲？”之前亲一下，就跟要他的命似的，不亲就不亲，谁稀罕！

初筝眉眼冷淡地将染血的衣服扔出车外。

“不亲算……唔……”

陆然坐在副驾驶，脸上还有红晕，他低头玩着不联网的游戏机，但游戏里的人物不断死去。

天边渐渐被朝霞染红。橙红的云霞飘在天边，灿烂绚丽。

已经很久没有看见这样的景色。

陆然抬起头往远处看去，良久侧头看身边的女生。

“饿了？”初筝问他的同时，已经递过来水和食物。

陆然接过，拆开包装，往嘴里塞了一块饼干。他看看初筝，拿了一块，递过去。

初筝看了他一眼。

朝霞将少年的脸映衬得更加白皙，他嘴角微微勾着，露出习惯性的弧度。纤长的睫羽在眼睑下投出小片的阴影，白皙的手指捏着饼干，霞光仿佛能穿透他的手指，每一根手指都晶莹剔透，指尖圆润莹白。

等初筝将饼干咽下去，少年突然出声，像一个恶劣的孩子：“我的手沾过别人的血。”

初筝平静地问：“杀人了？受伤了吗？”

陆然那点恶劣倏地收敛起来，认真地看着她：“你的关注点是这个吗？”

“不然呢？”杀人还不重要吗？“好人卡”脑子里想什么呢？

陆然唇瓣微张：“没什么，我没事。”

“嗯。”陆然抱着水喝了两口，心跳得厉害，脸上似乎都开始发烫。她明明没说什么，怎么自己觉得火烧火燎的？

陆然冷静了一会儿，又拿饼干喂初筝，在初筝吃之前解释一句：“我洗过手的，很干净。”

“嗯。”

基地越来越近。陆然看着挂在基地外面的牌子，神情微微恍惚。

他们刚将这座城市清理出来，宝哥他们讨论基地叫什么。初筝从始至终都没说话。直到他们讨论出几个名字，让她选的时候。她张口就来了这么一个名字。

宝哥当时就炸了：“初筝姑娘你都想好了，干什么不说？”

他们在那里讨论得火热，结果人家压根就没想过要用。他们的行为白痴不白痴？！

初筝一如既往地冷漠：“你没问。”

宝哥：“……”

然后这两个字就挂在基地外面，每一个进入基地的人都能瞧见。

所有人都觉得这两个字代表的是基地平安。

陆然却觉得她是用自己的名字取的。

“这里还有新衣服呢！快看，快看！这件真好看。”

“这个也好看……”

“这里真好啊！”

几个年轻男女结伴走在基地的街上，满目都是对基地的羡慕。

“陆然……”人群中，一个女生小声地叫出声。那群年轻男女顿时安静下来，往那个女生看的方向看过去。

少年倚在车门边，低垂着头，脑袋上扣着一顶米白色帽子。帽子十分可爱，让少年给人的第一感，都添了几分萌态。白色衬衣随意扎了一角在裤子里，休闲裤，白色运动鞋，自带柔光效果，宛如刚从校园里走出来的美少年。白皙修长的手搭在后视镜上，少年浑身都透着精致。基地里的人虽然很干净，可是和面前这个少年比起来，还是有天壤之别。

他才是真的干净明亮，让人眼前一亮。

陆然显然也察觉到这边的人，他抬眸往这边看过来。

再次遇见当初将自己赶出去的人，陆然心境十分平和，好像遇见无关紧要的人。

他甚至还露出一点笑意。

“陆然。”女生从人群中跑过来，“你没事太好了，我……”

气场强大的初筝拦在女生和陆然中间，冷意无端地蔓延过来，让女生不由自主地止住话。陆然自然地将手搭在初筝的腰间，微微弯腰，下巴搁在她肩膀上。

“好了吗？”

“嗯。”初筝余光扫向对面的女生，“你认识？”

“以前的同学。”

“要说话？”

“不了。”少年摇头，尾音亲昵，“不熟呢！”

“不熟”两个字将女生定在原地，女生的脸色渐渐苍白。其余人此时都面色不虞，却无人敢说话。

当初是他们将他赶出去，现在人家过得比他们都好。这样的落差，足以打他们的脸。

“那走吧！”初筝拉开车门。

陆然松开初筝，坐上车，车窗渐渐落下，少年从车窗里探出头。白皙的指尖顶了顶帽子边缘，露出那双漂亮的眸子。

“谢谢你们将我赶出来。”陆然是真的感谢他们。但女生整个人都晃了一下，双腿发软。

“陆然会不会报复我们？”良久，有人喃喃出声。

“我们当时……也是没办法嘛！谁让他被咬了！”某个男生梗着脖子道。

“可是我们确实将他赶出去了，他现在没死，说不定还觉醒异能了。”

“他要是真的报复我们怎么办？”

“我看他在这里地位好像不低。”

刚才好些人打量他，却畏惧地不敢上前。还有车子离开的时候，所有人都让了路。

“我们……还是离开这里吧！”

初筝将车子开回住的地方，陆然突然出声：“我其实是恨他们的，在我离开的时候。”

“那我去做掉他们。”

陆然摇头：“没必要了。”

他望向虚空，缓慢出声：“很小的时候，我母亲就过世了，我和父亲一起生活。

“父亲对我并不好，他经常喝酒，每次喝醉了就打我。

“我不能哭，因为我一哭，他就会更用力地打我。这样的日子，我过了很多年，好多次我都以为要被打死。

“但是很幸运，我没死。但是他又沾上了赌博……

“我小学就开始打工，那个时候太小，很多店都不要我。

“我的学费、生活费，都是做很多的工作攒起来的。

“可他根本不在乎这些，赌博输了打我，喝醉了也打我……

“借高利贷还不上，房子被抵押，最后我们沦落街头，他却说是我的错。”

少年顿住，眸光微暗，他紧咬下唇，深呼吸，继续说：

“有一次他喝了很多酒，我受够了这样的生活，所以，我给他灌了更多的酒……最后他死了。

“他平时就是这样，没人怀疑我，他们将我送到社区福利院。

“福利院并没有那么好，那里也充满冰冷，孩子们拉帮结派，钩心斗角。社工情绪不好时，对孩子的态度更是恶劣。”

初筝将他搂进怀里：“没事，以后有我。”

少年伸出手，紧紧地抱住她，将脸埋在她的发间：“你对我真好。”

他从小到大，就没有感受过，什么叫温暖。每个人对自己的好，都带着极强的目的。

他能看见他们面具下的嘴脸，丑陋又恶心。

初筝拍拍少年的后背：“嗯。”

“好人卡”真可怜，这都能写一部灰姑娘传奇了。

等等……知道我对你好，还不觉得我是好人吗？

小骗子呀！

“你要一直对我这么好。”少年声音闷闷的，“不然我会生气的。”

一直……

“好。”

“我们说好的。”少年轻喃，“你违背诺言，会受到惩罚。”

“什么惩罚？”

少年抱紧她：“你不会想知道。”

初筝强行将他拉开，陆然整个人都有点不对劲，浑身透着压抑。初筝捏着他的下巴亲过去，少年呼吸微微一滞，压抑的气息渐渐褪去。

初筝的吻总是带着一点蛮横和不容抗拒，和她这个人一样，蛮不讲理，一意孤行。

可是……

他就是喜欢这样的她。

晨光熹微。光影从窗外落进来，空气里飞舞着细小的灰尘粒子。少年坐在凌乱的床上，漂亮的脸上显露茫然，仿佛不知道自己身在何处。

须臾，少年眨了眨眼，长而密的睫羽低垂，望向身侧。

初筝侧躺着，一头乌黑的发铺在身下，白皙的肩线，修长的脖颈。

少年喉结微微滚动。他伸出手，碰到初筝的手臂，细腻滑嫩的肌肤，点燃了他有些模糊的印象。

初筝睡得正熟，察觉到异样，被吵醒的初筝有些凶：“你干什么？”大清早的让不让人睡觉！

陆然的吻落下来：“我忘了之前的感觉，再来一次好不好？”

话是这么说，可他压根就不是在征询意见。

安然基地有初筝的晶核做支撑，异能者晋个级就和吃个饭一样简单，而且换取晶核的方式非常简单。

初筝在这些人眼中，简直就像是上天派来给他们送晶核的仙女。

晶核哪儿来的？有就行了，管那么多干什么。

外界那些听见传闻的幸存者，纷纷往基地赶来。基地面临着大批幸存者进驻，城市有些不够用，只能往外扩建，渐渐地，基地越来越大。

那些已经生了智的丧尸，估计发现这个基地的人是硬骨头，不好啃，纷纷绕着基地走。

丧尸越来越聪明，两个物种间的较量才刚刚开始。

安然基地名气越大，初筝的名气也越大。长得好看，有钱有实力，妥妥就是末世里的白富美。

陆然发现她出去就能遇上好几个小男生自荐枕席，气得陆然差点黑化。

好在初筝对这些人并不感冒，敢往她身边硬凑的话，她还真就敢打人。什么怜香惜玉？抱歉。她完全不知道是什么。

因此基地的人都明白，初筝身边的那个少年才是她心尖宠。

“陆然命真好。”

“嘁，被一个女人当小白脸养，有什么好的？男人的尊严都被他丢光了。”

“吃不到葡萄就说葡萄酸，初筝姑娘那样的，她要是愿意把我当小白脸养，我也乐意啊！”人家帅起来，就没男人什么事。

“你有没有点男子汉的气概？”

“你懂什么！”

陆然转身看旁边站着的女生：“他们都说我是你养的小白脸。”

初筝认真地点头：“你是很白。”男孩子这么白，过分！

陆然的嘴角抽搐了一下：“重点是小白脸。”

“你不喜欢？”

陆然无语：“谁喜欢被人这么说？”而且他很厉害的好不好？这些人都把他传成什么了！一无是处的小白脸？只知道以色侍君？

“我知道了。”

陆然不知道初筝知道什么了。但一天后，他就知道了。

整个基地的人都拿了晶核，要求不许说陆然是小白脸。

这下可好，人家说他是祸国殃民的祸水了。

陆然：“……”哪儿来的国？！现在都末世了好吗？！

初筝刚躺到床上，陆然就脱了衣服上来。

初筝一惊，干什么，干什么！！

“他们说我是祸水，我不好好勾引你，怎么对得起这个称号？”陆然咬牙切齿。

初筝：“……”明天不让他们说祸水了。

“好了好了，别闹了。”初筝按住他，“乖。”

“我想。”

初筝一脸的镇定：“这种事做多了不好，伤身体。”

“我身体很好。”少年暧昧地笑，“你不行吗？”

“……”

谁不行！

谁不行！！

陆然第二天差点没下得了床。

易笑过来送衣服，见他还搭着薄毯躺在床上，十分好笑：“外面都说你是祸水，初筝姑娘都出门了，你怎么还在床上躺着？”

易笑这话并没有别的意思，就是拿外面的传闻说笑，谁知道戳到陆然的痛脚。

易笑没注意到陆然的神色：“欸，你们这屋子怎么这么凉快？”

他刚从外面进来，热得不行，这屋子简直就是天堂啊！

易笑一屁股坐在椅子上，不打算走了。

“你穿衣服啊，初筝姑娘说你不太喜欢上次的衣服款式，我们出去的时候，又找了一些，你试一下，看喜欢什么，我一会儿再把你喜欢的给你送过来。”

陆然抱着薄毯，不为所动。

“你说人和人的差距怎么就那么大，唉。”易笑长叹一口气。

接着见易笑半晌没回来的贺成，也屁颠屁颠地找过来。发现这个宝地后，贺成也跟着易笑坐着，不愿挪屁股。之后又是过来找人的宝哥和勇哥，几个人在屋子里打起了牌。

这让陆然想起之前在庆安基地，就是这几个人，将他堵在屋里，他们在外面打牌的情景。

他们是不是故意的？

“陆然，你玩不玩？”易笑叫他。

陆然：“……”我衣服都没穿？！

初筝回来的时候，陆然还躺在床上，一副被摧残过焉焉的样子。宝哥等人抽着烟、打着牌，那场景，别提多……可怕。

“你们对他干了什么？”

“什么？”贺成茫然脸。

“我让陆然试衣服，他没动，我也不敢催啊！”易笑无辜脸。

“初筝姑娘，你屋子里真凉快。”宝哥大嗓门，说话楼下都能听见。

初筝：“……”这就是你们在这里聚众打牌，把“好人卡”整成这样的原因？

初筝将他们赶出去，这几人估计发现门口也凉快，又在门口蹲窝，继续打牌。

陆然掀开毯子，快速地套上衣服去洗漱。

初筝挑了几套给他："快试。"

陆然压根不能拒绝，被初筝堵在卫生间试衣服。

"你能出去吗？"

"为什么？"初筝不解。

"你看着我不自在。"

"你哪里我没看过，快换。"初筝理直气壮，甚至觉得"好人卡"有毛病，换个衣服也磨磨叽叽，麻烦不麻烦。

"……"陆然憋屈地继续换。

"初筝姑娘，京城基地来人了。"这天，基地的人匆匆跑来和初筝报告。

"哦。"

"您要不要见见？"

"没空。"忙着呢！

"可是……他们是来找您的。"

初筝："……"麻烦。

京城基地来的是慕杰，慕杰给她带来了原主父亲的录像，大概意思就是对不起她，让她流落在外多年。现在让她跟慕杰回去，他以后会好好照顾她。

初筝自然回绝了，顺便给了一堆晶核给慕杰。

有段时间丧尸跟失踪了似的，那个时候，丧尸都躲起来升级。现在的晶核都是五颜六色，当然丧尸也难对付多了。像他们在港口遇见的那种，随时都有可能来个偶遇。

初筝在这里过得很好，慕杰说不动初筝，只能带着晶核离开。

安然基地和京城基地距离不算远，有直升机的情况下，联系还算方便。如果原主的父亲愿意过来，她也不介意。

这是初筝和慕杰说的原话。

"我以为你会跟他走。"陆然从后面抱住初筝，和她一起看着直升机远去。

"为什么要跟他走？"那么麻烦，才不去。

陆然声音有些低："你的家人在那边。"她不是一个人，她还有关心和担心她的亲人。

初筝："……""好人卡"是魔鬼吧！京城基地好大的。去了肯定要让我做任务，我才不去呢！

初筝的小脸绷得严肃："可是你在这里。"

陆然愣了一下，转而笑起来。

"嗯，我陪你。"

卷四

王爷万福

第十四章

买下聚远楼

初筝坐在雕花大床上，四周的摆设都透着古韵，清幽的香气在房间袅绕。

她有些头疼地揉着眉心，总觉得不太舒服……好像忘了什么。

【小姐姐需要查看前面位面的记忆吗？】王者号提醒。

初筝想了想：“算了，麻烦。”

“小姐，小姐……”小丫头风风火火地跑进来，见初筝还坐在床上，小丫头顿时急了，“不好了，我刚才听见王妃说，进宫名额变成小姐的了。”

初筝：“……”进攻什么？打架吗？我不行呀，我才过来！

小丫头急得快哭了：“这可怎么办？我听说宫里那位可凶了，上次有两位不知怎么说错话，当场就没了命。小姐，咱们王爷才刚走，您就这样被欺负，王妃太过分了！”

初筝：“……”王爷？宫里？这又是个什么玩法？

“你别哭了。”哭得我头疼。

小丫头哭得更厉害，哽咽道：“小姐，咱们现在是墙倒众人推，平日里那些攀附的权贵们，现在都恨不得将咱们踩到泥里去，还有后面的那些个……我难受呀！”

“嗯，我也难受。”吵吵得头疼。

小丫头难过不已，泣不成声：“这名额本该是东院的那个去，怎么现在就成了小姐的？”

听不懂，凉拌吧！好吵，做掉！

小丫头只顾着哭，压根就没注意到她家小姐此时面无表情的样子。

原主姓程。

原主的父亲曾和先帝一起打过江山，还救过先帝无数次，这是过命的交情，先帝也十分倚重原主父亲。

其后原主父亲又帮先帝铲除叛党。江山稳固后，原主父亲被封为成王，是本朝唯一的异姓王，和先帝的那些兄弟享同等待遇，甚至那些王爷都得给成王几分面子。

他们说的话，可没有成王的话有分量。

先帝临终前，将江山交给成王。当今圣上登基后，开始两年兢兢业业，虽没有做出特别大的贡献，但也算是勤政爱民，努力做好一个皇帝。

可就在皇帝微服私访回来后，一切就变了。

皇帝不但疑神疑鬼，总觉得有人要害他，还日渐沉迷于长生不老之术，全天下寻找奇能异士长生之法。皇帝的脾气也是一日比一日暴躁，谁招惹他都没好下场。

成王受先帝临终嘱托，尽职地劝谏。皇帝是帝王，他自然不想让人管着。成王几次惹怒皇帝，要不是成王有免死金牌，估计皇帝早把他砍了。

砍不了成王，皇帝就开始寻找别的办法。成王年轻的时候受过伤，年迈身体越发不好，最后活活被皇帝给气死了。

成王死后，偌大的成王府便只剩下女眷和仆从。皇帝则继续做他的荒唐帝王。

原主母亲早逝，现任王妃是从妾抬上来的，十分不喜原主，成王过世后，原主在府里的日子很凄惨。

原主有一个喜欢的人，而且长辈已经给他们定下婚事。可惜成王突然没了，婚事也再无人提及。原主在府中虽过得不算如意，但也苦苦撑着，期待自己喜欢的人在她及笄后，能八抬大轿将她迎娶回去。

可惜，她没有等到花轿。

有一天皇帝不知哪根筋不对，非得让朝臣家适龄的千金进宫。

宫里有个规矩：若是有类似这样的旨意下达，只有母亲在主位的千金们有资格进宫。因为只有这样，才表示这个人是个有福之人，不会给宫里带去晦气。

原主虽然名义上是嫡长千金，可她母亲过世，已经不适合进宫。因此这个名额，理应是如今她的妹妹，现任成王妃的女儿程筱最为合适。

然而现任王妃花了点银钱打点，名册上的名字，写上了原主。

这道旨意什么意思没人清楚，进去后还能不能出来也没人清楚。

原主想着自己有婚约，只要对方进宫禀明，皇帝即便再昏庸，也会顾念几分。然而当她去找自己婚约对象的时候，却见对方亲密地抱着她妹妹。

这个画面让原主不知所措。

最后她还是代替本该进宫的妹妹被送进宫里。皇帝见她姿色上乘，又是成王之女，想到成王之前的行为，存了折辱之意，当晚就留下她。

原主只是一个弱女子，没有父亲的庇佑，皇帝要做什么，她根本反抗不了。

皇帝日日临幸，所有人都以为原主得宠了。可约莫过了半个月，原主被一顶小轿送出宫，没有赏赐，也没有任何旨意。

然而谁都清楚，原主被皇帝临幸过。现在是被皇帝厌弃，连个位份都不肯给她。

被送出来后，还能有活路吗？

外界的闲言碎语，府中人的欺凌，使得原主郁郁寡欢。

在原主准备寻死的时候，突然发现自己有了身孕。她只被皇帝临幸过，这个孩子是谁的不言而喻。皇帝一直没有子嗣，虽然不知道什么原因，但只要原主有孕的消息传到宫里，定然会母凭子贵。

原主的妹妹程筱不知从哪儿听到这个消息。她怕原主进宫，母凭子贵，压自己一头，联合她母亲，一起给原主强行灌下落胎药。待宫里来人后，联合全府污蔑原主，说她和别人有染，不守妇道，那个孩子也不是皇帝的，她怕被查出来，自己喝了落胎药。

当时原主刚落胎，身体异常虚弱，压根没法为自己辩解。皇帝听闻此事，勃然大怒，一杯毒酒赐死，死后还受鞭刑。

初筝揉了揉眉心。

好惨啊！这个要怎么逆袭？当皇帝吗？皇位可以花钱买吗？

果然还是做掉容易啊！

初筝从床上下来，刚才哭得上气不接下气的小丫头，已经被她赶了出去。

房间摆设简单，在初筝的记忆中，这不是原主的房间。是成王去世后，成王妃将她赶到这里来的。

初筝走到铜镜前，模糊的铜镜倒映出一个纤细的身影。女孩儿未施粉黛，巴掌大小的鹅蛋脸，五官虽然精致，但脸色憔悴，唇上没有半点血色。眉宇间还带着稚气，虽未完全长开，却也可以看出是个美人胚子。

“这是王妃让我送的衣服。”趾高气扬的丫鬟站在绿珠面前，将手里的衣服直接扔在地上。

绿珠长相秀气，此时鼓着腮帮子，眼眶微红，可怜中透着几分可爱。

“你……”绿珠气得瞪眼，怒道，“青荷，你什么态度？”

“呵，什么态度？”青荷抬脚碾在衣服上，挑着下巴，神态傲慢，“就是这态度。”

王府的下人捧高踩低。以前虽然也有些势利眼帮着王妃那边，可好歹有成王在，顶多是做点小动作。

像这般举动则是在成王去世后才开始的。

现在王府里，成王妃做主，这些下人如此大胆，定然是有人授意。

绿珠气得不轻，可她除了和他们理论，也毫无办法。

青荷碾完衣服，像是想起什么，夸张地捂着嘴："啊，忘了和你说，这是你们家小姐进宫要穿的衣服，好好洗洗，千万别污了圣上的眼。"

绿珠气急，突然推了青荷一下。青荷被推得一个踉跄，她先是诧异，随后愤怒地抬起头，往绿珠脸上扇去："小贱蹄子好大的胆子，竟然敢打我！"

绿珠下意识地闭上眼。

掌未落，风先至。风从绿珠脸颊拂过，带起一阵凉意，然而她未感觉到疼意。

"啊！疼……"耳边反而响起青荷的惊呼声。

绿珠立即睁开眼。

素白漂亮的手捏着青荷的手腕，顺着手看过去，面色有些苍白的姑娘站在她旁边，一身白色里衣，青丝未束，随意散在脑后。

面前的人绿珠十分熟悉，可是绿珠又觉得她有点陌生。

小姐身上的气势好陌生……

尊贵优雅，冷淡疏离中透着凌厉。寒夜冷月一般，带着刺骨的凉，却夺目耀眼。

她漫不经心地扫过青荷，手指尖轻轻往外一推，青荷便不受控制地往后摔去。青荷站在台阶边缘，这一摔，直接从台阶上滚了下去，痛得直哼哼。

"看清楚没？"女孩儿清冷淡然的声音响起，如泉水流淌，叮咚作响。

绿珠整个人都是蒙的。

看……看清楚什么呀？

"你……你敢推我！"青荷脸色铁青地撑着身体爬起来，杏眸圆瞪，"你还以为自己是成王府的小姐？现在你算什么……"

初筝慢步走下台阶，在青荷愤怒的视线下，抬脚踩在青荷身上，将她压回去。

女孩儿弯下腰，与青荷对视。那熟悉的五官，此时犹如覆上冰霜，明明还是那张脸，却没了往日的怯懦和柔弱。天穹悬挂的骄阳，仿若都成为她的陪衬。

尊贵无双，清冷绝俗。

青荷的喉咙像是被冰堵住，再也说不出一个字，心"咚咚咚"地跳个不停，脑中什么都没有，只剩下一片空白。后背贴着地面，寒气从后背传到全身，青荷的四肢渐渐僵硬。

女孩儿苍白的唇轻启，每个字都砸在青荷心尖，碎成寒冰："再如何，我也是王府的小姐，轮不到你欺辱。"

原主这都过的什么日子，连个下人都能欺负。这是人过的吗？

还想欺负我！没门！窗户也没有！

是女人就不能被欺负！

初筝收回脚，下巴在空气里划过一道弧线："衣服，洗干净。"

干净利落的几个字，让青荷的小脸血色尽失。在初筝话音落下的时候，青荷立即从地上爬起来，手忙脚乱地将她扔在地上的衣服捡起来，落荒而逃。

院子里安静下来。花影摇曳，阳光将女孩儿身影拖得纤细。

“小……小姐。”绿珠喃喃地叫了一声。

“下次有人欺负你，做掉。”初筝回头瞧她，给她传授独家秘籍，“这样别人就不会欺负你。”

这人是原主的丫鬟，也就是说，以后得跟着她。既然是她的人，怎么能被别人欺负呢？

绿珠：“……”做、做掉？哪个做掉？小姐……不会是受了刺激，出毛病了吧？！

“小姐，我……我们先回房间吧，天凉，别受寒。”绿珠放轻声音，像是怕吓到初筝似的，满脸都写着小心翼翼。

初筝茫然地想，这身体有点弱……刚才就那么一下，就感觉已经用光这辈子的劲了。

“哎哟。”走廊转弯处，一个人影径直撞到两个丫鬟身上，“青……青荷姐，你没事吧？”

青荷被两个丫鬟一左一右地扶住。青荷这才回过神一般，神经质地往后面看。

她刚才怎么就被唬住了呢？

青荷想到刚才那双眼睛，又忍不住打了个寒战。

“青荷姐？”

“我没事。”青荷迅速从两个丫鬟中穿过。

两个丫鬟不明所以地看着青荷匆匆离去的背影。

“怎么了？

“不知道啊……”

青荷是程筱的贴身丫鬟，她回到程筱的院子，就撞上正打算出门的程筱。

程筱一袭碧绿的长裙，出落得明媚照人，一身的小姐娇贵气质。五官看着并没有什么特色，然而组合在一起，格外耐看。

程筱瞧见青荷，柳眉一皱：“青荷，我不是让你给那个蠢丫头送衣服，你怎么又拿回来了？”

青荷听见自家小姐的声音，心底那块石头，这才落地一般。

“小姐……”青荷看看四周，拉着程筱进院子。

“青荷，你做什么？我还要出去。”被青荷拉着，程筱很不满。

青荷紧张兮兮：“小姐，南院那个不太对。”

“怎么不对？是不是吓傻了？”程筱抽回自己的手拍了拍，嘴角勾着一抹讥讽，“进宫就是死路一条，她刚知道这个消息，肯定被吓到了吧！”

“不是。”那个眼神可不像是被吓傻了。

青荷将在南院发生的事，如实和程筱禀告，包括初筝动手打自己，还让自己将脏衣服拿回来的事。

程筱听完后，娇俏的脸蛋上布满了阴沉：“她竟然敢打你？胆子还挺大啊！几天不收拾她，她就不知道自己是个什么东西。”

“小姐，我真的觉得她不对……”青荷小声道。

“呵，不对又如何，现在的王府里，我娘说了算。”程筱丝毫不畏惧，“我现在要出去，等我回来再收拾她！”

“小姐……”

初筝在绿珠谨慎细微地伺候下，洗漱穿衣。

原主一看就是那种温柔似水的长相，加上年纪尚幼，此时被初筝撑着一张冷冰冰的脸，反而让人觉得是她在故作冰冷。

这脸……初筝和铜镜里的人大眼瞪小眼。

这也太影响她高贵冷艳的形象了，怎么长这样？

初筝扒拉下桌子上的东西，将头上过多的发饰取下来，挑了一根簪子戴上。简单的发饰，堪堪拉回一点高冷分。

【主线任务：请在一个时辰内，花掉五十两银子。】

啪！铜镜前的小姑娘突然一巴掌拍在梳妆台上，铜镜都晃了晃。

好……好痛！！！

“小……小姐。”拿着外套的绿珠僵在原地，眸子里的小心翼翼都快溢出来了。

小姑娘镇定地收回手，示意绿珠把外套拿过来。

绿珠咽了咽口水，她真的觉得小姐完全不一样了。

以往小姐总是温温柔柔，此时小姐脸上冷冰冰的，没有任何表情，让她看着害怕。

以前小姐举手投足都是大家闺秀的温婉柔和，可现在小姐身上隐隐透着矜贵和锋芒……那种她在一些世家公子身上能瞧见的英姿。不……小姐比那些世家公子更有气度。

这个时代的衣服层层叠叠，广袖飘飘，裙尾更是夸张地逶迤在地面。

初筝趁绿珠出去的时候，挥了挥衣袖。这跟跳舞似的……这么长的裙摆和袖子，走路的时候不会被绊倒吗？

“小姐……”

绿珠踏进门槛，初筝刚把袖子挥出去，她面无表情地抓住袖子，迅速背到身后，端出清雅淡然的姿态。

绿珠疑惑地看着负手站在房间，一副俯瞰家国天下架势的初筝。

小姐……她家小姐还好吗？！

怎么觉得哪里怪怪的？

绿珠迈着莲花碎步走进来：“小姐，您是不是很难过？”

“没有。”我难过什么？胡说八道！

“小姐……”绿珠压根不信，小姐肯定是难过。她绞尽脑汁地想了一会儿，忽地眼前一亮："小姐，不如我们去找叶公子，他……他和您有婚约，只要他进宫和陛下说明，您就不用进宫了。"

什么叶公子花公子的。不认识，不去！我要出去做任务！

初筝负手往外走。

绿珠以为初筝听进去了，赶紧跟上："小姐，您不能这样走路。"

初筝："……"走个路都要管，我就要这样，怎么了！

初筝老干部一般负手走出房门。

绿珠紧张兮兮地提醒她，初筝面无表情地转过头威胁："你再说话，就别跟着我。"

绿珠吸口气，微红的眼眶可怜得很，但也不敢再吭声，怕初筝不让她跟着。她只是一个丫鬟，主子不让跟，她就得留下。

成王府乃先帝御赐，位于皇都黄金地段。由此可见，成王当初有多受先帝重视。

当然那都是曾经的辉煌。

如今先帝和成王都没了。成王没有旁的亲人，留下的孤儿寡母，如今成为别人的眼中钉肉中刺。

初筝只能在心底感叹自己这个小可怜。上有阴阳怪气不按常理出牌的皇帝，下有继母和继妹虎视眈眈，外面还有曾经被成王得罪过，看好戏随时准备踩上一脚的围观党。

小可怜是我没错了，抱抱自己。

那么五十两银子要怎么花了呢？

原主三个月差不多能领二十多两银子……虽然现在已经被扣了。但是原主三个月二十多两都花不完，现在多了一倍，要怎么花啊！？

好愁。

初筝所在的这条街是皇都最繁荣的。四周来往的人群，有叫嚷的商贩、讨价还价的妇人、围在糖人前嚷嚷的孩童，还有偶尔穿街而过的豪华马车。

初筝走进一家看上去挺豪华的店铺，进去才发现里面是卖衣服的。

"姑娘，欢迎呀！"打扮得花枝招展的女子迎过来，香气扑鼻。

初筝冷淡地环顾四周。

女子拿扇子遮着嘴笑："姑娘第一次来吧？咱们绣锦坊一般不招呼散客的，不过今天不忙，姑娘可以随便瞧瞧。"

绿珠在后面小脸皱成一团。这女人说话虽然在笑，可语气怎么听着都不舒服。

好像说她家小姐买不起似的。

初筝对女人的态度不甚在意："很贵？"

"那是自然的。"女人摇着扇子，神态间带着几分傲色。

很好！非常好！

初筝心情颇好地往里面走。

绣锦坊是一个楼，中间都用架子挂着精美的衣裳，男女款分列两边。楼上还有一层，此时有不少姑娘聚集在楼上，莺莺燕燕十分热闹。

“姑娘今儿来得巧，咱家掌柜亲自在设计衣裳，您要不上去瞧瞧？”

女子的话让人挑不出错，每个字都带着恭敬，可就是她的态度和行为举止，可没那个意思。

初筝随手挑了一套衣裙：“多少钱？”

“二十两。”女子道，“这些是去年的呢，所以低价处理，姑娘瞧着也许穿不了。”

来他们绣锦坊，那都是定做的，谁会买这些。真正的好衣裳都在楼上，这些衣服挂在这里，也就是应付这些不知规矩的进门的客人。

初筝示意绿珠拿衣服，另外又挑一套三十两的。

“结账。”

“小姐！”绿珠惊诧出声，这些衣裳小姐根本就穿不了。

初筝拿眼神威胁绿珠安静。

绿珠抱着衣裳，焦急又委屈。虽然她也气愤这女人看不起人，可也不能这样乱花钱呀！自从王爷去世后，她们院子里就再也没有领到过银钱，以后过日子需要银钱的地方多的是呢！

女子的表情有些古怪，但初筝愿意买，她招呼店小二过来给初筝结账。

【恭喜小姐姐完成任务，五十两奖励已到账。】

【主线任务：请买下绣锦坊。】

初筝刚掏完钱，王者号就十分贴心地告诉她任务完成，并再次发布了任务。

【小姐姐，怎么能让她们看不起我们呢？我们有的是钱！买！必须买！】

初筝：“……”不，我不想！

【不，你想！】

初筝：“……”

冷静，深呼吸，深呼吸……再深呼吸，我可以！

“我要见你们掌柜。”买店！！！

“蠢丫头，你还知道回来呢，跑去哪儿野了？”

初筝刚走进院子，就听见女孩儿阴阳怪气的声音传来。院子里的石桌边坐着一个绿裙姑娘，青荷趾高气扬地站在她后边。

绿裙姑娘正噙着冷笑看初筝，眼底是毫不收敛的厌恶和鄙夷。

程筱。

害得原主落得那个下场的凶手之一，也就是需要她逆袭的对象。

长得挺好看的一姑娘，怎么就对原主那么坏呢？原主也没招惹过她呀！

蛇蝎美人呀！

绿珠看见这两人，整个人都绷直了，手心和后背的冷汗“唰唰”地往外冒。

“你去哪儿野了？”初筝面无表情地反问。

“你说什么！”程筱起身，玉手拍在桌子上，“蠢丫头你再说一遍。”

你让我说我就说啊？我就不说。

程筱疾步走过来，姣好的面容盛着怒意：“这两天你过得挺舒坦是吧？”

程筱脸色忽地一变，目光紧盯在初筝身上。

初筝身上穿的一件蓝色衣裙，颜色漂亮，做工精致，刺绣栩栩如生，款式更是新颖。

这件衣服她有印象，是绣锦坊的新款。

怎么会在初筝身上穿着？

程筱指着初筝：“你……身上的衣服哪儿来的？”

皇都里的千金小姐们，要是能穿上锦绣坊的衣裳，那都是一种炫耀的资本。因为锦绣坊的衣裳不仅布料难求，而且每件衣服都设计得很好看。

“关你什么事？”

原主不是没有锦绣坊的衣服，可那是成王还在的时候。成王去世后，那些衣服就被程筱带着人当着她的面剪碎了，包括其他一些好看的衣服，都被程筱一起剪了。

“怎么不关我的事，你根本就没有这件衣服，你出去的时候也不是穿的这个吧？你在外面做了什么？为什么穿着绣锦坊的衣服？谁给你买的？”

程筱的问题接踵而来，那画面倒像妻子在质问丈夫。

初筝盯着程筱，琢磨怎么做掉她。

“我问你话！”

“我凭什么要回答你？”你算什么啊！做掉算了！

程筱气得直乐：“好啊，你现在胆子肥了，不知道在外面干什么，和谁苟且换一身衣裳。今天还敢打青荷，我今天要是不教训你，你都不知道王府里现在是谁做主！”

程筱说着就是一巴掌扇过来。她故意曲起手指，那一巴掌落下来，指甲绝对会在初筝脸上落下伤痕。

初筝抬脚就踹在程筱的肚子上。

好、好凶残啊！吓死人了！竟然想对我的脸下手，过分了吧！

程筱被踹得歪了一下，身体晃了几晃，最终还是倒在地上。

“啊……”程筱捂着肚子，“好疼……”

“小姐！”青荷上前扶起程筱。

绿珠紧张地上前：“小姐。”

“程初筝！”程筱声音变了调，尖锐刺耳，“你敢还手？好你个程初筝！青荷，你去给我好好教训她！”

青荷迟疑了下。

“去啊！”程筱推搡青荷，腹部的疼意，让程筱的怒火噌噌地往外冒。

这个蠢货！

成王妃听到消息后，匆匆赶到初筝的院子。程筱和青荷，还有几个家丁，都躺在院子里。

“女儿！”成王妃花容失色地扑到程筱跟前，“怎么了这是，女儿你别吓娘亲，谁干的？”

程筱没受多少伤，就是被初筝踢了两下，但是很疼……

“娘。”程筱见到成王妃就跟见到主心骨似的，哭着告状，“娘，她打我，我好疼啊，你看她把我打的，娘你要给我做主……”

“没事没事，娘给你做主。”听见程筱的声音，成王妃松了口气，但旋即怒火又冒了上来。

成王妃将程筱扶起来，看向坐在石桌前气定神闲喝茶的初筝。小姑娘面容素净，白皙的小脸上不含丝毫表情，淡漠清幽的目光落在虚空中。发间戴着一根簪子，衬出小姑娘的清雅之姿，举手投足间皆是贵气。

这个死丫头……成王妃一眼就瞧出初筝的不对劲。前些天见她，还是畏畏缩缩，连和自己对视都不敢。怎么今儿个这么大胆，连气质都变了。

成王妃压下心底的疑惑，端着王妃架子质问：“你为什么打筱筱？”

初筝打量了面前的贵妇人几眼。

成王妃也不过三十多岁，保养得好，加上衣服和妆容，看上去更显年轻。和程筱站在一块，就跟姐妹似的。

“我打了吗？”初筝放下茶杯，指尖搭在桌子边缘，语调平缓，“你看见了？”

“这……”成王妃指着地上的家丁，“事实摆在面前，你还狡辩！”

“他们自己摔的，跟我有什么关系。”初筝面不改色地瞎说。

家丁：“……”他们能把自己摔成这样？他们是有什么毛病！？

成王妃也没想到，事实面前，初筝还能如此理直气壮地不承认。

“你怎么和我说话？”成王妃皱眉，“还有没有规矩？我是你的长辈，给我站起来！”

初筝不为所动，绿珠在后面急得不行。

小姐这是干什么啊？刚才打二小姐，现在还和王妃对着干。

以后还想不想在王府过了……

“长辈就该有长辈的样子，小辈间的恩怨，你要出头？”初筝神色淡淡，“证明你家女儿无能吗？”

证明你家女儿无能吗……几个字成功地让成王妃整个人都炸了。

“贱丫头！”成王妃指着初筝骂，“你打我家筱筱，现在还目无尊长，王爷怎么有你这么一个女儿……”

成王妃越骂越厉害，最后骂到原主母亲身上。

初筝视线在四周转了一圈，在成王妃的骂声中，走到院子一侧，抽出一根木棒。

“你干什么？你想干什么？你还想打人不成？你给我放下！”

成王妃被初筝的行为惊到，张开双手，护着同样受惊的程筱往后退。

初筝拎着木棒，不急不缓地走回来。在成王妃的呵斥声中，挥动木棒……

成王妃花容失色，尖叫着让人拦住初筝。

初筝一棒一个，院子渐渐安静下来。

“哐当——”小姑娘扔掉手里的木棒，面无表情地越过成王妃的“尸体”，吩咐惊呆了的绿珠。

“把他们扔出去。”

初筝干了这么一件大事，把成王妃和程筱吓得不轻。

绿珠也吓到了。

本来以为小姐出府是为找叶公子说进宫一事，可小姐提都未提这件事，在绣锦坊待了一阵就打道回府，现在回来又这样……小姐到底怎么了？

事后，成王妃带着人过来找场子，又被初筝给打了回去。这可把成王妃气坏了，直说她中邪，让人请了几个道士在初筝院门口作法。初筝倚着门口，面无表情地看道士跳大神。穿着道袍的道士，约莫四十岁，胡须飘飘，此时站在香案前，“嗬嗬呀呀”地喊了半天。

桃木剑舞得倒是不错，还会喷火，唬得外面围观的成王妃等人一愣一愣的。

无聊。

“杂技团比较适合你。”初筝扔下这句话，“砰”的一下关上院门。

道士正喝符水，听见初筝这话，一口给咽下去了，呛得他直咳嗽。

“道长，道长，她……她这是怎么回事啊？”成王妃紧张地问。

怎么一点反应都没有？

“这……咳咳……”道士呕死了，想吐又不敢当着人家大金主的面吐，只能憋屈地咽下去。

道士板着脸，压着嗓子：“此妖孽甚是狡猾，我刚与她交锋，没想到竟被发现，控制了小姐的身体……”

成王妃顿时就变了脸色。

道士摸着假胡子，发现有一边胡子飞起来了，赶紧按回去，不敢再摸。

“咳咳，王妃也无须担心，待老道我做法，定能收了这妖孽！让小姐恢复正常！”

成王妃一听缓了缓神色：“那就有劳道长。”

“应该的，应该的。”

道士以独家秘诀，不能给外人围观为由，让成王妃和其余人都离开。但为了让他们信服，道士又得大吼。

院子里飞出一根木棒，直接砸在道士的脑门上。道士栽倒在地上，捂着起了包的额头，气得胡子都掉了。他将胡子贴好，爬起来继续“咿咿呀呀”地唱。

院子里又飞出一块石头，道士白鹤亮翅，黑虎掏心，我躲我躲我躲躲躲……

院门“吱呀”一声打开，初筝走出来就是一脚踹在飞龙在天的道士身上。

道士“啪叽”一下摔在地上。

小姑娘环着胸，居高临下地看着他：“你有完没完？”

道士趴在地上：“我说姑娘，我骗点钱不容易，您占别人身体就算了，怎么还断我财路啊！”

初筝：“……”你不是个假道士吗？为什么能说出这种话来？

不会被他当鬼给抓了吧？

王八没告诉我，这个位面这么危险！

“您要做什么我不管，但是您别妨碍我骗钱行不行？！”道士双手合十，“高抬贵手，咱井水不犯河水。”

“你怎么知道？”

道士挑了挑眉，半边胡子吊在嘴角。初筝瞧他那神情，约莫清楚他刚才可能只是猜测，并不确定，但自己现在是承认了。

当然她也不怕。

道士贼眉鼠眼地把胡子按回去，大拇指和食指在初筝面前碾了碾。

初筝摸出银子扔过去。

“好说，以前成王还在的时候，我给您看过命格，不是这样的，我师父说了，一个人的命格不会发生太大的变化，不管中途发生什么，最后的结局都不会变。可今天我一推演，您这命格不得了呀！”

推演出来的？

有些道士确实有本事，算得非常准。可是……能一眼看出她不是原主，这未免有点厉害过头了？

“王八，他不会也是你的宿主吧？”

【小姐姐，他是土生土长的土著呢！】王者号顿了顿，【这个人有些道行，放在修真世界，属于各大势力争抢的幸运儿，各个世界奇人异事非常多。】

王八确定这个道士没有任何异常，他就是这个世界的人。只是厉害了点，“超凡脱俗”了点，可能还……坏了点。

初筝冷漠脸，问道士：“如何不得了？”

道士摇头晃脑：“不可说不可说，天机不可泄露。”

初筝继续拿出一袋银子，听见银子碰撞的声音，道士咳嗽两声：“人中龙凤任您挑，锦绣前程任您走，您命中带贵，无人可比……”

道士一阵连吹带夸。要不是有些话不能乱说，道士估计都要说，初筝君临天下、登基称帝指日可待。

“你不觉得我是妖孽？”在这个时代，占别人身体这种事，属于鬼神之说，很是忌讳。

"作怪的才叫妖孽，您这命格，哪儿能是妖孽。"道士继续夸。

初筝："……"我都要相信我是好人了。

道士从初筝手里将银子拿走，"嘿嘿"地揣回身上，突然又放声吟唱两句。

"外面还有人听着呢！"唱完还和初筝解释。

初筝："……"还挺敬业。

"你有本事，当什么骗子？"好好当道士不行吗？

道士愁眉苦脸："我要是露了本事，就得被抓到宫里去，进宫还能出来吗？那不行，所以我也只能当个骗子，生活所迫啊！"

初筝："……"你这个假道士的人设就是这么立起来的？

不愧是王八口中的天才，作假的理由都是如此清新脱俗。

初筝镇定地往远处看一眼："我给你五百两，你帮我办件事。"

五百两！道士眸子顿时一亮。大买卖啊！比在这里跳大神赚得多！

"您说。"

初筝给他说完，道士挤眉弄眼："这五百两可不行呢，您这事有点大，弄不好我要出事的。"

"你要多少？"

道士伸出一根手指："这个数。"

"一千两？"

道士点头。

"成交。"

道士"嗬嗬"地跳了两圈，糊弄住外面的人，蹦回初筝面前。

"我发现你真坏。"

"我是一个好人。"你刚才还夸了我呢！现在就说我坏，怎么回事？

道士连连点头："好人好人，您是好人。"有钱的都是好人。

道士和成王妃说搞定了。但是等成王妃去找初筝，打算好好算算账的时候，还没说两句，就被初筝打了出来。

这哪里是好了？这分明一点没变！

成王妃想找道士算账，结果哪里还能找到人。

成王妃怎么不明白自己被骗了。她气不过，又找了好几个道士，最后自然没什么结果，初筝该干什么就干什么。

成王妃和初筝过上几轮，每次都是惨败。

"娘亲。"程筱气得不行，"她打我的伤，你看现在都还没消呢！这事难道就这么算了？"

成王妃赶紧安抚自己的女儿："娘也心疼你啊，但是南院那个着实是怪得很。"

“她肯定是中邪了。”程筱嘟着嘴，“以前她哪儿是这样的，柔弱得一阵风都能吹倒，现在她竟然敢动手。”

程筱继续道：“我打听过，中邪的人都会性情大变，力气变大或者还会一些以前不会的东西，她肯定是中邪了！

“还有啊，娘，她上次回来，身上穿着绣锦坊的衣服，她哪里来的银子买衣服？”

成王妃倒没注意看，听程筱这么说，才想起来这事。

“她身上应当没多少钱……”成王妃道，“王爷走后，府里金库的钥匙在我这里呢，这几个月我都没给她钱。”

“娘，你说……”程筱抓着成王妃的手，“她不会是在外面和男人私会吧？”

成王妃脸色微变：“这事你可别乱说。”

“那你说她的衣服哪里来的？肯定是有男人给她买的！”

成王妃若有所思。

须臾，成王妃拍了拍程筱的手背：“这事你别管了，马上就要到进宫的时间了……上次送过去的衣服，青荷是不是拿回来了？”

程筱撇嘴，神情讪讽：“她说弄脏了，让青荷洗干净，她想得美，青荷就扔那儿了。”

“你让青荷洗干净。”

“娘？”

“娘自有主张。”

“……那好吧！”

“青荷，你站在小姐的院门前干什么，又想使什么坏？”绿珠打开院门就见青荷站在门口，心生警惕地看着她。最近小姐……行为是有些古怪，可想到这些人现在都不敢随便欺负小姐，她又觉得小姐的变化似乎不错。

“你……”青荷想发火，但想到最近这院子里的主人干的事，忍了下来，“这是上次的衣服，洗干净了。”

青荷将衣服塞给绿珠，一溜烟地离开。

绿珠还没来得及翻看，衣服就被一只素白的手拿走。

“小姐，这是上次他们送过来的。”绿珠后退一步，躬身道，“准备让您……进宫的时候穿。”

进宫的宫装非常讲究，不能像平时这般。

“不要了。”初筝将衣服扔回绿珠怀里，“扔了吧！”

“啊？”不要穿什么呀？总不能穿以前的吧？这会让人笑话的！

“扔了。”初筝一锤定音。

绿珠开始不太适应初筝这样，但现在基本已经习惯初筝冷冰冰的样子了。

小姐不用被欺负……那才好呢！

聚远楼。

白衣少年搭着扶手走下来，他身后跟着好些个侍卫，四周的人都不敢直视他。

少年傲气地抬着下巴，还略显稚嫩的脸上，满是轻蔑、不屑。这是当今皇帝的胞弟，排名第八，今年刚十四岁，封号荣王。

眼看荣王就要走到底，他忽地停下，看向角落。

“六皇兄。”荣王像是看见什么好玩儿的东西，稚嫩的脸上露出兴致盎然的恶意。

被他叫作六皇兄的人站在角落。这人也不过是少年的模样，一袭玄衣，低垂着头。他极其安静地站在那里，如果不是荣王出声，几乎都没人会发现他。

“六皇兄，不好意思呀，你等久了吧！我忘了你还在下面。”

荣王的话里可没一点不好意思，全是恶劣的嘲讽轻蔑。

少年静然而立，他微微抬起头。当他露出容貌的那瞬间，人群里隐隐有抽气声，大家都被少年的容貌所震撼。

少年脸色有些病态的苍白，轻抿了一下唇，莫名地带着几分乖顺和温和。然而他眼底很平静，像是没有灵魂的玩偶，虽然精致，却只能任人摆布。

他嫣红的唇瓣轻启：“不碍事。”声音清脆温和，听得人心底都平静下来。

然而荣王却像是听见什么极其恶心的事，态度恶劣地道：“既然如此，那六皇兄自己走回去吧，我就不送皇兄了。”

“好。”少年应下。

荣王冷哼一声，转而又笑起来：“我看着皇兄出门。”

少年略微迟疑，便抬脚往外走。

荣王立即给身侧的人使个眼色，侍卫迅速下楼，在少年走出门口的瞬间，将他狠狠地推了出去。在外面人群的低呼声中，少年摔在地上，如墨的长发散开，黑色的玄衣也散开，沾满了灰尘。

四周的人群纷纷指着他嘀咕，但望见聚远楼里的荣王，众人又立即噤声，不敢再议论，怕惹上荣王这个小魔头。

皇帝对这个胞弟，那可是十万分的纵容。

少年趴在地上，低垂着头，墨发挡住他的神色，袖间的手掌，隐隐有血痕。

荣王大步从里面走出来，一脚踩在少年的手背上。他居高临下地看着少年：“六皇兄，走路小心些，你怎么和那些女子一样，柔柔弱弱的，不然我禀明皇兄，把六皇兄嫁出去，找个人好好照顾你？”

能有什么比说一个男人和女孩一样，还要将他嫁出去更加侮辱人呢？

少年半晌才出声：“不用……”

“啊，那可没意思。”荣王孩子气地叹口气，“那好吧，六皇兄舍不得我，我也舍不得六皇兄呢！”

荣王心情畅快地大笑着离开。

少年手掌僵硬。

“你没事吧？”油腻腻的手伸到他面前。

少年愣了一下，顺着那双手看过去，一个年轻的道士拿着一根鸡腿，正一脸关心地看着他。

“没事。”少年避开道士的手，自己站起来。他手心上全是在地面擦出来的血痕。

“你真的没事吗？”道士关怀地看着他。

“没事。”少年冲道士点了点头，往一个方向离开。

道士追上去，提醒道：“欸，你等等啊，我跟你说，你最近印堂发黑，我瞧着你有灾……”

【隐藏任务：请获得燕归好人卡一张，阻止燕归黑化。】

初筝站在聚远楼三楼看了一场闹剧，此时正面无表情地看着下方的玄衣少年，在熙熙攘攘的人群中渐渐远去。

燕归……名字还挺好听。

“小姐。”绿珠捧着茶过来，“您喝口茶？”

初筝端着茶杯，倚着栏杆，在袅袅升起的烟气中，望向远处隐约可见的恢宏建筑。

燕归，当今六王爷。没有封号，没有府邸，如今还住在宫里的废宫中。

他的母妃只是冷宫中的一个宫女。先帝曾将自己最喜欢的妃子贬到冷宫。那段时间，就是燕归的母亲照顾那位妃子。先帝来瞧那位妃子，谁知那位妃子气性也大，竟然不见先帝。先帝在冷宫中饮酒，醉酒之下，将燕归的母亲错当成那位妃子。

许是为了气那位妃子，燕归母亲被接到先帝身边伺候，被先帝当作刺激妃子的工具。这样约莫过了半年，那位妃子还是复宠。

而此时燕归的母亲已经怀孕，这消息被那位妃子所知，赐下落胎药。

燕归命大，还是被生了下来。但他刚生下来，他母亲便被勒死。若不是先帝到得及时，燕归也活不了。

先帝将燕归交给一个不太受宠的嫔妃抚养，这个嫔妃也命苦，没几年便因病去世。

从此燕归就一个人生活。

先帝对兄弟重情重义，但在后宫中，他就是个十足的渣男。

燕归就这么被先帝遗忘，但他没被那个妃子遗忘，没被那妃子所生的孩子遗忘。从小到大，燕归都是在他们的欺凌下一步步艰难地走过来的。

他的反抗，他的倔强，都会让他陷入更加危险难堪的境地。

他便不再反抗，以沉默抵抗。渐渐地，欺凌就少了许多，因为他的不反抗，对于欺负人的人来说，太没意思。

可仇恨的种子在燕归心底发芽生根。

他在等，等自己长大，等自己羽翼丰满，等自己有能力复仇的那一天。

那个妃子便是如今的太后，皇帝和荣王的生母。太后记恨燕归的母亲在她失宠的时候勾引先帝，还生下一个儿子。如今的皇帝即位，没有给燕归封号，也没有给他府邸，就让他住在那座废宫里，被人当作笑料。

有一次，荣王故意将他推进水里。

因为当初他母亲被逼着喝过落胎药，他打小身体就不好，那一次几乎要了燕归大半条命。

燕归设计要杀荣王，却被他底下的人出卖。虽然最后没有查到他这里，但皇帝已经开始怀疑。其后荣王再次陷害燕归，燕归却早就联合外臣，准备刺杀皇帝，荣王被利用，死在那一次事件中。

当然最后燕归没有杀掉皇帝，还被叶阳砍掉一条胳膊。最后燕归逃走了，开始他的彻底黑化……不是，造反之路。弄得天下战火不断，民不聊生。

初筝抿了一口茶，将视线从皇城的方向收回来。

这个叶阳……应当就是原主期待的那个婚约对象，绿珠口中的叶公子。其实两家并没有确定婚约对象是谁，但成王在的时候，默认是原主这位大小姐。

这是想娶谁，就挑谁……男人的待遇凭什么这么好呢？！我不服！

“小姐，我们到这里来做什么啊？”绿珠小心翼翼地问。

初筝将已经凉了的茶杯递给她：“喝茶。”

聚远楼的茶也不出名呀！

绿珠重新去冲茶。

初筝转到房间另一边。

聚远楼正面是繁华街道，背面却是一片风景宜人的杏花林，再往前是湖泊，此时杏花开得正盛。初筝指尖搭在栏杆上轻敲，她站在高处，可以轻易瞧见下面的场景。

叶阳和程筱一前一后地进去。

今天就是原主找叶阳，却看见叶阳和程筱抱在一起的画面。

“小姐，最近天气还凉，您小心受凉。”绿珠拿着披风给初筝披上，顺着初筝的视线看下去，惊讶出声，“那不是叶公子吗？怎么和……二小姐在一块？”

下方叶阳和程筱不知道说了什么。两人已经抱在一起，接着还亲上了。

绿珠整个人都羞红脸，直接捂住眼。末了想起初筝，她语无伦次地安慰初筝：“小……小姐，这件事说不定有什么误会……”

“有什么误会？”初筝拢着披风。

“小姐……叶公子……定然是二小姐，她从小就爱抢您的东西，肯定是她和叶公子说了什么！”

“我和叶阳没有任何关系。”

“小姐……您不是喜欢叶公子吗？”

小姑娘眸色平静地看着下方拥抱在一起的人："我说过？"

"没、没有。"这种事怎么可能说，但她看得出来，小姐也默认过。

如果不是王爷……

"婚约没有明确对象，我和程筱都有可能，叶阳和谁在一起，与我无关，明白吗？"初筝的语气如三月的风，还带着料峭寒意。

绿珠张了张唇，半晌才似懂非懂地点头："明、明白了。"

绿珠往下方看去，杏花林外，有几个人正往里面张望，贼眉鼠眼地往里面走。

"小姐，你看。"

那群人似乎发现了叶阳和程筱，像是好奇一般走过去。他们出现得突兀，程筱吓得捂住脸，叶阳护着她快速离开。

初筝将一张银票递给绿珠："把银票给他们，别让人看见。"

绿珠瞪大眼。

这……下面的人是小姐找来的？为什么啊？

绿珠可不敢问，揣着银票去办事。

初筝离开房间，隔壁房间出来几个年轻姑娘。一瞧见初筝，其中一位立即阴阳怪气地出声："这不是成王府的程妹妹吗？"

"黄姐姐，您说话小心点啦，人家高傲着呢，哪儿肯和我们说话。"旁边的人提醒。

"也是啊，我们这些人啊，入不了人家的眼呢！"

几个人你一言我一语，将初筝给奚落一番。

原主记忆中有这几个人。

要说恩怨，那就有些悠远，还得追溯到先帝在世的时候，那个时候原主也不过七八岁。

当时也是参加宫宴，先帝一时兴起，让孩子们各自表演一个拿手的才艺。最后原主摘得头筹，还得了先帝的赏赐。当时原主的母亲尚在，成王又得盛宠，原主几乎是这些小姑娘们争先恐后的结交对象。

奈何程筱年纪不大，却已经开始挑拨离间。从那个时候起，那些个小姑娘们就再也不和原主玩儿，领头的便是那位姓黄的小姐。现在估计是看成王府这个样子，想找回点场子，羞辱她一下。

小女生间也就这点把戏。我才不陪你们玩儿，无聊。

初筝不愿和她们浪费时间，径直往楼下走。

"哎，程妹妹，我和你说话，你怎么不搭理人？"黄小姐伸出纤纤玉手，拦住初筝。

初筝一瞪。

手可真好看，折了就不好看了。

唉。

所以初筝改为踢的。

黄小姐那娇贵的身躯，哪里经得起初筝这一踢，直接摔回她刚才出来的房间。

完美！初筝镇定地收回脚，将裙摆放回去。

初筝精致的面容清冷淡然："挡路了。"

黄小姐的那几个小姐妹目瞪口呆地看着初筝，初筝镇定从她们旁边过去。

"程初筝，你给我站住！"黄小姐带着小姐妹气势汹汹地冲下来，将初筝拦在门口。

初筝："……"有完没完啊！

聚远楼的众人："……"这什么情况？

刚才荣王在这儿闹了一出，怎么这会儿又来一出？

"那是不是成王府的那位大小姐？"

"好像是吧？那是黄太傅家的那个孙女吧？"

"成王死了，现在成王府的人怕是过得有些艰难吧？"

"成王府现在剩下一府的女眷，也是可怜。"

"成王可有不少好东西呢，当初先帝赏赐的东西够她们吃穿用几辈子吧！"

"有钱有什么用，没权啊！"

四周窃窃私语不断，一个个都开始关心成王府未来几辈子的事了。

黄小姐捂着还有些疼的小腹，美眸里盛满怒火："程初筝，没有你爹，你现在算什么？你还敢打我，我告诉你，今天我跟你没完！"

"怎么没完？"初筝有点好奇，"打我？"

黄小姐噎了下："我才不是你这样粗鄙的人！"

黄小姐挺着胸脯："程初筝，我告诉你，以后你见着我们，必须绕着走，听见没有？"

初筝冰冷的眸子盯着黄小姐，严肃地问："怎么绕着走？"

黄小姐指着聚远楼："比如，今天我们在聚远楼，你就不能在这里！不然有你好看的！"

【主线任务：请买下聚远楼。】

初筝一愣。

"掌柜的。"初筝叫一声。

看戏的掌柜一惊，这些人都是官家千金，他可惹不起，赶紧从柜台后出来。

"程姑娘，有什么事吗？"

初筝在黄小姐不解的视线下，豪气地道："买楼。"

"……程小姐，您说笑了，咱们聚远楼不卖的。"掌柜硬着头皮道。

"程初筝，你疯了吧？"黄小姐笑得不行，"这是聚远楼，日进斗金，人家能卖给你？"

聚远楼的菜好吃，环境好，口碑佳，算得上皇城里必打卡的景点之一。从荣王和这些个千金小姐都来这里，就知道这里不错。

初筝不理会黄小姐的嘲讽，冷着脸抽出银票，拍在桌子上。

掌柜觑了一眼："程小姐，我真的不卖。"

初筝又扔了银票下去。

“程小姐……”

初筝继续放银票。反正这玩意可能是王八印的，通货膨胀它似乎也有办法解决，所以初筝只管花就成。

掌柜都快给初筝跪了。成王都死了，怎么程家的小姐还这么花钱？

这是要把成王府败光吗？

“黄姐姐，她是不是疯了？”

黄小姐咽了咽口水：“我怎么知道？”

“那么多银票……她身上怎么带这么多银票啊？”

初筝将最后一张拍在桌子上，她示意掌柜过来一点，掌柜也是见过大世面的，但这么多银票……都够买他两三个店了！

“程小姐，这家店是我祖上传下来……”掌柜谨慎地道。他不能卖啊！

“我再加一倍，店还是你管，我做老板，以后赚的钱也归你。”

掌柜微微睁大眼。

这么好的事？这不跟没卖一样吗？花钱就为做个老板？

初筝和掌柜说话声音不大，没人听见他们说了什么，最后只看见掌柜将银票收起来。

这是成了？

初筝看向黄小姐：“现在，请你们绕着我走。”

黄小姐：“……”

众人：“……”

噗！买下聚远楼，就是因为这句话？众人表示在皇城生活多年，还没见过这么任性的。即便是那些纨绔公子哥，也没这么做的。

黄小姐脸色难看，指着初筝“你”了半天。

初筝侧身，示意她们出去。

“程初筝，你疯了！”

“我有钱。”

黄小姐气得胸脯起伏极大，小脸涨得通红。她跺了跺脚，拎着裙摆往门口跑。

“以后这群人不欢迎。”初筝的声音准确地传到黄小姐耳中。

黄小姐跑得更快了，后面的小姐妹面面相觑片刻，纷纷追了出去。

“程小姐，黄家会不会找碴儿？”掌柜非常忧心自己的新老板。

成王府现在可没靠山……

初筝不在意，平静地道：“大不了砸店，再修便是。”

有钱人说话就是不一样哈！成王府里是有金矿吗？

【小姐姐我们争取做皇城产业龙头！皇城首富就是你！】王者号给初筝喊口号。

我不要！

绿珠没想到，自己去办点事，怎么回来她家小姐就多了一栋楼呢？

初筝花这么高价买下聚远楼的消息，很快就传回成王府。听闻这个消息的成王妃和程筱都有点蒙。成王妃疑心初筝的钱，跑到金库去点了一遍，发现什么都没少。

那她哪里来的钱？聚远楼？那得多少钱啊！

成王妃想找初筝问，结果连初筝的面都没见上，只有绿珠给她回了话，小姐不见客。

客……她是成王府的女主人，在她眼里自己竟然是客？

好在成王妃尚存的理智，阻止她拆了初筝的院子。

等宫宴……宫宴后，要是还能回来，自己再收拾这个贱丫头！！

不！

她不会再回来了！

第十五章 守护“好人卡”

然而这个消息只传了一天，很快就被叶阳和程筱的消息压了下去。

叶阳和程筱私会，被人撞见搂搂抱抱。

开始只是这么传的，可到后面什么私生子都出来了。

虽说叶阳和成王府的婚约没有定人，但外面的人不清楚啊，他们都以为叶阳的婚约对象是成王府大小姐。现在却是程筱和叶阳勾搭在一起。

“筱筱怎么回事？怎么回事？外面传的到底怎么回事？”

程筱脸色苍白，不敢看成王妃：“我……我那天和叶哥哥见面，被人瞧见了，我以为他们没看清……”

“你是不是笨！！”成王妃戳程筱的脑门，“我让你最近别去找叶阳，你怎么就不听我的话？被人看见你怎么不拿钱堵他们的嘴？平时我怎么教你的？”

“我当时吓到了……”她也没料到，就那么一眼，那些人就认出她了。程筱慌得六神无主：“娘，怎么办啊？”

成王妃在房间走来走去，也是没了主意。

这件事对程筱的名声影响极大，现在外面还传得那么难听。

“娘想办法……”

最好的办法就是叶阳提亲，让众人知道，当初的婚约，并没有定人。

叶阳和程筱在一起，是两情相悦。

成王妃忙着解决这件事的时候，也终于到了进宫这天，宫里的轿子来王府接人。

“王妃，王妃，来了两顶轿子。”下人惊慌地跑到成王妃面前报信。

“什么？”成王妃惊讶极了，转而又冷静下来，“是不是去别家的？”

“不是，都往咱们这儿来了。”

成王妃顿时坐立不安，怎么会来两顶轿子呢？

初筝和绿珠到的时候，成王妃已经和宫里来接人的公公说了一会儿话。

成王妃最近憔悴不少，整个人看上去都老了很多。

“公公，咱们府里的名额只有一个，怎么筱筱也要去了？”

太监细声细气地回答：“这个奴才就不知道了，成王妃抓紧吧，奴才还要去下家呢，耽搁了时辰，奴才可没法和圣上交代。”

成王妃整个人都蒙了。她怎么也不明白，怎么会出现这样的情况。

初筝从成王妃身边走过去，她猛地抓住初筝的手：“是不是你干的？”

“什么？”

成王妃恶狠狠地瞪着初筝，连王妃的仪态都忘了：“筱筱进宫的事，是不是你干的？”

好好的，怎么筱筱突然也要进去？她都打点好了。

初筝神色平静：“父王得罪的人不少，谁知道。”她抽回自己的手，气定神闲地坐上软轿。

“成王妃，请二小姐出来吧！”公公催促成王妃。

成王妃不敢不从，否则就是抗旨。她赶紧回去找程筱，程筱听闻这个消息，整个人都崩溃了。

怎么会这样？

“娘，我不去。”

“你不去不行！”成王妃给她找衣服，“抗旨是要杀头的。”

“我不，我不进宫！”程筱摇头，宫里那位太可怕了。

成王妃按着程筱的肩膀：“筱筱，你别怕，那死丫头不也进宫了，到时候你见机行事，你会没事的，你会没事的。”这句话也不知道是说给自己听，还是说给程筱听。

“娘……”

成王妃给她保证：“娘马上就去叶家，你先进宫，娘不会让你有事。”

程筱咬着唇，在成王妃的安抚下，只能同意先进宫，等成王妃去找叶阳进宫救她。

安抚好程筱，成王妃又冲外面叫：“青荷，青荷，你快找宫装过来。”

“小姐去年的宫装不能穿了，还没准备新的……”青荷急急从外面进来。

本以为小姐今年不进宫，小姐要求也高，非要绣锦坊的，所以衣服都还没拿回来。

谁知道会有这么一出。

“赶紧想办法啊！”

青荷忙不迭地赶紧离开去想办法。

“王妃，这里有一套。”一个丫鬟捧着一套宫装进来。

“快，拿过来给小姐换上。”成王妃一边指挥，一边往外走，“换好就出来，娘先去稳住宫里的人。”

程筱心事重重地点了点头。

华丽的软轿一顶接一顶地被抬进宫里，打扮精致的姑娘们，在宫人的接引下，往前方奢华的大殿过去。还有一些大臣，都是这些姑娘们的父亲或长辈。

成王府没有能出面的男性，自然就没人陪同。

进来的每个姑娘，都是愁容满面，无人有笑意，气氛十分压抑。然而抵达宫殿前，她们还必须收敛愁容，展露笑颜。

程筱下轿，往那座宫殿看了一眼，眼底满是畏惧。她往旁边看去，初筝在绿珠的搀扶下下轿，神色泰然自若，不见丝毫怯色。寒风拂过，青丝随风飞扬。淡紫色的宫装逶迤地面，束腰勾勒出纤细不盈一握的腰肢，将小姑娘衬得清雅端庄，尊贵无双。

程筱咬了一下唇，心底生出几分嫉妒来。她看了一眼自己身上的宫装，猛地惊觉不对："青荷，这宫装……"

青荷从进宫起就一直低着头，不敢抬头乱看。听见程筱的声音，她低低地应一声："小姐怎么了？"

"这个……"

"姑娘，这边请。"宫人弯腰给程筱引路。

"青荷……"

"姑娘，里面请。"宫人挡开程筱和青荷，语气加重几分，"姑娘别耽搁了时辰，陛下生气的话，奴才们担待不起。"

青荷不能跟着进殿，程筱心急如焚，一步三回头地往灯火辉煌的宫殿里走。

青荷似乎也发现程筱身上的衣服不太对，那不是她送到南院去的那套吗？在府里的时候，她出去找衣服，回来的时候小姐已经换好。当时手忙脚乱，谁也没注意看。

糟了！

青荷心底"咯噔"了一下。

成王已逝，但地位还在那里摆着，尊卑有序的环境下，初筝排在最前边的位置。

当然。这个时候，这些个千金小姐，恨不得坐到最后面，免得被暴君看上眼，那可就完蛋了。

女眷在右边，大臣们则在对面，中间有一条通道。初筝镇定地落座，四周落座的千金小姐们十分安静，低着头拘谨地坐在自己的位置上，连交谈都不敢。

初筝看着程筱神色不安地坐到自己旁边。

程筱怨恨地瞪着她想说话，但殿内的环境又太安静，程筱不敢做那个异类。

"靖王到——"

"端王到——"

太监尖锐的传到声响起，两个王爷相继进场，看脸色也不是很好，估计不知道今天是什么事。

"荣王到——"

白衣少年走过大殿，如果不是眉宇间那带着几分不属于他那个年纪的戾气，荣王其实也是个美少年。

“怎么都不说话呀？”荣王一进来就打破了沉默，“三皇兄，五皇兄。”

“八皇弟。”端王摇头，“我们哪儿能和八皇弟比。”

“三皇兄。”靖王低声提醒。

端王赶紧打住，奉承了荣王几句。在这些王爷中，也只有荣王可以肆意妄为。

谁让他是皇帝的胞弟呢？

他们这些王爷，本该在皇帝登基后，前往封地，可现在都在京城里住着。

皇帝说什么舍不得手足相隔千里，实则就是变相地软禁。

“六王爷到——”

“六皇兄来了。”荣王对燕归的兴趣，明显比其他的王爷要大得多。

初筝往殿门望去，少年迎着灯火进来，寒风顺着殿门吹进殿内，绣有暗纹的衣摆翻飞，他袖间的手探出，轻轻按住披风。玉竹般修长的手指，被灯火一照，更显得剔透。

可他四周过于寂静，像是陷在另外一个世界。那个世界安静无声，没有人能与他为伍。

少年缓步走进大殿，在荣王兴致盎然的目光下出声：“三皇兄，五皇兄，八皇弟。”

“六皇兄，你来得可真慢。”荣王笑眯眯地道，“是不是和这些个姑娘们一样，走得慢呀？”

面对荣王几乎不怀好意的言语针对，少年沉默以对。

荣王撇撇嘴：“不如你就和她们坐吧，反正你和她们也没什么区别，三皇兄和五皇兄说是不是？”

被点名的端王和靖王干笑着附和，其余大臣们连大气都不敢喘。

宫人们立即在初筝旁边，给少年安置好座位。这当真是要让他给女眷们当魁首了。

荣王还笑嘻嘻地拍手称好。

这样的羞辱，让对面的大臣都露出不忍的神色，不过皇家事他们不好多言。

少年身上的披风被宫人拿掉，他一身鲜艳的衣裳，墨发如瀑垂在身后，几缕落在身前。摇曳的灯火衬出他清绝的面庞，眉如远山，唇形漂亮如画笔精心勾画过。

他落座的时候，过于华丽的衣裳散开，反倒比在座的姑娘们更绝色。

许是察觉到初筝的视线，少年微微偏头，露出一个温软友好的笑容。

少年美好如画卷，一颦一笑皆绝色。身处在斑斓世界，也能让人一眼瞧见他，留下不可磨灭的印象。

然而他的眼神让初筝不太舒服。

浅棕色的眸子没有神采，再漂亮的脸，都失去光辉，成为一件死物。

但还是好好看啊！！

初筝收回视线。

这人和人的区别怎么就这么大呢？男孩子长那么好看干什么？

长那么好看还没个好的背景后台，还不如黑化的好。

【小姐姐，请控制一下你的想法。】刚才“好人卡”被欺负，你不出言帮助就算了，你现在还想让人家黑化，你怎么这么丧心病狂？

我觉得我的想法没毛病。

【……】宿主自我感觉良好该怎么治疗，在线等，挺急的。

少年见初筝移开视线，也顺势低下头。

“六皇兄，我送你的衣裳，你可喜欢？”荣王坐在对面笑得前俯后仰，“我就知道和六皇兄很配，你看，六皇兄你可比那些姑娘漂亮多了。”

少年抿了一下嘴角，刚想说话，就听见那边一声巨响。

“哗啦——”

荣王面前的桌子忽然四分五裂，他整个人从桌子中间栽了下去，上面摆放的点心和茶水、酒水，全部撒在他的身上。砸在地上碎裂的瓷器飞溅而起，划破荣王裸露在外的皮肤。

燕归隐约瞧见空气中有一闪而过的银光，细看下，仿若又是他的错觉。

这变故可把殿内的人吓坏了，姑娘们纷纷垂下头，尽量降低自己的存在感。

“八皇弟你没事吧？”端王将荣王扶起来。

荣王满身酒水茶渍，狼狈不堪。荣王显然没回过神，被端王扶起来，才感觉到疼意，忽地大叫起来。

“谁？谁干的？！”荣王狰狞着面容。

这谁干的啊？刚才大家都亲眼所见，是桌子突然裂开，可谁都没动过。

“八皇弟，你别动怒，只是意外，先去包扎一下吧。”靖王提醒。

荣王再浑蛋，也不可能在众目睽睽之下，将自己裂开的桌子，硬安在别人头上。

荣王被人劝着离开，临走的时候还跳着脚威胁在场的人，今天的事谁敢传出去，就要砍脑袋。

众人噤若寒蝉。

等荣王再次回来，便是和皇帝一起。

皇帝的容貌和荣王有八九分像，一个是成年版，一个是少年版。帝王的威仪，让皇帝多了几分气魄，比荣王更让人畏惧。

但皇帝的眼神着实不太好，很有一个暴君的气势。

皇帝言简意赅地说了两句开场话，没有提今天什么目的，只是让人传歌舞。

丝竹声渐起，舞女们翩然进场，殿内的气氛似乎平和了下来。

初筝这个知道剧情的开挂党，却知道今天皇帝要干什么——选妃。

荣王阴鸷的眼神扫过下方，最后停留在燕归身上。待歌舞结束一曲后，荣王忽然出声：“皇兄，不如让六皇兄给我们跳个看看？”

“哦？”皇帝挑眉，很配合地问，“六皇弟还会这个？”

荣王："六皇兄当然会，是不是啊六皇兄？"

荣王欺负燕归是惯有的事，以前皇帝也经常干，后来当了皇帝，要有皇帝的威严，所以他就纵容荣王干。

燕归捏紧拳头，从位置上站起来："回陛下，臣弟不会。"

荣王顿时不乐意："不会？胡说，你明明会！六皇兄是不是不想跳给我们看，那不如……"

"我跳。"燕归接下话。

荣王立即得意起来。

燕归深呼吸，走进殿内。

"你们把头低着干什么，都给我抬起来，我六皇兄的舞姿可不是谁都能看见，这是你们的福气！"荣王呵斥底下的人。

这两人是不是心理扭曲啊？初筝问王者号。

【嗯……他们打小就是在太后的思想灌输下长大，太后认为燕归的母亲低贱，却趁她失宠勾引皇帝，还有欺负人会上瘾。】王者号客观地分析剧情。

当享受到欺负人的快感，就再也停不下来。

初筝没那个心思，她只想简单快捷地解决掉一切麻烦。

【不是，小姐姐，你讲点道理，不能这么粗暴啊！？】王者号抓狂，它怎么摊上一个这么粗暴的小姐姐啊？

燕归站在殿中央，白皙的脸上不知是因为屈辱看上去苍白，还是他本就是这般。白皙修长的手指从袖间伸出，指尖跳跃上暖黄的光，衬得指尖都十分漂亮。

荣王笑得猖狂，眼底都是扭曲的兴奋。

初筝手指微动，银线从她袖间探出，在她指尖欢快地绕两圈，迅速窜出，直逼荣王。

众目睽睽之下，荣王脸色忽地一变。他伸手扯自己的脖子，脸色涨得通红。

"救……"

燕归抬眸看去，死寂的眸子里倒映着灯火和荣王此时的模样。丑陋、难看……

"荣王殿下！"皇帝身边的公公最先惊呼一声。

"皇弟！"皇帝一个箭步冲过去，"怎么了？"

荣王突然推开皇帝，抽出后面带刀侍卫的剑，砍向皇帝。

初筝如玩提线木偶一般，操控荣王对着皇帝砍。

"荣王！！"几番下来，皇帝显然气到了。

混乱的场面中，荣王被人制伏，按在地上，最后可能是怕他再发疯，皇帝让人直接把他砍晕了。

缠着荣王的银线缓慢松开他，退回到初筝身边。

小姐姐的无敌模式简直无解。王者号目瞪口呆。

我就说我很厉害的，你还非得让我做任务。

那是我的错咯！！王者号委屈。

皇帝没受伤，却气得不轻，呵斥一声："把荣王给我带下去。"

"怎么回事啊？"

"荣王刚才跟中邪似的，那眼神真吓人。"

"中邪啊……"

皇帝阴沉着脸，"中邪"这两个字跟某个开关似的，阴鸷的目光忽地落在坐立不安的程筱身上："程家二小姐留下，其余人都退了吧！"

程筱震惊地抬起头，娇俏的脸上煞白如纸。

"二姑娘，这边请。"宫人立即上前请程筱。

程筱的眼底只剩下惊恐。

不……叶阳为什么还没有来？她不要留在这里。

这么多人，怎么会选她？

"陛下。"程筱推开宫人，跪到地上，"陛下，臣女……臣女近日身体不适，不宜留在宫中。"

程筱咳嗽两声，又道："臣女的姐姐……姐姐可以替臣女留下。"

今天这宫宴，大家都没心思去打量别人，此时众人才看向成王府的这位大小姐。

只见她端坐在那边，殿内的骚乱，仿佛和她一点关系都没有。即便现在被自家妹妹推出来，也不见有丝毫波澜。

清冷淡然，典雅尊贵。这是成王府的大小姐？给人的感觉……怎么她才像是帝王。

众人被这个念头吓了一跳，纷纷不敢再看她。

皇帝在程筱开口的时候就沉下脸："朕说的话就是圣旨，你敢抗旨？"

帝王的威严压得程筱喘不过气，身体都开始哆嗦。

皇帝扫了一眼初筝，冷哼一声，拂袖离开。

宫人上前搀扶着程筱离开。

不……不要……

她不能留下。

程筱猛地看向初筝。后者镇定地端起桌子上的酒杯，一口饮尽。

啪，酒杯和桌面碰撞，发出清脆的声音，在寂静的大殿中，格外清晰。

"程初筝！！"程筱带着怨恨的声音从殿外传来，殿内的空气似乎都冻结了。

初筝清绝的眉眼冷淡，浑身都透着生人勿近、熟人勿扰的冷漠疏离，她率先起身离开。

待她离开后，殿内的空气才开始流通一般。

已经被人遗忘的燕归，望着初筝离开的方向，没有神采的眸子，此时仿若有了几分色彩。然而不过瞬间，又沉寂下来。

趁大家的注意力不在自己身上，燕归悄无声息地离开了大殿。

“小姐。”绿珠见初筝出来，整个人都松了一口气。

“回吧！”

“是。”绿珠脸上有了笑意，这一关总算过了，以后不用提心吊胆了。

“大……大小姐，我们小姐呢？”青荷没看见程筱，心底更是忐忑，忍不住上前询问。

“留下了。”初筝挑开软轿帘子，坐上软轿。帘子缓慢落下，将初筝的身影挡住。

留……留下了？青荷整个人都蒙了。

待初筝的轿子出了宫门，绿珠小心翼翼地问：“小姐，二小姐真的留下了？”

“嗯。”

绿珠心底畅快：“活该，本来就该她进宫，这就是报应。”

报应？初筝环胸坐在轿子里，哪有什么报应。

初筝让轿子在聚远楼停下。

“姑娘，您来了。”掌柜迎出来，“正巧有位客人找您，我说您一会儿就到，没想到您还真来了。”

“带路。”

“是。”

掌柜将初筝带到楼上，推开一个厢房。

“在外面等着。”

绿珠有些疑惑，但十分听话地福了福身，关上厢房门。

厢房里，白白净净的小道士，一只脚跷在椅子上，正大口吃肉、大口喝酒。

“你比我算的要早一点。”小道士抬起油腻腻的手和她打招呼。

初筝从袖子里摸出银票。

“成了？”

“你不是会算？”

“这不是和你确定一下嘛！”小道士将银票宝贝似的揣进身上，没有假胡子和假眉毛，眉清目秀的小道士年轻得可不是一星半点。

他啧啧两声：“好歹也是你妹妹，你怎么就这么狠心将她推进火坑？”

初筝神色冷淡：“她不进去，我就得进去。”你不入地狱，谁入地狱。

不管谁入，反正她不入。

“没想到有一天我也能骗皇帝。”小道士摇头晃脑地喝了两口酒。

初筝让他办的事，就是让选妃名单上有程筱的名字，还要让一个说法传到皇帝耳中。

说程筱命中带贵，天降福星，可保陛下长生，国运昌盛。

小道士好奇地问：“要是皇帝发现她没有用，到时候说不定还得连累整个成王府，你就不担心？”

“不担心。”反正又打不赢我！怕什么！

“行，你厉害。”小道士竖大拇指，“以后有什么好事，记得叫我。”

初筝：“……”

皇宫，皇帝寝殿。程筱跪在地上，不敢抬头，心跳如雷。

“过来。”男人的声音从前方传来。

程筱整个人都在发抖，僵着没动。

“过来！”皇帝明显动怒，“还要朕请你不成？”

程筱这才起身，几步远的距离，她生生走了半晌。

“宽衣。”

程筱咬着牙，哆嗦着去解皇帝的衣裳，皇帝一把拉住程筱的手，将她按进怀里：“你很怕朕？”

“臣、臣女不敢。”

“那你抖什么？”皇帝危险地眯着眼睛，手掌抚摸上她的后背。

“臣女……臣女没有。”程筱闭着眼，不敢看皇帝。

她身体猛地腾起，接着被扔到床榻上，男人的身躯覆上来，程筱身上的衣物被粗暴地扯开，她的脸色倏地惨白。

“陛下，叶将军求见。”

程筱在疼痛中，隐约听见外面的宫人禀报，那声音渐渐遥远。

万福宫。

偌大的宫殿偏僻荒芜，许多地方因为年久失修，破旧不堪，也只有主殿还勉强能看。

少年缓慢地解开身上艳丽至极的衣裳，他周身都萦绕着一股压抑的死寂，和破旧的宫殿，倒是相得益彰。

衣裳掉落地面，少年赤脚踩着衣裳过去。

后面的小太监满脸的愤怒：“荣王真的是太过分了，您也是王爷，怎么能让您穿这样的衣裳？”

少年轻声提醒：“说话注意些，被人听见你会受罚的。”

“王爷，我是为您生气。”

少年低下眉眼，长睫盖住他的眼睛，半晌他才出声：“不碍事。”

“怎么不碍事？荣王越来越过分，上次在街上那样，这次当着那么多人的面又……”

少年抬起头，浅棕色的瞳孔里有几分异样的神采：“活着更重要。”

只有活着，他才能复仇。

只有活着……

小太监心疼自己主子，可他只是一个小太监，在太监中话都说不上的那种。

他家主子本应该是那种被人捧在手心里的人儿，怎么……

“王爷……这衣服？”

少年将头发散下来，他修长的手指从发间穿插而过，指尖缓慢地下移。发梢从指缝间逃离，他握住虚空："挂起来吧！"

"王爷？"

"弄坏了，荣王能找到更多的理由。"他要看着它，这样才能提醒自己，他们对自己做过什么。

"……是。"

少年坐在椅子上，他的身体渐渐放松，赤着的脚轻轻晃着。外面似乎有风，吹得破旧的窗户"哗啦啦"地响。

良久，他上床躺着，小太监给他盖好被子。宫殿很冷，棉被又旧又薄，一点也不暖和。冰冷的棉被盖在身上，更冷了。

他闭上眼，脑海里莫名地闪过殿内那个姑娘清冷的面庞。

成王府现在做主的是成王妃，她不是成王妃所生，在府中的日子过得应当不太好。

可她看上去……似乎过得很好。

程筱被留在宫里，成王妃当晚就闹到初筝这里。

"为什么留下的不是你？"

"为什么要是我？"

"是你，是你搞的鬼是不是？"成王妃指着初筝，"筱筱进宫的事，都是你搞的鬼对不对？"

"不是。"初筝否认。

"敢做不敢认，你还我筱筱……"成王妃几乎是不顾形象，扑过来要打初筝，绿珠心惊胆战地赶紧上前拦着。

初筝抄起旁边的东西就往成王妃的脑袋上砸。成王妃两眼一翻，晕了过去。

初筝扔掉手里的凶器："把人扔出去。"这不就简单多了！

下人们面面相觑，大小姐现在好凶残啊……

初筝抽出几张银票，绿珠一张一张地发过去："记住，以后王府里，大小姐说了算。"

成王妃自然也收买过府里的下人，可哪有初筝这么大方，一张银票就是一百两。

初筝坐在石桌那边，眉眼间尽是冷意："你们想要钱直接找我，别背着我做什么，万事好说。"

下人们咽了咽口水。

成王妃被下人抬出去，都没敢抬回院子，直接给扔在外面。

大小姐说的扔啊……

翌日。

初筝刚起床，绿珠便匆匆过来："小姐，我刚听到消息，二小姐被打了板子，丢了半条命。"

“为什么？”原主当初可没有被打，难道程筱干了什么？

绿珠压低声音：“听说是二小姐和陛下……那个的时候，身上突然起了红点，还传给了陛下。”

绿珠迟疑了一下：“小姐，二小姐身上那套衣服，好像是之前她们送过来的那套，您让我扔了，我就还回去了，不知怎么二小姐穿了。”

初筝：“……”幸好我没穿。

绿珠继续道：“二小姐被打，是御医查出那衣服有问题，陛下以为二小姐不愿侍寝，故意的，所以才被打。”

“这衣服本来是给您穿的，要是您穿了，到时候出现什么事……”

就算没有被选中，在殿上出现什么情况，也说不定得丢命。

绿珠只是想想就浑身发寒，四肢冰冷，幸好小姐没穿。成王妃和二小姐简直不可理喻。小姐不争不抢，到底哪里招她们惹她们了，要这么对待小姐。

成王妃听见这个消息的时候是晌午，顾不上找初筝的碴儿，想办法进宫去看程筱。

皇帝虽然打了程筱，但也没有放她离宫的意思。成王妃跪了半天，也没能见到自己的女儿。

叶阳只有那天晚上进过宫，之后就再也没去过。

在宫里待了一晚上，现在程筱已经是皇帝的女人。叶阳如果还想要前程，就不会再傻到明面上去找程筱。更别说皇帝还听到外面的传闻，说叶阳和程筱不清不楚。

即便是发生在之前，身为帝王，皇帝心底岂能没点硌硬？

这不，没过两天，叶阳就接到圣旨。明面上是升迁，实际上却是贬职。

成王妃这边实在没办法，只能消停下来。

等她想起府里的事，整个王府，已经以初筝为首。

“贱丫头，你还有没有规矩！”成王妃身边带着一直跟着她的心腹，气势汹汹地在院子外面叫嚷，“王府是你一个黄毛丫头能做主的吗？

“你给我出来？

“你怎么这么歹毒，要不是你，筱筱也不会进宫！你个扫把星，你给我出来，你以为躲着就完事了！”

她可怜的筱筱啊！那皇宫吃人不吐骨头，她们现在又没有靠山，筱筱在里面可怎么活啊！

成王妃越心疼程筱，就越怨恨初筝。但她不管怎么闹都没用，连初筝的面都见不到。

现在王府里的人还都不听使唤，气得成王妃怒火攻心。

三月草长莺飞，万物复苏。嫩绿的柳枝垂落在水面，碧波荡漾。各式精致的画舫漂在水面，倒影绰约。天色渐暗，画舫纷纷离开，最后湖面上只剩下一艘画舫。

那艘画舫停在湖心亭那边，没多久也开始离开。

荣王趴在画舫边缘，冲湖中心的凉亭喊：“六皇兄，不好意思，我把你给忘了，不然你游回去吧！我在岸边等你，你可别让我等太久。”

湖中心的凉亭里不止燕归一人，还有一个侍卫。听见荣王的话，侍卫直接将燕归往水里推搡。

燕归哪里是侍卫的对手，踉踉跄跄地往凉亭边缘走。

哗啦——

“哈哈哈哈……”荣王趴在船舷上放声大笑。笑声于湖面涤荡开，在夜色里显得有些诡异。

“我觉得荣王有病。”这才距离上次荣王砍皇帝过去多长时间？他又出来疯，看来皇帝是真疼爱这个弟弟啊！

【我也觉得。】

【不是，小姐姐，“好人卡”好像不会游泳，你怎么还在丧心病狂地看戏？】

“我也不会。”初筝一脸严肃，严肃到王者号都要信了。

它信你的邪！

初筝慢条斯理地展开桌子上的信纸，细白的手优雅地提笔写字。

不是，小姐姐，你的“好人卡”都要挂了，你还写信！写什么信啊！！快救人啊！这么好的机会！怎么能放过呢！

初筝不听王者号嚷嚷，写好之后将信纸折好，招手让人过来将信送到聚远楼去。

“快看那边！好漂亮的画舫！”

水面倒映着一艘灯火辉煌的画舫，画舫四周轻纱垂落，行驶间，轻纱飞扬，如梦幻中的场景。荣王船上的一些下人小声讨论起来。

在讨论声中，那艘灯火辉煌的画舫停在离湖心亭不远的地方，“扑通”——有人下水。

接着有人从水里捞出一个人，明显是在救人。

而此刻水里就只有一个人，救的是谁不言而喻。

荣王阴晴不定地看着那边，吩咐侍卫：“开过去！”

竟然有人敢救那个野种！

他倒要看看是谁这么大胆！

“咳咳……”少年将腹腔里的水咳出来，湿漉漉的衣裳贴在身上，冷意直往身体里钻，忍不住打了个冷战。画舫暖黄的光，照出少年苍白却惊艳的容貌。阴影笼罩过来，厚重温暖的披风裹在他身上。

少年微微抬眸，浅棕色的瞳孔倒映出灯火辉煌和那个面色冷淡的姑娘。

她救了自己？

在水里的那瞬间，他生出了死亡的念头。可他知道，荣王不会真的让他死。

他要看着自己挣扎……

但没想到自己被救上来了，而且第一个见到的人不是荣王。

初筝将他扶起来，少年身上淡淡的药香直往初筝鼻尖钻。

还未站稳，整个画舫一声闷响，船体都晃动起来。甲板的方向，被人搭上过来的木板，荣王带着人气势汹汹地走过来。

“我道是谁，原来是成王府的程小姐。”荣王年纪不大，口气却狂妄，“成王都死了，程小姐不在府里哭丧，怎么跑到这里来救人？莫不是程小姐看上我六皇兄了？”

少年冰凉的手握住初筝的手腕，小声提醒她：“把我交给他，你赶紧走吧！”

“你还没死，我哭什么丧。”初筝反握住少年的手，眉眼冷淡地看向荣王，不见丝毫怯色。

少年纤长的睫毛低垂，姑娘的手比他小了一圈，他的手几乎能覆盖住她的整个手掌。灼热的手心贴着他的皮肤，一点一点地传进他的身体。

荣王到底年纪小，好一会儿才反应过来。

“你死了我也不会为你哭丧。”初筝又在他出声前，冷冰冰地补上一句。

“程初筝！”荣王参毛，“你说什么，你再说一遍！”

“凭什么？”你让我说我就说，我就不说，气死你！

“凭我是荣王！”

初筝扶着少年往旁边走了两步，将他安置在软椅里，仔细地拉了拉披风，不让风透进去。

初筝转身的瞬间，荣王后面的侍卫同时掉出船舷，砸进水中。搭在船舷上的木板掉入水中，连荣王的船都往后退出一段距离。荣王左右看看，还不知道发生了什么，自己的侍卫怎么就没了。

初筝走到荣王跟前，素手抬起，轻轻地压住荣王的肩膀。水面有风拂过，荣王忽地一个哆嗦，心底无端地生出恐惧和慌张。

一个小丫头片子，有什么好怕的！

荣王咬牙瞪着初筝：“你想干什么？！我告诉你，成王府现在就是个空壳子，你敢对我做什么，我饶不了你！”

初筝按着他肩膀的手微微用力，荣王身体侧了一下。他的怒火还来不及抵达眼底，身体就不受控制地飞起来，朝着下方坠落。

“扑通——”冰凉的水从四面八方涌来，荣王四肢乱刨，怎么都浮不起来。

在荣王呛水的时候，他身体猛地上升，新鲜空气让他得到了喘息。可还没呼吸几口，又被摁了下去。如此反反复复好几次，在荣王觉得自己快要死了的时候，那个力道终于没有再摁自己。

借着画舫的光，他看清摁自己的人。初筝蹲在木板上，神色冰冷地看着他。

他们此时的位置在两艘画舫夹角里，黑暗、冰冷、阴森……摁着他的姑娘，如地狱里的恶魔，让人害怕。

荣王心底害怕，嘴上却嚷嚷："我、我要让皇兄杀了你！抄了成王府，株连九族。"

初筝又把他按了下去，在他快呼吸不了的时候放上来。

"程初筝你不得好死，我要杀了你！咕噜噜……

"我要杀了你……咕噜噜……"

"我错了，我错了。"荣王服软。

初筝松开手，荣王往水底下沉，他赶紧抓住木板。初筝缓慢起身，居高临下地看着他，吐字冰冷又霸气："再敢欺负他，你皇兄就得为你哭丧。"

"好人卡"不能受伤，"好人卡"要好好保护。

做个好人！

荣王喘着粗气，眼底怨毒难掩："你不怕我告诉皇兄？"

"我有伤到你吗？"初筝问。

他在水里，身上一点伤都没有。

皇兄说过，成王虽然后继无人，但真的对成王府的女眷动手，定会惹得一些人借机闹事。皇帝虽然昏庸，却也不想逼人造反，给自己找麻烦。

初筝摸出一块令牌，令牌垂落至荣王面前。

初筝慢悠悠地道："就算我杀了你，我也会没事。"

荣王："……"免死金牌！成王竟然将免死金牌给了她。

初筝轻轻一跃，身轻如燕地回到船上，荣王趴着的木板忽地开始碎裂，承受不住他的重量，荣王再次掉入水里。

荣王会水，刚才是突然掉进水里，慌了神，此时他勉强能在水面稳住。

他咬牙朝着他的画舫游过去。等他回去……一定要让这个女人好看！

然而不知怎么回事，他的画舫也开始往岸边开，仿佛不让他追上似的。

"小姐……那是荣王。"绿珠脸色煞白。

小姐竟然得罪荣王，这还有活路吗？

"嗯。"我知道那是荣王。

"小姐……"

初筝走到燕归跟前，伸手将他扶起来："准备热水。"

"小姐！"

初筝带燕归进了里面，绿珠看着远去的画舫，心底害怕又担心。

这可怎么办啊？

荣王要是告诉圣上，小姐肯定会被问罪。

岸边，站着一个眉目花白、风姿飘逸的道士。

荣王的画舫抵达岸边，画舫上的人个个惊恐地往岸上跑。

"有鬼啊！"

道士连忙上前拦住他们："各位少安毋躁！"

"道长，道长有鬼，有鬼！！"

道士示意大家别怕，他装模作样地询问一番，又见那边的侍卫将荣王拖回岸边，荣王已经晕过去。

道士胸有成竹地摸着自己的胡须："大家不要害怕，都过来听我说……"

燕归拢着披风，坐在软椅里，下人将热水抬进来，又匆匆离开。

他看上去乖顺又温和，就是没有半点生气，安静得像画里的人物。

初筝并没在房间停留，等热水准备好便离开了房间。

初筝站在画舫边缘等着，然而燕归半天都没出来。洗个澡需要洗这么久？嗯……也许"好人卡"想泡泡澡呢？再等等！

初筝继续等。等得她快睡着了，"好人卡"还是没出来。

初筝走到房门口，想了想推门进去。少年浸在水里，脑袋偏到一边，长睫低垂，白皙的皮肤上透着淡淡的粉。

"你洗好没？"

浴桶里的人没有任何反应。初筝上前，浴桶的水已经不冒烟，这么长时间早就凉了。

初筝伸手推了推少年露在外面的肩，少年毫无反应。

死……死了？这算谁的啊！

不对，摸着还有温度。

没死没死，别慌。"好人卡"不会那么容易挂的。

初筝镇定地环顾了一下四周。房间里除了他脱下来的湿衣服，没有干的衣裳。她只能就这么把人拽出来，抱着走到床榻那边。初筝用棉被盖住他，试着探了探他的额头。

有点烫，发烧了吗？怎么这么脆弱……

初筝头疼地抓了抓头发，怎么办？好麻烦啊！

巅峰王者筝爷暗戳戳地想弄死少年。还没掐到少年，王者号就开始不受控制地嚷嚷起来。

不掐不掐，你别叫，烦。不知道的还以为我掐你对象呢！

燕归脑袋昏沉，身体软绵无力，头重脚轻，整个人都有些飘忽。

他缓了缓，视线渐渐有了焦距，看清面前的景致。

这是……万福宫？

"王爷，您醒了。"小贵子还没走近，燕归已经闻到药味。

小贵子瞧自家主子坐在床上，即便是破旧的环境，也挡不住他家主子的容貌。

少年伸出白皙的手揉着眉心，缓解疼意："我怎么回来的？"

“王爷，您不是自己回来的吗？”小贵子惊疑，“是不是荣王又欺负您了？”

自己回来的？燕归知道不是，他当时在那艘画舫上。洗完澡发现对方并没有给自己准备衣裳，他只能在浴桶里面待着，不知何时就失去了知觉。

他怎么就回到万福宫了？

燕归没有再问小贵子，将这个疑问压下，脑中又不由自主地闪过那个姑娘的身影。

“王爷，您是不是病糊涂了？您发烧得厉害，身体本就弱，这又受凉了，奴才担心死了。”

小贵子将药端过去：“您快些把药喝了。”

燕归闻到药就十分不舒服，可他知道小贵子找到这些药不容易，硬着头皮喝下。苦味在喉咙里蔓延开，怎么都驱散不了。

“咳咳咳……”燕归喝得有些急，呛得脸色通红。

“王爷您慢点。”

伺候燕归喝完药，小贵子让他再睡会儿。

小贵子心情沉重地走出大殿，将破旧不堪的殿门关上。

“小贵子……”宫门有人探进一个脑袋，压低声音叫他。

小贵子看见这人，表情微微有些僵硬。宫里的太监、宫女捧高踩低。平日里，这个鲁公公可没少欺负他们，克扣他们的东西是常有的事。可即便如此，小贵子也得罪不起他。

不知道又来干什么……

“鲁公公。”小贵子赶忙过去，态度十分恭敬谦卑，“鲁公公，有什么事吗？”

鲁公公往里面张望：“你家王爷醒了吗？”

小贵子谨慎地回答：“还没有，王爷身体弱，受了寒。”

“唉，那可得小心。”鲁公公一脸的关心，他冲后面招招手，两个小太监拿着好些东西进来，“这里有新的棉被，你给六王爷换上，还有些吃食。”

小贵子闻言更警惕了。平日里恨不得将万福宫所有东西都克扣的人，今天怎么会送这么多东西来？

小贵子试探性地问：“鲁公公，天儿马上就热起来了，您怎么这个时候送东西过来？”

鲁公公道：“你拿着就成，以后一日三餐，我会让人给你送过来，你好生照顾六王爷。”

“鲁公公……”

鲁公公说完就走，压根不给小贵子询问的机会。小贵子疑惑地将东西抱进殿里，让燕归拿主意。

“说什么了吗？”

“没有。”小贵子摇头，“鲁公公好像怕我问，走得很快。”

燕归捏着棉被，绸缎的面，细滑柔软，仅仅是拿着就十分暖和。

“这不是宫里的东西……咳咳……”燕归以拳抵着唇轻咳，白皙的面颊微微泛起红晕。

“不是宫里的？”小贵子紧张起来，“那就难怪，鲁公公肯定是私自带进来的，可是……为什么啊？”

他莫名其妙地回到万福宫，第二天早上就有人送来这些东西……燕归心底有了猜测。

“王爷，会不会是有人想陷害你？这被子……会不会有什么问题？”

燕归沉思片刻：“先收起来吧！”

小贵子虽然心疼他家主子，可这东西也不敢乱用，这是在宫里，一个不慎就是万劫不复。

接下来几天，鲁公公一直派人送来东西。从吃的到用的，越来越精细，有的甚至比宫里的还要精致。小贵子哪里敢用，全部收起来放着。

燕归这边除了这件事很古怪，其他一片风平浪静，没人找麻烦。但荣王那边倒是闹得挺厉害，非说是成王府的大小姐将自己摁在水里，想杀自己。然而当天和荣王出行的人都表示没有这回事，异口同声地说荣王是失足掉进水里，醒过来就变成了这样。

还有人证明，成王府的大小姐当天压根没去游湖，在聚远楼，好些人都瞧见了。

上次荣王就突然发了次疯，这次又闹出这事，可把皇帝气坏了，皇帝将他关起来，让他好好冷静冷静。对于皇帝不相信自己，荣王还和皇帝吵了一架。

聚远楼。

“荣王这个小恶霸，可没人奈何得了他。”小道士听见外面的消息，笑得十分开心，“你可厉害呀，把人往死里弄一顿，还能让他有苦说不出，现在荣王大概气得想把你切碎了吧，哈哈哈哈……”

初筝一脸的漠然：“跟我有什么关系？”

小道士笑不出来了。

初筝镇定地喝茶：“人是你忽悠的，银票是你找人给的，与我何干？”

小道士震惊不已。不是！你不是主谋吗？！

他只是拿钱办事好吗？

怎么现在跟你没关系了？

初筝放下茶杯：“话不要乱说。”

小道士嘴角抽搐：“你不怕我出去乱说？”

初筝睨着他：“一个骗子的话，谁信？”

小道士觉得心有点凉，她那个眼神，和她说的那句话可不一样——那绝对是威胁。

小道士干笑两声，默默地咬了一口鸡腿。

完了，上了条贼船。

他还能下去吗？

三天后，初筝接到宫里的消息，燕归病得更严重了。

初筝满心茫然，给他送那么多东西进去，怎么还病重？这么娇气的吗？

小贵子出来换水，被翻墙进来的人吓了一跳，尖着嗓子叫：“你、你谁呀？”

初筝差点被小贵子那一声惊得没站稳，转而镇定地抱着胳膊，小脸绷得紧紧的：“初筝。”

初筝？哪个初筝？小贵子视线在宫墙和初筝身上打了个转，咽了咽口水，警惕不已：“你想干什么啊？怎么翻墙进来？咱们万福宫没什么东西……”

这姑娘看穿着不像是宫里人，穿得也不差……怎么要翻墙来万福宫？翻错了？

“燕归生病了？”

“……你怎敢直呼王爷大名！”小贵子似想起什么，“你是成王府的大小姐？”

初筝……这个名字挺特别，而且以前他远远地见过这位小姐，应该不会认错。

初筝严肃地点头。没错，就是我，快让开！

小贵子就更不解了：“您……您到万福宫来做什么？”

还翻墙！这是一个千金小姐做得出来的吗？私自进宫被人发现就完了！

“燕归生病了。”看看我的“好人卡”挂没挂啊！！要是挂了我怎么办？

小贵子满脸问号，王爷生病跟你有什么关系？

“我可以进去吗？”站半天了。

小贵子脚下踌躇，不知道做了什么心理斗争，最终让初筝进去。

少年躺在床上，整张脸都泛着不正常的红晕。碎发被汗水浸湿，贴在少年的侧脸和脖颈上。

少年的身上依然盖着又薄又旧的棉被，躺在床上的少年，异常乖巧温顺，像无助的小动物，处处透着可怜。

“送进来的棉被怎么没用？”她白送了吗？

小贵子惊得下巴都掉了：“那些东西……是您……您送进来的？”

“嗯。”

“……奴才担心有问题，没敢给王爷用。”怎么会是她送进来的？王爷什么时候和成王府的小姐关系这么好了？

“拿出来。”

“是。”小贵子赶紧将收在柜子里的棉被拿出来。初筝扯掉少年身上的薄被，将新被子给他盖上。

初筝坐到床边，伸手探了探少年的额头。

“王爷昨晚就开始发高烧。”小贵子在后面难受地道，“太医院那边都推迟不肯过来。”

初筝递给他几张银票：“去请。”

小贵子微微咂舌，这么多银票？他看看床上的少年，咬咬牙，接过银票去请太医。

看在银票的面子上，倒是有一个太医过来了。初筝站在帘子后面，等着太医诊治。

“王爷没什么大碍，身体虚弱，加上受凉，寒气入体，导致的高烧，等烧退了就好。”

小贵子松口气，太医开了药赶紧离开这里。

等小贵子将药熬好给少年喂下，初筝觉得应该没什么问题，准备离开。

她刚起身，手腕就是一热。初筝回头，白皙的手握着她的手腕。她顺着手看过去，燕归不知何时睁开了眼，浅棕色的瞳孔里一片静谧。

那片静谧如浩瀚宇宙，让人找不到边缘和安全感。无边无际，令人害怕。

他静静地瞧着她。

初筝："……"这么看着她干什么？有什么好看的！！

初筝冷着脸问："怎么了？"

少年不说话。

"天要黑了，我得出宫。"不然绿珠得疯了。

燕归手指微微缩紧。

初筝想了一下，坐回去："不想我走？"

燕归从始至终都没说过一个字，甚至连一个音节都没发出来过。他乖乖地躺在那边，从头到尾，头发丝都透着"乖巧"两个字。

初筝将他的手掰开。燕归立马拽住她的衣服，手指因为用力，泛起淡淡的青色。

初筝将外套脱下来，迅速离开床榻。

机智！

她往外走了几步，忍不住回头看一眼。少年抓着她的外套一角，外套垂落在地面，浅棕色静谧的眸子望着头顶，犹如被人抛弃的玩偶，没有灵魂，没有生气，无声无息。

瞧着让人心疼……又害怕。

初筝镇定地回过头，继续往外走，心底默默地想，他生病我也不能替他受呀！

留下来也没用。

初筝最终又气势汹汹地坐回床边，少年的手第一时间伸出来抓住她，眸子一眨不眨地盯着她。

"我不走。"初筝凶巴巴地道。

烦死了。

初筝此时心情很烦，她有点找不到让自己如此心烦的具体原因，因此整个人更暴躁，给人的感觉就更凶了。

少年似乎听见了，抓着她的力道微微松了松。

小贵子进来的时候，燕归已经睡过去，他侧着身，放在棉被外的手，被初筝握在手里。

小贵子："……"程小姐竟然占他家王爷的便宜！他要不要保护王爷的清白呢？！

"程……程小姐。"小贵子小心地挪到初筝跟前，"天都黑了，您还不出宫吗？"

初筝示意小贵子看手："让你家王爷松开我。"

她也想走的！可是她走不了！她能怎么办！她也很无助弱小可怜啊！！

小贵子惊了，不是程小姐占王爷便宜啊！

“程小姐，对不起，王爷……王爷可能病得迷糊了。”小贵子赶忙道歉。

王爷生病大多时候都十分安静，让喝药就喝药，让睡觉就睡觉，并不会做什么呀！

这次怎么就拉着人家姑娘的手不放了？

小贵子也不敢吵醒燕归，看看初筝冰冷的明显不耐烦的脸色，他上前试着掰开燕归的手。他还没掰开一根手指，燕归就睁开了眼。

小贵子微微吸气：“王爷，天黑了，程小姐要离开，您先松开人家。”

燕归看了他一眼，非但没有松开初筝的手，反而拉得更紧了，仿佛小贵子是要和他抢东西的坏人。

小贵子：“……”王爷生病的时候是乖，可是固执起来也是谁都掰不回来。

“算了。”初筝道，“让他睡。”

小贵子一惊，惶恐地道：“程小姐，您留在这里，对您的清誉不好。”还有他家王爷的清白啊！！

“谁知道？”初筝冷冰冰地睨着他。

小贵子一晚上没睡，在殿外守了一夜，生怕他家王爷出个什么意外。

毕竟他家王爷长得是真的好看。万一程小姐把持不住，对他家王爷做什么怎么办？

他怎么就同意程小姐留下来了呢？绝对不是程小姐看上去很凶。

绝对不是！

但一夜过去，殿内并没有传出什么声音，安静得像没有人。

天色渐亮，小贵子赶紧熬好药，以送药的名义进去。

小贵子往床榻的方向看去，忽地顿住。

小姑娘倚在床边，长发顺着她的肩膀垂下，晨间的光影交织，在小姑娘好看的侧脸上打了一层暖光，侧脸冰冷的弧线仿佛柔和不少。而少年伏在她怀里，双手环着她睡得正香，被子搭在少年的肩膀上，只露出少年精致的面容。

画面说不出的和谐，让人都不忍心破坏。

小贵子迟疑了一下，刚准备出去，初筝已经醒了。清冷的眸光扫过来，她伸手就拍少年的脸：“起来喝药。”

小贵子吓了一跳，怎么能这么拍王爷的脸？

少年似乎被冰了一下，整个人往初筝怀里缩了缩，好一会儿才慢慢睁开眼。初筝却恶劣地伸出一根手指，戳了戳他的脸。

这脸挺软啊！初筝像发现新大陆，绷着脸戳了好几下。

小贵子惊慌失措。

别欺负他家王爷，人家现在正生病啊！！程小姐住手啊！男女授受不亲好吗？

少年被戳得睡意全无，但神色并没有生气，只是趴在她怀里，任由初筝戳，无声无息，像一个精致的玩偶。

“王爷，药凉了。”小贵子出言拯救自家王爷。

燕归微微仰头，初筝的手指便落在少年的唇间。温热又柔软的唇，犹如棉花一般，软乎乎的。

少年睫毛轻颤，初筝手指“唰”的一下收回，指尖的滚烫却无法消散。她觉得怀里的人有点烫手，定了定神，镇定地伸出手：“药。”

小贵子赶紧把药递过去。

初筝调整了一下姿势，将少年搂在怀中，端着药直接拿碗喂。

燕归喝得直皱眉，最后还被呛了一下，引起连锁的咳嗽。

“王爷怕苦。”小贵子递上一杯清水，“麻烦程小姐再喂王爷一些水。”

“小贵子，小贵子……”

外面有人叫小贵子，小贵子赶紧将水放下，小跑出去。这要有人闯进来看见，全完了！

房间里只剩下初筝和燕归。

初筝瞅着少年没有任何变化的小脸和静谧的眸子……这是怕苦的表现吗？

初筝在身上摸了摸，摸出聚远楼带出来的一包蜜饯。她打开挑了一颗喂到少年嘴边。

少年寂静的眸子看了她一眼，嫣红的唇瓣微微张开。初筝将蜜饯推进去，少年的舌尖卷到她的手指，还似小狗一般舔了舔。

舔、舔我干什么！！

初筝内心慌得不行，须臾，初筝镇定地收回手，将他扔到床上：“好好养病，我走了。”

少年趴在棉被上，一头青丝散开，包裹着少年纤细的身躯。

初筝头也不回地走了。

燕归半晌才动了动，他伸手在唇瓣上摸了摸，静谧的眸子渐渐泛起涟漪。

“程……初筝。”

少年温软的声音在殿内流转。金色的阳光从破败的窗户倾斜进来，落在少年四周，如铺成出来的画卷，静谧美好。

第十六章
十万株海棠

初筝回府，就被绿珠红肿的眼睛吓了一跳。

“小姐，您去哪儿了？”绿珠声音嘶哑，看见她就扑了过来，“吓死我了，您没事吧？”

“没事。”

绿珠脑补了自家小姐被绑架、被刺杀、被欺负……各种奇奇怪怪的事，就差报官了。

但是她不能。

小姐一晚上未归，若是被人知道，指不定会传出什么来，对小姐的名誉清白不好。

初筝说自己没事，绿珠还不信，非得仔细检查一遍才放心。

“您去哪儿了？”绿珠憋着泪花，担心还是没有减少。

初筝镇定地看着绿珠：“我迷路了。”

绿珠将信将疑，没敢细问，叮嘱道：“小姐，您下次出去，不能一个人，不然出了事怎么办？”

接下来几天初筝只是往宫里送东西，再也没进去过。

毕竟进宫好麻烦，还要翻墙呢！墙好高，翻起来好累。

她还是个孩子。

小贵子约莫是感激初筝这么帮燕归，倒不吝啬地将消息传给她。

有太医照拂，燕归的病好得很快，就是他身体打小就不好，这是没办法的事。

皇宫，御书房。

“陛下。”程筱一身华丽的宫装，在宫人的引导下进入殿内，她福身行礼，语气格外柔媚。既然出不去，只能想办法让自己在宫里过得更好。

“爱妃。”皇帝似乎心情不错，招手让程筱过去。

程筱当初挨了板子，然而伤好之后，就成为皇帝最宠爱的一位美人。如今已经封了位份，风头正盛。

“陛下。”程筱顺势依偎进皇帝怀里抱怨，“今儿说好陪臣妾用膳，您怎又失言？”

“哈哈哈哈，朕忙国事忘了，朕给爱妃赔不是。”

“那不行，臣妾生气了。”程筱微微嘟着嘴，娇俏又可爱。

“好好好，那爱妃想要什么？给朕说说，只要朕能给爱妃的，都给爱妃。”

程筱“唔”了一声：“前些日子柔姐姐得了一盆牡丹，臣妾听闻牡丹国色天香、雍容华贵，是花中之王，臣妾也想见识一下牡丹盛开时繁花似锦的样子。可以吗？”

皇帝一听，心情愉悦：“这有什么难的，只要爱妃喜欢，全天下的牡丹都会出现在爱妃面前。”

皇帝下令，全国的牡丹花都得往皇都送，皇宫放不下，便放在外面供人观赏。

艳丽的牡丹花，便随处可见。借此众人也知晓，如今程筱正受宠。只因她一句想看牡丹花，皇帝便下令让下面的人办到。

满城牡丹，繁花似锦。

谁能比过她？

【主线任务：请在一个月内，买下十万株海棠。】

初筝无语，我买海棠树来吃吗？十万株！放哪儿啊？

【小姐姐，加油，你可以的！做任务也可以做出艺术来对不对？相信自己！】

买树算什么艺术？

【小姐姐加油，你可以的，冲呀！】

初筝：“……”我可以什么！我不可以！

十万株海棠，先别说这么大的量，一时间买不到，就算买得到，也得要时间运过来。加上这个世界的海棠似乎还挺珍贵，买的价格就非常高了。

运过来的费用和各种乱七八糟的费用加起来……这果然是个很好的途径啊！

初筝让聚远楼的掌柜和绣锦坊帮自己跑。两家店的掌柜认识的人不少，倒很快就联系到卖家。但是买回来的海棠没地儿放……这可把初筝愁死了。

砍了当柴烧，成王府都放不下吧！

最后初筝只能让人往街上种。街上种的其余树木全被挪走，换上海棠树。

皇都的百姓们十分茫然。

“这么大的海棠树，一棵就值不少钱吧？”

“这是做什么，有什么大事要发生吗？”

“我听说是成王府的那位大小姐干的。”

“那这得多少钱啊？”

成王府的大小姐在皇都种海棠树的消息，迅速传遍整个皇都。皇帝那些牡丹，和这满城的海棠树比起来，似乎又变得逊色起来。

就连程筱都接到消息。

陛下给程筱送来牡丹。初筝可倒好，直接在外面种海棠……

程筱气得砸了满地的瓷器，宫女和太监们跪着不敢动。她更疑心的是初筝哪里来这么多钱，成王府的钱不是她娘亲在管吗？

程筱这段时间都不敢和成王妃联系。她怕引起陛下的疑心，让自己又陷入万劫不复之地。程筱派人往外传信。可得到的消息，一切都好。问关于初筝的事，回复便是让她不必考虑这些。

程筱不能出宫，就算觉得事情有些奇怪，可也没办法，只能铆足劲讨好皇帝，争取早日在皇帝面前有更大的话语权。

成王府。

"小姐，二小姐现在得宠，成王妃那边……"绿珠忧心不已。

她现在最担心的不是小姐花钱买海棠树，而是程筱那边。

"得宠又如何？"初筝支着下巴坐在窗前，一只手握笔，正缓慢地勾画着什么。

"小姐，二小姐得圣宠，她要是报复您怎么办？"

成王妃现在还被关在院子里。这让程筱知道，那还得了？

初筝蘸了蘸墨，神色冷淡："她报复她的，怕什么，她还能砍我的脑袋？"

绿珠忐忑："不能吗？"

程筱现在可是宠妃。历史上有多少皇帝，为讨妃子开心，做出过多少荒唐事？

更别说现在的圣上，还是一个暴君。

初筝放下笔，摸出免死金牌。

绿珠没见过免死金牌，但是她认识"免死"两个字。

"王爷……王爷将免死金牌给您了？"绿珠惊讶。

"没有。"初筝道，"我在书房找到的。"

成王是被气死的，死得飞速，哪有时间交代后事。当初原主要是有免死金牌，岂能落得那个下场。

找、找到的？这也可以吗？您为什么能如此镇定地说自己在书房找的？！

初筝就算没有免死金牌，她也不怕。无敌的寂寞无人能懂。

【……小姐姐您可以不开无敌模式，请认真地当一个好人，我们要好好做人……不是，好好当一个好人！】

"嗯，我很认真。"看我严肃脸，是不是超认真？

【……】信了你的邪。

"小姐，宫里送出来的。"绿珠将一个小盒子放在初筝面前。

"嗯？"谁送的。

"万福宫……"绿珠小声道。

自从那天在湖上救过这位王爷，小姐隔三岔五地往宫里送东西，可瞧着小姐也不像是喜欢六王爷……绿珠实在不知自己家小姐在想什么。

盒子约莫只有成年男人两个手掌大，圆形，上中下三层。

初筝打开盒子，盒子里面是精致的点心。

初筝："……"她还缺这几个点心吃吗？

初筝往嘴里塞了一块，看得绿珠直提醒她小口点，别噎着，影响王府小姐的形象。

点心入口即化，香甜软糯，好吃。

初筝几下就将盒子里的点心解决完。实则也没几块，毕竟那个盒子就那么大点。

第二层放的是一碗类似凉糕的东西，吃上去冰冰凉凉，清爽可口。

第三层只有一张字条——谢礼。

字迹漂亮，笔锋张扬，锋芒毕现，和那个乖巧温顺的少年有些不搭。

初筝面无表情地将字条扔回盒子里："绿珠。"

"小姐？"

"去聚远楼，做点吃的，另外去绣锦坊挑几件衣服一起送进宫去。"

"小姐……"绿珠迟疑下，"您喜欢六王爷？"

小姐之前不是还喜欢叶公子吗？怎么……好吧，最近小姐变化太大，她有时候都怀疑自家小姐是不是中邪了。

"不啊！"

"那您为什么要对六王爷这么好？"

初筝内心无比沧桑，语气却十分严肃："为了做个好人，快去。"

燕归每天都派人送出来一些吃食。每次都附上一张字条，也不是什么奇怪的话，都很简单，类似朋友间的问候。

初筝只字未回。只是每次都会让绿珠准备别的东西，再给他送进去。

"好人卡"送东西要还礼！

——我做的东西你可喜欢？

初筝看着今天的字条，表情微微严肃。这些东西都是他自己做的？

于是第二天，万福宫暗地里便多了两个伺候的小太监，不许燕归再碰任何东西。

"王爷，您说这程小姐也未免太大胆了吧？"皇宫的人都能使唤动。

少年仔细地擦着手里的白瓷碗，闻言微微抬眸："她只是有钱。"

宫里的太监们贪财，他又住在外城，这里偏僻荒芜。以前荣王还过来找他麻烦，最近荣王被禁足，这里十天半个月都不会有人来。

只要将这些人都收买好，万福宫就算变个样子，估计也不会有人知道。

"成王府到底多有钱？"

"父皇在世的时候赏赐给成王不少东西。"少年说完便垂下头继续擦白瓷碗。

"可是……"成王府不是还有个王妃吗？怎么能让程小姐这么乱来？

小贵子想到之前自家王爷被抱着的画面，表情就更担忧："程小姐想干什么呀？"

少年放下布，将白瓷碗摆在桌子上。

"我也想知道。"她想对我做什么。

送这么多东西进来，却不回他只言片语。

"奴才担心程小姐目的不纯。"

"不碍事，我什么也没有。"少年声音轻软，听得让人心疼。

您这个人啊！！您要不是生活在宫里，打您主意的人，恐怕得从皇宫排到城外去！

小贵子叹口气，伸手去拿白瓷碗。少年却压下他的动作："放这儿吧！"

小贵子看看那个碗，不是很理解自家王爷的行为。

自从上次喝完药，王爷就让他把这碗放这儿，有什么金贵的吗？

每年的四月，陛下都要前往岐山祈福。

初筝这个成王府的"余孽"，本该入不了陛下的法眼，可不知为何，还是有她的名字。

岐山上行宫连绵，甚是巍峨壮观。各色花卉绽放，空气里飘荡着花香，令人心旷神怡。

行宫环境虽然不错，但这里其实没有皇城里好。

初筝下车的时候，正好撞上燕归，两人隔着两辆马车，目光遥遥地在空气里撞上。

天光渐暗，天边橘色晚霞，少年如披霞光，身影朦胧。燕归眸光静谧，像是活在画卷中的人物。

他率先垂下眸，安静地跟着小贵子进了行宫。

宫人们忙碌地将各位主子的行李搬进去。

初筝没带多少东西，绿珠一个人就搬完了，等所有人安顿下来，行宫渐渐安静下来。

舟车劳顿，皇帝也没心思做别的，传令让大家好好休息。

祈福还需要做准备，因此这个"好好休息"，一休便是两天。

皇帝将程筱也给带来了，初筝没和她碰上，倒是听到不少传闻，无外乎就是皇帝如今多宠她云云。

"程姑娘，你今天有一劫呀！"

初筝耳边忽地响起略熟悉的声音。她侧目一瞧，小太监正唉声叹气地看着她。

小太监长得眉清目秀，不是那个小道士是谁！

他怎么混进来的！自宫吗？

初筝刚想问这骗子什么劫，便听外面有声音。小道士立即低眉垂眸地拎着东西退了出去。

有宫人进来："程姑娘，陛下有请。"

狗皇帝要见我？见我干什么？这就是那骗子说的一劫？杀皇帝吗？

初筝完全不虚，还有点跃跃欲试地跟着宫人去了。

但初筝没想到，等着她的不是皇帝，而是程筱。

"姐姐。"程筱端坐在矮桌前，似刚起床，浑身都透着一股懒洋洋的媚意。

初筝环顾了一下四周。

来都来了，不如做掉！不能亏本啊！反正可以倒带重来！

程筱娇俏的脸上露出几分笑意："姐姐，坐呀！"

"你有事？"

"没事不能找姐姐吗？"程筱托腮，轻轻眨了眨眼，娇媚又俏皮，"姐姐很不想看见我吗？"

"知道就好。"

程筱保持住笑容："这么长时间不见，姐姐倒是越来越让我刮目相看。说起来我还得谢谢姐姐，如果不是姐姐，哪儿有我今天。"

程筱将"谢谢"两个字咬得格外重。

"不客气。"初筝正儿八经地接话。

程筱娇笑两声，她拿起桌子上的剪刀，起身走向初筝。

"姐姐呀，你可知道，我为什么那么讨厌你吗？"程筱把玩着手里的剪刀。

"小时候你聪明有才华，是王府嫡女，做什么事，我都得向你看齐。

"父王也总是将你当成自己的骄傲，不管我多努力，即便后面我母亲被抬为王妃，父王喜欢的女儿还是你。"

程筱歪了歪头："你说，凭什么呢？"

初筝冷漠脸："你要问成王。"这个问题我怎么会知道，我又不是成王。

程筱掩唇娇笑："姐姐呀，母亲说你中邪，我看你真的是中邪了，连父王都不叫了……"

程筱突然扬起手里的剪刀，往自己身上刺。鲜血从程筱的胳膊流淌而下，滴落在地面。

初筝："……"这就是小道士说的那一劫？

程筱感觉不到疼似的，还带着笑意："姐姐，你说，今天你会不会死在这里呢？"

程筱计划这件事，从她知道要到岐山来就开始了。在宫里只要初筝不进宫，程筱就接触不到她，所以这次程筱特意让初筝也来了。以陛下现在对她的在乎程度，她刺伤自己，就算要不了她的命，也能好好出口恶气。

她不怕疼。比起她心里的恨和痛，这点伤算什么。

如果不是她，自己怎么会进宫，怎么会变成如今这样，该进宫的那个人是她！！

是她程初筝！是她毁了自己！毁了自己和叶阳……

"不会。"初筝以迅雷不及掩耳之势捂住程筱的嘴，将她推到后面的柱子上，手肘压着她的胸口，轻易地将她制伏。初筝盯着她的眼睛，微微俯身过去，"你死……"

【小姐姐，她是主要人物，不能死！！】王者号咆哮。

初筝："……"去你大爷吧！这个不能做掉，那个不能做掉，我能做掉谁？

【……】做掉、做掉、做掉，你除了做掉你还知道什么！？

程筱此时变了脸色，估计没料到初筝会这么迅速捂住自己的嘴。

"呜呜呜……"程筱挣扎，喉咙里发出"呜呜"的声音，美眸恨意滋生。

初筝抬手劈向程筱的脖颈。程筱两眼一翻，身体软下去。初筝松开她，程筱砸在地上，脑袋撞到桌子，直接磕破了头。

初筝毫无同情心地看了一会儿，转身离开房间。

外面守着刚才来叫自己的那个宫人。

初筝心里烦躁，居然还有个目击证人！

初筝在宫人略显惊恐和紧张的视线下思考片刻，摸出几张银票。

宫人："……"

程筱想陷害自己刺伤她，做出这种事，肯定不会让更多的人知晓。

初筝冷冰冰地威胁："你把我供出来也没事，你假传圣旨是死罪……"

我就不一样了！我有免死金牌！

宫人结结巴巴："你……你没证据。"

"我想有的话，我会有一百个。"初筝晃了晃手里的银票，"或者你再选一个，我杀了你，这样谁也不会知道……"

面前的姑娘面无表情地说着这话，宫人丝毫不怀疑，她真的敢动手。

宫人捏紧银票。

初筝将手拢进袖子里，慢条斯理地离开。宫人看着初筝离开的背影，手里的银票滚烫得厉害。

初筝离开没多久，宫人便扯着嗓子喊："刺客！有刺客！抓刺客！！"

初筝刚走出没多远，便见少年倚在转角处。少年一身玄衣，身后有开得正艳的花簇，将少年衬得宛如天神下凡。阳光自树冠缝隙洒下，在少年的玄衣上，落下斑驳的光影。

少年侧脸白皙，如上好的凝脂白玉，浸泡在温水里一般温润。

远处是抓刺客的混乱声。

声音止步于少年面前，他的世界无声静谧。

"你杀人了？"少年温软的声音响起。

"没。"胡说八道！人都没死呢！

少年视线落在初筝袖间和胸前。初筝低头看了一眼——可能是之前和程筱动手的时候，碰到她的胳膊，导致血液糊到自己的衣裳上。

"没死。"初筝镇定地道。

燕归浅棕色的眸子往后面看去，抓刺客的混乱声由远及近，正往这边过来。

"你们去那边！别让刺客跑了！"

这群人还跑得挺快！

初筝三步并作两步，往少年那边过去，拽着他往后面阴暗处隐去。

少年被初筝抵在墙上，后背贴着冰冷，胸膛前满是温热的柔软。

盔甲摩擦出的铿锵声，以及御林军凌乱的脚步声渐渐近了。

初筝的注意力放在外面，少年却目不转睛地盯着她。

初筝微微回眸，对上少年静谧的瞳孔，有暗芒流转，让少年添了几分阴郁。他睫羽轻颤，眸底的光一转，乖顺地弯了下嘴角，张了张唇，却没发出声音。

初筝琢磨了一下那个口型，约莫是——我不告诉别人。

那我还得谢谢你？

外面脚步声远去，初筝松开少年，拉开两人的距离。

少年安静地靠着墙，问她："你做了什么？"

面对初筝身上的血迹，他没表现出多大的反应。

"没做什么。"初筝道，"你在这里干吗？"

"我住那边。"少年乖巧地指了指不远处的殿宇。

初筝："……"好吧。人家即便是个不受宠的王爷，那也是个王爷。

"没事别乱跑。"被人陷害欺负还得我来救你！

初筝拢着有血的衣裳，好想换衣服，现在就想换！

她环顾下四周，准备离开。衣摆忽地一沉，修长如玉竹般的手指拉住她的袖子，少年衣袖微微下落，露出白皙的皓腕。

燕归低声道："你这样会被人看见。"

初筝一脸的耿直："不会，我厉害。"

初筝将衣摆拽回来，赶着回去换衣服。

【小姐姐你把"好人卡"一个人扔在这里合适吗？】

有什么不合适的，他本来就在这里啊！

在王者号的念经声中，初筝走出两步，又转回来："我送你回去。"

今天也要努力做一个好人！

少年精致的五官微微舒展开，更显得立体。

"好。"他拉着初筝的袖子，主动挑了一条路，"从这边，不会有人。"

"这就是你说的不会有人？"初筝一脸漠然地抱着燕归，坐在一棵大树上，茂盛的树冠将他们的身影隐没。下方是过往不断的忙碌宫人，以及随后冲过来找刺客的御林军。

这些是猪吗？

"对不起，我来的时候没有……"少年软软地道歉。

"算了。""好人卡"又不能做掉，继续讨论没有任何意义。

初筝让他抱着树干。

初筝将身上染血的外套脱下来，挂在旁边树枝上。脱完衣服，初筝似乎不打算将燕归抱回来。

少年乖巧地抱着树干，视线偷瞄她："我……可以……"

"可以什么？"

燕归不吭声了，只是静静地看着她。

你看着我干吗啊！要什么你说！"好人卡"要天上的星星和月亮都得给他摘下来！

可燕归就是不说话。

少年抱着树干，虽然他脸上没什么特别的表情，可莫名地有点委屈的样子。

初筝琢磨了一会儿，拉着他的手，让他靠过来。

燕归靠着初筝的肩膀，清浅的呼吸打在初筝的颈间，如羽毛拂过，有些微痒。

初筝憋了一会儿，道：“你能别呼吸吗？”

“……我会死的。”

我忍。

谁让他是“好人卡”呢！

燕归可能想离初筝远一点，谁知动作弧度没控制好，微凉的唇瓣忽地落在初筝脖子上。初筝垂眸，始作俑者正好抬头。静谧的眸子里，满是无辜和茫然。

燕归乖巧的脸上露出几分慌乱，他低声解释：“我……我不是故意的。”

繁茂的枝叶，将他环绕，少年微微抬着眸，弧线优美的脖颈和锁骨清晰可见。树冠落下的光影，正好交织在他瞳孔里，死寂里添了别样的梦幻。

他对上初筝清冷淡然的眸光，微微愣住。下一秒，少年忽地凑上前，贴上初筝的嘴角。

微风拂过，树冠发出沙沙的轻响，光影在两人间游移。

少年只是贴着她几秒，很快便松开了。他往后靠去，树叶被蹭出轻微的声响。

幸好此时有风，没有人注意到树上的声响。

“我……”燕归苍白的脸上泛起丝丝缕缕的红晕，耳尖都泛红。他话还没说完，初筝便将他拉了回去，揽着他的腰，亲了回去。

燕归微微瞪大眼。

等燕归回过神，他已经站在地上，初筝牵着他的手，正往他殿宇的方向走。

女孩神色平静，恍如刚才她亲自己是错觉一般。

可燕归知道那不是错觉。

“进去吧！”

燕归一言未发，将手抽回来，迅速进了寝殿。直到确定初筝看不见自己，少年谨慎乖巧的表情微微一敛，露出淡淡的笑意，指尖在唇瓣上轻轻蹭了一下。

“王爷，您去哪儿了？”小贵子不知从哪儿冒出来。

燕归嘴角平至往常的弧度，缓缓道：“出去透透气，怎么了？”

“行宫里有刺客。”小贵子十分紧张地打量燕归，生怕他家王爷哪里磕着碰着，“您没遇见吧？”

燕归摇头。

“那便好，您可别再出去了，行宫现在到处都戒严了。”

“嗯。”

行宫有刺客，将皇帝的新任宠妃刺伤，整个行宫戒严，每个宫殿都要检查。初筝回到宫殿的时候，御林军正好检查这边。最后当然什么都没查到，但行宫里人心惶惶。

程筱昏迷不醒，虽然伤不重，但这关乎帝王的颜面。

皇帝盛怒，让人务必抓到刺客。

程筱傍晚时分清醒过来，指认是初筝做的。

初筝被叫去问话。

程筱脸色苍白地躺在床上，额头和胳膊都缠着纱布，眼角泪花翻涌，楚楚可怜，令人怜惜。

“程初筝，爱妃说是你刺伤了她，可有此事？”皇帝威严地坐在程筱身边，黑沉着脸。

初筝十分镇定：“没有。”

“姐姐，你说有事和我说，我才同意见你，没想到你会如此对我……”

程筱带着哭腔控诉，那叫一个楚楚可怜。

“我今天没见过你。”初筝说得那叫一个坦荡，如果程筱不是当事人，她可能都会相信。

皇帝半眯着眼打量初筝，之前他都没仔细瞧过成王府这位小姐。现在一瞧，倒比程筱更有气度。这让皇帝想起成王，那个总是和自己作对的男人。

“陛下，刺伤我的人是用的剪刀，如果是刺客，为什么要用剪刀？陛下，请您明察！”

程筱挣扎着跪在床上，请皇帝主持公道。皇帝赶紧让她躺回去，低声安抚她两句。

“程初筝，你有何要解释的？”

“刺客用什么武器，这要问刺客，我不是，我不知道。”

程筱双眸通红：“陛下，我还有人证，我宫里的太监可以做证。”

皇帝沉声：“传！”

太监一路低着头过来，吓得直接跪在地上：“陛……陛下。”

皇帝：“程初筝可是那个刺客？”

太监哆哆嗦嗦地回答：“不……不是，那个刺客蒙着面，是个男人……”

“你胡说！”程筱激动地打断太监，“明明是她，你为什么要胡说？陛下，他说谎！！”

这是她的人，怎么会说出这样的话？

“陛下，奴才不敢，奴才说的都是真的……”太监匍匐在地上，一个劲磕头。

程筱气得将床上的枕头砸了下来：“你为什么要撒谎？你是不是被她收买了？”

“奴才没有，奴才不敢……”

初筝一口咬定自己没见过程筱。反正程筱拿不出证据来，她就是在污蔑自己，她不会认的。

皇帝皱着眉，不知在思量什么。

“刺客！有刺客！！！”外面忽地响起一声大喊。接着就是一阵混乱，打斗声由远及近。皇帝起身走到殿门，在御林军的护卫下，观望外面的战况。

刺客武功极好，在御林军的围攻下，也丝毫没有落下风，最后还被他跑了。

“追！”皇帝阴沉着脸下令，“活要见人，死要见尸。”

“把程小姐送回去。”皇帝转头又道。

程筱整个人都蒙了：“陛下！”

“爱妃好好养伤。”皇帝头也不回地跟着御林军离开。

程筱胸口起伏极大，不甘心地叫着陛下。

初筝拂了拂衣袖，镇定又从容地跟着太监离开。

“程初筝！”程筱摔了手边能摔的所有东西，娇俏的脸上满是扭曲的恨意。

怎么会……那个太监！

程筱想起那个太监的时候，太监已经不见踪迹。整个殿内，只剩下她一个人。

入夜，整个行宫还处于戒严中。

身姿单薄的少年坐在窗边，支着下巴看着行宫外面的黑暗，身后有轻微的破空声。

“主子。”蒙着面的黑衣男人跪在地上，垂首听令。

少年放下托腮的手，浅棕色的眸子转过来，映入殿内的烛火，浅棕色的瞳孔染上淡淡暖光。墨发未束，披散在身后，随风微扬。衣襟微微敞开，隐约能窥见漂亮的锁骨，延伸到衣襟下的弧线，引人遐想。

“没被人发现吧？”少年温软的声音在殿内流转。

窗外夜风拂进，烛火微晃，少年的影子也跟着晃动，飘摇如风雨中的无根浮萍。

殿内气氛莫名地压抑沉重。

“主子放心，我没和他们动手。”黑衣男人恭敬地回答。顿了顿，黑衣男人又道，“属下有些不明白。”

少年似乎知道他要问什么，嘴角微微上扬，弧度轻微得谁都看不见，他食指竖起，放在嫣红的唇瓣上。

黑衣男人心知自己越矩，这不是他该问的，他要做的就是执行主子的命令。

“下去吧！”

“是。”黑衣人恭敬地退下。

少年白皙的指尖从唇瓣上划过，望向摇曳的烛火。夜风忽盛，烛火忽地寂灭，房间陷入黑暗中。

刺客肯定没抓到，不过出这么大的事，行宫里到处都是禁卫军巡逻，皇帝整天处于暴躁边缘。如果不是祈福在即，各位大臣劝谏不宜见血，估计行宫早就死了一拨人。

程筱倒是安静地养伤，没有再闹事。

初筝有点好奇那个刺客哪儿来的。当然也只能在心底好奇，不能去八卦。

王八就不客气了，一连串的任务给初筝砸下来。于是，行宫外整天都能看见外面送上来的奇珍异宝，经过层层检查后，送进行宫。

初筝将行宫清苦的生活过得奢靡又腐败，看得众人十分不满。然而皇帝最近头疼刺客的事，压根没时间管这些事，初筝的行为便无人可以制止。

人家花自己的钱，他们能说什么？

但私底下的议论肯定少不了。

“成王府都给她败光了，怎么成王妃也不管管？成王妃不是她亲生母亲，怎也任由她如此胡来？”有人疑惑。

“陛下在此，她也敢如此放肆，惹怒陛下她可就完蛋了。”有人幸灾乐祸。

“话也不能这说，现在成王府不是还有一位在陛下身边吗？”

“呵，这些天陛下正在气头上，听闻那位病了，陛下都没去看过。”

“说来也怪，怎么到行宫就病了？”

“祈福在即，那位要是还好不了，这可就是不祥之兆啊……”

程筱被刺伤的事，皇帝下了命令，不许外传，因此对外只说程筱生病。

“六皇兄。”

初筝刚听完八卦，一转身没走多远，便听见处于变声期，略显难听的声音。

“我给你准备了不少好东西呢，你看，这可是我让人去抓的，比宫里的好玩儿多了。”

初筝拨开竹枝，往声源处看去。玄衣少年和荣王站在荷花池的桥上，荣王趾高气扬地仰着脑袋，纨绔皇家子弟的形象彰显得淋漓尽致。

荣王没和大部队一起来，昨天才到行宫。刚安顿下来，就来找燕归的麻烦。

初筝不知道是该说他对燕归爱得深沉，还是该说他脑子有病。

初筝瞧着荣王让随从将木盆端过来，她看不见里面是什么，但瞧荣王那神色，肯定不是什么致命的东西，却也不会是好东西。

“六皇兄。”荣王拿手拍了拍燕归的肩膀，恶劣地扬起笑容。那边的两人不知道说了什么，少年被荣王推得后退，站到小桥边缘。身体微微后仰，接着整个人往水里坠落。

这不是荣王将“好人卡”推下水，害得他差点丢了半条命那茬儿吗？

没看见，没看见，没看见。

赶紧走。

初筝转身就要走。

【小姐姐！！！】王者号的咆哮声环绕在脑海里。

初筝：“……”哦，对！“好人卡”不能挂。

那边燕归在水里挣扎几下，缓慢地沉下水里。

初筝赶紧冲过去。

荣王还没看清是谁，整个人就飞了出去，掉进水里。

“荣王殿下！”

“扑通”“扑通”——几声落水声同时响起。

荣王已经稳住身体，正准备上浮，脚踝一凉，整个人都往水底下沉去。

水底下，初筝接住燕归，带着他从另一边上岸。初筝将人往怀里拽了拽，探他的鼻息和脉搏。

好像……没气了？完了完了，“好人卡”挂掉了！要埋了吗？

【小姐姐，救他啊！】王者号抓狂，埋什么埋啊？还能抢救回来的！

初筝：“……”怎么救？

姐姐是不想救，还是不知道？王者号更倾向于前者，于是他迅速给初筝科普溺水的急救知识。

【快救！不然倒带！】

初筝：“……”倒带、倒带、倒带……

初筝冷静地摁着燕归的胸口，做了几下按压，捏着他的鼻子，迟疑几秒才亲下去。

反复几次后，燕归总算有了反应。

“咳咳……”燕归咳嗽，将水咳出来，还没吐出来，又被初筝给捂住。

燕归微微瞪大眼，那口水被呛了回去，脸色顿时更加惨白。刚活过来，差点又给呛死。

好在初筝及时松开他，让他把那口水给吐了出来。

“咳……”燕归想咳嗽，但直接被初筝给捂住。

她是想杀了自己吗？

水池那边的荣王也被人捞了上去，荣王看上去溺了水，混乱中，并没有人注意到失踪的燕归。等那群人带着荣王离开，初筝才松开他。

“咳咳……”燕归忍不住咳嗽。

初筝轻拍他的后背：“你得学凫水。”

苍白着脸的少年幽幽地看了初筝一眼，片刻后垂下湿漉漉的长睫，靠着她的肩膀，出气多进气少。

“你千万别死。”你死了我就麻烦了！！

燕归心底有些怪异，他轻声问：“你怕我死？”

初筝一脸的严肃：“你不能死。”

燕归：“为何？”

初筝：“你还没觉得我是一个好人。”

好人？

“你……你之前那么对我，就是为了让我觉得你是一个好人？”燕归声音本就温软，此时落了水，更显得轻软。但又不是女孩子那种娇滴滴的，说不出来的感觉，就是很好听，让人心尖都发软。

“嗯。”初筝点头。

燕归那瞬间只觉得手脚冰凉，有什么东西从心底下沉。

“这样啊！”燕归垂下头，不再说话。

初筝：“……”所以我是不是一个好人啊？

初筝将燕归送回寝殿，期间燕归没有说过一句话，甚至连眼眸都没抬一下。

小贵子见初筝将自家主子抱回来，吓得差点跪在地上。他紧张兮兮地往外面瞧，迅速关上门："王爷，怎么了这是？"

怎么和程小姐一起回来啊？不是……怎么会被程小姐抱回来？

初筝将他放在床上，语气冷淡："掉水里了。"

"掉……"小贵子见燕归身上湿漉漉的，赶紧找衣服过来，"好好的怎么掉水里了……"

说到这里，小贵子又顿住。刚才荣王派人来叫王爷，肯定是荣王干的！

小贵子拿着干净衣服，对着初筝道："程小姐，奴才给王爷换衣裳，您……回避一下？"

"哦。"初筝转身离开殿内。

她在外面站了一会儿，小贵子出来叫她进去，匆匆去旁边的厨房熬姜汤。

容貌精致又苍白的少年已经换上干净的衣裳，头发湿漉漉地贴着他的身体，苍白着脸，整个人都透着羸弱。

初筝："……"为什么会有这么弱的"好人卡"？

【黑化了就不弱。】王者号急道。

那不如让他黑化。

【当我没说。】

"咳咳咳……"少年抵着唇咳嗽，整个人都在轻微颤抖。

少年咳了好一会儿，本就没有血色的脸，更显得苍白。初筝上前想替他顺顺气，结果少年往里面侧了侧，避开她的手。

燕归低垂着眉眼，只露出线条流畅的下巴和侧脸，耳尖不知是因为咳嗽还是因为冷，泛着淡淡的红晕。

初筝看了一眼自己的手掌。

躲什么？干净的！

初筝一把将人拽回来。她站着，燕归坐着，被她拽回来，燕归直接靠着她小腹的位置。

初筝凶巴巴地道："躲什么？"

少女身体馨香，沁人心脾。燕归耳尖更红了一些。温热的手掌在他的后背拂过，他身体微微僵硬。嗓子里痒得难受，燕归捂着嘴咳嗽不止。

"咳咳……程小姐，麻烦你放开我。"燕归缓口气，轻声道。

"好点了？"

燕归又是一僵，木着脸点了点头。

初筝松开他，燕归立即往里面移了一下，扯着被子盖住自己。

正巧小贵子将姜汤送来。燕归端着碗，用白瓷的勺子，慢慢地喝着姜汤，袅袅的白雾将少年嫣红的唇衬得更加鲜艳……

"程小姐，您也喝一点？"小贵子盛了两个碗。

"嗯。"初筝这次倒没拒绝，她有点渴，特别是看燕归喝姜汤的时候。

燕归喝完姜汤，低着头，礼貌地道："多谢程小姐，我想休息，改日再登门拜谢。"

这是逐客令，初筝听得出来。

救他一命，就是这么对自己的，没良心的小东西！

初筝沉默地看了他一会儿，转身离开。小姑娘走路生风，气势汹汹地离开房间。

小贵子茫然地看着自家王爷，怎么感觉气氛有点怪呢？

“小贵子。”

“王爷？”

“拿个披风给程小姐。”

小贵子刚才的注意力全在燕归身上，此时才想起来，程小姐身上好像也是湿的。

小贵子立即应一声：“是。”

荣王差点溺死，好不容易抢救回来，太医们都不敢懈怠，纷纷守在殿外，就怕荣王有个什么好歹。

“好好的怎么会溺水？”一个太医疑惑。

“那水也不深啊，荣王还会水，就算不小心掉进去，也不至于溺水。”另外一个太医附和。

太医们都觉得奇怪，但又说不出奇怪在哪里，只能等荣王自己醒过来。

殿内，初筝端着木盆，从窗户翻进来。木盆里黑乎乎的一片，乍一看以为是墨水，细看下就能发现里面的东西都是活的。蠕动的水蛭，让人头皮发麻。

这个木盆就是当时荣王随从端着的那个，初筝在殿外找到的。她面无表情地端着木盆走到荣王床边，一把掀开荣王身上的棉被，直接将这盆水蛭倒了上去。

敢欺负我的“好人卡”！

初筝倒完水蛭，翻窗离开。

据说后半夜太医进去查看的时候，才发现荣王那满床的水蛭，一群太医捉了半夜的水蛭。

“你们干什么？”小贵子惊慌的声音响起。

“砰——”殿门被人踹开，御林军闯进房间，直奔燕归那边。

燕归刚醒，睡眼惺忪地看着闯进来的人。

御林军丝毫没有尊敬，板着脸问：“六王爷，昨天晚上你在何处？”

“在房间。”燕归和往常没什么区别。

御林军打量了房间一眼：“可有人证明？”

小贵子不知道出什么事了，直觉告诉他事情大条，赶紧道：“王爷落了水，身体虚弱，昨晚奴才三番五次去请太医，好些人能做证。”

御林军让人去求证，和小贵子说的一致，燕归身体不好，也是众所周知的事。

御林军气势汹汹地来，又气势汹汹地离开。

燕归让小贵子去外面打听一下。

荣王的事整个行宫都知道了，小贵子很快就将消息带回来。

“王爷，您说谁这么大胆，敢这么整荣王？这可差点就要了荣王的命啊！”那满床的水蛭，听得都头皮发麻。

燕归倚着床头，脑海里不由自主地闪过一个身影。

“王爷？”小贵子小心地叫了一声。

“我累了。”

小贵子觑了觑燕归的神色：“那王爷再睡会儿。”

小贵子退出房间，站在殿外摇了摇头，王爷怎么也怪怪的？

皇帝让御林军抓将荣王害成那样的凶手。查来查去，什么都没查到。

水蛭是荣王自己派人弄来的，当天晚上一群太医守在外面，还有御林军和荣王的随从守着，可以说是一只苍蝇都飞不进去。那满盆的水蛭，怎么就跑到荣王床上去了？

这事古怪得很，行宫里的人有些惶惶不安。程筱和荣王先后出事，皇帝暴躁得大臣们都快要压不住了。好在祈福吉时到了，堪堪将暴躁的皇帝给拉住。

然而祈福的时候，又出事了——祈福的祭品竟然都不见了。

好不容易重新布置好祭品，祈福中途又下起暴雨。还从来没有人在祈福当天遇上这样的情况，一群人惊得面无血色，仿佛上天都不满这次祈福。

朝臣们和祭官都觉得这是不祥之兆。然而皇帝的怒火累积到一个爆发点，一连砍了好几个人。

祈福要持续半个月，皇帝却在祈福过程中杀人，朝臣们个个气得呕血，又不敢多言，怕暴君一言不合把他们也砍了。这半个月整个行宫都透着一股压抑，令人喘不过气。

祈福过程烦琐，女眷和大臣们不在同一个地方，因此初筝这半个月几乎都没见过燕归，“好人卡”也不太愿意见她……初筝琢磨着这个问题，往燕归的寝殿走。

“叶将军，你放开我。”

“筱筱，你听我说……”

“叶将军，男女授受不亲，我现在是陛下的女人，请你放开我。”

初筝为了不让人看见，走的是行宫非常偏僻的路。听见熟悉的声音，她顿了一下，环顾了一下四周，往声音传来的方向摸过去。她蹲在灌木丛后面，往那边瞧。这里是一片假山，十分幽静，如果不是程筱有些激动，初筝估计也听不见。

年轻俊美的将军拉着雍容华贵的程筱。程筱脸色十分抗拒，然而身体十分诚实，一点反抗的意思都没有。

初筝：“……”好歹你象征性地反抗一下啊！演戏演全套啊！怎么这么不敬业？

叶阳一个劲地给程筱道歉，说他之前不是不救她，是他没办法。

皇帝是一国之君，他身为臣子，抗旨是死罪。

程筱边哭边骂，两人说着说着就抱在一块了。

初筝：“……”这两个人干什么呢？怎么就脱衣服了？！

皇帝，你的美人给你戴绿帽子了啊！

初筝差点看了一个现场版的生命传承教学。没看成的原因是有人来了，将两个情不自禁的主角惊醒，快速地离开了。

初筝蹲在灌木丛里，等外面的人离开，她才慢条斯理地站起来，端着高冷范儿离开。

初筝没找到燕归，小贵子说燕归还在祈福，初筝只能回自己的寝殿。

刚进寝殿，她就见套着太监服的小道士，歪歪扭扭地坐在椅子上吃东西。

这小道士自从上次说她有一劫之后，她就再也没见过他，不知道躲哪儿去了。

现在竟然又跑她房间里来，这行宫是他开的吗？

“初筝姑娘。”

初筝瞅见小道士手里疑似祭品的糕点，问：“祭品是你偷的？”

小道士“嘿嘿”地笑，默认下来。

“找我干吗？”

“没事不能找你吗？”

“无事不登三宝殿。”初筝一脸的冷漠，就差写上“有事快讲，没事滚蛋”几个大字。

小道士坐直身体，眸子滴溜溜地转了两圈：“荣王的事，是不是你做的？”

初筝：“话不要乱说。”

小道士啧啧两声：“这里又没别人，我是你那头的好不好，你不用这么警惕吧？”

初筝冷冰冰地睨了他一眼：“不是我。”

小道士不信：“……除了你，我想不到别人。”

“你有什么事？”初筝不耐烦了，背景板已经开始冒出“好烦”的弹幕。

“别这么凶啊！”小道士无奈地耸肩，“真没什么事，就是来看看我的大东家。”

初筝一脸冷漠地将小道士赶出去，没过一会儿初筝就听见外面喊抓贼的声音。

初筝：“……”跑她这儿来避难呢！

祈福在众人的心惊胆战中终于结束。以往还会在岐山住一段时间，但今年出这么大的事，皇帝没那个心思，其余人也没那个心思。

队伍启程回皇城。

下山的路颠簸得厉害，初筝端坐在后面，整个人看上去高贵冷艳，实则初筝满心都是绝望。

还要多久才能下山！她快要被颠成傻子了！

还不能乱动！上山的时候也没觉得有这么颠簸啊！

“小姐，下山路不好走，您忍忍。”绿珠在旁边安抚初筝。

“嗯。”

绿珠怕初筝难受，又过来给她垫了一下坐的地方。

初筝背靠着马车，端着一脸冷漠，内心生无可恋地看着晃动的车帘。

“嗖——”箭矢从车窗外射进来，直接将车帘钉在另一边的车壁上。绿珠整个人都吓蒙了，几秒钟后才发出一声惊恐的尖叫。外面的混乱和尖叫，几乎是和绿珠同时响起。

初筝神色冷漠地看着那支箭矢，不颠簸了！

“嗖嗖嗖——”箭矢射在外面的车壁，发出“咚咚”的声音。

“有刺客！”

“保护陛下！”

兵器的铿锵声和御林军高喊“保护陛下”的声音混合在一起。

失去车帘的马车可以清晰地看见外面的情况。他们此时在岐山最陡峭的一段路，另一边是悬崖，刺客从山壁上跳下来，抽出武器就砍。

“小姐！”绿珠尖叫着扑向初筝。

窗外一支箭直射而来。绿珠扑到初筝怀里，初筝单手护着她，伸手截住那支箭。

高速射来的箭，仿佛羽毛一般被素白的手轻轻握住。如果有人能看见，便会发现截住箭的是布在空气中的银线。那些银线如蛛网一般，将箭困住，初筝不过是适时抬手拿住箭。

“小姐……”绿珠睁大眼，不可置信地看着自家小姐。

她家小姐怎么做到徒手截住箭的？

初筝往外面看了一眼，压下绿珠的身体：“待在这里。”

“小姐……”绿珠的话还没说完，初筝已经跳出马车。

刺客和御林军交战，大部分的御林军都围在前方，保护皇帝和皇室成员。

初筝穿过人群，抵达燕归所处的位置。

燕归的马车都不见了，四周全是混乱的宫女和太监，初筝在混乱中，找到受了伤的小贵子。

“燕归呢？”

“王爷……王爷在马车里。”

“马车不见了。”

小贵子惊讶：“我刚才还看见……”

小贵子往那个方向看去，此时大部分的刺客都集中在皇帝那边，其余人都驾车逃跑。

“我……我不知道。”小贵子从地上爬起来，声音里都是惊恐，“王爷明明在那边，我刚才还看见，怎么不见了？”

初筝：“……”不慌，问题不大。丢了而已，找回来就行。

还是把“好人卡”关起来吧，这样保险！

初筝拉住一匹马，翻身而上，姿势帅气地落于马背上。小贵子还没反应过来，就被初筝的裙摆糊了一脸，再看时，初筝已经快速往前面奔去，消失在混乱中。

第十七章
但求一人心

“噼啪——”火堆燃烧发出轻微的声响。燕归撑着身体坐起来，有些茫然地看着四周。他低头看了一眼盖在自己身上的外套，借着火堆的光芒，看清外套的颜色和款式。

他记得今天她就是穿的这件衣裳？

燕归捂着额头，脑袋一抽一抽地疼。

刺客进攻的时候，他的马车被人连带着往前冲了出去。马受惊，怎么都停不下来。

后面……好像是马车被撞击，撞出山道，掉下悬崖。

燕归头疼得厉害，只记得她落下来接住自己的身影，后面完全不记得了。

沙沙沙……燕归猛地回头。只着中衣的女生从草丛里走出来，她的袖子微微挽起，过长的裙摆也打了结，看上去颇有几分行走江湖的女侠气质。

初筝拖着树枝过来，蹲在地上，伸手戳燕归的脸：“没事吧？”

燕归静谧的眸子望着她，没有任何反应。

初筝想了想，倾身过去亲亲他：“别怕，我在这里。”

她的声音还是那么清冷淡然，可给人的感觉带着几分安定。那种她在什么都不是问题的感觉……

燕归脑袋疼，反应有些迟钝，直到初筝再次戳他的脸，他才反应过来。燕归的身体猛地往旁边一歪，脸颊无端滚烫起来，一路蔓延到耳根。

“小心。”初筝将他捞回来，火焰被风带动，朝着他那边燎起。

初筝手掌贴着他的脸颊，燕归感受到灼热感，心跳蓦地加速，整个世界都安静下来，只有他的心跳声在耳边如擂鼓。

燕归被初筝抱着，他有些慌张地拉下初筝的手，白皙的手背上有些红。

燕归心脏微微揪起：“疼吗？”

“不疼。”她哪有那么娇气，这点伤就疼，还是不是女人！

燕归眉头微蹙，轻轻地吹气。心底全是后悔，他刚才躲什么，要是他不躲，她就不会受伤。

“对不起。”燕归道歉。

“你最近躲着我做什么？”初筝不在意这点伤。

“我……”燕归捏着她的手，微微用力，“我没躲着你。”

“没躲着我。”初筝凑近，“那我找你，怎么每次都不在？”

一次是巧合，两次是巧合，三次四次呢？

燕归沉默下去。

初筝突然在他唇瓣上亲了一下：“问你话。”

燕归惊得眸子都微微瞪大，想往后仰，却发现自己被初筝抱着。少年睫羽轻颤，视线游离着望向虚空，不敢与初筝对视。

初筝作势还要亲他。

“我没有。”燕归只能道，“我没有，我没躲着你，别……别亲我了。”

他气息微乱，声音压得很低，带着一丝惊慌，如受惊的小鹿。

初筝觉得亲他舒服，就想多亲亲他，可“好人卡”说不要，初筝便不再动作。

真可惜。

初筝坐到旁边，将燕归强行搂在怀里：“你说没有就没有吧！”

等回去就把你关起来！看你怎么躲！

燕归挣扎了一下，没挣开，头疼得更厉害，只能靠在她怀里。

听着女孩平静沉稳的心跳声，他胸腔里那颗心脏却慢慢地加速起来。

“我们在哪里？”燕归转移自己的注意力。

“不知道。”女孩儿声音淡淡的，在夜里格外清冽，“别怕，我保护你。”

燕归无语，他到底哪里表现出害怕了？

虫鸣声声，夜空繁星点点，燕归慢慢合上眼。她接近自己，就是为了她口中所说，让自己觉得她是一个好人……如果他这么说了，她是不是就会离开自己？

他不想她离开。

燕归不记得自己什么时候有这样的念头。

她突兀地闯入自己的生活，埋下一粒种子，悄然生根发芽，枝蔓缠绕。

待他发觉的时候，已经长成参天大树，再也拔除不掉。

他们从岐山的悬崖上掉了下来，燕归望着陡峭的悬崖，他们是怎么安全落到地面的？

初筝给他几个果子：“吃点东西，保存体力，我们得找出路。”

精致漂亮的少年接过青果：“我们如果找不到出路呢？”

“不会的。”女孩儿语气冷静笃定。

少年不再说话，默默地咬着青果。

悬崖下方怪木生长，乱石嶙峋，并不好走。初筝将前方清理出来，转身回来牵着少年过去。

“小心点。”初筝扶着他，“不然我背你？”

“……不用。”燕归微微吸气，稳稳当当踩着乱石，往前走着。

这片山林不知道多大，初筝和燕归走了两天，都没看到边际。

夜间，初筝躺在溪水边的石头上。

燕归坐在旁边，他看了一眼初筝，小心地起身离初筝远了一些。

他脱下鞋袜，伸手碰了碰脚底。

他即便之前被荣王欺负，可也没像如今这般走这样的路，脚下全被磨出了水泡。

他将脚放进溪水里，冰凉的溪水缓解了几分疼痛。

燕归微微放松身体，靠着石头，望着天边的繁星。

哗啦……水声溅起，脚踝被人握住，小姑娘半蹲在溪水里，正低头打量他的双脚。

燕归下意识地缩脚。

小姑娘抬眸，冰冷又凶巴巴地道：“别动。”

燕归莫名地僵住。

小姑娘起身，将他扶回火堆边。她握着他的脚踝，捏着不知从哪儿折回来的树刺，挑他脚上的水泡。

燕归抿着唇，静谧的眸子安静地看着初筝，火光将她的脸衬得忽明忽灭。

她仔细地将每一个水泡挑破，燕归疼的时候会轻轻地缩一下腿，她便停下，等他缓过来再继续。

初筝检查了一遍，确定没遗漏，这才抬眸：“为什么不告诉我？”

燕归松开抿着的嘴角，视线游移到跳跃的火焰上：“我没事。”

“你这样叫没事？腿断了才叫有事？”初筝语气冰冷。

“……没那么严重。”

这一路初筝从没表现出累的模样，他怎么能让自己表现得还不如一个小姑娘。

初筝面无表情地看着他。

燕归手心渗出冷汗，他强调：“我没事。”

“哦。”初筝应完便不再管他，躺回刚才的石头上。

燕归坐在火堆边，望着跳跃的火焰，心绪复杂。

良久，燕归小心地起身，摇摇晃晃地走到石头边。

初筝像是知道他过来一般，伸手接住他，燕归顿了下，爬上石头躺在她身边。

石头非常大，躺几个人都可以。初筝平静地伸出手，让他躺在自己怀里。

燕归默默地接受了。

“你生气了？”他问。

“我生什么气。”初筝语气平淡，一如往常，听不出任何区别。

“好人卡”说没事那就是没事，她确实没什么好生气的，反正身体是他的。

燕归微微撑着身体。

初筝目光平静地看着虚空，燕归的脸出现在她面前，视线便对上他。

少年凝视着她，轻声问："你喜欢我吗？"

"好人卡"亲起来舒服，那应该是喜欢的。在少年静谧的眸光凝视下，初筝点点头。

少年的脸忽地放大。

夜风里，少年灼热的唇落下，含住初筝的唇瓣。月光落下，将两人的身形笼罩，融合成一个轮廓。

月移花影动，虫鸣溪水声。初筝微微推开少年，少年的唇瓣抵着她喘息，暧昧的气流涌动。

初筝手掌抚着他的后背，将人拉近一些："你先亲我的？"

"嗯。"少年点头，"我也喜欢你。"

初筝眨了眨眼，严肃地问："那以后我可以随时亲你吗？"

"……可、可以。"少年耳尖红了下，又道，"不……不可以在外人面前。"

"听你的。"给亲就行，"好人卡"真好。

初筝又跃跃欲试地问："那你觉得我是好人吗？"

燕归谨慎地摇头。

初筝："……"都喜欢我了，怎么还不是好人？

小骗子！

自从那天晚上后，燕归对初筝表现得就要自然多了，不像之前总是闪躲避让，别扭又怪异。初筝高兴的自然是可以亲她的"好人卡"。对于初筝来说，"好人卡"整个都是她的，亲亲怎么了？就要亲！

燕归对此有些抗拒，但他答应过初筝，只能接受初筝偶尔心血来潮转身就要亲他的行为。

"不要亲了。"燕归软软地道，"我们还要赶路。"

并不是很想出去，出去王八要搞我。

初筝将燕归抵在树干上亲，细细绵绵的吻，如春雨浸润。阳光拉长两人的影子，交缠着投在草地上。

燕归有些恍惚。如果……如果就只有他们两个人生活多好？

初筝抱着燕归，下巴压着他的肩膀："走吧！"

少年双手虚虚地环着初筝，有些无奈："你压着我，怎么走呀？"

初筝抬手替他挡了挡太阳，正儿八经地道："太阳这么大，一会儿再走。"

"前面好像有人。"燕归指着不远处的炊烟。

初筝顺着看过去，那边炊烟袅袅，隐隐还有一股香气。

"过去看看。"

初筝带着燕归过去，看着距离不远，两人过去却走得天都黑了。

半山腰上，有两间茅草屋，空地上有火堆，旁边还放着树根做的桌子。

“你们是做什么的？”茅草屋内，一个老头杵着拐棍，佝偻着腰瞧着他们。老人穿着打补丁的麻布衣裳，瞎了一只眼，整个眼珠子都不见了，只剩下一个黑乎乎的眼眶，看着让人害怕。

荒郊野外，有个人……怎么都觉得要发生什么不太好的事。会不会遇上吃人肉的？

看他的样子肯定吃得少，都快瘦成闪电了。

初筝满脑子跑火车，面上却摆着镇定冷静：“迷路了。”

“迷路？”老头一瘸一拐地走出来，语带狐疑，“荒山野岭，你们怎么会迷路到这里？”

“从岐山上掉下来，然后走到这里。”初筝平静地陈述。

老头完好的那只眼睛眯起，拐棍戳了戳地面，似乎相信了初筝说的。

“岐山离这里很远，山里豺狼虎豹诸多，你们能走到这里，也是运气不错之人。”

“嗯。”

老头瞪了初筝一眼。

初筝：“……”瞪我干吗啊！！

“你们想出去？”老头主动问。

“嗯。”

老头似乎噎了一下，怎么好像他才是那个要求救的人？

初筝完全没有问路的意思，那个漂亮少年，安静地站在她身边，静谧的眸子盯着某处。

“从这里出去，还有好几天的路程，你们往西走就行。”

老头看看天色，不情不愿地道：“今天天都黑了，你们可以在这里休息，明天再走。”

说完，老头便回了茅草屋。

初筝也不打算再走，晚上在山林里行动，确实很麻烦。不是危险，是麻烦。

初筝决定在这里休息，明天再走。

燕归有些累，天色黑沉下来便睡了。初筝坐在地上拿着树枝在地面乱画。

【主线任务：请在一个时辰内，花掉十万两银票。】

初筝无语，请问王八同学，我要在荒郊野外，如何花掉十万两银票？

十万两！我拿来烧吗？烧了你也不给批任务完成啊！！

【小姐姐，要善于发现。】王者号语调清脆欢快。

我善于发现个鬼，这里除了树还有什么，还想让我买一山的树回去埋了皇城吗？！这里有什么？有什么？你说！

【……】小姐姐不要这么凶啊！！吓死个系统了！抱紧小尾巴，躲起来躲起来。

王者号不再吭声，初筝气得爆炸。

初筝目光在睡着的燕归身上转了一圈，余光扫过茅草屋……茅草屋！

初筝小心地将燕归放下，脱下外套盖在他身上，起身气势汹汹地走向茅草屋。

老头听闻初筝要买东西，还以为自己出现幻听了。

“我这里能有什么卖给你的？”

“你有什么值钱的？”十万啊！王八不会平白无故地发布这么大金额的任务。

“我没有。”老头的眼神里满是“这小姑娘大半夜无理取闹是不是有病”。

“你有。”肯定有！

“我没有！”老头将初筝赶出去。

初筝目光扫过茅草屋，茅草屋很简陋，挂着老头的一些生活用品，以及一些储存起来的肉。

“那是什么？”初筝指着堆在角落里，落了灰还上了锁的箱子。

“那是……”老头看初筝一眼，“你要买？”

“你卖？”

“卖。”

初筝甩烫手山芋一般，将银票扔给老头。

燕归听见初筝回来的脚步声，立即闭上眼。脚步渐近，她在他旁边站了一会儿，衣服摩擦发出窸窸窣窣的声音，接着他就被抱进怀里。

他贴着女孩的胸口，能听见她的心跳。

燕归盖在外套下的手微微攥紧，她和那个老头交易了什么？这荒郊野外，好像只有他……燕归身体有些僵，初筝抚了抚他的后背，又低头亲他的额头：“别怕。”

燕归在心底微微叹口气，身体渐渐放松下来，靠着她睡过去。

第二天，初筝便离开了那个地方，带上了他。初筝并没有像他想的那样，将他给卖了。

那她和那个老头交易的什么？

燕归开始还能数数天数，但后面时间太久，他也不记得多少天。他也发现初筝磨磨叽叽，似乎并不想出去。但有时候她又积极赶路，好像那是他的错觉一般。

虽然最后他们还是走了出去。

距离岐山事发已经过去快半个月了。皇帝和其余大臣早就回到了皇城。当天伤亡惨重，但大部分的大臣家眷都没事，死的都是御林军和护卫随从。

对于此事皇帝盛怒，砍了好些人的脑袋，最后也没查出是谁做的。

初筝和燕归赶回皇城。

成王府挂着白灯笼，白绸随风飘摇。

初筝和燕归在那场混乱中失踪，绿珠和小贵子让人寻找他们，大部分人都是象征性地找找，很快就以没找到人，掉下悬崖必死无疑的结论搪塞过去。小贵子和绿珠人微言轻，成王府得知这个消息后，成王妃立即重新掌权，现在正为初筝办丧事。

初筝和燕归同时回来，顿时激起千层浪。

燕归被接到消息的小贵子接回宫里，初筝则回府。绿珠整个人瘦了一圈，见到初筝后眼泪“啪嗒啪嗒”地往下掉。

“小姐……我就知道您不会有事的。”绿珠泣不成声。

“你……”成王妃却惊得花容失色，满眸的不可置信和恨意。

不是说这死丫头死在外面了吗？怎么现在又回来了？！

初筝无视成王妃，泰然自若地走进大堂，当着成王妃的面，将自己的灵牌扔在地上。

灵牌碎裂，整个大堂鸦雀无声。

“我还没死。”清冽如雪山之巅的清泉流淌的声音，在大堂里流转开，寒意渐浓。

倒戈到成王妃的下人，纷纷垂下头，恨不得找个地缝钻下去。

“送王妃回去。”初筝没有追究的意思，淡淡道，“灵堂撤了。”

好端端地给自己送葬，真是别样的体验。你们巴不得我死。我就不死！气死你们！

“程初筝你敢！”成王妃厉呵一声，“我是成王府的王妃，你囚禁我是以下犯上。”

“嗯。”初筝不否认，“谁让你那么吵。”

再吵就做掉！

“你们敢！”成王妃大叫着挥开过来的下人，“你们这些狗奴才，住手，我让你们住手！我女儿如今是辰妃娘娘，你们敢这样对我，我要你们的狗命！”

成王妃的话，让下人们有些忌惮。

初筝看向绿珠。

绿珠告诉初筝：“在岐山的时候，二小姐救了陛下，如今被封为辰妃了。”

初筝：“……”给皇帝戴个绿帽子就能晋位份？那可得给皇帝多戴几个。

下人们迟疑，初筝可不迟疑，直接将人打晕，让他们抬回去。

下人们瑟瑟发抖，大小姐回来就这么凶残，太可怕了。

【主线任务：请在两个时辰内，花掉五千两银票。】

初筝：“……”我就知道回来就要被摧残！

我刚回来！正面对着自己的灵堂，就不能让我这个小可怜喘口气吗？！

【小姐姐，我是为了给你压惊啊！】王者号十分无辜地为初筝着想。

初筝神情冷漠，一脚踩在本就碎裂的灵牌上。

【……】小姐姐不要这么暴力啊！

初筝匆匆离开王府。

现在外面正传她和燕归回来的事，一个姑娘和一个王爷，孤男寡女，在外面待了大半个月，这中间有多少的八卦可以谈？初筝出现在街上，引得百姓回首观望。于是接下来百姓就围观到成王府千金落难回来、疯狂花钱购物的一幕。

“这是受刺激了？”

“成王府之前给她办葬礼，回去看见自己的灵堂，受刺激不是正常的吗？”

“哎，你们说，她和六王爷在外面……”

“六王爷虽然废物了一点，可是长得好看呀！”

初筝受刺激买完东西后，没想到会在晚上就接到圣旨，顺带王爷一个。

“程小姐，陛下将六王爷赏给您了，以安抚您近日受惊。”太监操着公鸭嗓，尖声尖气地道。

少年一身艳丽的衣裳，站在太监后面，低垂着头，看不清神色。

“不要。”初筝神色冷漠，“送回去。”

少年错愕地抬起头，静谧的浅棕色瞳孔里此时泛起波澜，精致白皙的脸略显苍白，垂在身侧的手微微捏紧。

他和她在外面那么长时间，不管如何，她的名誉都会受损。

他想娶她。

他在乾坤殿外跪了大半天，得来这几乎是折辱性的圣旨。他要么接受，要么让她沦为被人议论不清不白之人。

可他等到的是什么？就是这个结果？她不愿意接受……

那些日他们相处的画面，此时多么可笑。

宣旨的太监怪笑一声，倒没说什么抗旨杀头的话。

“六王爷，人家不要您呢，您还是跟奴才回去吧！”

少年深深地看了一眼对面，然后一言不发地垂下头，转身离开。艳丽的裙摆在空气里划过一道弧度，少年挺直背脊，走得极快，转眼便消失了。

太监带着人离开了。

燕归回到万福宫，小贵子心惊胆战地上前：“王爷，您？”

“下去。”

“王爷……”

“滚！”

小贵子赶忙退出去，殿内一阵稀里哗啦的砸东西声。

小贵子满是心疼。

那样侮辱性的圣旨，王爷得多难受。

小贵子在殿外转来转去，整个人都急得不行。自从那天晚上后，王爷将自己关在房间三天了。这三天外面传的都是王爷被赐给成王府，却被成王千金拒绝的消息。

小贵子觉得皇帝的这道圣旨荒唐。可是他没想到，之前对王爷那么好的程小姐，会拒绝……如果程小姐接受，王爷虽然也会受到非议，可哪里会是如今这般。

“圣旨到——”大批的人涌入万福宫，小贵子慌忙跪下。

“六王爷，接旨。”

紧闭三日的殿门缓慢打开，玄衣少年赤脚立在殿内，死气沉沉的眸子望了一眼外面，缓慢跪下。散开的玄衣，如盛开的墨莲。

“奉天承运……”燕归耳畔是太监宣读的尖细嗓音，可他的思绪并不在此。皇帝在他被拒后下旨，能是什么好事……“今册封王，赐晋字，赐府邸，赏万金，钦此。”

少年微微抬起头，静谧的眸子里似乎有些不解。

小贵子却是满脸的笑意，王爷终于有封号、有府邸了！！

“晋王，谢恩吧！”太监挑着眉，双手奉上圣旨。

少年再次低下头：“叩谢圣主隆恩。”

太监跷着兰花指，再次拿出一道圣旨：“晋王别急，这还有一道呢！”

燕归似乎料到如此，平静地继续听旨。

好端端的怎么会突然给他封号！

“奉天承运：成王护国有功，为国捐躯，朕深感惋惜，其长女贤良淑德，秀外慧中，品貌出众，特赐与晋王为王妃，择日完婚，钦此。”

燕归疑似自己听岔。直到太监叫了他好几声后，他才声音干涩地谢恩。

小贵子拿了银钱将人送出宫门，回来的时候少年还跪在地上。

“王爷。”小贵子赶忙将人扶起来，“您这是怎么了？”

陛下这两道圣旨，前面的封王是王爷早就该得的，后面的赐婚……那可是正儿八经地赐婚，要经礼部操办的。王爷也应该欢喜的，怎的还是这么一副样子呢？

燕归捧着两道圣旨，整个人有点恍惚。

燕归突然封王，本是带有折辱性地将他赐给成王府，转眼却变成正儿八经地赐婚。

没人知道皇帝为什么要这么做，就连燕归都不清楚。

小道士此时正在和初筝抱怨：“加钱！必须加钱！我现在在宫里什么都得小心！我容易吗？”

“宫里人把你当座上宾，你要什么有什么，还不满意？”当然初筝十分乐意他的提议。

会加钱的小道士是好道士。

“你去宫里试试。”小道士翻了一个白眼，“我是要浪迹天涯的人，怎么能在那宫墙中蹉跎？”

初筝在一个大晚上，突然找到他。当时的他正睡得香甜，突然被弄醒，迷迷糊糊中，听她说要让自己进宫去享福。

他一个激灵醒过来，去宫里享什么福？杀头吗？

然而她竟然让自己去忽悠皇帝，那个暴君，她怎么想出来的！！

但是看在银票的面子上……小道士很没骨气地屈服了。

初筝冷着脸蹦出几个字：“信不信我把你骗人的消息散布出去？”

小道士愤愤地将银票往怀里一揣：“我不跟你说了，回宫了，被人发现就完了。”

走到门口，小道士又回头：“你这些方子哪里来的？我瞧着有点眼熟……”

“一个老头卖给我的。”

“……你千万不要告诉我，是个瞎眼老头？”

初筝点了点头。

小道士神情古怪地磨了磨牙：“我就说怎么那么眼熟，你在哪儿看见他的？”

初筝哪儿知道那是什么地方，就说让小道士从岐山跳下去，然后沿着西边一直走。

小道士无语。

“你认识他？”

“认识。”小道士咬牙切齿，“我这身本事，可都是拜他老人家所赐，当然认识。”

“你师父？”

“才不是！”小道士突然大声起来，“他杀了我的媳妇儿！我们是不共戴天的仇人！”

那老头这么厉害？

小道士气势汹汹地离开了。

直到很久以后，初筝才知道小道士的媳妇儿是株花，小道士打小就种着，当成媳妇儿一样养着，结果一不注意，就被老头拿去入了药。

晋王府选址用了以前的府邸，不需要大修，只需要稍作修整，挂上晋王府的牌子就好。

婚礼前夕双方见面不吉利，燕归谨记着这一点，当真没有去找初筝。

婚礼则由礼部主持，一切都以——最耗钱的办。反正钱是成王府出的，他们还能捞上一把，礼部的人自然乐意。

婚礼当天，燕归穿上喜服，站在铜镜前，白皙的脸绷得略紧。红色的喜服将少年衬得犹如神祇，周身萦绕的不再是那静谧得近似压抑的气息，而是十分舒服的喜气。

他眉梢眼角舒展，浅棕色的漂亮瞳孔里，漾着浅金色的碎光。

“王爷，别紧张。”

“没有。”少年抿了一下嘴角，“你再帮我看一下。”

“没问题的王爷。”小贵子笑着道，“您都让我看十几遍了。”

少年拨弄了一下胸前的红绸，微微吸了一口气：“走吧！”

刚踏出晋王府，少年就微微愣住。铺有红毯的街道两侧，海棠花竞相绽放，灼灼如晚霞，火红一片。微风拂过，海棠花瓣飘落，整个街道交织出梦幻般的画面。

“听说这些都是程小姐种的，可能是运过来伤到树木，花期的时候没有开，没想到今天竟然开了。”

“这可算得上是吉兆了吧？”

“十万海棠迎亲，晋王妃可真幸福。”

“说差了吧？这可是程小姐种的……”

少年策马从十里长街而过，翻飞的衣袂，扬起的红绸，飘落的海棠花，每一个画面都如画卷展现在人们眼前。

成王府前也围着不少人。

这次的婚礼是他们在皇城里见过最盛大的婚礼。婚礼上的每一个物件，听闻都是重金而来，奢华精致。就连晋王乘坐的那匹马，都是万金难求的宝马。

燕归停在成王府前，有人上前拦着他："哎哟，晋王，您来早了呀！"

少年眨巴了一下眼，有点无措："是、是吗？"

"这还没到吉时呢！"

少年小心翼翼："……那我等等？"

四周的围观百姓低笑。

少年立在灼灼海棠花海中，低眉垂眼，安静地等着。可只有他自己知道，他心跳得多厉害，血液流得有多快。他努力深呼吸，让自己镇定下来。可拢在袖间的手指还是忍不住发颤，手心里全是冷汗，紧张和忐忑在心底交织。

吉时到——

身披红霞的初筝被人簇拥着出现，大红的喜服上如有流金闪过，随着走动，在阳光下熠熠生辉。

"天哪！那可是绣锦坊掌柜花五年才完成的嫁衣。"有人认出新娘子身上的嫁衣。

"我听说公主出嫁的时候都没拿到……"

"晋王身上那套喜服好像也是绣锦坊的，那是天蚕织金锦。"

绣锦坊的布料很好认，因为全皇城只有绣锦坊有这种布料。穿在身上行动的时候像流云一样，十分好看。不过因为布料难得，除了进贡给宫里，绣锦坊自己留下来的并不多。

燕归蹭了蹭手里的冷汗，心跳和此时的喜乐交织在一起。浅棕色的瞳孔里，映着灼灼如晚霞的海棠，和那个朝着自己走来的身影。

少年上前将初筝打横抱起，朝着花轿走过去。

燕归想和初筝说话，但此时不合时宜，他只能将人放下。

从成王府到晋王府，一路上有人将金叶子和金豆子撒向两边围观的群众。

锣鼓喧天，热闹非凡，祝福如潮。十里长街海棠落，倾君红妆盛世迎。

古代的婚礼烦琐麻烦，好在初筝后面只需要坐在房间即可，早知道这么麻烦，她就不这么做了。

下次不能这么干！初筝将脑袋上的盖头拽下来。

绿珠吓得不轻："小姐，您干吗？"

"透气。"要被闷死了，头冠好重，衣服也好重！

"不行。"绿珠将盖头往她脑袋上盖回去，"这不吉利，得等王爷来揭盖头。"

"那你把他叫过来。"初筝理直气壮地道。

"……"王爷还在外面应付客人呢！

初筝还要拽，绿珠没法子，只能叮嘱她不能拽，她马上去叫燕归。

燕归一听，哪里还顾得上宾客，赶紧回了房间。

绿珠识趣地退出房间，给两人留下独处的空间。

燕归站在房间，半晌都没敢靠近，心脏扑通扑通地跳个不停。

“你站着干什么？”初筝等得不耐烦了，催促他，“揭盖头。”

想闷死我吗？重死了！

“哦……”

少年拿起桌子上的玉如意，因为慌乱，发出清脆的磕碰声。他走近床边，站在初筝跟前，浅棕色的瞳孔里溢着丝丝缕缕的紧张。

从来没有过的紧张。

初筝等半天没等到任何动静，伸手就把盖头给拽了下来。

喜帕下，少女肤若凝脂，貌若倾城，清冷淡然的眸子平静地扫向他。少年微微抿了一下唇，握紧手里的玉如意。

他更像是那个新娘子。

“你喝酒了？”

少年局促地点点头，脸颊泛着淡淡的粉色。

初筝冲他招手，少年拿着玉如意过去，小声道："你不能这么将盖头取下来，不吉利。"

初筝："……"麻烦不麻烦？

初筝"唰"的一下将喜帕盖回去："快点！"

燕归这下不敢迟疑，怕初筝又把喜帕给拽下来。

“行了吧？”初筝问。

燕归点点头："还有合卺酒。"

“快点！”我脖子都要断了！谁在她头上戴这么多东西的？

燕归听话地转身去倒酒，初筝端着就要直接喝。

燕归拉住她："不是这样。"

再也不结婚了！绝不！

初筝满脸都写着"麻烦"两个大字，燕归白皙的手拉着她，绕过自己的臂弯，轻言软语地道："这样喝。"

他在外面喝了酒，说话的时候带着淡淡的酒香。和他身上的幽香混合在一起，很是好闻。初筝盯着他那微微张合的唇，烦躁地抽回手，一口饮尽。在燕归失落的神色下，拉着他的衣襟，迫使他俯身低头。

烈酒被她渡进来，在两人唇齿间流转，酒香醉人。

“满意没？”

燕归哪里想到合卺酒有这么一个喝法，好一会儿才缓过来点了点头。燕归的脸蛋白里透红，眸子微微有些湿润，此时神色透着几分茫然，格外温顺可爱。

初筝赶紧把头上的东西撤下来，顺便脱了外面两层衣裳。

清酒顺着喉咙滚进胃里，燕归只觉得灼烧感从某处升腾而起。

他微微后退一步。

初筝已经脱完最繁杂的那两层，坐在床边暗自松口气。

“你不出去了？”初筝见燕归站在原地，问了一句。

燕归：“……”他都进来了，还怎么出去呀？反正外面有人应付着，那些人也不是真的来祝福他，他在不在也没什么区别。

“我的封号和府邸，是不是你帮我要的？”燕归低声问。

皇帝怎么可能会给他封赏？

“嗯。”初筝点头，“我对你好吧？”

燕归抿了一下唇：“你怎么做到的？”

初筝风轻云淡：“他要什么我就给什么，不难。”

皇帝现在在乎的是什么？是长生之法。初筝从老头那里买来的那两个箱子里，全是一些乱七八糟的古籍和炼丹秘方。

燕归心底很清楚，怎么能不难呢？这件事没那么容易，她怎么可以说得那么随意？他蹲下身，半跪在初筝面前，睫羽轻颤，声音低低地道：“你那个时候让我回去，我以为你后悔了。”

他接受皇帝的折辱，因为他知道，可以和她在一起。

可是他接受不了她的拒绝。

当她说出那句话的时候，他觉得是自己听错了。可是直到他离开，她都没再说一个字。

即便是面对荣王的欺辱折磨，他都没觉得如此绝望过。

燕归不知道自己为什么那么在乎她……

“我为什么要后悔？”初筝问得认真。

她那个时候让他回去，只是觉得狗皇帝太过分了，竟然这么对她的“好人卡”。

她的“好人卡”怎么能被别人欺负呢？

要不是狗皇帝这操作，她后面也不用做这么多事。

她是打算直接将人抢回来的……都怪那个狗皇帝！

燕归仰头，望进初筝眼底，仿佛要透过她的眼睛，看见她的灵魂深处。

“你当时的样子……”燕归形容不出来，就是感觉特别冷，就好像他的出现，她并不高兴。燕归拉住初筝的手，轻轻扣住，“让我以为，你后悔和我在一起。”

“我没有。”我怎么可能会后悔，我后悔还能让你活着？！

“嗯。”燕归嘴角微微扬起，静谧的眸子渐渐有了涟漪，“我知道。”

她没有后悔，她是愿意和他在一起的。

“你……想亲我吗？”燕归问得小心翼翼。

初筝严肃地点了点头。

“好人卡”不亲白不亲，不能对不起我今天干了这么一件麻烦的事！

燕归伸手取下头上的玉冠，长发如瀑地散下，他起身撑着床边，压着初筝倒在喜床上。

初筝躺下去就被硌得慌。

燕归亲她的时候，初筝歪了一下头，燕归还以为自己压着她，紧张地问："压着你了？"

"下面有东西。"初筝道。

燕归一愣。

于是，两人捡了大半天的红枣、花生、桂圆、莲子……

"谁撒的？"

"喜婆吧……"

"撒这个做什么？"

"早生贵子的意思。"燕归声音略低，他低着头仔细地检查了一遍，确定不会再硌到初筝，"你别生气。"

"哦。"果然好麻烦。

燕归呼出一口气，看旁边的初筝，初筝就简单粗暴多了，拉着他就开始亲。

她的吻总是带着霸道，如往日在山林间一般，不许他反抗。

时轻时重的舔咬，刺激着燕归的理智，身体里的血液奔腾，汩汩地冒着泡，在皮肤间炸开。厮磨的唇齿间，靡靡绵绵的缠绵。

燕归大脑渐渐陷入空白。身体如坠云端，起起伏伏。

"唔……"燕归眼角沁着湿润，睫羽低垂，在白皙的眼睑下，投出小片好看的阴影。精致绝美的脸庞因为呼吸不畅，透着红晕。

他微微张开唇呼吸，嫣红的唇瓣，如开得正盛的海棠花。墨发铺陈在他的身下，大红的喜服散开，白皙的胸膛在红纱下若隐若现，引人遐想。

少年目光迷离，轻微的喘息声带着欲，让他看上去更如诱人的妖精。

"绿珠姐姐，王爷和王妃起了吗？"

绿珠站在房间外，看了一眼房门，低声道："还没呢，你们先把东西备着，一会儿王爷和小姐起来再用。"

下人们下去准备，走动声可以传到房间里面。

房间里一片凌乱，燕归亲着初筝的眉心，初筝微微抿着唇，没有发声，清冷的眸子里弥漫着淡淡薄雾。阳光从窗棂落进来，将两人交叠的影子投在床帷上。终于，少年轻轻低吟一声，身体压下去，紧紧地搂着初筝。

片刻后，他又开始亲初筝，初筝抬手将少年的一绺发别在他的耳后："好了，别闹了。"

少女的声音带着几分克制，不似之前清冷。

少年声音嘶哑："我没闹。"

昨天晚上明明都是她主导，他今天早上也才做了一次而已。而且他瞧着，好像是她没睡醒，不想动……

燕归觉得自己以后，可能只能趁她不想动的时候，才能做主。

但是燕归想到昨天晚上的画面，顿时又觉得口干舌燥。

初筝察觉到他身体有些变化，赶紧出声："昨晚你闹那么久，今天早上起来就开始，注意身体。"

"可是和你在一起，我就觉得时间过得好快，真想让时间停在这里。"燕归暧昧地含着她的耳垂。

初筝拥着他，淡淡地道："时间不会停止。"

他当然知道不会。

少年再次动起来，初筝此时从睡意中清醒过来，哪里还肯让少年主动。

两人位置颠倒。

少年轻呼一声："我想……"

初筝微微俯身，声音压得有些低沉："想什么？嗯？"

少年委屈地撇了一下嘴，很快就什么都不想了。

燕归的身体打小就不好，初筝是真的怕他出个什么意外，没敢耽搁太久。

初筝推开少年，起身下床，套上衣服后，放下床帷，让人送水进来。热水一早就准备好了，很快被送进房间。

绿珠小心地觑着初筝的脸色："小姐，需要绿珠伺候吗？"

"不需要，下去吧！"

绿珠看了一眼床帷，恭敬地退出房间。

初筝挑开床帷。

少年如婴儿一般蜷缩在床上，被汗水沁湿的长发贴在他的身上。他抬起湿润的眸子，像森林里晨雾中的小鹿。

等两人收拾好出来，已经快中午了。少年精神还不错，走路都生风，整个人也不再是死气沉沉，像是一夜间有了活力。

"王爷好像有些不一样了……"小贵子自言自语。

绿珠从旁边经过，小声地轻哼："当然不一样。"

小姐对他那么好，还和以前那样，对得起小姐吗？

小贵子："……"

"滚出去！"程筱打落一地的瓷器，将宫女和太监全部赶走。

初筝和晋王的那场婚礼传进宫里，处处都是令人羡慕的存在。

她呢？她进宫的时候，连平常后妃进宫该有的礼仪都没有。凭什么那个女人可以享受那么好的待遇，十里红妆……十里红妆！世人羡慕！

她本来也可以十里红妆嫁给叶阳……现在自己却要在这里对着一个喜怒无常的暴君阿谀奉承。

都是成王府的千金小姐，初筝凭什么从生下来就能享受比自己好的东西？

"我现在是辰妃。"程筱忽地冷静下来，"是后宫最受宠的娘娘，程初筝算什么。"

"来人！"程筱扬声，外面候着的宫女和太监立即进来跪下。

程筱此时已经冷静下来，恢复到了那个雍容华贵、知书达理的辰妃："收拾一下。"

大殿很快就恢复正常。

程筱招手叫来贴身宫女，将一封信交给她。

成王府千金和晋王的婚礼过去了三天，热度都没消减。满城盛开的海棠和婚礼上撒的金叶子、金豆子，足以维持这样的热度。

甚至有人说初筝种的海棠，就是为了晋王。不然怎么满城海棠，就在他们成婚那天开呢？

初筝："……"我只是做个任务。至于海棠为什么在婚礼那天开，完全是意外。

"外面都说那些海棠是你为我种的。"燕归不知从哪儿回来，有些好奇，"是真的吗？"

初筝衡量下，谨慎点头……反正他也不知道。

燕归眸子微微亮起："你那个时候就看上我了？"

她确实是盯着"好人卡"很久了，四舍五入一下，大概也算吧？

所以，初筝十分镇定地点头："嗯。""好人卡"开心就好。

燕归眯着眼笑起来，以往总是沉寂的少年，此时笑起来，更如这世间最瑰丽的色彩。他知道，那些海棠花肯定不是为自己种的。可是她愿意哄着自己，燕归就觉得高兴。

但燕归没想到，海棠花花期一过，初筝便花重金将满城海棠换成紫薇花。这是真真切切为他种的。每一棵树上，都刻上了他的名字。

紫薇花花期一过，又换上桂花，入冬便让人种上蜡梅。白雪皑皑，满城红梅迎风绽放，风雪掩不住它们的风华，香气侵袭整座皇城。

"去年我来的时候皇城里还没红梅，怎么今年全种上了？"初入皇城的人都傻眼了。

"这你就不知道了，这是咱们晋王妃种的。"

"晋王妃？什么时候有个晋王了？"有些消息不通的人，更显得茫然。

"六王爷如今封了晋王。"旁人解释，"半年前和成王府的大小姐成婚，自从那之后，咱们皇城的花都换了四次了。"

先帝这是把整个国库都赏给成王了吧！

"晋王妃这么宠晋王？"

"那可不，晋王现在可是咱们皇城最让人羡慕的男人。"

宫宴，燕归和初筝进了宫。

自从上次岐山祈福之后，初筝虽然能听闻一些关于程筱的消息，但这还是初筝自岐山后，第一次见程筱。程筱比之前看上去也丰腴不少，倒也不难看，更有另一番风情。

她如今依然是皇帝最宠爱的妃子。

皇帝越发沉迷长生之术，大臣们扼腕叹息，拼死劝谏，可惜毫无用处，皇帝依然一意孤行地求长生。

程筱对上初筝的视线，没有任何表示，极快移开视线，笑得从容端庄、雍容华贵。

初筝支着下巴，淡漠地看着热闹的宫宴。

“我出去一下。”燕归凑到她耳边轻语一声，说内急。

“我陪你。”

“不用。”燕归耳尖微微一红。

初筝半晌才点点头，燕归退出大殿，他刚走没多久，初筝便起身跟了出去。

还是不放心。

这宫里可是吃人不吐骨头的！“好人卡”要是被人欺负了怎么办？

“好人卡”那么弱呢！

初筝走出大殿没多远，余光便扫到一个黑影。那黑影一闪而过，身上似乎还扛着一个人，初筝摸着下巴琢磨了一会儿，跟着黑影的方向过去。

皇宫里到处都是假山。初筝从假山的小道走过去，没看到人，倒是在雪地上看见一个人。

初筝走近瞧了瞧。

这是……荣王？

自从岐山那事后，荣王心理阴影不小，一直在养病，宫宴都没参加。他怎么会在这里？

初筝探了探他的鼻息……嚯！死了！不会是“好人卡”干的吧？

初筝将荣王翻过来，他的腹部被捅了一刀，正流着血，凶器都还插在上面。她视线下落到荣王手掌，手心里竟然还拽着东西。

初筝将东西拽出来，是一枚扳指，这玩意……初筝冷然的眸子微微眯了一下，将扳指收起来，清理掉雪地上的血迹后，带着荣王离开这里。

初筝回去的时候，燕归站在殿外，正左右张望。

“你去哪儿了？”燕归迎着寒风上前。

初筝理了理他的披风，雪白的披风，衬得燕归更加白皙，如雪山上的神祇。

初筝执起他的手，将扳指给他戴上。

“嗯？”燕归有些奇怪，“你什么时候带出来的？”

他今天走的时候没有戴。

“自己的东西要收好。”初筝平静地道，“不需要的东西就毁掉。”

燕归眼底闪过一缕疑惑：“出什么事了？”

“没事。”初筝拥着他进殿。

他微微握紧初筝的手，声音温软地道：“我会好好收好你的。”

初筝抬眸，外面大雪纷飞，少年的发梢和肩头都落了雪花，他微微弯曲的嘴角，是雪夜里最亮的那抹风景。

“我不是东西。”怎么感觉有点像骂自己？！

少年笑起来：“当然，你是我的王妃，是我的妻子。”还是我最重要的人。

初筝沉默了一下：“进去吧，外面凉。”

燕归抿了一下唇，进入内殿，听见丝竹声后，他抽手将初筝拥进怀里。

初筝便放下手，和他并肩进去。

“晋王和晋王妃感情真好，我要是男人，我也想嫁给晋王妃。”为晋王在不同的季节种上不同的花，能不浪漫吗？

“晋王那不是被晋王妃给养着吗？”

燕归扶着初筝坐下，扫了一眼议论的那几人。那几人觉察到燕归的视线，议论声小了下去。

皇帝有些意兴阑珊地看着下面，目光扫到燕归，他忽地抬手让身边的公公过去，吩咐两句，公公离开大殿。

片刻后，公公面色难看地回来了，额头上冒着冷汗：“陛下，荣王不在宫里。”

“不在？”皇帝沉下脸，“他去哪儿了？”

公公冷汗涔涔：“陛下，荣王寝殿有打斗的痕迹……奴才担心荣王出事了。”

“快去找！”

“是。”

皇帝和公公的说话声不大，就连程筱都只听见只言片语。

她有些疑惑：“陛下，出什么事了？”

“没事。”皇帝阴沉着脸，对她都没给好脸色。

程筱识趣地闭上嘴，公公不时过来和皇帝耳语两句，皇帝的脸色越来越难看。

整个大殿的人都感觉到气氛不对，除了丝竹声，再无半点声音。

初筝神色淡然地端坐在位置上，程筱的目光落在她身上，带着几分诡谲和隐秘的兴奋。不过转瞬即逝，让人发现不了。

“陛下，出事了！！”公公这次是大喊着进来，似乎被吓坏了，直接扑跪在地上，“陛下，陛下，荣王……荣王薨了。”

皇帝噌的一下站起来，脸色骤沉。

殿内丝竹声骤停，静得针落可闻，所有人的动作仿佛被定住。

“你说什么？”

“荣王……荣王薨了。”公公吓得直哆嗦。

皇帝身体晃了一下，好半晌都没回过神来，大殿里的众人更是大气都不敢喘。

荣王怎么会薨了呢？

荣王被发现死在一片小竹林里，因为雪地太冷，从荣王身体里流出的血，都已经凝固成冰柱。

皇帝亲自带着人过去，因为没有下令让大臣们离开，所有人都浩浩荡荡地跟着。

“陛下，在荣王手里发现了这个。”调查的御林军将东西呈上。

程筱闻言，嘴角忍不住上扬了一下，然而这个弧度还没定住，便僵在嘴角。

“辰妃！”皇帝厉呵一声，转身看着程筱。

“陛下……”程筱似乎被吓到一般，脸色煞白。

“这是什么？”皇帝将手里的东西亮出来。

那是一枚暖玉，皇帝亲自赏给她的。暖玉难见，更别说皇帝赏赐前还很喜欢这枚暖玉，经常把玩。

本该属于程筱的东西，此时被荣王拽在手里，说明什么？

程筱心惊胆战，不知为何会是这样，她扑通一声跪到地上：“臣妾……臣妾不知这暖玉为何会在这里，陛下，臣妾什么都没做。”

皇帝阴鸷的眼神落在她身上：“你什么都没做，荣王手里怎么有你的东西？”

程筱飞快地往初筝那边扫了一眼。后者站在人群前面，靠着燕归，神色冷淡地看着她，没有任何异样……

程筱深呼吸一口气，柔柔弱弱地辩解：“陛下，臣妾不知，今日臣妾出宫之时，并未佩戴，定是有贼人诬陷。臣妾与荣王无冤无仇，为何要害荣王？陛下，请您明察，还臣妾清白！”

燕归微微捏紧初筝的手，电光石火间便明白怎么一回事，手指上的扳指此时似乎冰得他四肢都发寒。

初筝安抚性地拍拍他的手：“没事，别怕。”

燕归顿时有些哭笑不得。

他哪里是怕，他只是没想到，这本是冲他来的……

皇帝就那么一个胞弟，即便荣王那么浑蛋，他最多也是关他禁闭。现在人死了，皇帝脾气一上来，哪里还听程筱解释，直接让人将程筱拖下去。

其余人深知不宜久留，纷纷告退。

燕归扶着初筝上马车。

马车渐渐离开，巍峨的皇宫隐进黑暗里。燕归抱着初筝，带着凉意的唇落在她的眉心，初筝拉着他直接吻了一会儿。

“谢谢你。”燕归抵着她的额头。如果不是她，自己此刻怕是走不掉了。

“不客气。”保护你是我应该做的。

燕归低笑一声，搂着她好一阵厮磨。

“你怎么知道的？”有人要陷害他？

“看见了。”

毫无防备的答案，燕归又问：“那你为何嫁祸给程筱？”

“就是她干的，不是嫁祸。”初筝严肃脸。

初筝手掌滑落至燕归的衣襟，燕归微微抽口气，低低地道了一声：“不要。”

初筝顿了一下，抽回手。

自家王妃什么都干得出来，燕归怕自己再撩火，她真的会在马车上做出什么事来。燕归不敢再有任何动作，安静地抱着她。

“你怎么知道是她做的？”燕归疑惑。

“猜的。”初筝理直气壮。除了程筱，谁会那么无聊用这种手段。

“万一猜错了呢？”

初筝勾着燕归的青丝，漫不经心地道：“那就错了。”

“那你不是陷害她吗？”

初筝抬眸，语气冷淡：“她也陷害过我，还给她。”

燕归想起岐山的事，那件事明明是程筱吃了亏，她还真记仇。

荣王之死，虽然有证物，但并没有其他的证据，程筱一口咬定和自己没关系，是有人陷害。

皇帝让人彻查此案。

当晚，荣王不知为何遣散宫人，一个人在宫里喝酒。宫人们都不知道荣王何时被人带走，他们在殿外并没有听见打斗声或者其他声音。

唯一的嫌疑人，便是程筱。

如果这事放在燕归身上，那就大有不同。因为荣王曾经这样欺负他，正巧宫宴燕归又离开过。皇帝恐怕什么都不问，就会直接将燕归砍了。

不过程筱没被关两天，就因怀有身孕，被接回宫里。

虽被接回宫里，可还是被软禁起来。

初筝坐在窗前，想着怎么再对付程筱一下完成任务。

“晋王妃。”

小道士的脸忽地从窗外冒出来，初筝差点一巴掌扇过去。

这货是属鬼的吗？突然冒出来，想吓死谁！做掉！

她镇定地放下手，冷冰冰地盯着他：“你又干吗？”

小道士嬉笑着趴在窗台上：“程筱怀孕的消息你知道吧？”

“嗯。”

“那你知道……”小道士挑眉，他顿住没有继续说。

初筝知道他的尿性，摸出银票扔过去。

就知道这骗子是为了钱来的。

“那个孩子不是皇帝的。”小道士一边说一边喜滋滋地数银票。

不是皇帝的！那是谁的？

初筝猛地想到叶阳，叶阳之前给皇帝戴绿帽子来着，野生妹妹这么厉害的吗？

“你怎么知道？”

“现在皇宫里没有我不知道的事。”小道士扬扬得意。他现在好歹也是宫里混得最久还没被砍头的道士。

初筝冷漠脸。这种事情，皇宫里的人怎么可能会知道？程筱难不成会告诉别人，我怀的不是皇帝的崽子？那还不得被皇帝剁成肉酱。

“咳咳……我算的。”小道士摸头，“他没有子嗣运，不会有孩子，所以这个孩子肯定不是他的。”

“哦。”

“吱呀——”

小道士猛地往下一缩，小声道：“我走了，有消息再找你。”

找我要钱吗？可以！等你！

“你在看什么？”燕归从后面搂住初筝，视线望向皑皑白雪。

刚才他好像听见说话声了。

“雪。”

燕归眼底闪过一缕狐疑，他亲了亲她：“我给你熬了汤，喝一点暖暖身子？”

“我不是说不让你做这些吗？”

“嗯……我想亲手给你做。”燕归蹭蹭她，“你不喜欢吗？”

初筝眸光清冷：“你不该做这些。”

“为你做什么都可以。”燕归声音轻轻的，像窗外飘落的雪花。

初筝拿他没办法，跟他去喝汤。然而当天晚上初筝恨不得做掉燕归，他给自己喝的什么汤，浑身热得不行。

初筝看了一眼已经睡着的燕归，很不客气地将他弄醒。

“唔？怎么了？”

燕归睡眼惺忪，很是配合，任由初筝脱，身体因为初筝的触碰，敏感得有了反应。

雪夜漫长。

初筝绕过走廊，瞧见一个人跪在燕归面前。她出现，那个人惊了一下，似乎想走，被燕归压下。

初筝走过去，那人恭敬地叫了一声：“王妃。”

“下去吧！”燕归道一声。

“是。”

初筝看着那人离开：“你的人？”

“嗯。”燕归软软地点头。

初筝没说什么，拉着他出府去买东西。

燕归："……"

这个好，要买；这个合适，要买；这个漂亮，要买。

如果不是金银器俗气，他坚决不要，估计初筝很乐意往他身上放这些东西。

少年裹着雪白狐裘，只露出那张精致绝美的脸，与女子行走在银装素裹的街道上，两侧灼灼红梅绽放，十里飘香。

两人引得路人频频侧目。

"这就是晋王爷和晋王妃？"

"对啊，好看吧！"

"他们怎么不坐马车？"

"……大概用来放东西了吧！"

晋王爷和晋王妃出来，就代表晋王妃会买很多东西，这可是各家商铺最欢喜的时候。

王妃光顾一次，就够他们吃几个月了。

"王妃，您眼光真好，这可是上好的玉，还是一对儿呢，全皇城就咱这儿有，您可以和王爷一人一枚。"

初筝很满意地付款。

她拿着玉走回燕归身边，将其中一枚交给他。

"帮我戴。"少年睫羽轻颤，嗓音轻轻的。

初筝看了他一眼，刚想说他没长手啊，王者号尖叫着让她别那么丧心病狂，好好哄"好人卡"。

初筝："……"哄哄哄！！我哄！你别嚷嚷！吵死了！

初筝悄无声息地踩着雪，屋脊上、庭院里到处一片雪白。

此时整个宫殿都十分安静，宫女和太监一个都看不见。初筝踩着台阶，走到宫殿外面，里面很安静，也听不到什么声音。

没人？不对啊……她看见叶阳进来的，这可是她跟踪叶阳好几天的结果。

初筝绕到另一边，然后就听见细微的声音，似女人轻微的呻吟，被压得极低。

初筝找到一扇没关好的窗户，往里面瞧一眼。殿内的大床宫纱层叠，光线太暗，看不见里面什么情况。

初筝用手指在窗边挠了一下，凝神细听。殿内，程筱媚眼如丝，勾着男人的脖颈，主动迎合。她如今有三个月的身孕，倒不是很显怀，就是微微有些隆起。

男人压在她的身上，小心地动着。

"筱筱……"男人低声叫她，等最后冲刺后，他翻身躺在旁边。

程筱撑着身子坐起来："荣王的事，到底怎么办？我要不是有了身孕，现在早就被砍头了。"

皇帝让人查，可没查到什么。她就是唯一的嫌疑人，皇帝如今算是把她软禁在此处。

“筱筱，你别着急。”

“我怎么不急，要是他知道……”程筱都不敢想，皇帝如果知道这孩子不是他的，那她的下场……

“程初筝。”程筱捏着拳头，“她到底是怎么发现荣王死了，还将这件事推给我的？”

“筱筱，我早就和你说了，让你不要冲动。”叶阳叹气。

荣王那件事是程筱自己做的。叶阳知道的时候，已经晚了。要不是他处理掉几个人，估计皇帝早就问出来了。

“可是我就是见不得她那样，你看外面现在说的那些话，她凭什么过得那么好？我却在宫里受罪？”程筱话语里满是恨意，“叶阳，是她拆散我们的。”程筱声音哀怨。

叶阳眸子微微眯起，眼底透着危险的光。

叶阳安抚了程筱一会儿，最后安抚着、安抚着，又开始新一轮的运动。

“砰——”火光瞬间将殿内照得通明。御林军从殿外进来，将床榻围住。叶阳和程筱惊得魂飞魄散，抓着衣服往身上遮。

明黄的身影缓步进来，他铁青着脸挑开垂落的宫纱，里面的场景落入眼底。皇帝眼底的阴鸷渐露，手背上青筋暴起。

“穿上衣服，滚出来！”

宫纱落下，程筱面无血色，浑身颤抖地看向叶阳。

不是说皇帝今天翻了淑妃的牌子吗？怎么会突然出现在这里？

不对……一定有不对的地方！

皇帝负手站在外面，他为什么会出现这里？因为有个人黑灯瞎火，摸到淑妃寝殿，将他拎出来，扔在外面动弹不得地听墙脚。

别让他抓到是谁！

是的，皇帝并不知道是谁干的。但是他此时更愤怒的是自己的女人和自己的臣子竟然敢在自己眼皮子底下做这种事。

初筝隐在暗处，瞧着皇帝盛怒地踹翻叶阳。

她摸了一下胸口，胸前的红领巾更鲜艳了呢！今天也在努力做一个好人。

【……】小姐姐，你对好人到底有什么误解，你这算哪门子的好人？

让皇帝抓奸，不被蒙在鼓里，我难道不是好人？回家要亲“好人卡”。

【……】不要脸！流氓！

初筝悄无声息地离开皇宫，深藏功与名。

第二天，初筝就听说程筱被打成了血人。完全不在乎世俗眼光，只想求长生的奇葩皇帝，直接让人将程筱扔在成王府外。皇帝还让人砸了成王府的牌子，可见他有多生气。

自从初筝离开成王府后，成王府做主的便是成王妃。本该在宫里受宠的女儿，突然被这般模样扔回来，成王妃吓得差点晕过去。

初筝听说成王府好一阵热闹。

叶阳不知道什么下场，没听见音信。但叶家如临大敌的样子，就差卷铺盖跑路的架势，估计不会太好。

一个后宫宠妃，突然这般模样被扔回府中。不管出了什么事，都够外面百姓议论纷纷。

程筱肚子里的孩子也没有保住，成王妃花了不少钱请大夫才保住程筱的命。

五天后，御林军围住成王府，在成王妃大喊大叫中，刚捡回来一条命的程筱被强行带走。

初筝的马车靠在边缘。程筱被御林军压着，苍白着一张脸，眼中一片灰败。在看见初筝的时候，她眼底忽地迸射出一股恨意，挣扎着要朝初筝那边扑过去。

“程初筝……我杀了你！”

御林军将程筱拉回去，十分恶劣地抽了她两巴掌。程筱本就有伤，被压着动弹不得，只能用怨毒的眼神盯着初筝。

初筝挑着车帘瞧着，神色冷淡至极，仿佛在看一件十分平常的事。她那平静的样子，越发刺激到程筱。

程筱连拖带拽地被带走。

成王妃扑到初筝的马车前：“初筝，你救救你妹妹，你救救你妹妹！”

成王妃面容狼狈，刚才拉扯间，她的头发已被拉散，哪里还有一点王妃的样子。

“我救不了她。”初筝平静地道。

“为什么救不了？她是你妹妹，你救救她！！”

成王妃说到后面忽然激动起来，不断地捶打马车，犹如一个市井泼妇。

“程初筝，你救救你妹妹，你救她，你救她啊！你必须救她！你怎么能见死不救？程初筝，你救救你妹妹！！”

成王妃吼得撕心裂肺。初筝懒得和成王妃纠缠，放下车帘，让人赶车离开这里。

“程初筝，你不得好死！”成王妃尖锐的咒骂声从后面传来。

初筝扣着手腕，指尖在手腕上轻轻地敲击，睫羽低垂，挡住眼底的神色。

程筱再次被带走，是因为荣王的事。谋杀荣王，死罪一条。但有老臣念及成王的情分，向皇帝求情。最终，皇帝将程筱的处罚定为流放，终身不得回京。

成王妃拿出成王府的小金库，想救出自己的女儿，最后小金库没了，女儿也没救出来。

成王妃气急攻心，一病不起，成王府也成为一个空壳子。

成王府的下人们纷纷离开，最后只剩下偌大的成王府和重病不起的成王妃。

皇帝整日沉迷长生之术，吃进去不少乱七八糟的东西，身体不过两三年就不行了。

越是这个时候，皇帝就越暴躁。

小道士怕被牵连，卷款跑了。他在宫里都是易容，出宫后，换个容貌，谁也抓不住他。

“晋王妃，你说你干这么多坏事，会不会遭报应？”小道士在聚远楼唉声叹气。

皇宫里可是能赚不少钱呢，可惜现在皇帝跟个火药似的，他可不敢拿脑袋去开玩笑。

初筝正儿八经地问："什么坏事？"

小道士嘴角一抽，她又不承认了。好吧，她就从来没有承认过。

可是程筱落得如今的下场，叶阳被秘密处决。这些事和她没关系，他才不信。

这个晋王妃可记仇了，幸亏当初自己没得罪她。

小道士心底庆幸，和初筝瞎扯两句，出摊去骗钱。没办法，他要维持生活，就得骗钱。

初筝的钱？都花光了。

小道士花钱很厉害，他直接拿去博彩头了，分分钟就没了。但根据王八的游戏规则，初筝就不行。不仅不能算完成任务，还得翻倍！可恨！

凭本事输钱，凭什么不算！

小道士哼着调子下楼，在楼梯上撞上燕归，小道士冲他咧嘴一笑："晋王，怎么样？我当初可有说错。"

燕归睫羽低垂："道长言之有理。"

小道长嬉笑道："给钱。"

燕归在袖子里摸了摸："就这么多。"

"啧，晋王妃可比你大方多了。"小道长越过燕归，"告辞。"

燕归回身，看着小道长一溜烟蹿出大门，消失在喧嚣的人流中。

——你的命虽不好，但你会遇见贵人，她能庇佑你，一世无忧。

这是当初小道长追上他，告诉他的话。

他当时是怎么回复的？他问——他该怎么做？

当时他只是随口一问，并不相信这个看上去就是个骗子的小道士。小道士说他会信的，还和他打了赌。

"燕归。"

燕归回过神，望向站在上方的女子。他嘴角弯了弯，迈步而上。

他会信的。

他现在信了。

皇帝于一年后驾崩。本来打算造反的晋王，整天被初筝娇养着，似乎也没造反的意思。

朝臣最后推了一位王爷上位。

新帝登基三年，天下太平，百姓安康，人人称颂其是位贤帝。皇城里最让人羡慕的不是后宫嫔妃，不是帝王将相，而是无权无势的闲散王爷——晋王。

晋王妃每个季节都更换皇城的树木。春种海棠，夏种合欢，秋种紫薇，冬种红梅。

一年四季，都要让晋王看见满城缤纷。

一批种树的商人赚得钵满盆满。晋王府里更是寸金寸银，听闻地面铺的都是暖玉。因为晋王畏寒，整个晋王府地下都铺有地龙，即便是在走廊上，都是暖意融融。

劳民伤财？王妃有钱，拦都拦不住。

皇城里的女孩儿都恨不得嫁进晋王府。晋王？晋王算什么，她们要嫁给晋王妃。

这可把皇城的世家公子哥给愁坏了，喜欢的人儿，都嫌他们不够浪漫。

晋王妃的浪漫是他们能学的吗？那都是钱堆出来的好吗？晋王妃再这样干下去，他们都要娶不到媳妇儿了！！

听着小贵子讲外面趣事的燕归轻笑出声：“她们都想嫁给王妃？”

“可不是，现在那些个千金小姐们，都恨不得是个男儿身。”小贵子感叹。

别说那些千金小姐，就算一些世家公子都有些心动吧！

王妃可真是将王爷捧在心尖上。

小贵子一直觉得王爷这样精致的人，就该过这样的生活。现在当真有个人做到了……

“那我可得把王妃看紧一点。”

谁敢跟您抢呀？

“王爷，小姐请您去飞星阁。”绿珠的声音从外面响起。

燕归起身，小贵子赶忙取来披风，给燕归系上。

外面风雪正盛，但寒风吹过来并不觉得刺骨。燕归拢着披风，跟着提灯的下人往飞星阁走。

今天除夕夜，整个王府也十分热闹，走廊上挂满了灯笼。

“王爷万福。”下人们欢声笑语地给燕归行礼。

“王妃这么晚叫王爷过去做什么呀？”小贵子和绿珠落在后面。

“不知道。”绿珠一脸的正直。

“你肯定知道。”小贵子不信。王妃什么事都吩咐绿珠去办，她能不知道？

“知道也不告诉你。”绿珠冲小贵子扮了个鬼脸，追上前方的燕归，“王爷，您慢些，小姐说不着急。”

燕归轻软的声音飘过来：“不想让她等太久。”

飞星阁是去年初筝让人建的，乃整个皇城最高的建筑，站在上方可俯瞰整个皇城。

燕归登上飞星阁。雪花纷落，阁楼上有些凉。初筝站在阁楼边缘，朝他伸出手。

燕归将手搭过去，初筝便将人搂进怀里，她身上总是暖洋洋的，能驱散寒意。

“叫我到这里来，有什么事吗？”

“冷？”

“还好，你很暖和。”

初筝便将他抱紧一些：“好看吗？”

燕归顺着初筝的视线往下方看去。皇城灯火辉煌，透着喜气。以往是在下方看，和此刻从高处俯瞰，感觉完全不一样。

“真漂亮。”

他没想到有一天，会和一个人站在最高处俯瞰皇城。

“砰——”

瑰丽的烟花在漆黑的夜空炸开，姹紫嫣红的色彩映在燕归瞳孔中。烟花盛放如繁花，将整个夜空点亮，一个接一个，从飞星阁蔓延向远方。整片天空都有绽放的烟花，如梦如幻。

“王妃又讨王爷开心了。”小贵子见怪不怪，拿手戳了戳绿珠，“王妃花了多少钱？”

“反正卖上万个你也不够。”绿珠轻哼一声。

绿珠望着夜空中的烟花：“要是谁为我放满城的烟花，我肯定得哭好久。”

小贵子是真心感慨：“王妃对王爷真好。”

初筝：“……”并没有，我只是做个任务。

燕归握紧初筝的手，心跳格外地快。即便和她在一起很久，每次她做这些事，他依然会心跳加速。

两人相依看着夜空中绽放的烟花。风雪飘落中，有轻微的声音响起。

“我们会一直在一起，对吗？”

“嗯。”

（未完待续）

《繁星降临 2》将于 11 月全国上市！